L'apprentie magicienne

MARIA V. SNYDER

L'apprentie magicienne

Titre original :
MAGIC STUDY
publié par Luna®

Traduction de l'américain par LUCIE PERINEAU

Luna® est une marque déposée par le groupe Harlequin

© 2006, Maria V. Snyder.
© 2007, Harlequin S.A.
83/85 boulevard Vincent Auriol 75646 PARIS CEDEX 13.
ISBN 978-2-2801-5447-5 — ISSN 1775-6480

1.

— Nous y voilà, dit Irys.

Je regardai autour de moi. La jungle vibrait de vie. Des buissons touffus envahissaient le sentier, de grosses lianes pendaient des branches, et le babillage strident d'oiseaux tropicaux me perçait les tympans. Dans les arbres, de petites créatures poilues qui nous suivaient depuis des heures nous guettaient, à moitié cachées derrière des feuilles géantes.

— Comment ça ? demandai-je en lançant un regard aux trois autres filles.

Elles haussèrent les épaules à l'unisson, aussi perplexes que moi. L'air était lourd et humide : leurs fines robes d'été étaient trempées de sueur, mon pantalon noir et ma chemise blanche collaient à ma peau moite. Cela faisait des heures que nous nous frayions un chemin à travers cette jungle oppressante, chargées de gros sacs à dos, continuellement attaquées par des insectes inconnus.

— Nous sommes arrivées au village des Zaltana, répliqua Irys. Sans doute l'endroit où tu es née.

Je balayai du regard la végétation luxuriante ; rien, ici, ne suggérait l'existence d'un village. Au cours de notre voyage vers le sud, chaque fois qu'Irys avait annoncé que nous étions arrivées, c'était au beau milieu de maisons de bois, en brique ou en pierre, entourées de prés et de fermes. Chaque fois, des autochtones vêtus de couleurs vives nous avaient entourées, fêtées et forcées à manger de nombreux plats épicés pendant qu'ils écoutaient notre histoire. Suite à quoi, quelqu'un courait prévenir certaines personnes et, dans un tourbillon de voix excitées, un des enfants de notre groupe, issu de l'orphelinat du Nord, retrouvait une famille jadis perdue.

Ainsi notre groupe s'était-il réduit au fil de notre progression vers le sud, et nous avions bientôt laissé derrière nous l'air frais du Nord, pour cuire dans cette jungle sans trace de civilisation humaine.

— Un village ? répétai-je d'un ton incrédule.

Irys soupira. Quelques mèches folles s'étaient échappées de son chignon brun, et une étincelle amusée brillant dans ses yeux émeraude contredisait l'expression sévère de son visage.

— Les apparences peuvent être trompeuses, Elena. Regarde avec ton esprit, pas avec tes sens.

Je frottai mes paumes moites sur la surface de ma canne et me concentrai sur son grain lisse. Le vide se fit en moi et le bourdonnement incessant de la jungle s'estompa, tandis que j'envoyais ma conscience en éclaireur devant nous. Tel un serpent, elle se glissait à travers la végétation, cherchant un endroit où pénétrait le soleil. En même temps, une autre partie de moi, sorte d'animal aux longues jambes, filait à toute vitesse vers la cime des arbres.

Je me retrouvai soudain au milieu de gens perchés

dans les arbres. Leurs esprits étaient ouverts, détendus ; ils se demandaient ce qu'ils mangeraient pour dîner, discutaient des nouvelles venues de la ville. L'un d'entre eux, toutefois, n'était pas tranquille. Les bruits de la jungle en dessous l'inquiétaient. Il sentait quelque chose d'inhabituel. Un danger, peut-être. « Qui est entré dans mes pensées ? » demanda-t-il subitement.

Je réintégrai brusquement ma propre conscience. Irys me fixait du regard.

— Ils vivent dans les arbres ? demandai-je.

Elle acquiesça en hochant la tête.

— Mais attention, Elena : ce n'est pas parce que l'esprit d'autrui t'est accessible que tu as le droit d'espionner ses pensées personnelles. C'est interdit par le Code éthique.

Son ton était dur, c'était celui d'une maîtresse magicienne s'adressant à une élève.

— Désolée, Irys.

Elle secoua la tête.

— J'oublie que tu as encore tout à apprendre. Il nous faudrait gagner la Citadelle et commencer ton apprentissage de toute urgence, mais je crains que cette visite ne nous retarde plus qu'autre chose.

— Pourquoi ?

— Je ne peux pas te laisser avec ta famille, mais, d'un autre côté, il serait cruel de te séparer d'eux trop rapidement.

A cet instant, une voix déchira l'air.

— *Venettaden !*

Mes muscles se figèrent avant que je n'aie pu repousser la magie qui nous attaquait. J'étais paralysée. Après quelques instants de panique intense, je réussis à me calmer, et tentai de m'entourer d'un rempart mental. Mais la magie qui me tenait renversait mes briques aussi rapidement que je les empilais.

Irys, toutefois, ne paraissait nullement affectée par le sortilège.

— Nous sommes des amis des Zaltana ! lança-t-elle en direction de la cime des arbres. Je suis Irys, du clan des Jewelrose, Quatrième Magicienne du Conseil.

Un autre mot inconnu résonna dans l'air, levant subitement le sortilège. Mes jambes se mirent à trembler et mes genoux fléchirent. Les jumelles, Gracena et Nickeely, s'effondrèrent l'une sur l'autre. Un peu plus loin, May se frottait les jambes, étourdie.

— Que faites-vous ici, Irys Jewelrose ?

— Je crois avoir retrouvé votre fille disparue.

Une échelle de corde apparut au milieu des branches.

— Allons-y, les filles, dit Irys. Elena, tiens-nous l'échelle, veux-tu ?

« Et moi, pensai-je avec irritation, qui me tiendra l'échelle ? »

Ecoute, dit la voix d'Irys dans ma tête, *tu n'as pas besoin de notre aide pour monter cette échelle. Je me demande même si je ne devrais pas la relever après notre passage, pour que tu aies le plaisir d'utiliser ta corde et ton grappin.*

Elle avait raison, bien sûr. En Ixia, j'avais plus d'une fois échappé au danger en grimpant dans les arbres, sans même l'aide d'une échelle. Et, tout au long de notre voyage, je m'étais régulièrement dégourdi les jambes par de petites « promenades » dans les cimes.

Irys me regardait en souriant.

Tu as peut-être ça dans le sang.

Je me rappelai brusquement les paroles de Mogkan. « La malédiction des Zaltana coule dans tes veines », quelque chose de ce genre. Mais Mogkan était mort, et, de son vivant, je n'avais eu aucune raison de lui faire confiance. Depuis notre départ d'Ixia, j'avais soigneusement évité d'interroger Irys au sujet des Zaltana, n'étant pas du tout sûre d'appartenir à cette famille. Même agonisant, Mogkan avait pu me jouer une dernière mauvaise blague.

Mogkan et Reyad, le fils du général Brazell, nous avaient enlevés, moi et une trentaine d'autres enfants de Sitia. Pendant une dizaine d'années, ils avaient ravi deux ou trois enfants chaque année, qu'ils ramenaient au nord, en Ixia, dans le prétendu « orphelinat » de Brazell, pour servir leurs desseins tordus. Tous les enfants enlevés étaient des magiciens potentiels, car issus de familles douées de pouvoirs magiques importants.

Irys m'avait expliqué que ces pouvoirs étaient un don rare, et que l'on ne trouvait qu'une poignée de magiciens au sein de chaque clan.

— Evidemment, plus il y a de magiciens dans une famille, avait-elle dit, plus on a de chances d'en retrouver parmi sa descendance. Mais Mogkan a pris un risque en enlevant des enfants si jeunes. La magie ne se manifeste pas avant la puberté.

— Pourquoi ont-ils enlevé plus de filles que de garçons ? avais-je demandé.

— Seuls trente pour cent des magiciens sont des hommes. Bain Bloodgood est le seul qui soit parvenu au niveau de maître magicien.

A présent, je regardais le haut de l'échelle de corde qui disparaissait dans le feuillage, et je me demandais qui se trouvait à l'autre bout. Y avait-il beaucoup de magiciens parmi les Zaltana ? Près de moi, les trois filles retroussaient leurs jupes et en coinçaient l'ourlet dans leur ceinture. Irys aida May à s'engager sur l'échelle, Gracena et Nickeely suivirent.

Les filles n'avaient pas hésité, dès le passage de la frontière sitienne, à troquer leur uniforme contre les robes imprimées aux teintes vives portées par les femmes du Sud. Les garçons avaient adopté des tuniques et des pantalons tout simples ; pour ma part, j'avais gardé mon uniforme de goûteur jusqu'à ce que la chaleur et l'humidité m'aient contrainte à acheter un pantalon de garçon et une chemise blanche.

Quand Irys eut disparu sous la voûte verdoyante, je posai ma botte sur le premier barreau de l'échelle. Mon pied était lourd comme du plomb, mes jambes réticentes à avancer. A mi-hauteur, je m'arrêtai. Et si ces gens ne voulaient pas de moi ? Et s'ils refusaient de croire que j'étais leur fille disparue ? Et si j'étais déjà trop âgée pour qu'ils s'intéressent à moi ?

Tous les autres orphelins avaient été immédiatement acceptés par leur famille. Agés de sept à treize ans, ils n'en avaient été séparés que pendant quelques années ; leurs parents les avaient reconnus sans l'ombre d'une hésitation. A présent, nous n'étions plus que quatre. Les jumelles, Gracena et Nickeely, avaient treize ans, et May, douze. Moi, j'en avais vingt.

Selon Irys, les Zaltana avaient perdu une fillette de six ans, plus de quatorze années auparavant. C'était une très longue séparation. Je n'étais plus une enfant.

De tous les orphelins, j'étais la plus âgée à avoir survécu aux expériences de Brazell, et à avoir conservé mon esprit. Quand les autres avaient atteint la maturité, ils avaient été torturés jusqu'à livrer leur âme à Mogkan et à Reyad. Mogkan utilisait la magie de ces prisonniers pour renforcer son pouvoir, et les enfants se transformaient en zombies.

Irys assumait la tâche peu enviable d'expliquer aux familles de ces enfants ce qui leur était arrivé, mais, moi je me sentais coupable d'être la seule à avoir survécu… même si, pour cela, j'avais enduré de terribles épreuves.

Mes pensées se tournèrent vers Valek. Notre séparation avait creusé un vide douloureux en moi. Pendue à l'échelle par un bras, je caressai le pendentif en forme de papillon qu'il avait sculpté pour moi. Peut-être qu'un jour je trouverais un moyen de retourner en Ixia. Après tout, la magie qui m'habitait avait cessé ses explosions intempestives, et je préférerais de loin la compagnie de Valek à celle de ces gens bizarres qui vivaient dans les arbres. Même le nom de mon nouveau pays, Sitia, me laissait un goût amer dans la bouche.

— Elena, dit la voix d'Irys, nous t'attendons.

Je déglutis et passai la main sur ma longue tresse, lissant mes cheveux noirs, retirant quelques vrilles de lianes qui s'y étaient accrochées. En dépit de notre longue marche à travers la jungle, je n'étais pas vraiment fatiguée. Je suis plus petite que la moyenne des Ixiens (je mesure à peine un mètre soixante sans chaussures), mais, après ma dernière année dans le Nord, mon corps autrefois maigrelet était aujourd'hui très musclé. Prisonnière mourant de faim dans un donjon, j'étais devenue, du jour au lendemain, le goûteur personnel du commandant Ambroise, et une experte en autodéfense. Un changement extrêmement bénéfique sur le plan physique ; quant à ma santé mentale, c'était une autre affaire...

Secouant la tête, je me concentrai sur la situation présente. Je montai jusqu'en haut de l'échelle, m'attendant à déboucher sur une grosse branche, ou peut-être sur une plate-forme. A ma grande surprise, je me trouvai dans une pièce fermée.

Je regardai autour de moi, ébahie. Les murs et le plafond étaient formés par des branches entre lesquelles étaient tissées des cordes. Des éclats de soleil filtraient par les interstices. Des coussins en feuilles étaient posés sur des chaises de branches. Quatre chaises seulement : la pièce était petite.

— C'est elle ? demanda un homme élancé.

Sa tunique en coton et son pantalon court avaient la couleur des feuilles de l'arbre. Un gel vert recouvrait ses cheveux et toutes les parties exposées de son corps. Il portait un arc et un carquois à l'épaule. C'était sûrement un garde. Mais, si c'était lui dont la magie nous avait figées sur place, qu'avait-il besoin d'une arme ? Après tout, pensai-je, Irys avait aisément détourné son sortilège. Savait-elle aussi dévier les flèches de leur trajectoire ?

— C'est elle, répondit Irys.

— Votre visite ne nous surprend guère, Quatrième Magicienne. Nous avons entendu des rumeurs au marché. Attendez-moi, s'il vous plaît. Je vais chercher l'Ancien.

Irys se laissa tomber sur une chaise tandis que les filles admiraient la vue depuis l'unique fenêtre de la pièce. Moi, je marchais de long en large. J'avais eu l'impression que le garde était passé à travers le mur ;

après inspection, je repérai un interstice menant à une passerelle suspendue.

— Assieds-toi, Elena, dit Irys. Détends-toi. Tu es en sécurité, ici.

— On ne peut pas dire qu'il nous ait accueillies à bras ouverts…

— C'est la procédure habituelle. Les visiteurs non accompagnés sont extrêmement rares. Cette jungle est bourrée de prédateurs, et la plupart des voyageurs qui la traversent embauchent un guide du clan. De toute façon, depuis que je t'ai dit que nous étions en route pour le village des Zaltana, tu es nerveuse et sur la défensive.

Irys tendit le doigt vers mes jambes.

— Tu es en garde, prête à attaquer. Ces gens font partie de ta famille. Pourquoi voudraient-ils te faire du mal ?

De fait, j'avais décroché l'arme que je portais sur le dos et je la serrais dans ma main, prête à frapper. Je dus faire un effort pour abandonner cette posture défensive.

— Désolée.

Je raccrochai mon arme — une canne de bois aussi haute que moi — à la lanière de mon sac à dos.

C'était la peur de l'inconnu qui avait crispé mes doigts autour de la canne. D'aussi loin que je me souvienne, on m'avait répété que ma famille était morte, que je ne la retrouverais jamais. Ce qui ne m'avait pas empêchée de rêver d'une famille adoptive qui m'aimerait et prendrait soin de moi. Fantasme récurrent, qui n'avait pris fin que lorsque j'étais devenue le cobaye de Mogkan et de Reyad. Et, à présent que j'avais trouvé Valek, je ne ressentais plus le besoin d'avoir une famille.

— Tu te trompes, Elena, dit Irys à haute voix. Ta

famille peut t'aider à découvrir qui tu es, et comment tu l'es devenue. Tu as plus besoin d'eux que tu ne le crois.

— Je croyais que le Code éthique interdisait de fouiner dans les pensées d'autrui !

— Tu es mon élève, et tu es liée à moi. En m'acceptant comme mentor, tu m'as offert l'accès à tes pensées. Il serait plus facile de détourner le cours d'un fleuve que de briser ce lien.

— Je ne me rappelle pas t'avoir offert quoi que ce soit, grommelai-je.

— Si tu en avais été consciente, cela n'aurait pas fonctionné.

Irys me fixa quelques instants en silence.

— Tu m'as accordé ta confiance et ta loyauté. Il n'en fallait pas plus pour forger un lien entre nous. Je ne me permettrais pas de sonder tes pensées et tes souvenirs intimes, mais je suis sensible à tes émotions superficielles.

J'ouvris la bouche pour répondre mais à cet instant même, le garde aux cheveux verts réapparut.

— Suivez-moi, dit-il.

Nous avançâmes en serpentant de cime en cime. Couloirs, passerelles et habitations se succédaient. Du sol, rien ne laissait deviner ce labyrinthe de constructions suspendues dans les arbres. Nous traversâmes des chambres à coucher, des cuisines, des séjours, sans rencontrer âme qui vive. En passant, je remarquai des ornements fabriqués à partir de matériaux trouvés dans la jungle. Noix et noix de coco, baies, herbes, feuilles et brindilles étaient habilement assemblées pour former des tentures, des couvertures de livres, des boîtes, des statuettes. J'aperçus même une figurine représentant une de ces bêtes à longue queue qui nous avaient suivies tout au long de notre voyage.

— Irys, dis-je en tendant le doigt, comment s'appelle cet animal ?

— C'est un valmur. On en trouve des milliers dans la jungle. Ils sont intelligents, espiègles… et très curieux. Tu as remarqué leur façon de nous épier depuis les arbres ?

J'acquiesçai, revoyant les petites créatures qui ne s'immobilisaient jamais assez longtemps pour que je puisse les observer à loisir. Plus loin, dans d'autres pièces, je vis d'autres figurines, faites elles aussi d'un assemblage de cailloux multicolores. Ma gorge se noua comme je pensais à Valek et aux animaux qu'il sculptait dans l'ébène. Il aurait sans nul doute apprécié l'habileté de ces artisans inconnus, et le soin qu'ils apportaient à ces petits objets. Peut-être pourrais-je lui en envoyer un…

Je doutais de jamais le revoir. Le Commandant m'avait exilée en Sitia dès qu'il avait découvert mes pouvoirs magiques. Si je retournais en Ixia, l'ordre d'exécution à mon encontre serait toujours en vigueur. Toutefois, il ne m'était pas interdit de communiquer avec mes amis.

Je compris bientôt pourquoi les lieux semblaient déserts. En suivant le garde, nous entrâmes dans une vaste salle ronde, où se tenaient environ deux cents personnes, sans doute le village tout entier. Les bancs aménagés contre les murs étaient bondés, et une foule multicolore circulait au centre de la salle.

Lorsque nous entrâmes, chacun cessa de parler pour se tourner vers moi. Tous mes poils se hérissèrent. Je me sentis dévisagée de pied en cap. Les regards s'attardaient sur chaque centimètre de mon visage, de mes vêtements et de mes bottes crasseuses. Je réprimai une forte envie de me réfugier derrière Irys. Je regrettais déjà de ne pas lui avoir posé davantage de questions au sujet des Zaltana.

Enfin, un homme âgé s'avança.

— Je suis Bavol Cacao Zaltana, l'aîné des conseillers de la famille Zaltana. Es-tu Elena Liana Zaltana ?

J'hésitai. Ce nom m'était totalement étranger.

— Je m'appelle Elena, dis-je enfin.

A cet instant, un jeune homme d'une trentaine d'années se fraya un chemin à travers la foule et s'arrêta près de l'Ancien. Les yeux plissés, il me jaugea du regard. Un mélange de haine et d'horreur s'afficha sur son visage.

— Elle a tué, annonça-t-il. Elle empeste le sang.

2.

Un murmure de stupéfaction parcourut la foule. A présent, les visages se teintaient d'hostilité, de dégoût, d'indignation. Sans savoir comment, je me retrouvai derrière Irys ; j'espérais qu'elle me servirait de bouclier contre l'énergie négative qui m'assaillait de toutes parts.

— Leif, cesse de prendre ce ton mélodramatique, dit Irys d'un ton réprobateur. Elena a eu une vie difficile. Ne juge pas ce que tu ne connais pas.

Leif se ratatina sous le regard d'Irys.

— Moi aussi, j'empeste le sang, n'est-ce pas ? poursuivit-elle.

— Mais vous êtes la Quatrième Magicienne !

— Et tu sais ce que j'ai fait, et pourquoi je l'ai fait. Avant d'accuser ta sœur, si tu te renseignais un peu au sujet des épreuves qu'elle a endurées en Ixia ?

La mâchoire de Leif se crispa, et les muscles de son cou se raidirent, comme s'il se retenait à grand-peine de répliquer. Je me risquai à jeter un nouveau coup d'œil à la ronde. Des regards pensifs, inquiets ou gênés s'affichaient maintenant sur les visages. Les femmes portaient des robes sans manches ou des jupes, qui leur arrivaient aux genoux, et des chemises ornées de motifs floraux vivement colorés. Les hommes étaient vêtus de tuniques pâles et de pantalons très simples. Tous avaient les pieds nus, et la plupart étaient minces, avec une peau couleur de bronze.

D'un coup, les paroles d'Irys firent leur chemin en moi. Je l'attrapai par le bras.

Un frère ? J'ai un frère ?

Oui, pensa-t-elle avec un demi-sourire. *Ton seul frère. Vous n'êtes que deux enfants, dans la famille. Tout cela, tu le saurais déjà, si tu n'avais pas changé de sujet chaque fois que j'ai essayé de te parler des Zaltana.*

De mieux en mieux.

Décidément, ma chance ne tournait pas. En quittant le territoire d'Ixia, j'avais cru laisser tous mes problèmes derrière moi. Mais, après tout, pourquoi en serait-il autrement ici ? Alors que tous les Sitiens habitaient des villages normaux, les miens résidaient dans les arbres, et mon unique frère m'accusait de meurtre. Je le regardai plus attentivement, cherchant une quelconque ressemblance avec moi. Sa forte carrure et ses mâchoires saillantes contrastaient avec les silhouettes sveltes des autres membres du clan. Seuls ses cheveux noirs et ses yeux verts pouvaient indiquer que nous étions parents.

Un petit silence gêné s'installa. J'aurais aimé me rendre invisible. Il faudrait que je pense à demander à Irys s'il existait des sortilèges à cet effet.

Une femme plus âgée, de la même taille que moi, fendit la foule et s'avança dans ma direction. En passant, elle lança un regard autoritaire à Leif, qui baissa la tête. L'instant d'après, sans prévenir, elle m'enveloppait dans ses bras. J'eus un mouvement de recul instinctif. Ses cheveux sentaient le lilas en fleur.

— Cela fait quatorze ans que j'attends de te serrer dans mes bras, dit-elle en m'étreignant plus fort. Comme tu m'as manqué, ma petite fille !

Ces simples mots me transportèrent dans le passé. J'étais redevenue une enfant de six ans. Je mis mes bras autour de cette femme inconnue et fondis en larmes. J'avais passé quatorze années sans mère, et je n'avais pas soupçonné que nos retrouvailles puissent m'émouvoir autant. Je m'étais plutôt imaginée curieuse mais détachée, et prête à repartir en urgence pour la Citadelle. Je n'étais nullement préparée au torrent d'émotions qui m'emportait. Je m'accrochai à ma mère comme à une bouée de sauvetage.

Au loin, Bavol Cacao dit :

— Que chacun retourne à ses occupations. Le clan Zaltana a l'honneur d'accueillir la Quatrième Magicienne. Qu'on prépare pour ce soir un festin digne de ce nom. Petal, occupe-toi des chambres d'invités. Cinq lits.

La foule se dispersa, bourdonnante. Quand la salle fut presque vide, la femme — ma mère — me relâcha enfin. *Ma mère.* Difficile de mettre ce mot sur son visage ovale. Après tout, je n'étais même pas sûre qu'elle fût ma vraie mère. Et, même si c'était le cas, avais-je le droit de l'appeler ainsi, après tant d'années ?

— Ton père va être fou de joie, dit-elle en repoussant une mèche qui flottait devant son visage.

Ses longues tresses brunes étaient méchées de gris, des larmes brillaient dans ses yeux vert pâle.

— Comment le savez-vous ? Je ne suis peut-être pas...

— Tu remplis parfaitement le vide que tu as laissé dans mon cœur. Tu es ma fille, j'en suis sûre. J'espère que tu m'appelleras mère, mais, si tu préfères, tu peux m'appeler Perle, au début.

Je m'essuyai les yeux avec le mouchoir qu'Irys me tendit, puis lançai un coup d'œil autour de moi, cherchant mon père. *Mon père.* Encore un concept difficile.

— Ton père est parti chercher des échantillons, dit Perle, comme si elle avait lu dans mes pensées. Il reviendra dès qu'on aura pu le prévenir.

Elle tourna brusquement la tête. Je suivis son regard : Leif se tenait tout près de nous, les bras croisés sur la poitrine et les poings serrés.

— Tu as déjà été présentée à ton frère, je crois. Leif, ne reste pas planté là : viens accueillir ta sœur correctement.

— Je ne supporte pas son odeur, dit-il.

Puis il tourna le dos et s'éloigna à pas dignes.

— Ne fais pas attention à lui, dit ma mère. Il est beaucoup trop sensible. Il ne s'est jamais réellement remis de ta disparition. Il a des pouvoirs très puissants mais… particuliers. Il peut sentir d'où vient une personne, ce qu'elle a fait. Pas de manière précise, simplement sous forme d'impressions générales. Le Conseil demande souvent son aide pour résoudre des crimes et des conflits, et pour déterminer la culpabilité des suspects.

Elle secoua la tête.

— Parmi les Zaltana, ceux qui sont magiciens ont toujours des pouvoirs hors du commun. Et toi, Elena ? Je sens la magie qui coule dans tes veines.

Un bref sourire étira ses lèvres.

— C'est mon propre pouvoir, très limité. Quel est ton talent ?

D'un coup d'œil, j'appelai Irys à la rescousse.

— On a forcé sa magie à se manifester et, jusqu'à récemment, elle était incontrôlable. Nous n'avons pas encore pu déterminer sa spécialité.

Le sang reflua du visage de ma mère.

— Forcé ? répéta-t-elle. Incontrôlable ?

Je frôlai son bras du bout des doigts.

— Rien de grave, dis-je. Tout va bien, maintenant.

— Ne risque-t-elle pas de... d'exploser ? demanda Perle à Irys.

— Non. J'ai pris votre fille sous ma protection, et elle a déjà réussi à maîtriser son pouvoir. Néanmoins, je l'emmène au Fort des magiciens pour qu'elle y poursuive son apprentissage.

Ma mère m'attrapa le bras et le serra fort.

— Je veux que tu me dises tout ce qui t'est arrivé depuis que tu nous as quittés.

— Je...

Ma gorge se noua ; je me sentis piégée.

Par chance, Bavol Cacao vint à mon secours.

— Les Zaltana sont honorés, Quatrième Magicienne, que vous ayez choisi pour élève un membre de notre clan. Permettez-moi de vous accompagner jusqu'à vos chambres, vous désirez sans doute vous rafraîchir et vous reposer avant le festin.

J'éprouvais un immense soulagement, même si l'expression déterminée de ma mère m'avertit qu'elle n'en avait pas fini avec moi. Quand Irys et les trois filles s'avancèrent vers l'Ancien, elle crispa ses doigts autour de mon bras.

— Perle, dit le chef du clan, tu auras largement le temps de parler à ta fille plus tard. Elle est de retour parmi nous, à présent.

Ma mère me lâcha à regret.

— A ce soir, dit-elle. Je vais demander à ta cousine Nutty de te prêter des vêtements convenables pour ce soir.

Tandis que nous avancions vers les quartiers réservés aux invités, je ne pus m'empêcher de sourire : en dépit de tout ce qui venait de se passer, l'inélégance de ma tenue n'avait pas échappé à l'œil aiguisé de ma mère.

La soirée commença par un dîner cérémonieux, pour se transformer progressivement en fête folle. Chacun s'efforça de ne pas prêter attention à mes impairs, notamment à ma manie de goûter avec méfiance chacun des plats, à la recherche de poisons. Les vieilles habitudes ont la peau dure.

Un parfum de citronnelle flottait dans l'air, mêlé à celui de la terre humide. Des convives sortirent des instruments de musique en bambou et en corde, d'autres se mirent à chanter et à danser. Et, pendant tout ce temps, de petits valmurs se suspendaient aux poutres et sautaient de table en table. Mes cousins en avaient apprivoisé certains, petites boules de poil noires, blanches, oranges ou brunes, qui se nichaient sur leurs épaules ou au creux de leur cou. D'autres valmurs, plus sauvages, se battaient dans les coins de la pièce ou bien volaient de la nourriture sur la table. May et les jumelles étaient ravies de leurs acrobaties ; Gracena voulut même faire manger dans sa main un petit valmur ocre et or.

Ma mère était assise à côté de moi. Mon frère n'avait pas daigné paraître. Je portais une robe prêtée par Nutty, ornée de fleurs de lis jaunes et violettes — une horreur que je n'avais enfilée que pour faire plaisir à Perle.

Heureusement que mes amis Ari et Janco, soldats d'Ixia, ne me voyaient pas dans cet accoutrement ! Mais comme ils me manquaient... En réalité, j'aurais été prête à subir toutes leurs moqueries rien que pour voir briller les yeux malicieux de Janco.

— Nous partirons dans quelques jours, disait Irys à Bavol, élevant la voix pour se faire entendre par-dessus le brouhaha des conversations, des chants et de la musique.

Cette déclaration refroidit sensiblement l'ambiance à notre table. Ma mère était consternée.

— Pourquoi partir si vite ? demanda-t-elle.

— Je dois ramener les autres filles chez elles, et il y a déjà longtemps que j'ai quitté la Citadelle et le Fort.

Une lassitude un peu mélancolique se devinait dans la voix d'Irys, et je me rappelai qu'elle n'avait pas vu sa famille depuis près d'un an. Sa longue mission d'espionnage dans le territoire d'Ixia l'avait épuisée.

Le silence tomba sur notre table. Puis le visage de ma mère s'éclaircit.

— Et si Elena restait avec nous pendant que vous raccompagnez les autres chez elles ?

— Cela ferait un détour pour la Quatrième Magicienne, protesta Bavol Cacao.

Ma mère lui lança un regard noir. A son visage concentré, je voyais presque les rouages tourner dans sa tête et ne fus point étonnée lorsqu'elle proposa :

— Leif pourrait accompagner Elena jusqu'à la Citadelle.

Il a rendez-vous avec le Premier Magicien dans deux semaines.

Des émotions très diverses se mêlaient en moi. J'avais envie de rester ici, mais je redoutais d'être séparée d'Irys. Ces gens étaient ma famille, et en même temps des étrangers. Je ne pouvais pas m'empêcher d'être sur mes gardes ; c'était Irys elle-même qui m'avait appris à ne jamais relâcher ma vigilance. Et un voyage en compagnie de Leif me paraissait à peu près aussi attirant qu'un verre de vin empoisonné.

Sans laisser le temps à personne de donner son avis, mère dit :

— Voilà. Faisons ainsi. C'est parfait.

La discussion était terminée.

Le lendemain matin, en voyant Irys hisser son sac sur son dos, j'eus un petit moment de panique.

— Ne me laisse pas seule ici, Irys.

— Tu ne seras pas seule. J'ai compté trente-cinq cousins, sans parler des oncles et des tantes. Cela ne te fera pas de mal de passer du temps avec ta famille. Tu as besoin d'apprendre à leur faire confiance. Je te retrouverai au Fort des magiciens, au sein de la Citadelle. En attendant, entraîne-toi à contrôler ta magie.

— Oui, chef.

May me serra fort dans ses bras.

— Ta famille est si amusante ! J'espère que la mienne habite aussi dans les arbres !

— J'essaierai de te rendre visite, dis-je en lissant ses cheveux.

— Tu la retrouveras peut-être à l'école de la Citadelle,

intervint Irys, à la prochaine saison froide. Du moins, si elle arrive entre-temps à accéder à la source du pouvoir.

— Ce serait merveilleux ! s'écria May, ravie.

Les deux jumelles m'embrassèrent rapidement.

— Bonne chance, dit Gracena avec un sourire en coin. Tu en auras besoin.

Je descendis avec elles pour leur dire au revoir. Au pied de l'échelle, l'air était plus frais que dans le village perché. Je restai à regarder mes amies avancer lentement sur l'étroit sentier et disparaître. Seule, je me sentis fragile, insignifiante, silhouette de papier que le premier souffle d'air pouvait emporter.

N'ayant aucune hâte de retrouver le village, j'examinai les alentours. D'ici, rien ne laissait deviner les habitations cachées au cœur de la voûte feuillue. Tout autour de moi, une végétation dense bouchait la vue à quelques mètres. Au loin, presque noyé par la clameur des insectes, l'on entendait le glouglou d'un petit cours d'eau, mais je n'avais aucune chance de me frayer un chemin jusqu'à lui.

Fatiguée de nourrir les moustiques, je me résolus à remonter l'échelle de corde vers la voûte de feuilles chaude et sèche... et me perdis immédiatement dans un labyrinthe de pièces communicantes.

Des gens que je ne reconnaissais pas me saluaient de la tête en souriant, d'autres fronçaient les sourcils et détournaient le regard. Dans quelle direction se trouvait ma chambre ? Qu'étais-je censée faire ? Je n'avais pas envie de demander mon chemin. Encore moins de retrouver ma mère pour lui raconter l'histoire de ma vie. C'était inévitable, je le savais, mais pour l'instant je n'en avais pas la force. Il m'avait fallu un an avant de m'ouvrir à Valek ; comment pouvais-je me confier à quelqu'un que je venais à peine de rencontrer ?

Ainsi errai-je au hasard, cherchant vaguement un point de vue sur la rivière que j'avais entendue couler au sol. Toutes les fenêtres que je trouvais s'ouvraient sur de vastes étendues de vert. A plusieurs reprises, j'aperçus la silhouette grise d'une montagne. Je savais par Irys que la jungle des Illiais se trouvait dans une vallée encaissée au pied des hautes falaises du plateau Davian — une vallée accessible par un seul côté.

— D'un point de vue défensif, c'est idéal, avait dit Irys. Il est impossible d'escalader les falaises pour accéder au plateau.

Perdue dans mes pensées, je testais mon équilibre sur une passerelle en corde quand une voix me fit sursauter.

— Quoi ? dis-je en essayant de me redresser.

— Qu'est-ce que tu fais là ?

Nutty se tenait au bout de la passerelle.

— Je profite de la vue, dis-je en balayant l'air de mon bras.

Elle parut sceptique.

— Si tu veux une vue digne de ce nom, suis-moi.

Puis elle s'éloigna en sautillant.

Je peinai à la suivre dans les raccourcis qu'elle prenait entre les arbres. Ses bras et ses jambes minces s'agrippaient aux lianes avec la souplesse d'un valmur. Lorsqu'elle pénétrait dans un rayon de soleil, sa peau et ses cheveux couleur de bois d'érable s'illuminaient.

Force m'était de reconnaître un aspect positif à ma présence ici : au lieu de me distinguer par ma peau mate, je me fondais enfin dans la foule. Néanmoins, ma vie aux côtés des pâles Ixiens ne m'avait pas préparée à un aussi large éventail de carnations. Les premiers jours suivant notre arrivée en Sitia, je m'étais surprise — à ma grande gêne — en train de fixer, bouche bée, des êtres au teint brun acajou.

Sans prévenir, Nutty s'arrêta ; je faillis la heurter. Nous avions débouché sur une plate-forme carrée au sommet du plus grand arbre de la jungle.

Sous nos yeux, un camaïeu de verts s'étendait jusqu'à deux falaises abruptes inclinées l'une vers l'autre. De l'endroit où elles se touchaient jaillissait une grande chute d'eau entourée de nuages de vapeur. Au sommet de la falaise commençait une vaste plaine, lisse et interminable, teintée de jaune, de brun et d'or.

— Est-ce le plateau Davian ?

— Exactement. Un désert. Rien n'y survit, à part ces herbes. Il ne pleut pas souvent. C'est beau, hein ?

— C'est le moins qu'on puisse dire.

Nutty acquiesça d'un hochement de tête, puis nous restâmes silencieuses un long moment. Enfin, ma curiosité l'emporta, et je posai des questions sur la jungle, pour amener ensuite la conversation vers la famille Zaltana.

— Nutty, c'est ton vrai nom ? demandai-je.

— Mon vrai nom est Hazelnut Palm Zaltana, dit l'adolescente en haussant les épaules, mais, depuis que je suis toute petite, on m'a toujours appelée Nutty.

— Palm, c'est ton deuxième prénom ?

— Non.

Nutty se laissa tomber du bord de la plate-forme et disparut dans les branchages qui la soutenaient. Les feuilles s'agitèrent puis, quelques instants plus tard, elle réapparut et me tendit une poignée de noix marron foncé.

— Palm, c'est mon nom de famille. Cela vient du

palmier. Zaltana, c'est le nom du clan. Tous ceux qui nous épousent doivent prendre ce nom, mais, à l'intérieur du clan, il y a différentes familles. Tiens, fais comme ça.

Nutty cogna sèchement la coque contre une branche, et me montra le fruit qui se cachait à l'intérieur.

— Toi, tu es une Liana, mot qui vient de liane, bien sûr. Elena, ça veut dire « lumineuse ». Tous les noms des Zaltana viennent soit d'éléments de la jungle, soit de l'ancienne langue des Illiais, qu'on nous oblige à apprendre à l'école.

Nutty leva les yeux au ciel.

— Tu as de la chance d'avoir échappé à ça.

Elle enfonça un doigt dans mes côtes.

— Et de n'avoir pas eu de vilain grand frère. Un jour, j'ai ligoté le mien avec des lianes et j'ai oublié de le... Nom d'un serpent ! J'ai oublié autre chose. Vite, suis-moi.

Elle s'élança entre les arbres.

— Qu'as-tu oublié ? demandai-je en me précipitant derrière elle.

— Je dois te ramener chez ta mère. Ça fait des heures qu'elle te cherche partout.

Nutty ralentit à peine pour traverser une passerelle en corde.

— Oncle Esaü est revenu de son expédition.

Encore un membre de ma famille à rencontrer. J'envisageai brièvement de « m'égarer » en chemin, mais, me rappelant les regards hostiles de certains de mes cousins, je suivis Nutty. Arrivant à sa hauteur, je lui pris le bras.

— Attends, haletai-je. Pourquoi les gens me regardent-ils si méchamment ? Est-ce l'odeur du sang ?

— Non. Tout le monde sait que Leif voit le pire partout. Il faut toujours qu'il essaie d'attirer l'attention sur lui.

Elle se retourna vers moi.

— La plupart pensent que tu n'es pas une vraie Zaltana, mais une espionne ixienne.

3.

— Tu te moques de moi, dis-je. On me prend vraiment pour une espionne ?

Nutty hocha vigoureusement la tête. Il y avait un contraste presque comique entre les tresses enfantines qui s'agitaient autour de son visage et sa mine grave.

— C'est ce que dit la rumeur, affirma-t-elle. Bien sûr, personne n'oserait en souffler mot à tante Perle ni à oncle Esaü.

— Pourquoi croiraient-ils à une chose pareille ?

Visiblement ébahie par ma stupidité, Nutty écarquilla ses grands yeux noisette.

— Pour commencer, il y a le problème de tes vêtements.

Elle indiqua d'un geste mon pantalon et ma chemise.

— Nous savons tous que les gens du Nord sont obligés de porter l'uniforme. Ils disent que, si tu venais vraiment du Sud, tu ne voudrais plus porter de pantalon de toute ta vie. Ni des couleurs aussi tristes.

J'examinai attentivement la tenue de Nutty. Sa jupe orange vif, maintenue par une ceinture en fourrrure marron, était retroussée sur un pantalon à jambes courtes de teinte jaune citron.

Ignorant mon regard appuyé, elle ajouta :

— Et tu es armée.

En effet. J'avais ma canne sur moi, au cas où je trouverais un endroit pour m'entraîner. Pour l'heure, je n'avais repéré qu'un seul lieu assez vaste, la grande salle commune, laquelle était toujours bondée. Ce n'était sans doute pas le meilleur moment pour parler à Nutty du cran d'arrêt sanglé à ma cuisse.

— Qui raconte ces histoires ?

Elle haussa les épaules.

— Des gens.

J'attendis que le silence fasse son effet. Au bout d'un moment, la jeune fille se mit à tripoter nerveusement l'ourlet de sa chemise.

— Leif dit à tout le monde qu'il ne te fait pas confiance. Il dit qu'il reconnaîtrait sa propre sœur... Les Sitiens redoutent constamment une attaque du Commandant, ils croient que des espions du Nord s'infiltrent ici pour évaluer nos défenses. Même si Leif a tendance à exagérer, sa magie est puissante, et beaucoup sont convaincus que tu es une espionne.

— Et toi, qu'en penses-tu ?

— Je ne sais pas. J'attends un peu pour porter un jugement.

Elle baissa les yeux vers ses pieds bronzés et cornés. Autre détail qui me distinguait des Zaltana : je portais encore mes bottes de cuir.

— C'est très sage de ta part, dis-je à Nutty.

— Tu trouves ?

— Oui.

Nutty sourit, et ses yeux noisette s'éclairèrent. Son petit nez retroussé était saupoudré de taches de rousseur. Elle se retourna et repartit à toute allure.

Je la suivis, songeuse. Je n'étais certainement pas un agent secret à la solde d'Ixia… mais je ne me considérais pas non plus comme une vraie Sitienne. Deux motivations justifiaient ma présence dans le Sud : échapper à la mort et apprendre à utiliser ma magie. La rencontre avec ma famille, c'était en prime. Je n'allais pas laisser quelques rumeurs mesquines gâcher ces retrouvailles. Pour l'heure, je me résolus à ignorer les regards mauvais.

Il me fut impossible, en revanche, d'ignorer la fureur de ma mère lorsque Nutty et moi arrivâmes chez elle. Tous les muscles de ses bras et de son long cou étaient crispés, et des ondes de colère irradiaient de son corps menu.

— Où étais-tu passée ? lança-t-elle.

— Eh bien, j'ai dit au revoir à Irys, puis…

Je m'interrompis : aucune explication ne me paraissait suffisante, face à une telle rage.

— Il y a quatorze ans que je ne t'ai pas vue, et nous n'avons que deux semaines avant d'être de nouveau séparées. Comment peux-tu être si égoïste ?

Sans prévenir, elle s'effondra sur une chaise, comme subitement épuisée.

— Je suis désolée…

— Non, dit Perle, c'est moi qui m'excuse. C'est juste que ta façon de parler, ton comportement me sont si étrangers… Sans compter… Sans compter ton père qui te réclame, et Leif qui me rend folle… Et puis, je ne veux pas que ma fille parte d'ici en ayant l'impression d'être une inconnue pour nous !

Je baissai les yeux et croisai les bras sur ma poitrine, me sentant coupable et impuissante. Ma mère attendait beaucoup de moi ; j'allais certainement la décevoir à un moment ou à un autre.

— Ton père est rentré au milieu de la nuit, et il a voulu te réveiller tout de suite, expliqua Perle. Je l'ai obligé à patienter, puis il a passé toute la matinée à te chercher dans le village. Finalement, je lui ai donné quelque chose à faire, pour l'occuper.

Elle ouvrit grand ses bras.

— Elena, si nous allons un peu trop vite pour toi, il faut nous pardonner. Ton arrivée était si inattendue... j'aurais dû insister pour que tu passes la nuit ici, mais Irys m'avait conseillé de ne pas t'étouffer.

Elle prit une profonde inspiration.

— Mais c'est trop difficile. Je n'ai envie que d'une chose, te serrer dans mes bras.

Au lieu de quoi, ses bras retombèrent, ballants, à ses côtés, et, soudain très lasse, elle posa ses mains sur ses genoux.

Je ne trouvais rien à dire. Irys avait raison : il me faudrait du temps pour trouver ma place au sein de ma famille. Pourtant, j'éprouvais de la compassion pour ma mère. Valek me manquait tous les jours davantage. Perdre un enfant, cela devait être encore plus douloureux.

Sur le seuil de la porte, Nutty tripotait ses cheveux, l'air mal à l'aise. Ma mère s'aperçut subitement de sa présence.

— Nutty, pourrais-tu ramener les affaires d'Elena du quartier des invités ?

— Tout de suite. En moins de temps qu'il ne faut à une chauve-souris pour paralyser un valmur, tante Perle.

Nutty disparut dans un éclair jaune et orange.

— Tu t'installeras dans la chambre des invités, dit ma mère.

Puis elle porta sa main à sa gorge et ajouta solennellement :

— Ta chambre, en fait.

Ma chambre. Comme cela semblait normal… et comme c'était étrange. Je n'avais jamais eu de chambre à moi. Comment l'aurais-je aménagée, décorée, personnalisée ? Je n'en avais pas la moindre idée. En Ixia, je n'avais pas exactement été couverte de cadeaux et de jouets. Je réprimai un rire amer. La seule chambre vraiment personnelle que l'on m'ait jamais accordée, c'était ma cellule de prison.

Perle bondit de sa chaise.

— Elena, assieds-toi, je t'en prie. Je vais te préparer quelque chose à manger. Tu es beaucoup trop maigre.

Elle s'éloigna à toute vitesse, lançant en direction du plafond :

— Esaü, Elena est arrivée. Descends donc prendre le thé.

Restée seule, j'examinai le séjour. Un léger parfum de pommes flottait dans l'air tiède. A la différence des autres meubles du village, faits de branches et de brindilles nouées, le divan et les deux fauteuils semblaient être en corde tressée. Je m'installai dans un fauteuil ; les coussins aux motifs de feuillage rouge crissèrent sous mon poids. Qu'y avait-il à l'intérieur ? Posé sur une petite table à plateau de verre, devant le divan, un bol sculpté de bois sombre attira mon œil. J'essayai de me détendre en faisant l'inventaire des objets autour de moi.

Cela fonctionna parfaitement jusqu'à ce que je pose les yeux sur l'établi qui longeait le mur du fond.

Sur toute sa surface était disposée une série d'étranges flacons reliés par un réseau de tubes courbes. Des bougies éteintes étaient posées sous certains récipients. Une succession d'images défila devant mes yeux : le laboratoire de Reyad, sa collection d'accessoires de verre et de métal, et moi, enchaînée au lit, pendant qu'il choisissait l'instrument de torture approprié… De grosses gouttes de sueur perlèrent sur ma nuque, et mon cœur s'emballa. « Allons bon, Elena ! m'intimai-je. Ça suffit, l'imagination débordante. » Deux ans s'étaient écoulés depuis l'époque de ces souvenirs. C'était ridicule d'être effrayée par des bouteilles de verre.

Je me forçai à avancer vers le plan de travail. Quelques flacons étaient remplis d'un liquide ambré. J'en pris un et fis tourner son contenu en le humant. Un fort parfum de pommes envahit mon nez. Des images de balançoires, de rires, de journées ensoleillées me traversèrent l'esprit, mais, lorsque j'essayai de les retenir, elles m'échappèrent. Frustrée, je reposai le flacon.

D'autres bouteilles s'alignaient sur des étagères fixées le long du mur, au-dessus de l'établi. Le tout ressemblait à une sorte de distillerie miniature. Ce liquide ambré était sans doute une liqueur de pommes, comme celle que distillait le général Rasmussen du DM-7, en Ixia.

Des pas résonnèrent derrière moi. Ma mère apparut, portant un plateau garni de fruits frais, de baies et de thé. Plaçant cette collation sur la table de verre, elle me fit signe de m'asseoir sur le divan, à côté d'elle.

— Je vois que tu as trouvé ma distillerie, dit-elle avec

nonchalance, comme si tous les Zaltana possédaient une installation de ce genre. Tu as reconnu l'odeur ?

— Est-ce de l'eau-de-vie ? dis-je au hasard.

Les épaules de ma mère s'affaissèrent très légèrement, mais son sourire ne faiblit pas.

— Perdu. Essaie encore.

Je portai de nouveau une bouteille de liquide ambré à mon nez et inspirai profondément. Comme la première fois, le parfum m'enveloppa d'un sentiment de bien-être, de bonheur, de sécurité… puis, d'un coup, je m'étranglai, asphyxiée. Des souvenirs de jeux d'enfants se mêlaient à des images terribles. Etalée sur le dos, je me griffais la gorge, cherchant désespérément de l'air. La pièce tourbillonna autour de moi.

— Elena, assieds-toi.

La main posée sur mon épaule, ma mère me guidait vers une chaise.

— Tu n'aurais pas dû inhaler aussi profondément. C'est très concentré.

Sa main ne quitta pas mon épaule.

— Qu'est-ce que c'est ?

— *Fleur de Pomme*. Un parfum que j'ai créé.

— Un parfum ?

— Tu as tout oublié, n'est-ce pas ?

Cette fois, le sourire de ma mère disparut et la déception s'afficha clairement sur son visage.

— Je le portais tous les jours, quand tu étais petite. De tous mes parfums, c'est celui qui a le plus de succès. Les magiciennes du Fort l'adorent. Après ta disparition, je n'ai plus jamais pu le porter.

De nouveau, sa main se porta vers sa gorge.

En entendant le mot « magiciennes », ma gorge s'était

nouée. La scène de mon bref enlèvement, à la Fête du Feu de l'année passée, défila dans ma tête. Les tentes, la nuit, un parfum de pommes mêlé au goût de la cendre. Irys avait donné l'ordre aux hommes qui me tenaient prisonnière de m'étrangler.

— Irys porte-t-elle tes parfums ? demandai-je.

— Bien sûr. *Fleur de Pomme*, c'est son préféré. D'ailleurs, elle m'a demandé hier soir de lui en refaire. Il te fait penser à elle ?

— Je crois qu'elle le portait lors de notre première rencontre.

Je décidai de ne pas en dire plus. Sans l'arrivée opportune de Valek, Irys m'aurait tuée. Ma relation avec elle, comme avec Valek, avait très mal commencé. Ironie de l'histoire, tous deux étaient aujourd'hui les êtres qui m'étaient les plus proches.

— Au fil des années, dit ma mère, je me suis aperçue que les parfums éveillaient des souvenirs très précis. Leif et moi travaillons là-dessus dans le cadre de son projet avec le Premier Magicien. Nous avons créé une gamme de parfums et d'odeurs que nous utilisons pour aider des victimes à retrouver leurs souvenirs perdus. Ces réminiscences sont très détaillées, et Leif peut ensuite s'appuyer sur elles pour reconstituer les faits.

Elle s'assit face à la petite table et remplit trois coupes de salade de fruits.

— J'espérais que ce parfum réveillerait tes souvenirs d'enfance.

— J'ai vu quelque chose, mais…

J'étais incapable de mettre des mots sur ce que j'avais vu. Apparemment, tout un pan de ma vie, les six premières années de mon enfance, avait disparu sans laisser de traces. Mieux valait changer de sujet.

— Tu inventes beaucoup de parfums différents ?

— Enormément. Esaü me rapporte sans cesse des fleurs merveilleuses, des plantes inconnues. Je m'amuse à les combiner, j'adore ça.

— Ta mère est la meilleure parfumeuse du pays ! s'écria une voix masculine.

Je me retournai : un petit homme trapu se tenait dans l'embrasure de la porte. Sa ressemblance avec Leif était évidente.

— Les maîtres magiciens portent ses parfums, et la famille royale d'Ixia les portait aussi — avant d'être assassinée, bien sûr.

Esaü s'approcha, me prit les mains et m'attira à lui.

— Elena, mon enfant, comme tu as grandi !

Puis il me serra très fort dans ses bras. Une odeur de terre emplit mes narines ; avant que j'aie pu réagir, mon père me relâcha et s'installa tranquillement dans un fauteuil, un bol de fruits sur les genoux, une tasse de thé à la main. Je m'assis à mon tour, et Perle me tendit un bol.

La chevelure grise et désordonnée d'Esaü lui arrivait aux épaules. En le regardant manger, je m'aperçus que les lignes de ses mains étaient teintées d'une substance vert foncé.

— Esaü, as-tu encore fait des expériences avec cette huile de feuille ? demanda Perle d'un air sévère. Pas étonnant qu'il t'ait fallu aussi longtemps pour descendre. Je parie que tu essayais de te récurer les mains pour que je ne m'en aperçoive pas.

A la manière dont mon père baissa la tête sans répondre,

je compris que c'était un sujet de dispute récurrent. Esaü leva les yeux vers moi, fronçant les sourcils et inclinant la tête tantôt à gauche, tantôt à droite, comme s'il essayait de vérifier quelque chose. Sa peau avait la couleur du thé pur. De profondes rides striaient son front et convergeaient vers le coin de ses yeux. C'était le visage d'un homme bon, habitué à rire et à pleurer.

— Maintenant, dit-il, je veux un récit complet de ce qui t'est arrivé pendant toutes ces années.

Je réprimai un soupir, pris une profonde inspiration et racontai à mes parents mon enfance dans l'orphelinat du général Brazell, chef du District Militaire 5. Je passai rapidement sur les événements déplaisants des dernières années, pendant lesquelles j'avais servi de cobaye à Reyad et à Mogkan ; mes parents étaient suffisamment bouleversés par le complot ourdi par ces derniers pour renverser le Commandant, et par la manière dont ils s'étaient approprié les pouvoirs magiques des orphelins. Je jugeai inutile de m'attarder sur leur façon d'anéantir l'esprit de leurs victimes.

De même, en leur racontant mes aventures en tant que goûteur du commandant Ambroise, j'omis de dire qu'avant cela j'avais passé un an en prison, attendant d'être pendue pour le meurtre de Reyad. Et qu'on m'avait finalement donné le choix entre la potence et le poste de goûteur.

— Je parie qu'ils n'ont jamais eu un aussi bon goûteur, dit mon père.

— Ah ! Tais-toi, s'exclama ma mère. Elena aurait pu mourir empoisonnée, tu t'en rends compte ?

— Dans la famille Liana, nous avons tous un goût et un odorat très aiguisés. Si notre fille n'avait pas été douée pour détecter les poisons, elle ne serait pas là devant nous.

— Rassurez-vous, dis-je, ce n'est pas tous les jours qu'on essaie d'empoisonner le Commandant. A vrai dire, ce n'est arrivé qu'une seule fois.

Les mains de Perle volèrent vers son cou.

— Oh, mon Dieu ! Je parie que c'est son bras droit qui a fait le coup. Cet horrible assassin qu'il protège.

Je la fixai sans comprendre.

— Tu sais bien, son espion, Valek ! Tous les Sitiens aimeraient voir sa tête au bout d'une pique. Il a assassiné presque toute la famille royale d'Ixia, à l'exception d'un neveu. Sans Valek, cet usurpateur n'aurait jamais pu s'emparer du pouvoir et perturber les bonnes relations entre les deux pays. Et quand je pense aux pauvres enfants ixiens qui naissent dotés de pouvoirs magiques... Valek les égorge au berceau !

Et Perle de frissonner d'horreur. Quant à moi, ma mâchoire se décrocha. Je cherchai le pendentif en forme de papillon que Valek m'avait sculpté et le serrai dans ma main. Ce n'était sans doute pas le moment de parler à ma mère de ma relation avec lui. Ni de l'éclairer sur la politique du Commandant à l'égard des Ixiens dotés de pouvoirs magiques. S'ils n'étaient pas vraiment égorgés au berceau, la grande majorité d'entre eux était vouée à une mort pour le moins précoce. Valek n'était pas un partisan enthousiaste de cette politique, mais sa loyauté absolue envers le Commandant lui interdisait de s'opposer à sa volonté. J'espérais qu'au fil du temps il saurait convaincre le Commandant de l'opportunité d'intégrer des magiciens à son état-major.

— Valek n'est pas aussi horrible qu'on le dit, expliquai-je. Il nous a aidés à démasquer Brazell et Mogkan. C'est même lui qui les a arrêtés.

Je faillis ajouter : « Il m'a sauvé la vie à deux reprises », mais les grimaces de dégoût sur les visages de mes parents m'en dissuadèrent. Ce n'était pas la peine d'insister. En Sitia, Valek était l'ennemi public numéro un ; aucun argument ne suffirait à le réhabiliter auprès de mes parents. Je pouvais difficilement le leur reprocher. Dans les premiers temps, j'avais moi-même craint Valek à cause de sa réputation. Je ne me doutais pas de la loyauté féroce, de l'amour de la justice, ni de l'abnégation qui habitaient ce redoutable personnage.

Par chance, Nutty choisit ce moment délicat pour entrer en trombe, chargée de mes affaires.

Esaü lui prit le sac à dos des mains.

— Merci, Nut, dit-il en titillant une de ses tresses.

— Pas de quoi, vieille branche.

Elle fit mine de lui décocher un coup de poing, puis recula d'un pas dansant, tandis qu'il s'élançait vers elle. Elle lui tira la langue en sautillant vers la porte.

— Moi, une vieille branche ? répéta Esaü, faussement scandalisé. Tu vas voir, petite noix. La prochaine fois…

— Tu dis toujours ça.

Et elle disparut en riant.

— Viens, Elena, je vais te montrer ta chambre, dit mon père.

Comme je me tournais pour le suivre, Perle m'arrêta.

— Attends, dit-elle. Que s'est-il passé, en fin de compte ? Le coup d'Etat a-t-il réussi ?

— Non. Brazell est en prison.

— Et les autres ? Reyad, Mogkan ?

Je pris une profonde inspiration.

— Ils sont morts.

Je m'attendais à ce qu'elle me demande qui les avait tués. Allais-je lui dire la vérité sur mon propre rôle dans leur mort ? Mais elle se contenta de hocher la tête.

— Tant mieux.

Les appartements d'Esaü et de Perle occupaient deux étages et, au lieu d'utiliser une échelle ou un escalier, Esaü les avait reliés par un dispositif qu'il appelait un élévateur. Je n'avais jamais rien vu de semblable. Nous entrâmes dans une pièce de la taille d'un placard, traversée au sol et au plafond par deux grosses cordes. Esaü tira sur l'une des cordes et la pièce se mit à monter. Par réflexe, je pris appui contre le mur, mais c'était une précaution inutile, car nous montâmes tout en douceur. Le deuxième étage apparut bientôt devant nous, et mon père sortit.

Intriguée, je restai un instant à examiner ce curieux dispositif. Au bout de quelques minutes, Esaü repassa la tête dans l'élévateur.

— Ça te plaît ?

— C'est fantastique.

— Une de mes inventions. Ce sont les poulies qui font tout, expliqua-t-il. Tu n'en verras pas beaucoup dans le village. Les autres Zaltana se méfient de tout ce qui est nouveau. Mais, au marché, j'en vends des dizaines.

— C'est aussi là que Perle vend ses parfums ?

— Exactement. Au marché des Illiais, ouvert tous les jours de l'année. Tous les Zaltana y vont pour vendre, acheter ou troquer des biens. Mes inventions et les parfums de Perle nous assurent une vie très confortable.

Nous sortîmes de l'élévateur et traversâmes ensemble le couloir.

— Quand nous avons un stock suffisant d'objets, ou qu'une commande est terminée, le clan dépêche un petit groupe jusqu'au marché. Nous y achetons aussi certaines choses qu'on ne trouve pas dans la jungle, comme les flacons de ta mère ou la quincaillerie pour mes meubles.

— C'est toi qui as fabriqué ces meubles en corde ?

— Oui. Sauf qu'ils ne sont pas en corde, mais en liane.

— Ah.

— Ces lianes sont une source de tracas constants. C'est sans doute pour cela que notre famille porte leur nom.

Esaü me fit un sourire en coin, avant d'ajouter :

— Elles envahissent tout, font même tomber les arbres. Nous devons sans cesse les tailler et les arracher. Un jour, au lieu de les brûler, j'en ai ramené une brassée à la maison pour faire des essais.

Esaü tira un rideau de toile qui servait de porte à une petite pièce, puis me fit signe de le précéder.

— Une fois séchées, poursuivit mon père, elles deviennent extraordinairement résistantes, tout en restant très souples. En les tressant, on peut leur donner n'importe quelle forme...

Je crus d'abord que nous nous trouvions dans un débarras. L'air était imprégné d'une légère odeur de renfermé, les murs étaient entièrement occupés par des rangées de récipients de verre remplis de liquides de toutes les couleurs. Lorsque je réussis enfin à détacher mon regard de cette collection multicolore, je remarquai un lit étroit et une petite commode en lianes tressées.

Esaü baissa la tête et se passa une main tachée de vert dans les cheveux.

— Tu n'as pas beaucoup de place, désolé, dit-il. Cela fait des années que j'utilise cette chambre pour entreposer mes échantillons. J'ai déblayé le lit et le bureau ce matin.

Il tendit le doigt vers un petit bureau de bois noir, dans un coin.

— Pas grave, dis-je en essayant de ne pas lui montrer à quel point j'étais déçue.

J'avais espéré que cette pièce m'aiderait à convoquer des souvenirs d'enfance. C'était raté. Je posai mon sac sur le lit et demandai :

— Qu'est-ce qu'il y a d'autre à cet étage ?

— Notre chambre, et mon atelier. Je vais te faire visiter.

Nous ressortîmes dans le couloir. Un peu plus loin à droite, une deuxième ouverture fermée par un rideau donnait sur une grande chambre à coucher, meublée d'un grand lit recouvert d'un plaid à fleurs mauves, de deux tables de chevet et d'autres étagères, remplies de livres.

Esaü attira mon attention sur le plafond, constitué de pièces de cuir tendues sur une structure en branches.

— J'ai huilé le cuir pour l'imperméabiliser, expliqua-t-il. Pas une goutte de pluie ne rentre ici, mais je dois avouer qu'il fait parfois très chaud.

Fixé au plafond, un dispositif en forme de fleur était suspendu au-dessus du lit. Des cordes enroulées à la base d'une structure de bois traversaient le plafond et descendaient le long des murs.

— Qu'est-ce que c'est ?

Esaü sourit.

— Une autre invention. Toujours mes fameuses poulies, et quelques poids. Quand on tire sur la corde, la fleur se met à tourner et elle rafraîchit l'air.

De l'autre côté du couloir se trouvait une troisième chambre comportant un lit à une place, une commode et une table de chevet. Sans aucune décoration, invention, ni autre détail personnel apparent.

— Leif passe la majeure partie de son temps au Fort des magiciens, dit Esaü. J'ai plus ou moins intégré sa chambre à mon espace de travail.

Tout au bout du couloir s'ouvrait une pièce plus vaste que les autres. En y pénétrant, je ne pus m'empêcher de sourire. L'atelier d'Esaü était encombré de plantes, de récipients, de tas de feuilles et d'outils. Les étagères s'affaissaient sous le poids de bocaux remplis de substances étranges et de liquides inconnus. Impossible de se déplacer sans se cogner quelque part. Cette pagaille me rappelait le bureau et les appartements de Valek, à une différence près : là où Valek accumulait livres, papiers et cailloux, mon père avait invité la jungle tout entière dans son atelier.

— Entre, Elena, mon enfant.

Il me devança, soudain pressé.

— J'ai quelque chose à te montrer.

Je pris mon temps pour me frayer un chemin jusqu'à lui.

— Que fais-tu ici ? demandai-je.

— Oh, je bricole, dit-il en fouillant dans un tas de

papiers. J'aime bien faire des expériences avec les échantillons que je ramène de la jungle. Je découvre toutes sortes de choses par hasard, des remèdes, des aliments, des essences pour ta mère... Ah ! Voilà !

Il me tendit un carnet à dessin.

— Regarde.

Je pris le carnet sans vraiment y faire attention. Les mots « ta mère » avaient réveillé les doutes qui m'habitaient depuis mon arrivée au village. Je pris mon courage à deux mains et posai à Esaü la même question que j'avais posée à Perle.

— Comment peux-tu savoir que je suis ta fille ?

— Regarde ce carnet, répéta Esaü en souriant.

Je l'ouvris à la première page, et vis un dessin au fusain représentant un nouveau-né.

— Continue, dit Esaü.

Sur la page suivante, je vis un bébé plus grand. En tournant les pages, ce bébé se transformait en petite fille, en adolescente, puis en quelqu'un de très familier. Moi. Ma gorge se noua, et des larmes me vinrent aux yeux. Pendant toute mon absence, mon père n'avait jamais cessé de penser à moi. Les dessins montraient ma vie telle qu'elle aurait dû se dérouler, si je l'avais passée aux côtés de mes parents.

— Le plus amusant, c'est de faire tourner les pages à toute vitesse, dit mon père. On voit défiler vingt ans en quelques secondes.

Esaü reprit le carnet de croquis et le rouvrit à la première page.

— Tu vois ? C'est ceci qui me prouve que tu es ma fille. Je t'ai dessinée chaque année depuis ta naissance, et, même quand tu n'étais plus là, j'ai continué à le faire.

Il avança jusqu'à la dernière page et étudia le portrait qui s'y trouvait.

— Je ne m'étais pas trompé de beaucoup. Il y a des petites erreurs, bien sûr, mais, maintenant que je t'ai devant les yeux, je vais pouvoir les corriger.

Il s'éclaircit la gorge.

— Après ta disparition, ta mère gardait tout le temps ce carnet sur elle. Elle passait des journées entières à le regarder. Au bout d'un moment, elle a arrêté, et un jour, en me voyant ajouter un nouveau dessin, elle m'a demandé de le détruire. Je lui ai promis qu'elle ne le reverrait jamais. Pour autant que je sache, elle n'est pas au courant que j'ai continué. Alors, pour l'instant, ça reste entre nous, d'accord ?

— Entendu.

A présent, je regardais les dessins un à un, leur consacrant toute mon attention.

— C'est incroyable, dis-je.

Tous mes doutes s'évaporaient devant la richesse des détails consignés dans ce carnet. A cet instant, je sus avec certitude que j'appartenais au clan des Zaltana, et j'en éprouvai un soulagement inattendu. J'étais à ma place, ici, et j'allais faire un effort pour renouer le lien avec mes parents. Leif, en revanche, c'était une autre histoire.

— Tu devrais montrer ce carnet à Leif, dis-je à Esaü. Cela le convaincrait peut-être que je suis vraiment sa sœur.

— Ne t'inquiète pas pour Leif. Il n'a pas besoin de dessins pour savoir qui tu es. C'est le choc de ton retour qui l'a déstabilisé. Ton enlèvement a été assez traumatisant pour lui.

— De mon côté, dis-je d'une voix acerbe, ça n'a pas été une partie de plaisir, non plus.

Esaü fit une petite grimace.

— Leif était avec toi le jour où tu as disparu, dit-il doucement. Tu l'avais supplié de t'emmener jouer au sol de la jungle. Il n'avait que huit ans ; cela peut paraître jeune, mais les Zaltana apprennent à survivre dans la jungle dès qu'ils savent marcher. Parfois même avant : Nutty a grimpé aux arbres avant de faire ses premiers pas. Cela rendait ma sœur dingue…

Esaü se laissa tomber dans un fauteuil. Une grande lassitude semblait s'être emparée de lui.

— Quand Leif est revenu seul, nous ne nous sommes pas trop inquiétés. En général, on retrouve les enfants égarés au bout d'une heure ou deux. Après tout, la jungle des Illiais n'est pas si grande. Pendant la journée, les prédateurs sont moins actifs, et, la nuit, nous avons quelques astuces pour les éloigner du village. Mais le soleil s'est couché sans qu'on t'ait retrouvée. Nous avons commencé à paniquer. Chacun pensait que tu avais été prise par un serpent-collier ou un guépard des arbres.

— Un serpent-collier ?

Esaü sourit, et une lueur de respect étincela dans ses yeux.

— Un prédateur vert et marron qui vit dans les arbres. Il peut mesurer jusqu'à dix mètres de long. Il s'enroule autour des branches, se fond dans le feuillage, et attend qu'une proie passe. Ensuite il se laisse tomber sur sa victime et l'étrangle.

Esaü illustra cette tactique en faisant un mouvement de vis avec les mains.

— Puis il avale sa proie entière et la digère pendant des semaines.

— Pas très ragoûtant.

— Le pire, c'est qu'il est impossible de savoir ce qu'il a avalé sans le tuer. Or, sa peau est si épaisse qu'il ne craint pas les flèches, et il faut être suicidaire pour s'en approcher. Même chose avec le guépard des arbres. Il traîne sa proie jusqu'à sa tanière, qui est totalement impossible à approcher. Bref, au bout d'un moment, Leif était le seul à te croire encore vivante. Il était persuadé que tu te cachais quelque part pour nous faire une farce. Pendant que nous autres faisions notre deuil, Leif passait ses journées à fouiller la jungle de fond en comble, dans l'espoir de te retrouver.

— Quand a-t-il arrêté ? demandai-je.

— Hier.

4.

Pas étonnant que Leif fût en colère contre moi ! Il avait passé quatorze années à me chercher, et je n'avais pas eu la décence de me laisser retrouver par lui... Alors qu'il était le seul à croire encore à ma survie ! Comme je regrettais toutes les pensées dures que j'avais eues à son égard ! Ces regrets s'évanouirent, toutefois, quelques secondes plus tard, quand Leif apparut sur le seuil de l'atelier.

— Père, dit-il, tu peux dire à cette fille que, si elle veut aller à la Citadelle, je pars dans deux heures.

— Pourquoi ? demanda Esaü. Tu n'es attendu que dans deux semaines !

— Bavol a reçu un message du Premier Magicien, dit Leif d'un ton suffisant. Il s'est passé quelque chose. Ma présence est indispensable.

Je réprimai l'envie de lui décocher un coup au plexus solaire, histoire de dégonfler son ego démesuré. Leif pivota sur ses talons et s'éloigna.

— Quelqu'un d'autre peut-il m'accompagner à la Citadelle d'ici deux semaines ?

Esaü secoua la tête de droite à gauche.

— C'est un long voyage, Elena. La Citadelle est à de

nombreux jours de marche d'ici. En plus, la plupart des Zaltana rechignent à quitter la jungle.

— Et Bavol Cacao ? demandai-je d'un air malin. N'est-il pas notre porte-parole au conseil de la Citadelle ?

Irys m'avait expliqué la composition de ce conseil qui régissait les terres du Sud : quatre maîtres magiciens, plus un représentant de chacun des onze clans.

— Non. Le Conseil ne se réunit pas pendant la saison chaude.

— Ah.

Je réfléchis un instant. La saison chaude ne faisait que commencer.

— Peux-tu me donner des instructions pour m'y rendre seule ?

— Elena, tu seras plus en sécurité avec Leif. Viens, allons faire tes bagages. Deux heures, ça passe à toute...

Esaü s'interrompit et me regarda.

— Tu n'as que ce sac à dos ?

— Et ma canne.

— Alors tu auras besoin de provisions.

Esaü se remit à fouiller dans la pièce.

— Je n'ai pas...

Sans m'écouter, Esaü me tendit un deuxième carnet, semblable au premier, mais qui contenait des croquis de plantes et d'arbres accompagnés de descriptions et de notes.

— Qu'est-ce que c'est ?

— Un guide. J'avais prévu de te réapprendre moi-même à survivre dans la jungle, mais dans l'immédiat ce carnet devra suffire.

Je feuilletai le guide et tombai sur un dessin représentant une feuille ovale. En dessous de l'illustration, une note indiquait qu'en décoction les feuilles de tilipi faisaient baisser la fièvre.

Esaü me tendit ensuite une série de petits bols et d'ustensiles étranges.

— Sans un minimum de matériel, ce carnet ne te servirait à rien. Maintenant, allons trouver ta mère.

Il soupira.

— Elle ne va pas être contente.

Il avait raison. Nous la trouvâmes à sa distillerie, en vive discussion avec Leif.

— Ce n'est pas ma faute, disait Leif. Si tu tiens tant à la garder ici, tu n'as qu'à l'accompagner toi-même à la Citadelle. Ah, mais j'oubliais, madame n'a pas mis le pied sur le sol de la jungle depuis quatorze ans.

Perle fit volte-face vers Leif, un flacon à la main, prête à le lancer. Lorsqu'elle nous aperçut, Esaü et moi, elle se retourna et posa le flacon sans dire un mot.

— Dis à cette fille que je l'attendrai au bas de l'échelle des Palm dans deux heures, dit Leif à Esaü. Si elle n'y est pas, je pars seul.

Leif parti, un lourd silence s'installa entre nous.

— Tu vas avoir besoin de provisions, répéta mon père.

Et il se réfugia dans la cuisine.

Ma mère s'approcha, de petits flacons s'entrechoquant dans ses mains.

— Prends ça, dit-elle. Deux bouteilles de Fleur de Pomme pour Irys et une bouteille d'Eau de Lavande pour toi.

— Eau de Lavande ?

— J'ai pris un risque, mais tu adorais ça quand tu avais cinq ans... Si tu ne l'aimes pas, nous pourrons toujours expérimenter plus tard pour en trouver un autre qui te convienne mieux.

Je dévissai le bouchon et inspirai. Là non plus, ce ne furent pas des images de mon enfance qui resurgirent, mais des souvenirs plus récents. J'étais cachée sous la table de travail dans le bureau de Valek. Je cherchais la recette de l'antidote à la Poussière de Papillon, ce poison censé se trouver dans mon organisme et interdire toute évasion de ma part. Je croyais avoir besoin d'une dose quotidienne de cet antidote afin de rester en vie. Valek était revenu plus tôt que prévu, et m'avait reconnue au parfum de mon savon. Un savon à la lavande. Mes goûts n'avaient pas tellement changé, apparemment.

— C'est exactement ce dont j'avais envie, dis-je à Perle. Merci beaucoup.

Une expression étrange passa sur le visage de Perle. Elle plissa les lèvres, serra les poings, et prit une grande inspiration.

— Je t'accompagne, déclara-t-elle. Esaü, où est mon sac à dos ?

Mon père revenait de la cuisine, chargé de nourriture.

— Dans notre chambre, répondit-il.

Elle l'écarta d'un geste et fonça vers l'élévateur. Si mon père était surpris par cette décision impromptue, il n'en laissait rien paraître. Je rangeai dans mon sac le pain et les fruits qu'il avait rassemblés, emballai les flacons et les glissai dans ma cape. Je ne l'avais pas portée depuis notre arrivée dans le Sud, à cause de la chaleur, mais, lorsque nous avions dormi dehors, je l'avais étendue sur le sol pour me faire un matelas.

— Ces provisions ne dureront qu'un temps, dit Esaü.

Et, à la Citadelle, tu auras sans doute besoin de nouveaux vêtements. As-tu de l'argent ?

Je farfouillai dans mon sac. Je trouvais curieux de devoir payer pour la nourriture et les vêtements. Dans le Nord, tous les objets de première nécessité nous étaient fournis. Je pris la petite bourse que Valek m'avait donnée et en sortis une pièce d'or ixienne pour la montrer à Esaü.

— Tu crois que ça marchera ici ?

— Range ça tout de suite, dit-il en refermant ma main autour de la pièce. Ne les montre à personne. Quand tu seras arrivée à la Citadelle, tu demanderas à Irys de te les échanger contre de l'argent sitien.

— Pourquoi ?

— On risque de croire que tu es du Nord.

— Mais je suis…

— Non, Elena, tu n'es *pas* du Nord. Les gens d'ici se méfient de tous les Ixiens, réfugiés politiques y compris. Tu es une Zaltana. Ne l'oublie jamais.

Une Zaltana. Je répétai le nom dans ma tête, comme si, en y pensant très fort, je pouvais le devenir. Mais, au fond de moi, je savais que ce ne serait pas aussi simple.

Esaü fouillait dans les tiroirs d'un secrétaire. Je rangeai l'argent de Valek dans mon sac à dos. Avec les provisions et le matériel que m'avait donnés mon père, il était plein à craquer. Il me fallait mieux organiser son contenu. Aurais-je besoin de ma corde et de mon grappin ? Ou de mon uniforme de goûteur ? J'espérais ne plus avoir à m'en servir avant longtemps, mais pour l'instant je ne pouvais me résoudre à m'en séparer.

Un cliquetis métallique s'éleva du secrétaire, puis Esaü s'avança vers moi, une poignée de pièces à la main.

— Je ne trouve que cela, mais cela devrait suffire

jusqu'à ton arrivée à la Citadelle. Maintenant, va dire au revoir à ta mère. Il se fait tard.

— Elle ne nous accompagne pas ?

— Non. Tu la trouveras au lit.

C'était dit avec un mélange de tristesse et de résignation. Dans l'élévateur, je me demandai ce que tout cela signifiait. Quoi qu'il en fût, Esaü avait vu juste : Perle était prostrée sur le couvre-lit à fleurs mauves, son oreiller trempé de larmes, son corps agité de saccades.

— La prochaine fois, sanglota-t-elle. La prochaine fois, je t'accompagnerai au Fort des magiciens.

— Cela me ferait très plaisir.

Puis, me rappelant qu'elle n'avait pas quitté la jungle depuis quatorze ans, j'ajoutai :

— Je reviendrai à la maison dès que possible.

— La prochaine fois, je te dis, la prochaine fois, j'irai...

Une fois le voyage à la Citadelle définitivement remis à plus tard, Perle se calma. Au bout d'un moment, elle se leva, lissant sa robe et s'essuyant les joues.

— La prochaine fois, dit-elle, tu resteras plus longtemps.

Cela ressemblait davantage à un ordre qu'à une question.

— Oui, Perle... mère.

Les plis d'inquiétude autour de sa bouche s'effacèrent, révélant toute la beauté de son visage. Elle me prit dans ses bras et chuchota :

— Je ne veux pas te perdre une deuxième fois, Elena. Fais très attention à toi.

— Je te le promets.

C'étaient loin d'être des paroles en l'air. Les leçons douloureuses ne s'oublient pas de sitôt.

Seules quelques issues permettaient de quitter le village pour rejoindre le sol de la jungle. Chacune d'elles portait le nom d'une famille établie à proximité. A l'instant où je posais pied sur la première marche de l'échelle des Palm, j'entendis la voix de Nutty. Je l'avais cherchée pour lui dire au revoir, mais elle était restée introuvable.

— Attends, Elena !

Elle surgit d'entre les feuilles, des poignées de tissu coloré à la main.

— J'ai fait ça — elle reprit sa respiration — pour toi.

« Ça », c'était une jupe jaune pâle — d'une grande sobriété selon les critères des Zaltana — parsemée de minuscules boutons d'or, et une chemise unie couleur corail. Comme j'examinai la jupe avec scepticisme, Nutty éclata de rire.

— Regarde, dit-elle en la dépliant. Tu vois ? On dirait une jupe, mais en fait c'est un pantalon. Le tien risque de te tenir drôlement chaud quand tu traverseras la plaine.

Elle posa la ceinture de la jupe contre ma taille pour la mesurer.

— En plus, tu te feras moins remarquer, en jupe.
— Bien vu, dis-je. Tu es une petite maligne.
— Tu aimes ?
— Beaucoup.
— J'en étais sûre ! s'exclama Nutty, ravie.
— Peux-tu m'en coudre quelques autres ? Tu pourrais

les confier à Bavol pour qu'il me les apporte, quand il retournera à la Citadelle.

— Pas de problème.

Je fis glisser mon sac de mes épaules et fouillai à l'intérieur.

— Combien te dois-je ?

Nutty secoua la tête.

— Quand tu arriveras au marché des Illiais, achète du tissu à l'étal de Fern et dis-lui de me l'envoyer. Environ trois mètres par tenue. Je t'en ferai autant que tu voudras.

— Mais… et le prix de ton travail ?

— Les Zaltana ne font jamais payer la famille. Seulement — ses yeux noisette pétillèrent — si on te demande où tu as déniché ces adorables vêtements, ne te gêne pas pour donner mon nom.

— C'est promis. Merci beaucoup, Nutty.

Je pliai ma nouvelle tenue et la fourrai dans mon sac. Puis Nutty me serra dans ses bras.

Son étreinte me réchauffa le cœur pendant que je descendais l'échelle, et cette chaleur dura jusqu'au moment où j'aperçus le rictus hostile de Leif.

Il m'attendait sur le sol de la jungle, vêtu d'une tenue de voyage : tunique brun clair en coton, pantalon brun sombre, bottes en cuir. Il portait un gros sac en cuir sur son dos, et une machette à la ceinture.

— Tu as intérêt à me suivre, je ne t'attendrai pas, dit-il en fixant un point au-dessus de ma tête pour éviter mon regard.

Puis il tourna le dos et s'éloigna à vive allure.

Je savais que je me lasserais vite de regarder son dos,

mais, pour l'instant, cette marche rapide m'offrait l'occasion de me dégourdir les jambes.

Sans échanger un mot de plus, nous avançâmes sur un sentier étroit à travers la jungle. Ma chemise fut bientôt trempée de sueur, et je me rendis compte que je guettais un serpent-collier ou un guépard des arbres. Dès que j'aurais un moment, décidai-je, je chercherais des illustrations de ces prédateurs dans le carnet d'Esaü.

Autour de nous, les oiseaux chantaient et pépiaient à tue-tête, et des cris d'animaux résonnaient sous la voûte feuillue. Comment s'appelaient toutes ces créatures ? Inutile de demander des précisions à Leif.

Une fois, il s'arrêta brusquement et décrocha sa machette de sa ceinture. Par réflexe, je dégainai ma canne. Leif eut un ricanement méprisant et donna un puissant coup de machette à la base d'un jeune arbre.

— *Ficus barbata*, me lança-t-il par-dessus son épaule.

Je ne répondis pas. Devais-je être honorée qu'il daigne m'adresser la parole ?

Leif, semblait-il, n'attendait aucune réponse de ma part.

— C'est un parasite, poursuivit-il. Le ficus s'enroule autour d'un arbre pour atteindre le soleil. Une fois arrivé, il devient de plus en plus gros, pour finalement étouffer et tuer son hôte.

Il arracha les branches enroulées autour de l'arbre.

— Un procédé qui doit t'être très familier, n'est-ce pas ?

Il jeta les branches sur le sol et poursuivit sans se retourner. Ce n'était pas une leçon sur la vie de la jungle, comme je l'avais d'abord cru, mais une attaque contre moi. Et si j'utilisais ma canne pour lui faire un croche-patte ? C'était une idée très mesquine... et très séduisante. Résistant à la tentation, je sanglai mon arme à mon sac.

Nous arrivâmes en vue du marché des Illiais au coucher du soleil. Des structures en bambou coiffées de toits en chaume s'étendaient à perte de vue. Des stores, également en bambous, tenaient lieu de murs. Certains étaient remontés pour permettre aux acheteurs d'inspecter la marchandise, et pour créer des courants d'air.

Depuis quelques heures, Leif et moi descendions en pente douce. Le sentier s'arrêtait devant une clairière, à la limite de la jungle. Ici, les arbres colossaux de la forêt tropicale ne dominaient plus le paysage. Au loin, j'apercevais des étendues boisées qui m'évoquaient la forêt des Serpents, en Ixia.

— Nous dormirons ici et partirons à l'aube, dit Leif en s'éloignant vers un étal.

Je pensais que le marché fermerait avec la tombée de la nuit, mais bientôt des torches se mirent à flamber de toutes parts, et l'activité continua de plus belle. L'on se pressait d'étal en étal, chargé de paquets, et des centaines de voix se mêlaient, marchandant, riant, appelant des enfants.

Certains acheteurs portaient la tenue familière des Zaltana, d'autres les tuniques et les collants verts du clan Cowan, installé dans la forêt. Sur la route entre Ixia et le village des Zaltana, Irys m'avait appris à reconnaître les différents clans à leur manière de s'habiller.

J'aperçus même quelques femmes dont les pantalons de soie, les chemises brodées de perles et les voiles transparents indiquaient leur appartenance au Jewelrose, le clan d'Irys. Dans ce clan, les hommes eux-mêmes aimaient orner de perles et de pierres précieuses les longues tuniques qui leur arrivaient jusqu'aux genoux, sous lesquelles ils enfilaient des pantalons larges. Quand Irys m'avait expliqué les coutumes de son clan, je n'avais pas réussi à l'imaginer autrement qu'avec la simple chemise de lin, le pantalon et la large ceinture qu'elle portait toujours.

J'errai parmi les étals, émerveillée par la variété des marchandises proposées. Des biens de première nécessité, vêtements et nourriture, côtoyaient bijoux de luxe et objets d'art. Un parfum de sève de pin dominait, mais bientôt je discernai des effluves de viande rôtie. L'eau à la bouche, je suivis cette trace odorante jusqu'à une grande fosse dans laquelle rougeoyaient des braises. Un homme couvert de sueur, son tablier blanc strié de suie, faisait tourner des viandes appétissantes sur des broches. J'achetai du bœuf grillé à manger tout de suite, et de la viande séchée pour plus tard.

Essayant d'ignorer les regards appuyés des autres acheteurs, je me mis en quête de la fameuse Fern, me jurant de troquer mes vêtements contre ceux de Nutty à la première occasion. Bientôt, un étal couvert de rouleaux de tissu attira mon attention. Comme je fouillais parmi les imprimés, une petite femme à la peau sombre et aux grands yeux apparut derrière l'étal.

— Puis-je vous aider, mademoiselle ?
— Etes-vous Fern ?

Alarmée, elle écarquilla encore plus les yeux, et hocha la tête.

— C'est Nutty Zaltana qui m'envoie. Avez-vous des tissus unis ?

De sous la table, Fern tira des rouleaux de coton de couleur et les disposa devant moi, puis, ensemble, nous assortîmes des tissus imprimés et unis pour la confection de trois tenues différentes.

— Vous ne voulez pas prendre cet imprimé des Illiais ? demanda Fern en me montrant un motif rose et jaune extrêmement voyant. Les filles l'adorent. D'habitude, ce sont les hommes qui portent les tissus unis...

Je fis non de la tête. Au moment de régler mes achats, je remarquai un imprimé aux couleurs de la forêt.

— Je vais prendre aussi quelques mètres de celui-ci, dis-je en indiquant le tissu vert.

Je lui demandai d'envoyer tous les tissus à Nutty, sauf celui couleur de feuille, que je réussis à fourrer dans mon sac.

— De la part de qui ? demanda Fern, en écrivant sur un parchemin.

— De sa cousine Elena.

Sa plume se figea au-dessus de l'étiquette.

— Juste ciel, dit-elle. Vous êtes l'enfant perdue des Zaltana ?

Lasse, je lui fis un petit sourire.

— Je ne suis plus perdue, maintenant. Et je ne suis plus une enfant.

Déambulant au hasard, je m'arrêtai devant un étalage où l'on vendait des statuettes d'animaux en pierres multicolores. Je choisis un valmur noir et blanc pour Valek. Je ne savais pas trop comment j'allais le lui faire parvenir, mais je l'enveloppai dans mon tissu vert forêt.

Autour du marché, des feux de camp flambaient. L'activité se calmait peu à peu, les vendeurs descendaient les stores de bambous sur les étalages. Les acheteurs s'éloignaient dans la forêt ou s'installaient devant un feu pour la nuit. De loin, je vis Leif, un bol sur les genoux, discutant avec trois autres jeunes hommes du clan des Zaltana. Son visage était déformé par les ondes de chaleur, et il souriait. Puis il se mit à rire. A cet instant, il m'apparut transformé. Les rides creusées par ses rictus s'effacèrent, ses pommettes gonflèrent, ses mâchoires carrées s'adoucirent. Il paraissait plus jeune de dix ans.

D'après ce que m'avait dit Esaü, Leif avait huit ans au moment de mon enlèvement. Donc, calculai-je, mon frère n'avait que deux ans de plus que moi. C'est-à-dire vingt-deux ans au lieu des trente que je lui avais donnés à première vue.

Sans réfléchir, je m'avançai vers lui. En un instant, toute gaieté disparut de son visage. Il me lança un regard si hargneux que je me figeai net. Où allais-je passer la nuit ?

— Vous êtes la bienvenue chez moi, si vous voulez, dit la voix de Fern derrière moi.

Elle me montra le petit feu qu'elle avait allumé derrière sa cabane.

— Vous n'avez pas peur ? demandai-je. Je pourrais être une espionne ixienne.

— Dans ce cas, vous pouvez dire à votre Commandant que mes tissus sont les plus beaux de tout Sitia. Et que, s'il veut un uniforme taillé dans mon célèbre imprimé des Illiais, il n'a qu'à me passer commande.

Je m'imaginai l'impeccable commandant Ambroise arborant un uniforme à grosses fleurs roses et jaunes, et je ne pus m'empêcher de rire.

Quand les premiers rayons du soleil touchèrent les toits de chaume du marché, j'étais habillée et prête à partir. Fern s'était révélée une hôtesse hors pair : elle m'avait invitée à dîner et indiqué un coin tranquille pour me changer. J'avais découvert que Nutty était sa meilleure cliente ; elle fournissait tous les Zaltana en vêtements.

Je m'étirai dans l'air tiède du matin, essayant de m'habituer au surplus d'étoffe qui entourait mes jambes. L'ourlet de ma jupe frôlait le haut de mes bottes en cuir. Fern m'avait assuré que ces bottes attireraient moins l'attention, une fois que je serais arrivée à la Citadelle. D'après elle, seuls les habitants de la jungle et de la forêt aimaient sentir la boue entre leurs orteils.

Leif fit enfin son apparition. Sans m'adresser un signe de reconnaissance, il s'engagea sur un sentier menant à travers la forêt. Au bout de quelques heures, lasse de le suivre en silence, je sortis ma canne et, tout en marchant, m'entraînai à parer et à attaquer des adversaires imaginaires. Concentrée sur la sensation du bois lisse entre mes mains, je me glissai dans cet état de conscience accrue qui, selon Irys, me permettait de puiser dans la source de pouvoir.

Pour m'exercer à maîtriser cette magie, je projetai ma conscience au loin. Et me heurtai aussitôt à un mur glacé. Surprise, je battis en retraite, avant de comprendre que ce « mur » était l'esprit de Leif. Hermétique et inflexible : j'aurais pu m'en douter.

Contournant cette barrière, je sillonnai la forêt calme qui s'étendait autour de nous. Je me faufilai dans les sous-bois dans la peau d'un écureuil cherchant des noix. Je me figeai sur place, biche effrayée par le bruit de pas humains. A mesure qu'il avançait, mon esprit touchait d'autres créatures, s'éloignant de plus en plus, cherchant ses limites.

Je sentais encore les gens du marché, à cinq ou six milles derrière. Emerveillée, je sondai la forêt devant nous, cherchant un hameau ou un village lointain. Au début, je ne trouvai que des animaux, mais, au moment où j'allais me retirer, mon esprit toucha celui d'un homme.

Je parcourus la surface de son esprit, attentive à ne pas violer le Code éthique. Un chasseur. De nombreux hommes l'entouraient. Ils se tapissaient dans les broussailles de part et d'autre du sentier. L'un d'entre eux, à cheval, avait dégainé son arme et se tenait prêt à frapper. Quel genre de gibier pouvaient-ils bien guetter ? Par curiosité, je sondai un peu plus profondément sa conscience. L'image de sa proie m'apparut très clairement, et me fit regagner mon propre corps à toute vitesse.

Je m'arrêtai net.

J'avais dû émettre un bruit de surprise, car Leif se retourna, exaspéré.

— Qu'est-ce qui te prend ?
— Des hommes. Dans la forêt.
— Evidemment. Les bois sont pleins de chasseurs, dit-il comme s'il s'adressait à une demeurée.
— Pas des chasseurs. Une embuscade. C'est nous qu'ils attendent.

5.

— Une embuscade ? dit Leif, l'air éberlué. C'est complètement ridicule. Tu n'es plus en Ixia, Elena.

— Pourquoi des chasseurs attendraient-ils le long d'un chemin ?

— Le gibier emprunte aussi les sentiers forestiers, dit Leif en s'éloignant. C'est plus facile que de se frayer un passage à travers les broussailles. Suis-moi, maintenant.

— Non. Tu fonces tout droit dans un piège.

— Moi, j'y vais. Tu n'as qu'à rester ici, si ça te chante.

Et il me tourna le dos pour la deuxième fois.

— Tu crois que je te mens ? lançai-je entre mes dents.

— Non. Je crois que tu te méfies de tout et de tout un chacun. Normal, pour une espionne.

— Ecoute, Leif, ces histoires d'espionnage commencent à me fatiguer. Je vais baisser mes défenses mentales et te permettre d'entendre mes pensées. Tu verras que je ne suis pas ici pour espionner.

— Je ne sais pas lire dans les pensées. D'ailleurs, aucun *vrai* Zaltana n'en est capable.

Je décidai d'ignorer cette pique.

— Tu ne sens pas qui je suis, Leif ?

— Ton corps est celui d'une Zaltana. Mais, contrairement à Irys, je ne suis pas du tout convaincue que tu aies échappé intacte à Mogkan.

Leif tendit vers moi un doigt accusateur.

— Tu pourrais être un pion, une simple enveloppe charnelle commandée par un cerveau du Nord. Quel meilleur moyen pour le Commandant d'avoir des yeux et des oreilles dans le Sud ?

— C'est ridicule !

— Pas du tout. Tes sentiments te trahissent, Elena, dit Leif d'une voix calme et intense à la fois.

Ses yeux se ternirent et se vidèrent, comme s'il regardait un autre monde.

— Tu éprouves une forte loyauté et une grande nostalgie à l'égard du Nord. Tu empestes le sang, la douleur et la mort. La colère et la passion t'entourent comme un nuage de fumée.

Son regard se fixa de nouveau sur moi.

— Ma vraie sœur se délecterait de sa liberté recouvrée et brûlerait de haine pour ses ravisseurs. Tu as vendu ton âme au Nord, Elena. Tu n'es plus ma sœur. J'aurais préféré que tu meures, plutôt que de nous revenir corrompue.

Je pris une grande inspiration pour calmer la fureur qui bouillait en moi.

— Réveille-toi, Leif ! La petite fille que tu rêvais de retrouver dans la jungle, elle n'existe plus ! Je ne suis plus une enfant innocente de six ans. J'ai enduré plus que tu ne peux l'imaginer. J'ai dû me battre pour préserver mon âme.

Je secouai la tête. Je n'avais pas à me justifier devant cet imbécile.

— Je sais parfaitement qui je suis, dis-je. C'est toi qui voudrais que je sois quelqu'un d'autre.

Nous restâmes ainsi un moment à nous dévisager en silence. Enfin, je dis :

— Tu te jettes tout droit dans un piège.

— Je vais à la Citadelle. Tu m'accompagnes, oui ou non ?

Je pesai le pour et le contre. A l'aide de mon grappin et de ma corde, je pouvais monter dans la cime des arbres et contourner l'embuscade sans trop m'éloigner du sentier. Restait le problème de mon frère... ce frère qui se comportait comme un ennemi. Il avait une machette, certes, mais savait-il s'en servir pour se défendre ?

Et s'il était blessé par les brigands ? Eh bien, ce serait sa propre faute. Nous n'étions liés que par le sang ; difficile même, vu son attitude, d'imaginer que nous puissions un jour être proches. Néanmoins, je ressentais une pointe de culpabilité. Si Leif était blessé, Esaü et Perle seraient bouleversés. Mais... au fait, Leif était magicien, non ? Ne pouvait-il utiliser ses pouvoirs pour se défendre ?

Je secouai la tête. J'étais décidément ignorante en matière de magie.

— Si j'avais su que les gens du Nord avaient peur des chasseurs ! dit Leif en riant.

Et il partit sur le chemin.

Cela suffit à me décider. J'ôtai mon sac à dos et en sortis mon cran d'arrêt. Je fis une petite incision le long de l'ourlet extérieur de mon nouveau pantalon, et sanglai l'arme à ma cuisse. Puis je défis ma longue natte et rassemblai mes cheveux en un chignon dans lequel je piquai mes clés à crocheter. Parée pour la bagarre, je hissai mon sac sur une épaule et me précipitai derrière Leif.

En m'entendant arriver à sa hauteur, il émit un petit grognement amusé. Serrant fermement ma canne dans ma main, je basculai en mode combat — une technique de concentration qui me permettait d'anticiper les mouvements de mes adversaires. Puis je dirigeai ma conscience vers le sentier qui défilait devant nous.

Les hommes nous guettaient, prêts à attaquer : six à droite, six à gauche. Bientôt ils nous entendirent arriver, mais ils ne bronchèrent pas. Ils attendaient que nous soyons arrivés à leur hauteur pour nous encercler.

Moi, j'avais d'autres plans. Juste avant d'arriver à leur niveau, je laissai tomber mon sac sur le sol et m'écriai :

— Leif, attends !

Il fit volte-face.

— Quoi encore ?

— J'ai l'impression d'avoir entendu...

Un cri déchira l'air. Dans un grand bruissement d'ailes, des oiseaux effrayés fusèrent vers le ciel. Des hommes surgirent des broussailles, leur épée à la main. Mais l'avantage de la surprise était le mien. Je désarmai les deux premiers hommes qui se ruèrent vers moi, puis, d'un coup de canne à la tempe, les envoyai à terre.

Je fis voler le troisième d'un coup de canne qui lui faucha les chevilles. Deux autres s'avancèrent : je pris une attitude défensive, mais ils bondirent brusquement sur le côté. Ma confusion ne se dissipa qu'au moment où je sentis le sol vibrer sous mes semelles. Levant les yeux, je vis un grand cheval galoper vers moi. Au dernier moment, je plongeai vers les broussailles ; un reflet métallique brilla tout près de moi, et je sentis une vive douleur dans le haut du bras gauche. Furieuse, je m'en pris à mon voisin le plus proche, écrasant ma canne sur son visage. Le sang gicla de son nez, et il se mit à hurler.

— Arrêtez-la ! dit le cavalier.

Je pivotai sur moi-même, cherchant Leif du regard. Il se tenait au milieu du sentier, entouré de quatre hommes, l'air éberlué mais nullement blessé. Sa machette gisait à ses pieds.

Seule contre tous ces hommes, je n'avais plus que quelques secondes pour agir. Le cavalier avait fait virer sa monture et se préparait à revenir à la charge. L'homme au nez cassé était étendu à mes pieds. Je me mis debout sur son torse et posai le bout de ma canne sur sa gorge.

— Arrêtez ou je le tue ! m'écriai-je.

Le jeune homme freina sa monture ; les autres reculèrent, consternés. Puis, soudain, le cavalier brandit son épée.

— Si tu ne te rends pas, dit-il, je tue ton frère.

Comment savait-il que Leif était mon frère ? Je regardai Leif et réfléchis. Un garde pointait son épée à quelques centimètres de son cœur. Le visage de mon frère était blanc de peur. Bien fait pour lui. Le soldat à mes pieds prit une respiration étranglée.

Je haussai les épaules.

— Nous sommes dans une impasse, dis-je au cavalier.

— En effet. Si nous baissions nos armes pour en discuter calmement ?

J'avais à peine acquiescé que le cavalier claqua des doigts. Du coin de l'œil, je perçus un mouvement vif ; l'instant d'après, un atroce bruit sourd résonna dans ma tête. Je sentis une douleur atroce à la base du crâne, puis tout disparut.

J'ouvris mes yeux une fraction de seconde, puis les refermai aussitôt. Ma tête vibrait de douleur : on m'assénait des coups de massue réguliers sur les tempes. Une peau de bête brune ondulait dans mon champ de vision, me donnant la nausée. Luttant pour ne pas vomir, je compris que j'étais pendue par les pieds et que je me déplaçais à toute vitesse. Je me risquai à entrouvrir de nouveau les yeux et obtins confirmation de cette hypothèse : on m'avait jetée en travers d'une selle de cheval. Je vomis.

— Elle est réveillée, dit une voix d'homme.

Grâce au ciel, le cheval s'arrêta.

— Bien, dit la voix du cavalier. Dressons notre camp ici.

L'on me poussa brutalement sur le côté, et je tombai du cheval. Une onde de choc parcourut mon corps à l'atterrissage. Etourdie, je ne pus qu'espérer n'avoir rien de cassé.

Comme le soleil baissait, j'entendis le bruissement d'hommes se déplaçant autour de moi. J'essayai de me tortiller pour trouver une position plus confortable... et paniquai. J'étais quasiment paralysée ! Puis je reconnus le grincement caractéristique des menottes. Après inspection, je découvris que mes poignets et mes chevilles étaient menottés, et qu'une longue chaîne pendait à mes poignets. Au prix d'un effort considérable, je réussis à ne pas hurler, et pris quelques profondes inspirations pour apaiser mon cerveau affolé et mon cœur battant.

Ensuite, j'évaluai plus calmement l'ampleur des dégâts.

A part quelques muscles froissés, je ne percevais rien de grave. Aucune fracture ; seule l'entaille à mon bras gauche me cuisait vivement. Je n'avais pas vraiment senti la douleur pendant la bagarre, et maintenant encore la blessure me semblait un désagrément mineur, comparé au martèlement dans mon crâne. Aussi restai-je tranquille, attendant mon heure.

Avant la nuit tombée, les bruits de montage du camp laissèrent place à un murmure de voix estompées. Quand la douleur dans ma tête se fut apaisée, je tentai de nouveau de bouger, et réussis à me tourner sur le dos. Je vis des étoiles, rapidement cachées par le visage d'un homme qui se penchait vers moi. Il avait de petits yeux rapprochés et un nez marqué par de nombreuses fractures. A la lumière de la lune, je vis briller son épée ; la pointe flottait juste au-dessus de ma gorge.

— Au premier problème, fifille, je t'embroche, dit-il avec un sourire pervers. Et pas avec mon épée, compris ?

Pour illustrer son propos, il rangea sa lame dans son fourreau.

Bien. Je n'allais pas faire de problèmes. En tout cas, pas dans l'immédiat. Le garde parut satisfait de mon silence. Il croisa ses gros bras musclés sur son torse et me fixa du regard. Je sentais la sangle de mon cran d'arrêt sur ma cuisse, mais l'arme y était-elle encore attachée ? Impossible de le vérifier tant que l'on me surveillait aussi étroitement. Je décidai donc de faire un petit tour d'horizon pour prendre mes marques.

Mes ravisseurs avaient planté le camp dans une clairière. Les hommes se serraient autour d'un feu d'où s'élevaient des odeurs de viande rôtie. Une seule tente se dressait au milieu de la clairière. Leif et le cavalier avaient disparu, mais le cheval était attaché à un arbre. Je comptai dix hommes en tout, y compris mon garde, mais d'autres pouvaient se trouver dans la tente. Quoi qu'il en soit, ils étaient trop nombreux pour que je puisse les affronter seule.

J'essayai de me redresser en position assise. Le paysage tourna autour de moi, et je fus prise de nausée.

Un garde quitta le feu de camp pour s'avancer vers moi. Un homme d'un certain âge, aux cheveux gris coupés ras. Il me tendit une tasse en fer.

— Bois.

Un parfum de gingembre chatouilla mes narines.

— Qu'est-ce que c'est ? demandai-je d'une voix éraillée.

— T'occupe.

Mon gardien s'avança d'un pas et leva le poing.

— Tu fais ce que dit le capitaine Marrok, un point, c'est tout.

— Doucement, Goel, intervint l'homme qui devait être le capitaine. Il faut qu'elle puisse marcher demain.

Puis, se tournant vers moi :

— Ton frère a fait ce breuvage avec des feuilles qu'il avait dans son sac.

Donc, Leif était vivant ! Je fus surprise d'en être aussi soulagée.

— C'est contre le mal de tête, dit le capitaine en me voyant hésiter.

Une ombre de compassion passa dans ses yeux gris-bleu, sans pour autant modifier son expression sévère.

Pourquoi m'empoisonnerait-on maintenant, alors qu'on avait eu largement la possibilité de me tuer avant ? Sauf, bien sûr, si Leif lui-même voulait ma mort…

— Bois-le, ou je te le fais avaler de force, dit Goel.

Avec lui, au moins, je savais à quoi m'en tenir. Je pris une petite gorgée et la fis tourner sur ma langue. Gingembre et citron. Déjà requinquée par les premières gouttes, je vidai la tasse d'un trait.

— Cahil veut qu'on rapproche la prisonnière du feu, dit Marrok. Il fait trop sombre ici. Pour cette nuit, j'ai affecté quatre tours de garde à sa surveillance.

Goel m'attrapa sous les bras et me traîna debout. Je me préparai à affronter une nouvelle vague de nausée, mais, sans doute grâce à l'infusion, mon estomac s'apaisa et mes pensées s'éclaircirent. Je me demandais comment j'allais marcher, alors que mes pieds étaient reliés par une chaîne très courte.

La réponse m'apparut rapidement : Goel me hissa sur ses épaules, me porta jusqu'au feu puis me déposa brutalement. A notre arrivée, les hommes cessèrent de parler. L'un d'eux me lança un regard furieux ; son nez était recouvert par un pansement ensanglanté.

Marrok me tendit une assiette chargée de victuailles.

— Mange. Tu vas avoir besoin de forces.

Les gardes éclatèrent de rire — bruit effrayant, sans joie aucune.

Mon assiette contenait de la viande, du fromage et du pain. Devais-je manger ? Seulement quelques minutes s'étaient écoulées depuis que j'avais vomi, mais les effluves de viande grillée me mirent en appétit. Après avoir procédé aux vérifications habituelles, je dévorai mon repas.

Une fois mon mal de tête parti et mes forces quelque peu recouvrées, j'évaluai la situation. La première question, c'était de savoir qui nous avait capturés, Leif et moi, et pour quelle raison. Goel rôdait tout près de moi, aussi lui posai-je la question.

Il me répondit par une violente gifle du revers de la main.

— Interdit de parler, aboya-t-il.

Ma joue me brûlait et, malgré moi, des larmes me vinrent aux yeux. Je me mis à haïr ce Goel.

Pendant les heures qui suivirent, je me tins tranquille, cherchant un moyen de m'évader. Mon sac à dos avait disparu, et un garde avait récupéré ma canne ; je le voyais s'entraîner de l'autre côté du feu. Transpirant à grosses gouttes, il frappa maladroitement l'épée de son adversaire, et ne tarda pas à perdre.

Néanmoins, à la lumière de ce combat, il me parut évident que ces hommes en vêtements civils avaient reçu une formation militaire. Ils devaient avoir entre vingt-cinq et quarante-cinq ans, certains pouvaient même approcher la cinquantaine. L'autorité du capitaine Marrok sur eux était évidente et absolue. A part ça, j'ignorais tout d'eux.

Pourquoi nous avaient-ils attaqués ? S'ils avaient eu besoin d'argent, ils n'auraient eu qu'à nous dévaliser et à poursuivre leur chemin. S'ils avaient été des assassins, nous ne serions plus en vie. Restait donc l'hypothèse de l'enlèvement. Espéraient-ils une rançon ? Ou autre chose de plus sinistre ?

Je m'imaginai mes parents apprenant que j'avais été enlevée pour la deuxième fois. Il fallait à tout prix empêcher cela. D'une manière ou d'une autre, j'allais m'échapper... mais certainement pas tant que je serais sous l'œil vigilant de Goel.

Je passai la main sur mon cou ; mes doigts en restèrent moites et collants de sang. Je tâtai mon crâne : j'avais une entaille profonde au-dessus de la nuque, une coupure plus superficielle à la tempe gauche. D'un geste que j'espérais naturel, je frôlai mon chignon. Mes clés à crocheter étaient encore là. Pourvu que Goel ne les repère pas !

Un plan d'évasion potentiel se mit en place dans ma tête. Pour l'exécuter, j'avais seulement besoin d'échapper quelques secondes à la surveillance de mes gardes. Malheureusement, cela semblait assez improbable. Deux hommes étaient sortis de la tente et se dirigeaient droit vers nous.

— Il veut la voir, dit l'un d'eux en me tirant de nouveau de façon à me mettre debout.

Ils me traînèrent vers la tente, suivis de Goel, et me déposèrent brutalement sur le sol en terre battue. Lorsque mes yeux se furent habitués à la faible lumière des bougies, je distinguai le jeune cavalier, assis à une table pliante. A ses côtés, libre et indemne, se tenait Leif. Le contenu de mon sac à dos était étalé sur la table.

Je me relevai péniblement.

— Ce sont des amis à toi ? demandai-je à Leif.

Une douleur éclata dans mon crâne, et je m'écroulai à terre. Leif fit mine de se lever ; d'une main posée sur son bras, le cavalier le fit rasseoir.

— Ce que tu viens de faire n'était pas nécessaire, Goel, dit-il. Attends dehors.

— Elle a parlé sans permission.

— Si elle te manque de respect, tu as l'autorisation de lui apprendre les bonnes manières. Sors, maintenant.

Je me redressai péniblement. Goel parti, il restait deux

gardes devant la porte. A présent, j'étais à bout de patience. En agissant rapidement, je pourrais peut-être étrangler le cavalier avec la chaîne qui reliait mes poignets.

— Si j'étais vous, je ne ferais pas de bêtises, dit le cavalier.

— Qui êtes-vous, et que me voulez-vous, bon sang ?

— Surveillez votre langage, ou je rappelle Goel, répondit-il avec un sourire.

— Bonne idée. Ôtez-moi les menottes et laissez-moi me battre contre lui.

Voyant qu'il ne répondait pas, j'ajoutai :

— Vous avez peur que je gagne, pas vrai ? Classique : ceux qui posent des embuscades ont toujours horreur des combats loyaux.

Le cavalier jeta un coup d'œil éberlué à Leif. Celui-ci soutint son regard, l'air inquiet. Que s'était-il passé entre eux ? Etaient-ils amis ou ennemis ?

— Vous ne m'aviez pas parlé de son côté bravache, dit l'homme à Leif. Evidemment — il se tourna vers moi — ce n'est sans doute que de l'esbroufe.

— Mettez-moi à l'épreuve, dis-je.

Le cavalier se mit à rire. En dépit de sa grande barbe et de sa moustache blonde, il paraissait plus jeune que moi. Dix-sept, dix-huit ans au maximum. Ses yeux étaient bleu pâle, sa queue-de-cheval lui arrivait aux épaules. Il portait une tunique grise très simple, mais taillée dans une étoffe plus noble que les tenues des gardes.

— Que voulez-vous ? répétai-je.

— Des informations.

Ma mâchoire se décrocha.

— Ne faites pas l'innocente, je vous en prie. Je veux

des informations militaires au sujet d'Ixia. Nombre de troupes, emplacement, forces, faiblesses, armement. L'endroit exact où se trouve Valek et l'identité de ses agents. Ce genre de choses.

— Qu'est-ce qui vous fait croire que je sais tout cela ?

Il eut un regard oblique vers Leif et, d'un coup, tout s'éclaircit.

— Vous me prenez pour une espionne, dis-je en soupirant.

Leif m'avait tendu un piège. Voilà comment cet inconnu savait que nous étions frère et sœur. La peur et la stupéfaction qui s'étaient affichées sur le visage de Leif, au moment de l'attaque, n'avaient été que de la comédie. Son rendez-vous urgent avec le Premier Magicien était probablement inventé de toutes pièces. Pas étonnant qu'il n'ait pas dit un mot depuis mon arrivée dans la tente !

— Très bien, dis-je. Puisque tout le monde veut que je sois une espionne, admettons.

Je croisai les bras sur ma poitrine. Le bruit métallique de mes chaînes gâcha un peu mon effet, mais je poursuivis.

— Je ne vous dirai rien.
— Vous n'aurez pas le choix.
— Alors, attendez-vous à des surprises.

De fait, je ne possédais aucune des informations qu'il recherchait. S'il avait voulu connaître les plats préférés du Commandant, j'aurais été ravie de les lui indiquer.

— Je pourrais demander à Goel de vous extorquer les informations, dit mon ravisseur. Il s'en ferait une joie. Mais c'est assez long et salissant, et les renseignements obtenus par la force sont généralement suspects.

Il se leva et contourna la table pour s'avancer vers moi, son épée dans la main droite, essayant de prendre l'air intimidant. Il mesurait environ quinze centimètres de plus que moi, et son pantalon gris était rentré dans des bottes de cavalier en cuir noir.

— C'est vous qui allez être surprise, dit-il. Je vais vous conduire au Fort et vous livrer à la Première Magicienne. Elle vous épluchera l'esprit comme un fruit, pour exposer le centre mou qui contient toutes les réponses. L'esprit du sujet en ressort toujours un peu broyé — il plissa les lèvres comme s'il s'agissait d'un détail regrettable —, mais les informations sont fiables à cent pour cent.

Pour la première fois depuis ma capture, je fus réellement effrayée.

— Vous ne me croiriez pas, évidemment, si je vous disais que je ne possède pas ces informations ?

Mon interlocuteur hocha la tête de droite à gauche.

— La preuve de votre allégeance se trouve dans vos bagages. De l'argent et un uniforme.

— Ce qui prouve justement que je ne suis *pas* une espionne. Valek ne recruterait jamais un agent assez bête pour emporter son uniforme en mission.

Aussitôt, je regrettai d'avoir prononcé le nom de Valek. Leif et le cavalier échangèrent un regard entendu, comme si je venais de me trahir. Je décidai de changer de sujet.

— Qui êtes-vous et pourquoi désirez-vous ces informations ?

— Je suis le roi Cahil d'Ixia. Je veux reconquérir mon trône.

6.

Je n'en croyais pas mes oreilles. Ce jeune idiot prétendait être le roi d'Ixia ?

— Le roi d'Ixia est mort, dis-je.

— Je sais, bien sûr, que Valek — *votre maître* — a assassiné le roi et toute sa famille au moment du coup d'Etat. Mais il a commis une petite erreur qui lui sera fatale.

Cahil fit un moulinet avec son épée.

— Il n'a pas compté les corps de ses victimes. Le neveu du roi, alors âgé de six ans, a échappé au massacre et a été emmené dans le Sud par de fidèles serviteurs du roi. Ce neveu, c'est moi. Je suis l'héritier du trône d'Ixia, et je compte reconquérir mon royaume.

— Il vous faudra davantage d'hommes.

— Ah ? demanda-t-il avec intérêt. Combien, selon vous ?

— Plus de douze, en tout cas.

C'était mon estimation du nombre d'hommes se trouvant dans le camp.

Le jeune homme se mit à rire.

— Ne vous inquiétez pas. J'ai de nombreux partisans qui perçoivent le danger représenté par le Commandant et ses assassins professionnels. Surtout — il réfléchit un instant — quand on apprendra qu'une dangereuse espionne ixienne rôdait en Sitia. On n'aura plus le choix : toute l'armée sitienne sera mise à mes ordres.

Ce discours ne m'impressionna guère. J'avais l'impression d'écouter un gamin s'amusant avec des soldats de plomb. Je fis un rapide calcul : Cahil avait un an de plus que moi. Vingt et un ans, au lieu des dix-sept que je lui avais attribués.

— Donc, vous m'emmenez à la Citadelle ?

— Oui. Là-bas, la Première Magicienne récoltera les informations contenues dans votre esprit.

Il sourit, et une étincelle d'avidité brilla dans ses yeux.

Bizarrement, je n'avais pas fait le rapport entre la Première Magicienne et la Citadelle, tout à l'heure. Cette histoire de broyage de cerveau m'avait sans doute déconcentrée.

— De toute façon, dis-je, c'est là que je me rendais. Pourquoi vous donner tout ce mal ?

— Parce que vous comptiez vous faire passer pour une étudiante, et que les Magiciens respectent un peu trop scrupuleusement le Code éthique. Ils ne vous auraient jamais interrogée, sauf si vous aviez commis un délit. Sans mon intervention, ils vous auraient accueillie à bras ouverts et révélé tous les secrets de Sitia.

Ainsi, j'étais pour lui une sorte de trophée, la preuve vivante qu'il avait sauvé Sitia contre une dangereuse criminelle.

— D'accord, dis-je. Nous irons ensemble à la Citadelle.

Je lui tendis mes poignets.

— Détachez-moi, je me tiendrai tranquille.

— Qu'est-ce qui vous empêche de vous enfuir ? dit-il sur un ton incrédule.

— Ma parole.

— Ta parole n'a aucune valeur, dit Leif.

C'était sa première intervention de la soirée. J'éprouvais une envie irrésistible de lui coller mon poing dans la figure, mais je me contentai de le fixer en souriant, me promettant de me venger plus tard.

Cahil non plus n'avait pas l'air convaincu par ma proposition.

— Vous disposez tout de même d'une douzaine d'hommes pour me surveiller, lui fis-je remarquer.

— Non. Vous êtes ma prisonnière, vous devez avoir l'air d'une prisonnière.

Cahil fit un geste, et les deux gardes à l'entrée m'attrapèrent par les bras.

La réunion était terminée. Je fus traînée hors de la tente et redéposée devant le feu, où Goel fixa sur moi son regard de prédateur. Très bien, me dis-je. Cahil ne me laissait pas le choix. Je refusais d'arriver à la Citadelle déguisée en trophée de guerre.

Etendue près du feu, j'écoutais et j'observais. Bientôt un plan simple se présenta à moi. Quand le camp s'apaisa pour la nuit, deux hommes vinrent relever Goel. Je feignis de dormir, attendant que la relève s'ennuie.

Il ne me restait plus qu'une arme : la magie. Ce que j'avais prévu de faire pouvait être considéré comme une infraction directe au Code éthique des magiciens, mais, à ce stade, cela m'était complètement égal. J'aurais préféré me battre normalement, mais j'étais à court de choix et de temps.

Respirant profondément, je tentai de lancer ma conscience au loin. J'échouai lamentablement : je n'arrivais pas à me concentrer sans ma canne. Je réfléchis un peu, puis, ne voulant pas me faire remarquer, frottai mes pouces sur le bout de mes index. Peu à peu, le contact de ma propre peau m'aida à diriger ma conscience, puis à la projeter hors de moi.

Contrairement à ce que j'avais espéré, les gardes étaient loin de somnoler. L'un sifflait doucement, l'autre réfléchissait à des tactiques de combat. Néanmoins, je détectai en eux un désir de sommeil naissant.

Utilisant ce désir, je croisai les doigts et ordonnai aux deux hommes de dormir. Je ne savais absolument pas si cela fonctionnerait, car mes connaissances en matière de magie étaient très limitées. Au début, je rencontrai de la résistance. Au deuxième essai, je réussis à faire tomber les deux hommes à genoux, mais ils ne dormaient toujours pas. La nuit s'écoulait à toute vitesse ; je n'avais plus le temps de faire dans la subtilité. *Dormez !* leur intimai-je de toutes mes forces, et enfin ils s'écroulèrent sur le sol, inertes.

Je me redressai en position assise dans un grand fracas métallique. Pressant mes chaînes contre ma poitrine, je me figeai. J'avais oublié le problème du bruit. Etant donné que je ne disposais que d'une seule main et de ma bouche pour crocheter mes menottes, l'opération serait forcément difficile et bruyante. Aussi révisai-je mon plan. Je décidai de plonger tous les hommes du camp dans un sommeil profond, d'où le cliquetis des chaînes ne les éveillerait pas.

Je passai d'esprit en esprit, les entraînant dans un sommeil lourd et sans rêves. Cahil dormait sur un lit de camp dans la tente. Fortement tentée de fouiller dans ses pensées, je me contentai cependant de l'endormir plus profondément. Quant à Leif, la barrière magique dressée autour de son esprit m'empêcha de l'affecter. Je n'avais plus qu'à espérer qu'il eût le sommeil naturellement lourd.

Les crochets dans une main, la pince dans la bouche, je réussis à crocheter la serrure de mes menottes au bout de cinq tentatives. Le ciel commençait à s'éclaircir. Il ne me restait plus beaucoup de temps. Enfin libérée de mes chaînes, je me glissai dans la tente, trouvai mon sac et y fourrai mes affaires. Je faisais plus de bruit que je n'aurais voulu, mais mon instinct me disait que je n'avais plus une minute à perdre. Au moment de fuir le camp, j'aperçus ma canne, posée près de l'homme qui l'avait récupérée.

Courant de toutes mes forces, je m'enfonçai dans la forêt. Le jour se levait à toute vitesse. L'esprit endormi, les jambes chancelantes, je haletais. La magie que j'avais utilisée pour endormir les hommes m'avait épuisée.

Je balayai du regard les cimes des arbres, cherchant un spécimen à grandes feuilles avec des branches solides. Apercevant un arbre qui me semblait prometteur, je m'arrêtai et sortis ma corde et mon grappin de mon sac.

Quand je réussis enfin à accrocher une branche, mes bras étaient en compote. Néanmoins, tout en me hissant vers la cime, je ne pus m'empêcher de sourire. C'était la troisième fois que j'utilisais ce moyen pour échapper à des poursuivants ; cela devenait presque une habitude. A cet instant, des cris furieux résonnèrent au loin.

Arrivée au sommet de la corde, je la remontai derrière moi puis montai tout en haut de l'arbre. Je m'entourai du tissu vert de Fern et m'assis dos au tronc, genoux contre la poitrine. Laissant une petite fente pour voir dehors, je me préparai à une longue attente, espérant qu'elle me permettrait de reprendre des forces.

Je m'imaginais parfaitement la scène qui devait se dérouler au campement. Les réprimandes contre les gardes endormis, la découverte de la disparition de mon sac et de mes effets personnels... J'avais épargné la vie de Cahil alors que je me trouvais à quelques pas de lui : voilà qui lui donnerait matière à réflexion.

Mon arbre était situé plus près du camp que je ne l'aurais voulu. Un groupe de soldats apparut à mes pieds bien plus tôt que je ne l'avais escompté. Je me figeai dans mon cocon vert.

Goel était à la tête des hommes. Il s'arrêta pour examiner un buisson, puis s'écria :

— Par ici, les gars ! Elle peut pas être loin. La sève est encore collante.

Un ruisselet de sueur me dégoulina le long de la nuque. Goel était un pisteur. Je glissai ma main dans la fente de mon pantalon. Mon cran d'arrêt n'avait pas été confisqué. Le contact de son manche lisse me réconforta un peu.

Goel s'arrêta au pied de mon arbre. Je fis basculer le poids de mon corps vers l'avant, prête à fuir.

Il examina le sol autour de la base de l'arbre. Ses yeux remontèrent le long des branches. Ma respiration se bloqua et je me glaçai de la tête aux pieds. J'avais commis une grave erreur.

Un sourire prédateur étira les lèvres de Goel.

— La voilà, dit-il.

7.

J'arrachai mon camouflage et secouai le tissu comme un drap.

— Elle est là ! hurla l'un des hommes de Goel en tendant le doigt vers moi.

Je relâchai le tissu : il descendit en flottant vers mes poursuivants. A l'instant où il me dissimula à leur vue, je me ruai à travers les branches, fuyant Goel et sa bande.

— Eh ! s'écria une voix en dessous. Rattrapez-la !

Je continuai à avancer. Pourvu que Goel ne fût pas capable de me suivre dans les arbres ! Mon erreur, c'était d'avoir oublié que Cahil avait fouillé mon sac. Il savait que je portais un grappin et une corde. A l'aide de cet indice, et d'un bon pisteur, ils n'avaient eu aucun mal à me retrouver.

Des cris et des jurons s'élevaient depuis le sol. Je concentrai mon attention sur la recherche de branches assez solides pour me soutenir. Mon esprit se calma ; bientôt je fus capable de pensée rationnelle. Je m'aperçus alors que je faisais un boucan épouvantable. Les hommes pouvaient facilement me suivre grâce aux bruissements de feuilles et aux craquements de branches. Ils n'avaient plus qu'à me suivre d'en bas, attendant que je tombe ou que je m'épuise.

Lorsque j'eus ralenti et cessé de faire du bruit, j'entendis clairement les hommes au sol. Ils se signalaient ma position pour essayer de m'encercler.

— Arrêtez ! dit une voix juste en dessous de moi.

J'eus un sursaut nerveux.

— Elle est là !

Je continuai à grimper. J'avançais à l'allure d'un escargot, mais je ne faisais plus aucun bruit.

— On te tient, lança Goel. Descends, fifille, je te ferai juste un petit peu mal.

Je me mordis la lèvre pour ne pas lui répondre et continuai à me glisser d'arbre en arbre. Les hommes restèrent silencieux ; bientôt je n'eus plus aucune idée d'où ils se trouvaient. Parvenue à une branche élevée, je balayai du regard la forêt en dessous, mais ne vis rien d'autre qu'une mer de feuilles vertes.

D'un coup, j'eus le sentiment d'être piégée. Mon visage se mit à brûler ; je sentais les yeux de Goel sur moi. Mon cœur battait convulsivement dans ma poitrine. D'un coup, je me rappelai le conseil d'Irys : cherche avec ton esprit, pas avec tes yeux.

Respirant calmement, je détachai ma canne de mon sac et, caressant sa surface lisse, projetai ma conscience vers le sol de la forêt.

Les hommes s'étaient déployés sur une vaste zone à ma droite. Je ne détectai pas Goel parmi eux. De nouveau saisie par une peur panique, je levai ma conscience vers les cimes. Goel était monté dans les arbres, et suivait les traces que j'avais laissées dans ma hâte. D'horribles idées de tortures assombrissaient son esprit.

Quand il atteignit l'endroit où j'avais commencé à me déplacer plus prudemment, je m'arrêtai. Il hésita une fraction de seconde puis, repérant un nouvel indice, continua dans ma direction.

Ce n'était qu'une question de minutes avant qu'il ne me retrouve. J'envisageai d'utiliser ma magie pour le semer. Pouvais-je le forcer à s'endormir ? Sans doute — mais, tôt ou tard, il se réveillerait et retrouverait ma piste. Je pouvais essayer de lui faire oublier ce qu'il cherchait, mais pour cela il me faudrait pénétrer profondément dans sa conscience, et je craignais qu'un effort de ce genre ne soit au-dessus de mes forces.

Réfléchis, Elena ! Il fallait que je mette ce Goel hors d'état de nuire. Une fois que je serais débarrassée de lui, mes chances de m'échapper seraient décuplées — sauf, bien sûr, si Cahil avait un autre pisteur à sa disposition.

Je sanglai ma canne sur mon sac à dos et, conservant un contact ténu avec l'esprit de Goel, accélérai un peu. Je poursuivis ma route sans crainte de laisser des traces. Arrivée dans une petite trouée au milieu des arbres, je me laissai tomber à terre. Je traversai la clairière en laissant de belles empreintes profondes et m'enfonçai dans les broussailles.

Quelques mètres plus loin, je fis demi-tour et revins jusqu'à l'arbre d'où j'avais sauté. Ne voulant pas laisser de marques de grappin, je lançai celui-ci par-dessus une branche et me hissai dans l'arbre en tirant sur l'autre extrémité de la corde. J'espérais que les frottements sur la branche donneraient l'impression que j'avais utilisé la corde pour descendre, non pour remonter. Puis j'enroulai la corde et l'accrochai à mon épaule.

Goel était assez proche, maintenant, pour pouvoir

m'entendre. J'émis un petit grognement, comme si je venais de heurter durement le sol, puis, avec une extrême précaution, montai plus haut dans l'arbre. Goel apparut en dessous de moi. Je me figeai.

Il inspecta la branche d'où j'avais sauté, se pencha et scruta le sol de la forêt.

— La proie se terre, dit-il pour lui-même.

Il se laissa tomber au sol et s'accroupit pour examiner mes empreintes. Ses pensées tournaient autour du plaisir qu'il éprouverait à me torturer. *Dors,* murmurai-je dans son esprit. *Dors !* Mais il n'avait nullement sommeil, et mon ordre ne fit qu'éveiller sa méfiance. Il se redressa et regarda tout autour de lui.

Raté. Cela ne marcherait pas. *Ne lève pas les yeux*, ordonnai-je en descendant vers une branche plus basse. Les feuilles s'agitèrent furieusement autour de moi, mais Goel ne semblait pas le remarquer. J'ouvris mon cran d'arrêt et découpai un mètre de corde. Comme Goel se penchait de nouveau vers mes empreintes, j'enroulai les deux extrémités de la corde autour de mes mains et sautai de l'arbre.

J'atterris juste derrière lui. Avant qu'il n'ait pu réagir, je passai la corde autour de son cou et tournoyai sur moi-même. Mon sac à dos vint se plaquer contre son dos, la corde se trouvait à présent sur mon épaule. Je me laissai tomber à genoux, forçant Goel à se pencher en arrière sur moi. Dans cette position, il ne pouvait m'atteindre que du bout des doigts. Il préféra tirer sur le garrot autour de son cou.

Bientôt il cessa de bouger et son corps s'affaissa. Je crus qu'il était inconscient, mais l'instant d'après sa tête me heurtait violemment et le poids de son corps basculait sur mon dos. Il fit une roulade arrière ; ses bottes heurtèrent le sol devant mon nez.

C'était bien ma chance. Goel s'y connaissait en autodéfense. Il se redressa et m'arracha la corde des mains.

— T'en connais d'autres, des tours comme celui-là ? demanda-t-il.

Sa voix était éraillée par ma tentative d'étranglement.

Je détachai ma canne de mon sac. Il dégaina son épée en souriant.

— Te prends pas les pieds dans ton bâton, fifille.

J'adoptai une position défensive, en équilibre sur les talons. Goel ne m'intimidait pas. Si j'avais pu désarmer mon ami Ari, qui possédait deux fois la masse musculaire de Goel, et son équipier Janco, surnommé « le lièvre », j'étais capable de me défendre face à cette brute sanguinaire.

Glissant les mains le long de ma canne, je rétablis mon lien mental avec Goel. Une fraction de seconde avant qu'il n'attaquât, je m'écartai vivement, pivotant sur le côté pour éviter sa lame. D'un pas, je fus tout près de lui. J'écrasai le bout de ma canne contre sa tempe, et il s'effondra à terre, inconscient.

Par chance, Goel n'avait pas alerté ses hommes. Je fouillai son sac : il contenait un poing en cuivre, un petit fouet, une massue, un assortiment de couteaux, des menottes, un bâillon et mon tissu imprimé aux couleurs de la jungle.

En tuant cet homme, je rendrais un grand service à tout le monde. Mais, si je voulais réfuter les rumeurs d'espionnage et prouver ma bonne foi, mieux valait n'assassiner personne. Aussi traînai-je mon prisonnier jusqu'à un arbre contre lequel je l'adossai en position assise. La chaîne des menottes était juste assez longue pour que je puisse lier ses mains derrière l'arbre. Je fourrai le bâillon dans sa bouche et attachai la sangle derrière sa tête.

Après avoir récupéré mon tissu vert et la clé des menottes, je cachai le sac vide et l'épée de Goel dans les buissons. Puis je m'arrêtai un moment et me concentrai sur les hommes de Goel. Ils étaient relativement éloignés ; rassurée, je cherchai le campement de Cahil et m'éloignai dans cette direction.

Je ne voulais pas abandonner Goel à une mort lente. Mais, si je le libérais, il me traquerait sans relâche. Je pouvais trouver quelqu'un pour m'indiquer le chemin de la Citadelle ; les quelques heures qu'il faudrait à Cahil pour retrouver Goel me laisseraient peut-être une avance suffisante. C'était d'ailleurs ce que j'avais d'abord prévu de faire. Mais à présent cette solution me restait en travers de la gorge. Je n'étais pas une espionne ni une criminelle. Je n'étais coupable de rien. Je refusais de fuir.

Peut-être pouvais-je utiliser ma magie pour détourner Goel de ma piste. Puis je suivrais Cahil et garderais l'œil sur lui… Mais sans sa prisonnière, se rendrait-il quand même à la Citadelle ? Impossible de le savoir.

Subitement, j'éprouvais un intense désir d'être avec Valek. Discuter tactique avec lui m'avait toujours aidée à résoudre mes problèmes. Comment Valek s'y prendrait-il dans ce genre de situation ? me demandai-je. La réponse à cette question m'apporta un début de solution.

— Vous l'avez perdue, répéta Cahil.

Sourcils froncés, il fixait les quatre malheureux qui se tenaient devant lui.

— Où est Goel ? demanda-t-il.

L'un des hommes marmonna une réponse inaudible.

— Lui aussi, vous l'avez perdu ? demanda Cahil, le visage empourpré de rage.

Les hommes se reculèrent, honteux, et bégayèrent des excuses.

Je réprimai une forte envie de rire. Dissimulée sous mon tissu de camouflage, je bénéficiais d'un point de vue privilégié sur Cahil et ses hommes. J'avais profité de la lumière déclinante et de la clameur provoquée par le retour de l'équipe de recherches pour me rapprocher de la clairière.

— Vous n'êtes qu'une bande d'incapables. Vous ne connaissez pas la procédure ? Lorsqu'on fouille un prisonnier susceptible de s'évader, on le fouille *à fond*. On ne s'arrête pas à la première arme, espèces d'imbéciles.

Il fixa ses hommes d'un air furieux ; ceux-ci se mirent à gigoter nerveusement.

— Capitaine Marrok ?

— Oui, chef ? dit Marrok en se mettant au garde-à-vous.

— Si Goel n'est pas de retour à l'aube, vous partirez à sa recherche avec une petite équipe. Il représente notre meilleur atout pour retrouver cette espionne.

— Oui, chef.

Cahil partit vers sa tente à grand pas dignes. Après son départ, les visages des hommes autour du feu s'assombrirent davantage. L'odeur de la viande rôtissant fit gargouiller mon ventre. Je n'avais pas mangé de la journée, mais je ne pouvais risquer de faire le moindre bruit. Soupirant, je me tortillai pour trouver une position plus confortable, et attendis.

Une fois les hommes endormis, il me fut difficile de rester en éveil. Marrok avait chargé deux gardes de faire des rondes autour du campement. Epuisée par l'utilisation de ma magie, affamée, je luttais pour garder les paupières ouvertes. Au bout d'un moment, je cessai de résister et m'abandonnai au sommeil. Au milieu de la nuit, je m'éveillai brusquement d'un cauchemar. L'image des mains de Goel autour de mon cou flottait encore devant mes yeux.

Les sentinelles se trouvaient à présent à l'autre bout du campement. J'utilisai ma magie pour plonger le campement dans un sommeil plus profond. Les gardes résistèrent farouchement : la veille, leurs camarades avaient été sévèrement punis pour s'être endormis en service. Aussi me résolus-je finalement à leur ordonner de « ne pas regarder » tandis que je me faufilais vers la tente de Cahil.

Arrivée derrière la tente, je sortis mon cran d'arrêt, découpai une fente dans le tissu et pénétrai à l'intérieur.

Tout était silencieux. Roulé en boule sur le côté, Leif laissait pendre un bras hors de son lit de camp ; j'espérais qu'il dormait. Cahil dormait certainement, étendu sur le dos, les bras croisés sur son ventre. Sa lourde épée était posée sur le sol, à portée de main. Je l'écartai un peu avant de m'asseoir à califourchon sur le torse de Cahil.

Lorsqu'il s'éveilla, ma lame était déjà plaquée contre sa gorge.

— Au premier bruit, je vous égorge, soufflai-je.

Ses yeux s'écarquillèrent. Il voulut bouger les bras, mais le poids de mon corps l'immobilisait. Au cas où il essaierait de me repousser par la force, j'enfonçai la pointe de ma lame sous sa peau. Une goutte de sang perla.

— Ne bougez pas, chuchotai-je. Votre épée est hors de portée. Je ne suis pas bête à ce point.

— Je commence à m'en apercevoir.

Je le sentis se détendre un peu.

— Que voulez-vous ? demanda-t-il.

— Une trêve.

— Comment cela ?

— Abandonnez l'idée de me traîner de force à la Citadelle, et je vous y accompagne de mon plein gré.

— Que retirerai-je de ce marché ?

— Ma coopération, et Goel.

— Vous avez Goel ?

Je fis pendre les clés des menottes au-dessus de son visage.

— Comment puis-je vous faire confiance alors que votre frère lui-même s'y refuse ?

— Je vous propose de faire la paix. En deux jours, j'ai eu deux occasions de vous tuer. Je vous signale que vous représentez un véritable danger pour Ixia. Si j'étais vraiment une espionne, votre mort ferait de moi une héroïne dans le Nord.

— Et si, après ce marché, je reviens sur ma parole ?

Je haussai les épaules.

— Je m'évaderai de nouveau. Mais cette fois je laisserai le cadavre de Goel en guise de cadeau d'adieu.

— C'est un bon pisteur, dit Cahil avec une pointe de fierté.

— Malheureusement, oui.

— Et si je refuse votre offre ?

— Alors je disparaîtrai, et vous laisserai le soin de retrouver Goel.

— Mort ou vivant ?

— Mort, bluffai-je.

— Pourquoi êtes-vous revenue ? Vous avez réglé le problème de Goel. C'est le seul qui vous menaçait vraiment.

— Parce que je veux prouver que je ne suis pas une espionne, dis-je avec irritation. Je suis une Zaltana. Et je n'ai aucune raison de me comporter comme une criminelle, puisque je ne suis pas coupable. Mais je ne veux pas être retenue prisonnière. Et…

Je m'interrompis et soupirai. Cahil avait raison. Si Leif ne me faisait pas confiance, pourquoi un étranger me croirait-il ? J'avais parié là-dessus et j'avais perdu.

L'heure était venue de passer au plan B. Fuir. La meilleure chose à faire, à présent, c'était de retrouver Irys. Soudain épuisée par une journée de cavale sans nourriture ni repos, je retirai ma lame de la gorge de Cahil et sautai à terre.

— Je ne ferai de mal à personne, dis-je en reculant vers la fente dans la toile, les yeux braqués sur Cahil.

A l'instant où je me tournais vers l'ouverture, un vertige m'assaillit et je m'écroulai sur le sol. La tente tourna autour de moi, puis tout devint noir. Je repris conscience juste à temps pour voir Cahil ramasser mon cran d'arrêt.

8.

Cahil s'éloigna pour allumer la lanterne sur sa table de chevet. A la lumière de la bougie, il examina mon cran d'arrêt.

— Chef ? dit une voix à l'extérieur de la tente.

Je me préparai à être accostée et menottée par une horde de gardes.

— Tout va bien, lança Cahil.

— Très bien, chef.

L'on entendit des pas s'éloigner. Je levai vers Cahil un regard étonné. Voulait-il, avant de me refaire prisonnière, découvrir l'endroit où j'avais laissé Goel ? Je me redressai et jetai un coup d'œil à Leif. Ses yeux étaient fermés, mais cela ne signifiait pas qu'il dormait.

— Ces dessins me sont très familiers, dit Cahil en indiquant les signes gravés dans le manche de mon arme. Il s'agit du code secret inventé par mon oncle, si je ne m'abuse.

Il releva les yeux vers moi. Ses cheveux ébouriffés et ses traits ensommeillés soulignaient sa jeunesse, mais une vive intelligence pétillait dans ses yeux.

J'acquiesçai par un hochement de tête. Le roi d'Ixia

utilisait autrefois ce code pour échanger des messages de guerre avec ses capitaines.

Une ombre de tristesse passa sur le visage de Cahil.

— Cela fait si longtemps, dit-il. Que signifient-ils ?

— *Tempêtes traversées, batailles livrées, amis à jamais*, dis-je. C'était un cadeau.

— D'un ami du Nord ?

— Oui.

D'un coup, la solitude me serra le cœur, tandis que je pensais à tout ce que j'avais perdu en quittant Ixia. A tâtons, je cherchai sous ma tunique le collier de Valek.

— Qui est cet ami ?

Drôle de question. Qu'est-ce que cela pouvait lui faire ? J'examinai son visage, mais n'y vis aucun signe de duplicité, seulement de la curiosité.

— Janco. Un de mes professeurs d'autodéfense.

Je souris au souvenir de Janco chantonnant des conseils rimés et repoussant sans effort mes attaques maladroites.

— Sans lui et son ami Ari, je n'aurais jamais pu m'évader ni me défendre contre Goel.

— D'excellents professeurs, dit Cahil en effleurant la goutte de sang sur sa gorge.

Il fit tourner mon couteau dans sa main, apparemment perdu dans ses pensées. Il replia la lame, puis appuya sur la détente. Le bruit sec de la lame se dépliant me fit tressaillir.

— Une belle arme, dit-il.

Puis il s'avança vers moi. Je me redressai précipitamment et me préparai à me défendre. Bien qu'encore faible et étourdie, j'évaluai mes chances de m'échapper. Mais, au lieu de me menacer, Cahil referma le couteau et me le tendit. Je regardai l'arme dans ma paume avec un mélange de lassitude et de surprise.

— Va pour la trêve, dit-il. Mais au premier problème je vous remets les menottes.

Il m'indiqua un coin de la tente.

— Vous êtes épuisée. Reposez-vous, demain sera une longue journée.

Replaçant son épée à portée de main, Cahil s'étendit sur son lit.

— Voulez-vous savoir où est Goel ? demandai-je.

— Est-il en danger ?

— S'il y a des animaux venimeux ou des prédateurs dans le coin, oui.

— Alors laissons-le mariner jusqu'à l'aube. Ça lui servira de leçon. Il n'avait qu'à pas se faire prendre.

Je regardai autour de moi. Leif n'avait pas bougé, mais ses yeux étaient maintenant ouverts. Lorsque je croisai son regard, il roula sur le côté, me tournant le dos. Cela commençait à devenir une habitude.

Qu'avait-il entendu de notre conversation ? Bah ! Quelle importance, après tout ? Les membres lourds de fatigue, j'étalai ma cape sur le sol, soufflai la lanterne et m'effondrai sur mon lit improvisé.

Au matin, Leif quitta la tente sans un mot. Cahil me demanda de rester à l'intérieur pendant qu'il réprimandait ses hommes.

Je l'entendis questionner les sentinelles sur la nuit écoulée.

— Rien à signaler, chef, répondit une voix d'homme.

— Absolument rien ?

— Eh bien... à part votre lanterne allumée. Mais vous m'avez dit que...

— Et si j'avais eu un couteau sous la gorge, Erant ? Comment pouviez-vous savoir que j'étais vraiment en sécurité ?

— Je ne pouvais pas, chef. J'aurais dû vérifier, dit Erant sur un ton piteux.

— A la guerre, il n'y a pas de secondes chances. Ce genre d'erreur conduit à la mort. Le jour où nous nous battrons contre le Nord, ce ne sera pas une armée que nous affronterons, mais des assassins isolés. Si nous ne sommes pas plus vigilants, ils nous tueront tous pendant que nous dormons.

L'un des hommes s'esclaffa.

— Aucun homme ne pourrait pénétrer nos défenses.

— Et une femme ?

— Hors de question ! dit un autre, aussitôt acclamé par ses camarades.

— Dans ce cas, j'aimerais que vous m'expliquiez quelque chose, dit Cahil. Elena, venez nous rejoindre, s'il vous plaît.

Je n'étais pas enchantée de participer à la mise en scène de Cahil, mais il avait raison. Un assassin entraîné par Valek n'aurait aucun mal à éliminer ces gardes. Je sortis de la tente, ma canne à la main, au cas où quelqu'un s'énerverait. Eblouie par le soleil levant, je jaugeai les hommes devant moi en plissant les yeux.

La surprise, la colère et l'incrédulité se succédèrent sur leurs visages. Le capitaine Marrok dégaina son épée. Leif, quant à lui, avait disparu.

— La nuit dernière, Erant, tout n'allait pas si bien que cela, dit Cahil. La prochaine fois, vérifiez.

Erant baissa la tête.

— Oui, chef.

— Elena va voyager avec nous jusqu'à la Citadelle. Traitez-la comme une camarade.

— Et Goel ? demanda Marrok.

Cahil se tourna vers moi.

— Dites-lui où est Goel.

— Seulement si vous me promettez de le tenir en laisse.

Goel allait certainement vouloir se venger, et ce ne serait pas joli à voir.

— Marrok, vous expliquerez la situation à Goel. Avant de le libérer, demandez-lui de jurer qu'il ne fera aucun mal à Elena.

— Entendu, chef.

— Sauf, évidemment, si je lui en donne la permission, ajouta Cahil en me fixant du regard. Causez-moi des ennuis, je vous enchaîne ; trahissez-moi, je vous livre à Goel.

Un murmure admirateur parcourut les rangs des hommes. Grâce à cette petite démonstration de force, Cahil était monté dans leur estime. Quant à moi, je commençais à m'ennuyer. Ce n'était pas la première fois que l'on me menaçait, et je savais d'expérience que les plus dangereux sont ceux qui ne préviennent pas.

Cette pensée en tête, j'errai dans le campement à la recherche de Leif. Etait-il rentré chez lui, à présent que je m'étais livrée à Cahil ?

Je donnai à Marrok la clé des menottes et lui indiquai comment retrouver Goel et ses affaires. Tandis que le capitaine partait libérer le prisonnier, le reste des hommes démonta le campement. Quelques regards hostiles furent lancés dans ma direction, particulièrement lorsqu'on remarqua la déchirure dans la toile de la tente.

En attendant le retour du capitaine et de Goel, je réorganisai le contenu de mon sac à dos. Puis je peignai et tressai mes cheveux, et attachai ma longue tresse en un chignon que je fixai à l'aide des crochets. Il n'y a jamais de mal à être préparé. Cahil respecterait peut-être les termes de notre marché, mais il me prenait toujours pour une espionne.

Goel revint en compagnie de Marrok et de Leif. Je fus surprise par l'apparition de ce dernier, moins par l'air enragé de Goel. La sangle du bâillon avait imprimé de profondes marques rouges sur ses joues. Ses cheveux et ses vêtements étaient débraillés, son pantalon taché d'auréoles moites, sa peau constellée de piqûres d'insectes. Lorsqu'il m'aperçut, Goel empoigna son épée et se rua vers moi.

Le capitaine Marrok l'intercepta et lui désigna une paillasse que l'on avait laissée à l'autre bout de la clairière. Goel rengaina sa lame et partit dans la direction indiquée, non sans m'avoir jeté un regard empoisonné.

Lorsque le camp fut levé, Cahil monta à cheval et nous conduisit vers le sentier forestier. Je restai près de Marrok au cas où Goel oublierait de nouveau sa promesse.

Le capitaine me fit un sourire en coin.

— Regardez bien, dit-il.

Cahil fit un petit cliquetis de la langue et éperonna son cheval. La bête accéléra et les hommes se mirent à courir.

— Gardez le rythme, me prévint Marrok.

Je n'avais pas couru depuis mon entraînement avec Ari et Janco, mais, depuis mon arrivée dans le Sud, j'avais trouvé le temps de faire de l'exercice. Réglant mon pas sur celui de Marrok, je lui demandai :

— Pourquoi vous fait-il courir ?

— Pour nous garder en forme. Prêts pour la bataille.

J'avais d'autres questions, mais j'économisai mon souffle et me concentrai pour rester à hauteur de Marrok. Bien avant que nous n'ayons atteint le campement suivant, mon champ de vision s'était réduit à une toute petite zone autour du dos du capitaine. A l'évidence, mes petits exercices n'avaient pas suffi. Quand nous nous arrêtâmes enfin, j'aspirai de grandes goulées d'air, prête à suffoquer. Leif aussi semblait essoufflé. Manque d'entraînement, sans doute. Evidemment — pensai-je mesquinement — mon frère ne devait pas avoir beaucoup d'amis avec lesquels s'entraîner.

Cette nuit-là, Cahil me proposa de nouveau de dormir dans un coin de sa tente. Je m'effondrai à même le sol, trop épuisée pour étendre ma cape.

Les trois jours suivants furent quasiment identiques, sauf qu'au soir du quatrième jour j'étais moins fatiguée. Je réussis à manger mon dîner et même à veiller un moment au coin du feu. J'ignorais Goel et ses regards haineux, et Leif faisait de même envers moi.

Je commençais à croire que cette forêt était sans fin. Jour après jour, nous courions pendant des kilomètres sans rencontrer âme qui vive ni habitation. Je soupçonnais Cahil d'éviter les villages, mais pour quelle raison ?

Peu à peu, les hommes s'habituaient à ma présence. Ils plaisantaient, se disputaient, s'entraînaient à l'épée devant moi. Les regards soupçonneux avaient disparu, et mon arrivée devant le feu ne causait plus un silence immédiat. Ce qui m'intéressait surtout, c'était la manière dont les hommes demandaient l'approbation du capitaine Marrok avant de faire quoi que ce soit.

Le septième jour du voyage, Marrok me surprit en me proposant de me joindre aux exercices d'autodéfense des hommes.

— Nous n'avons jamais eu l'occasion d'utiliser une arme comme la vôtre, expliqua-t-il.

J'acceptai de leur montrer quelques mouvements de défense simples. Les hommes utilisèrent leurs épées de bois ; je leur expliquai les avantages d'une arme plus longue. Au bout d'un moment, Cahil, qui ne manifestait généralement aucun intérêt pour ces séances d'entraînement — préférant discuter avec Leif de ses projets de conquête —, s'approcha pour nous observer.

— Evidemment, dit-il. Le bois, c'est très bien pour l'entraînement. Mais, contre une véritable épée, votre canne n'aurait aucune chance. Une lame en acier la réduirait en miettes.

— Les tranchants de la lame constituent sa zone de danger, dis-je. L'astuce est de les éviter.

— Prouvez-le, répondit Cahil en dégainant son épée.

Sa lame était large, et mesurait environ un mètre. Une arme impressionnante, mais lourde. Il lui faudrait la manier à deux mains, et cela le ralentirait.

Je me focalisai sur la sensation du bois contre mes paumes et entrai lentement en mode de combat.

Cahil se jeta sur moi. Surprise par cette attaque rapide, je sautai en arrière. Mon adversaire tenait son épée d'une seule main, et cela me désarçonna. Néanmoins, il ne possédait qu'une maîtrise limitée de son arme. Lorsqu'il déchira l'air de sa lame, je m'avançai vers lui et frappai le plat de son épée. La fois d'après, je frappai sa main. Il se fendit ; j'abattis ma canne à l'horizontale sur la pointe de son épée, et la poussai vers le sol. Mes contre-attaques ne pouvaient désarmer Cahil, mais je restai en mouvement, le forçant à me suivre.

Quand il attrapa son épée à deux mains, je compris qu'il commençait à s'épuiser. Ce n'était qu'une question de temps avant qu'il ne commette une erreur tactique.

Notre duel s'étirait en longueur. Les hommes acclamaient Cahil, l'encourageant à m'écraser. Ils ne remarquaient pas la sueur qui couvrait son front, ni sa respiration râpeuse.

Bientôt, comme prévu, il fit un moulinet trop large. Me baissant pour l'esquiver, je m'avançai tout près de lui et, du bout de ma canne, tapotai sa poitrine.

— Ma démonstration est-elle convaincante ? demandai-je en esquivant sans peine son attaque suivante.

Cahil se figea.

— Il se fait tard. Nous reprendrons une autre fois.

Il remit son épée dans son fourreau et s'éloigna vers sa tente.

D'évidence, la séance d'entraînement était terminée. Les hommes rangèrent le matériel en silence.

Je m'assis près du feu, décidée à éviter Cahil quelque temps. Le capitaine Marrok s'installa près de moi.

— J'ai rarement vu une démonstration aussi convaincante, dit-il.

Je haussai les épaules.

— Avec une épée moins lourde, Cahil m'aurait battue.

Nous fixâmes le feu en silence.

— Que lui trouve-t-il, à cette épée ? demandai-je enfin.

— C'était celle du roi. Nous avons réussi à la récupérer et à la faire passer en Sitia.

J'examinai plus attentivement Marrok, son visage tanné et usé, celui d'un homme qui avait tout vu et que rien n'impressionnait... et j'eus une illumination. Son teint basané était dû au soleil, non à une pigmentation naturelle.

— Vous venez du Nord, dis-je.

Il acquiesça en hochant la tête, et fit un geste en direction de ses hommes.

— Nous en venons tous.

A présent, je remarquais que les hommes couvraient tout l'éventail des carnations, des plus pâles aux plus mates. Et je me souvins qu'avant le coup d'Etat la frontière entre Ixia et Sitia n'était qu'une ligne tracée sur une carte, et que les deux peuples se mêlaient librement l'un à l'autre.

— Nous sommes ces soldats de rang qu'on n'a pas jugé utile d'assassiner, mais qui n'ont pas voulu reporter leur loyauté sur le Commandant. Goel, Trayton, Bronse et moi faisions tous partie de la garde royale.

Marrok poussa un bâton dans le feu. Des étincelles volèrent vers le ciel nocturne.

— Nous n'avons pas pu sauver le roi, mais nous avons sauvé son neveu. Nous l'avons élevé et lui avons appris tout ce que nous savions. Et nous comptons lui rendre le royaume qui lui revient.

Sur ces mots, il se leva, aboya quelques ordres puis s'éloigna vers sa couche.

Soudain, je fus gagnée moi aussi par une grande lassitude. Les paupières lourdes, je me traînai vers la tente sombre et me recroquevillai dans un coin.

Au moment où je plongeais dans l'inconscience, une lumière s'alluma. Je sentis une présence remuer. Mes yeux s'ouvrirent : Cahil se dressait au-dessus de moi, son épée à la main.

9.

Je me dépliai lentement et, une fois sur mes pieds, reculai d'un pas.

— Vous m'avez humilié devant mes hommes, lança-t-il.

— Vous m'avez demandé de prouver qu'on pouvait se défendre contre une épée à l'aide d'une canne. Je n'ai fait que satisfaire cette demande.

— Ce n'était pas un combat loyal.

— Pardon ?

— Leif dit que vous avez utilisé votre magie pour m'épuiser.

Réprimant ma colère, je regardai Cahil droit dans les yeux.

— C'est faux.

— Alors que s'est-il passé ?

— Voulez-vous vraiment le savoir ?

— Pouvez-vous vraiment me le dire ?

— Vous devriez descendre de votre cheval et courir avec vos hommes. Vous n'avez pas l'endurance nécessaire pour un long combat. Et votre épée est trop lourde.

— Cette épée appartenait à mon oncle !

— Vous n'êtes pas votre oncle.

— Mais je suis le roi, et cette épée est celle du roi…, dit Cahil en fronçant les sourcils, l'air perdu.

— Vous pourrez toujours la porter le jour de votre couronnement, suggérai-je. Mais, si vous l'utilisez dans une bataille, vous la porterez à votre enterrement.

— Vous croyez que je serai un jour couronné !

— Ce n'est pas la question.

— Alors quelle est la question ?

— Si nous avions continué notre combat, je vous aurais battu. Cette épée est trop lourde pour vous.

— Pourtant, je gagne toujours, contre mes hommes.

Je poussai un soupir. Evidemment que ses hommes le laissaient gagner ! Une nouvelle tactique s'imposait.

— Avez-vous déjà livré des batailles ?

— Pas encore. Pour l'heure, nous nous entraînons. De toute façon, un roi ne risque pas sa vie sur le champ de bataille. Il reste au campement pour diriger les manœuvres.

Curieuse façon de voir les choses… mais, après tout, je n'avais aucune expérience en matière de guerre. Aussi décidai-je de changer de sujet.

— Réfléchissez, Cahil. Vos hommes vous ont élevé. Ils veulent reconquérir le trône. Mais est-ce pour vous ou pour eux-mêmes qu'ils le désirent ? Exilé dans le Sud, c'est moins prestigieux que membre de la garde royale dans le Nord.

Secouant la tête, Cahil émit un rire incrédule.

— Que savez-vous de tout cela ? D'ailleurs, qu'est-ce que cela peut vous faire ? Vous êtes une espionne. Vous essayez juste de m'embrouiller.

Il s'éloigna vers son lit de camp.

Il avait raison. Ses problèmes m'indifféraient au possible. Une fois arrivée au Fort des magiciens, je prouverais mon innocence et n'aurais plus à me préoccuper de lui. En ce qui concernait Leif, en revanche, cette dernière intervention en ma défaveur était la goutte d'eau qui fait déborder le vase. Je me tournai vers son lit ; il était vide.

— Où est Leif ?
— Parti.
— Où ça ?
— Je l'ai envoyé prévenir le Fort de notre arrivée. Pourquoi ?
— Histoires de famille, crachai-je.

Cahil dut voir briller une lueur meurtrière dans mes yeux.

— Vous ne pouvez pas lui faire de mal, dit-il.
— Oh, si. Il m'a causé beaucoup d'ennuis.
— Il est placé sous ma protection.
— En quel honneur ? Adhère-t-il à votre quête pour reconquérir le Nord ?
— Non. Quand nous vous avons capturés, je lui ai promis que s'il coopérait pleinement, en ce qui vous concernait, il ne lui adviendrait aucun mal.

Abasourdie, je fixai Cahil. Avais-je bien entendu ?

— Mais... Leif était de mèche avec vous, non ?
— Non.
— Vous auriez pu me le dire avant.
— Je pensais que l'idée d'être trahie par votre propre frère vous démoraliserait. Cependant, cela semble avoir eu l'effet inverse.

Le plan de Cahil aurait pu marcher, songeai-je, si une quelconque fraternité avait existé entre Leif et moi. Je me frottai le visage. Cette nouvelle modifiait-elle l'opinion que je me faisais de Leif ?

Assis au bord de son lit de camp, Cahil m'observait en silence.

— Si Leif ne m'a pas trahie... alors qui ?

Cahil sourit.

— Je ne peux pas vous révéler mes sources.

Leif avait réussi à convaincre de nombreux membres du clan que j'étais une espionne. Tous les Zaltana étaient des suspects potentiels... ainsi que toutes les personnes présentes au marché des Illiais, qui n'avaient eu qu'à tendre l'oreille pour découvrir notre destination.

Je rangeai ce mystère dans un coin de ma tête, me promettant de le résoudre plus tard.

— Donc, vous avez envoyé Leif au Fort des magiciens, dis-je. Y serons-nous bientôt ?

— Demain après-midi. Nous arriverons environ une heure après Leif. Je veux qu'on nous prépare un comité d'accueil digne de ce nom. Demain sera un grand jour, Elena. Dormons, maintenant.

Il souffla la lanterne.

Je m'étendis sur ma cape, songeant à la Citadelle et au Fort. Irys s'y trouverait-elle avant demain après-midi ? Sans doute pas. En l'absence de ma protectrice, la Première Magicienne allait-elle vraiment m'éplucher l'esprit comme une banane ? Je tournais et retournais ces pensées angoissantes dans ma tête. Plutôt affronter des dizaines de brutes comme Goel que cette magicienne inconnue ! Enfin, épuisée, je finis par sombrer dans le sommeil.

Aussitôt, Reyad m'apparut.

— Toujours la même histoire, Elena, dit le fantôme

hilare. Pas de choix. Pas d'amis. Juste un couteau. Les couteaux, tu sais t'en servir, pas vrai ?

Une image traversa mon rêve, celle de Reyad gisant dans une mare de sang. Je lui avais tranché la gorge pour sauver ma vie et protéger les autres orphelins contre ses sévices.

— Combien en tueras-tu encore, avant de t'arrêter ? demanda-t-il. Tu ne crois pas qu'il serait plus simple de t'égorger toi-même ?

J'ouvris brusquement les yeux, réveillée par des bruits de pleurs. A ma grande horreur, je m'aperçus que mon visage était couvert de larmes. Essuyant rapidement mes joues, je me résolus à ignorer mes doutes. Le fantôme de Reyad hantait peut-être mes rêves, mais il était hors de question qu'il empoisonne ma vie.

Avec l'aube vint un parfum de galettes sucrées. Je pris mon petit déjeuner devant le feu avec les autres. Après le repas, on démonta le campement. L'humeur générale était à la légèreté et à la plaisanterie. Aussi fus-je surprise par la main qui se posa lourdement sur mon épaule.

Avant que je n'aie pu réagir, la main se resserra et un éclair de douleur parcourut ma nuque. Je tournai lentement la tête. C'était Goel.

Il enfonça ses doigts dans ma chair tout en chuchotant à mon oreille.

— J'ai promis de te laisser tranquille pendant le voyage. Mais, une fois à la Citadelle, je me rattraperai, t'en fais pas.

J'enfonçai mon coude dans son ventre, lui arrachant un grognement de douleur Puis je m'avançai d'un pas, pivotai sur moi-même et fis tomber sa main de mon épaule.

— Pourquoi me prévenir ? demandai-je en lui faisant face.

Il prit une profonde inspiration et sourit.

— Ça rend la partie plus excitante.

— Ces bavardages m'ennuient, Goel. Finissons-en tout de suite.

— Je préfère prendre mon temps. J'ai prévu plein de petits jeux à faire tous les deux, fifille.

Un sentiment de répulsion me glaça de la tête aux pieds, couvrant mon corps de chair de poule. Un phénomène étonnant, par une chaleur pareille.

— Goel, allez aider les autres à démonter la tente, dit le capitaine Marrok.

Le garde s'éloigna après m'avoir lancé un dernier regard satisfait et menaçant.

J'expirai lentement. Tout cela ne présageait rien de bon.

Bientôt nous levâmes le camp. Cahil monta à cheval, nous autres suivîmes derrière. Nous nous enfonçâmes dans la forêt. Au bout de quelques heures, le sentier se mit à grimper et les arbres à s'éclaircir. Lorsque nous atteignîmes la crête, une vaste vallée s'ouvrit devant nous, traversée par un sentier en terre. A gauche de la route, des champs se découpaient, tracés au cordeau. A droite, une immense plaine s'étendait à perte de vue. A l'autre bout de la vallée, au sommet d'une autre colline, se dressait une forteresse blanche.

— C'est la Citadelle ? demandai-je à Marrok.

Il hocha la tête.

— Il nous reste une demi-journée de marche, dit-il.

Son regard gris glissa vers la droite, comme s'il cherchait quelque chose. Je suivis son regard, mais ne vis rien d'autre que des herbes ondulant au vent.

— Est-ce le plateau Davian ?

— Non, non. Le plateau est au sud-est d'ici. C'est le début des plaines d'Avibian. Elles sont immenses, il faut une dizaine de jours pour les traverser.

— Ma cousine m'a parlé de plaines à traverser pour arriver à la Citadelle, mais nous allons plutôt les contourner, non ?

— Il existe un raccourci qui passe par les plaines... mais, à part les Zaltana, personne ne l'utilise. Nous autres, nous préférons éviter tout contact avec les habitants de la région, le clan des Sandseed. Le chemin forestier est plus long, mais beaucoup moins dangereux.

Je voulus poser d'autres questions, mais déjà nous entamions la descente vers la vallée, et Cahil pressait de plus en plus l'allure. Avait-il hâte de parvenir à la Citadelle, ou de s'écarter des plaines ?

Nous dépassâmes des hommes travaillant aux champs, puis un convoi de lourds chariots de marchands. Au loin, la plaine était silencieuse et immobile, à part le mouvement des hautes herbes. Nous ne nous arrêtâmes que pour faire boire les chevaux et les hommes. Peu à peu, la forteresse blanche se rapprochait.

Enfin nous arrivâmes devant les portes de la Citadelle. Je fus frappée par leur hauteur imposante et par les remparts massifs qui l'entouraient, en marbre blanc strié de veines vertes. Passant la main sur ces murailles, je fus surprise de les trouver lisses et fraîches. J'avais eu chaud dans la forêt, mais ce n'était rien comparé à la chaleur étouffante qui régnait en terrain découvert.

Les deux gardes postés devant l'entrée s'avancèrent vers

Cahil. Après une brève discussion, celui-ci nous fit franchir les portes et pénétrer dans une petite cour. Eblouie par le soleil, je plissai les yeux : il me fallut quelques minutes pour assimiler le panorama qui s'offrait à ma vue. Je m'étais imaginé la Citadelle comme une seule grande bâtisse, semblable au château du Commandant, en Ixia, mais les remparts blancs dissimulaient une grande ville tout aussi blanche et éblouissante.

— Impressionnée ? demanda Marrok.

Je refermai la bouche et hochai la tête. Notre convoi se mit en marche, traversant des rues désertes.

— Où sont les habitants ? demandai-je.

— Pendant la saison chaude, la Citadelle est une ville fantôme. Le Conseil est en vacances, l'académie du Fort aussi, le travail des champs est assuré par une équipe réduite. Tous ceux qui le peuvent partent vers des régions moins chaudes, et ceux qui restent évitent de sortir l'après-midi.

Sage précaution ! Mon cuir chevelu était sur le point de prendre feu.

— Quand vont-ils ressortir ? demandai-je.

— D'ici une heure.

Marrok tendit le doigt vers l'est de la ville.

— Vous voyez ces quatre tours ? C'est le Fort des magiciens.

Je fixai les hautes tours au loin. Que se tramait-il dans ces demeures suspendues au-dessus de la ville ?

Nous avançâmes péniblement à travers les rues désertes tantôt recouvertes de terre battue, tantôt de pavés. Dans les rares coins d'ombre se tapissaient des chiens, des chats, quelques poules. Devant une grande bâtisse carrée aux nombreux étages, Marrok me dit :

— Voici le Conseil où se réunit le gouvernement sitien.

De longues marches s'étendaient d'un bout à l'autre du bâtiment, menant vers une porte grandiose encadrée de colonnes de jade. Un groupe de gens était réfugié dans l'ombre du bâtiment ; en nous voyant, ils s'approchèrent aussitôt. Une odeur d'urine flottait dans l'air. Quand ils furent plus près de nous, je vis que leurs cheveux étaient graisseux de crasse et leurs vêtements en loques.

L'un d'eux nous tendit une main noire de suie.

— S'il vous plaît, mon bon seigneur, une pièce !

Les hommes de Cahil les dépassèrent sans répondre. Le groupe étrange nous suivit d'un air résolu.

— Qui sont…, commençai-je.

A quelques pas devant moi, Marrok ne se retourna pas. Je tentai de le rattraper, mais fus arrêtée par une main posée sur mon bras. Un jeune garçon s'était accroché à moi. Ses yeux marron étaient cernés de plaies, sa peau striée de saleté.

— Gentille dame, s'il vous plaît, j'ai faim. Une petite pièce pour manger !

Je cherchai Marrok du regard. Il était déjà vingt mètres plus loin. Pourquoi cet enfant avait-il besoin d'argent ? Je ne comprenais pas, mais je ne pouvais rien lui refuser tant son regard était désespéré. Fouillant dans mon sac, je trouvai les pièces sitiennes qu'Esaü m'avait données, et les versai dans la main du garçon.

M'agenouillant près de lui, je dis :

— Partage-les avec tes amis. Et prends un bain. D'accord ?

Une expression de joie pure illumina son visage.

— Mer…

A cet instant, une forte odeur m'assaillit, et nous fûmes encerclés par les compagnons du garçon. Ils m'attrapèrent par les bras, tirèrent sur mes vêtements et tentèrent de m'arracher mon sac. Du coin de l'œil, je vis le garçon empocher mes pièces et se glisser hors de la foule en passant entre les jambes des adultes. L'odeur de tous ces corps non lavés me donna un haut-le-cœur.

— Belle dame, gentille dame..., répétaient-ils tous.

Enfin, leurs murmures furent interrompus par un bruit de sabots sur les pavés.

— Eloignez-vous d'elle ! hurla Cahil, ou je vous coupe en deux !

Il fendit l'air de quelques moulinets d'épée.

L'instant d'après, la foule s'était dissipée.

— Ils ne vous ont rien fait, j'espère ? demanda Cahil.

— Non. Tout va bien.

Je lissai mes cheveux et remis mon sac sur mes épaules.

— Que s'est-il passé ? demandai-je.

— Ces mendiants... ils sont pires que des rats, soupira Cahil. Mais c'est votre faute. Si vous ne leur aviez rien donné, ils vous auraient laissée tranquille.

— Mendiants ? répétai-je.

Cahil parut abasourdi.

— Enfin, vous savez tout de même ce que c'est, non ?

En l'absence de réponse de ma part, il poursuivit.

— Ils ne travaillent pas. Ils vivent dans la rue. Ils mendient de l'argent pour manger. Vous en avez forcément vu, en Ixia.

— Non. Là-bas, tout le monde a un travail, et les

produits de première nécessité sont fournis par le régime du Commandant.

— Où trouve-t-il l'argent ?

Les épaules de Cahil s'affaissèrent, et il n'attendit pas ma réponse.

— Je sais. C'est l'argent de mon oncle. Il a sans doute vidé la trésorerie royale.

Je me mordis la langue pour ne pas répondre. De mon point de vue, l'argent était mieux employé à aider les gens qu'à s'entasser dans la trésorerie.

— Venez.

Cahil sortit un pied de l'étrier, se pencha vers moi et me tendit la main.

— Montez, nous devons rattraper les autres.

— Sur... sur ce cheval ?

— Ne me dites pas qu'en Ixia il n'y a pas de chevaux.

— Pas pour les gens comme moi, en tout cas.

Je mis mon pied à l'étrier et agrippai le bras de Cahil. Il me hissa en selle. Perchée derrière lui, je me demandais quoi faire de mes bras.

Il tourna la tête pour me regarder.

— Pour qui sont les chevaux, alors ?

— Pour le Commandant, les généraux et les officiers de rang.

— Il n'y a pas de cavalerie ?

Il croyait sans doute m'interroger sans que je ne m'en aperçoive.

— Pas que je sache, dis-je en réprimant un soupir.

C'était la vérité. Il pouvait me croire ou non, je m'en moquais complètement.

Cahil se retourna tout à fait et me fixa du regard.

J'eus soudain encore plus chaud, et le sentiment d'être beaucoup trop près de lui. Ses yeux étincelaient de reflets bleus et verts. Etant donné le climat torride de Sitia, sa barbe me paraissait une folie. Je tentai de l'imaginer rasé : il paraîtrait plus jeune encore, et cela ferait ressortir sa peau lisse et son nez droit.

Il se retourna enfin vers la route, et je laissai échapper un claquement de langue exaspéré. Décidément, je ne voulais plus rien avoir à faire avec lui.

— Accrochez-vous, dit-il.

Le cheval se mit en marche. Agrippée à la taille de Cahil, je rebondissais sur la selle. Le sol me semblait très lointain, et très dur. Je luttais pour garder l'équilibre... et poussai un soupir de soulagement lorsque nous arrivâmes à la hauteur du convoi. A mon grand désarroi, Cahil ne s'arrêta pas pour me faire descendre, mais continua tout droit, laissant ses hommes trotter derrière lui.

Tandis que nous serpentions à travers les ruelles de la ville, j'essayai, à l'instar de Cahil, de faire corps avec le cheval. Cahil se tenait recourbé au-dessus de la selle, jambes tendues dans les étriers — les miennes étaient ballottées contre le flanc du cheval. Je me concentrai sur le mouvement du cheval et, d'un coup, me rendis compte que je voyais à travers ses yeux.

La route m'entourait comme une bulle. Je voyais très loin devant moi, presque aussi loin sur les côtés, et même un peu derrière. Le cheval avait chaud, il était fatigué et passablement irrité de porter un humain supplémentaire. Normalement, seul l'Homme-Menthe le montait, et parfois le Garçon-Paille, quand le cheval était à l'écurie depuis longtemps et qu'il avait besoin d'exercice. Il avait hâte de retrouver sa stalle bien fraîche et de boire un grand seau d'eau.

De l'eau, tu en auras bientôt, pensai-je à son intention. J'espérais que c'était vrai. *Comment t'appelles-tu ?*

Topaze, entendis-je dans ma tête.

Cette réponse m'émerveilla. Jusque-là, les contacts que j'avais eus avec les animaux s'étaient résumés à un aperçu de leur vision et à de vagues sensations. Jamais nous n'avions eu de conversation !

— *Un peu moins de cahots ?* demandai-je, pleine d'espoir.

Topaze modifia son allure. Cahil émit un grognement surpris, et moi, un soupir de soulagement. Mon mal de dos disparut ; à présent, nous glissions comme un traîneau sur une route enneigée.

Cette allure plus confortable était aussi plus rapide. Nous laissâmes les hommes de plus en plus loin derrière nous. Cahil tenta de ralentir Topaze, mais celui-ci était résolu à obtenir son seau d'eau le plus vite possible.

Arrivés à l'ombre d'une haute tour, nous nous arrêtâmes. Cahil sauta à terre et inspecta les jambes du cheval.

— C'est la première fois qu'il fait ça, dit-il.
— Qu'il fait quoi ?
— Ce cheval n'a que trois allures.
— Pardon ?
— Il ne sait que marcher au pas, trotter et galoper.
— Et alors ?
— Alors cette allure n'était ni un pas, ni un trot, ni un galop. Certains chevaux utilisent jusqu'à cinq allures… mais je n'en ai jamais vu de pareille.

— Moi, dis-je, je trouvais ça très bien. Rapide et confortable.

Cahil me regarda d'un air soupçonneux.

— Je ne sais pas comment descendre, dis-je.

— Mettez le pied gauche dans l'étrier. Faites passer la jambe droite du côté gauche... voilà. Sautez à terre.

J'atterris sur des jambes flageolantes. Topaze tourna la tête pour me regarder. Il avait soif. Je décrochai l'une des outres qui pendaient à la selle, et la tins ouverte devant son museau. Cahil plissa les yeux, me regarda, puis regarda son cheval.

— Nous sommes arrivés au Fort ? demandai-je pour le distraire.

— Oui. Les portes sont au coin. Nous entrerons dès que mes hommes seront là.

Ils mirent peu de temps à nous rattraper. Nous marchâmes jusqu'à une entrée massive en marbre, autour de laquelle jaillissait un arc de plusieurs étages soutenu par des colonnes en marbre rose. Les portes étaient ouvertes et les gardes ne nous inquiétèrent pas.

Nous débouchâmes dans une cour ouvrant sur toute une série de bâtiments. Une deuxième ville à l'intérieur de la ville ! Une incroyable variété de formes et de couleurs s'étendait devant mes yeux : mosaïques de différents marbres, statues animalières et gargouilles, jardins et pelouses. La verdure était particulièrement bienvenue au milieu de la blancheur éblouissante de la Citadelle.

Les murs extérieurs du Fort dessinaient un rectangle ; à chaque coin s'élevait l'une des quatre tours.

A l'autre bout de la cour, exactement en face de nous, deux silhouettes se découpaient sur les marches d'une grande bâtisse jaune illuminée çà et là par de petits blocs de marbre orange. Lorsque nous nous approchâmes, je reconnus Leif. A côté de lui se tenait une inconnue de haute taille. Sa robe bleu nuit, sans manches, descendait jusqu'à ses chevilles. Ses pieds étaient nus, ses cheveux blancs coupés ras. Sa peau quasi noire semblait absorber la lumière du soleil.

Au bas des marches, Cahil tendit les rênes du cheval à Marrok.

— Ramenez-le aux écuries et défaites mes bagages. Nous nous retrouverons aux baraquements.

Marrok s'éloigna aussitôt, menant Topaze par la bride.

— Marrok, dis-je, n'oubliez pas de lui donner de l'avoine au lait.

Il hocha la tête sans se retourner. Cahil me serra le bras.

— Comment savez-vous cela ? demanda-t-il.

Je réfléchis rapidement.

— Cahil, cela fait plus d'une semaine que je voyage avec vous. En cours de route, j'ai appris quelques petites choses.

Cela me semblait une mauvaise idée de dire à Cahil que son cheval m'avait demandé de l'avoine au lait. Et j'étais absolument certaine qu'il ne voudrait pas connaître le surnom que lui donnait Topaze.

— Vous mentez, dit Cahil. L'avoine au lait, c'est une gâterie spéciale que fabrique le maître d'écurie. Lui seul en donne aux chevaux.

Avant que je n'aie pu répondre, une voix stridente s'éleva de l'autre bout de la cour.

— Y a-t-il un problème, Cahil ?

Nous levâmes tous deux les yeux vers l'inconnue. Leif et elle s'avancèrent lentement vers nous.

— Non, dit Cahil. Aucun problème.
Les deux s'arrêtèrent à quelques mètres de nous.
— C'est elle ? demanda la femme.
— Oui, Première Magicienne, dit Cahil.
— Etes-vous sûr de son allégeance à Ixia ?
— Certain. Elle possède un uniforme et de l'argent ixiens, dit Cahil.
— Sa fidélité à Ixia et son mal du pays ont le goût d'une soupe rance, dit Leif.

La femme s'approcha d'un pas. Je plongeai mon regard dans ses yeux ambrés. Ils avaient la forme des yeux de fauve, et un éclat tout aussi mortel. Son regard s'étendit, m'engloba, et tout disparut, tandis que le sol se changeait en ambre liquide. Je commençais à m'enfoncer. Quelque chose entoura mes chevilles et me traîna sous la surface. Je fus dépouillée de mes vêtements, puis de ma peau et de mes muscles. Mes os se réduisirent en poussière. Mon âme resta nue.

10.

Quelque chose d'acéré m'égratigna, cherchant des points vulnérables. Repoussant cette griffe envahissante, je commençai à ériger un rempart mental autour de moi. Il était hors de question de laisser cette magicienne s'insinuer dans mon âme.

J'empilai des briques les unes sur les autres, mais les extrémités du mur ne cessaient de s'écrouler, et des trous apparaissaient de toutes parts. Luttant pour devancer la Première Magicienne, je mis toute mon énergie dans ce mur. Je rebouchais les trous au fur et à mesure qu'ils apparaissaient, je construisis un deuxième rempart à l'intérieur du premier. Mais les briques continuaient à se désintégrer et à s'effondrer.

Non ! Ce n'était pas possible... Pendant quelques instants encore, je résistai de toutes mes forces, puis me résolus à laisser mon mur s'écrouler. A cet instant, j'eus un subit regain d'énergie, et dressai autour de moi un rempart de marbre blanc veiné de vert, qui m'isola totalement de mon attaquante.

Arc-boutée contre la pierre lisse, je m'efforçai de tenir bon. Cet effort m'épuisa, drainant mon esprit. En désespoir de cause, j'utilisai mes dernières forces pour lancer un appel au secours. Aussitôt, le mur de marbre prit la forme d'une statue de Valek. Il m'examina d'un air inquiet.

— A l'aide, dis-je.

Il m'enveloppa dans ses bras musclés, m'attira contre sa poitrine.

— Tout ce que tu voudras, mon amour.

Je me raccrochai à lui, et l'obscurité se fit.

Je m'éveillai dans une chambre exiguë, le crâne martelé par une douleur lancinante. Peu à peu, je pris conscience d'être étendue sur un lit sous une fenêtre ouverte. J'essayai de me redresser en position assise : mes jambes protestèrent violemment. Je me sentais nue, écorchée, comme si l'on m'avait frotté la peau jusqu'au sang. Ma gorge était sèche et brûlante. Sur la table de nuit, je trouvai une carafe d'eau suintante et un verre vide. En trois gorgées, j'engloutis un immense verre d'eau fraîche. Un peu ranimée, j'examinai la petite pièce nue. Une armoire dotée d'une glace en pied s'élevait contre le mur d'en face. Sur la gauche se trouvait une porte... qui s'ouvrit à cet instant même, sur la silhouette de Cahil.

— Il me semblait vous avoir entendue remuer, dit-il.

— Que s'est-il passé ?

— La Première Magicienne a essayé de lire dans votre esprit, dit Cahil, l'air gêné. Elle a été extrêmement agacée par votre résistance, mais elle a tout de même dit que vous n'étiez pas une espionne.

— Ouf ! dis-je d'une voix acerbe. Comment suis-je arrivée ici ?

Des taches rouges fleurirent sur les joues de mon interlocuteur.

— Je vous ai portée.

Je mis mes bras autour de ma poitrine. L'idée d'être touchée par cet homme me faisait horreur.

— Et maintenant que faites-vous ici ?

— Je suis resté pour m'assurer que vous alliez bien.

— Vous vous inquiétez pour ma santé, maintenant ? C'est un peu difficile à croire.

Je me redressai sur des jambes douloureuses. J'avais l'impression d'avoir couru pendant des kilomètres. Le bas de mon dos me faisait mal.

— Où sommes-nous ?

— Dans les logements réservés aux étudiants. L'aile des apprentis, pour être précis. On vous a attribué ces appartements.

Cahil s'éloigna vers la deuxième pièce. Je lui emboîtai le pas et entrai dans un petit séjour comprenant un grand bureau, un divan, une table, des chaises et une cheminée en marbre. Les murs étaient également en marbre vert pâle. Sur la table se trouvaient ma canne et mon sac à dos.

Je m'avançai vers une deuxième porte au bout de la pièce. Elle donnait sur un jardin intérieur plein d'arbres et de statues. On voyait le soleil se coucher derrière le feuillage. Je sortis dans le jardin et regardai autour de moi. Mon logement se trouvait à l'extrémité d'un long bâtiment de plain-pied. Personne n'était en vue.

Cahil me rejoignit.

— Les autres étudiants ne reviendront qu'à la fin de la saison chaude, dit-il.

Il m'indiqua un chemin traversant le jardin.

— Par là, ce sont les réfectoires et les salles de cours. Vous voulez que je vous fasse visiter ?

— Non, dis-je en retournant vers le séjour.

Sur le seuil de la porte, je me retournai.

— Je veux que vous et vos petits soldats de plomb restiez loin de moi. Vous savez que je ne suis pas une espionne, maintenant, alors fichez-moi la paix. Compris ?

Je refermai la porte et tournai la clé dans la serrure, laissant Cahil dehors. Pour plus de sécurité, je coinçai une chaise sous la poignée.

Je me roulai en boule sur le lit, tenaillée par le désir de rentrer chez moi. Chez moi, avec Valek. Entourée de sa force et de son amour. Après le bref contact que j'avais établi avec lui, il me manquait encore plus. Son absence creusait en moi un vide brûlant.

Je n'avais qu'une envie : fuir ce maudit pays. J'avais acquis une maîtrise suffisante de ma magie pour éviter toute explosion inopinée. Que faisais-je ici, au milieu de ces gens horribles ? Il me suffirait de voyager droit vers le nord pour arriver à la frontière ixienne. Dans ma tête, je mis au point tous les détails du voyage, fis une liste de provisions et envisageai même d'enlever Topaze. Quand la nuit tomba dans la pièce, je m'endormis.

Le soleil me réveilla. Je roulai sur le côté, évaluai mes chances de quitter le Fort sans que personne ne m'aperçoive, et me rendis compte que j'ignorais tout de la disposition des bâtiments. J'aurais pu partir en reconnaissance, mais je n'avais envie de voir personne. Je passai la journée au lit, et me rendormis à la nuit tombée.

Une nouvelle journée s'écoula. Quelqu'un secoua la poignée de ma porte et m'appela par mon nom. Je lui criai de partir, et fus soulagée lorsque le silence se fit.

Combien de temps restai-je affalée sur mon lit, hébétée ? Au bout d'un moment, mon esprit dériva vers le jardin, où il rencontra de petites bêtes. Aussi léger fût-il, ce contact me fit fuir. Je cherchais un endroit tranquille.

A la place, je trouvai Topaze. L'Homme-Menthe était venu lui rendre visite, mais le cheval se demandait où était la Dame-Lavande. Une image de moi apparut dans l'esprit de Topaze, et je compris que la Dame-Lavande, c'était moi. Au cours du voyage avec Cahil, j'avais rarement eu l'occasion de me laver, mais je m'étais souvent rafraîchie avec l'Eau de Lavande fabriquée par ma mère.

Courir, dit Topaze à mon intention. *Rapide et confortable.*

M'emmènerais-tu dans le Nord ? demandai-je.

Pas sans l'Homme-Menthe. Vite et bien avec vous deux. Je suis assez fort.

C'est vrai, tu es très fort. Je crois que je vais rester un peu avec toi.

C'est hors de question, Elena, dit la voix d'Irys dans mon esprit. *Tu as assez boudé, je crois.*

Cette voix me mit du baume au cœur.

Je ne boude pas.

Ah, non ? Comment qualifierais-tu ton comportement ?

Je me protège.

Irys se mit à rire.

Contre qui ? Roze a eu toutes les peines du monde à franchir tes défenses.

Roze ?

Roze Featherstone, Première Magicienne de Sitia. Depuis, elle n'a pas décoléré. Tu as enduré des épreuves plus difficiles que celle-là, Elena. Quel est le vrai problème ?

Eh bien, je me sentais seule et impuissante, sans aucun

ami pour surveiller mes arrières. Mais, n'ayant pas envie de partager ce sentiment avec Irys, je l'enfouis au plus profond de moi et ignorai la question. Le retour de mon mentor me remontait quelque peu le moral. C'était la seule personne à qui je pouvais faire confiance, à présent.

Je viens t'apporter un repas, Elena. Maintenant tu vas me laisser entrer, puis tu vas manger.

Manger ? pensa Topaze avec espoir. *Pomme ? Bonbon menthe ?*

Plus tard, promis-je en souriant.

Mon estomac gargouillait. Je m'assis au bord du lit et fus assaillie de vertiges. Je ne sais depuis combien de jours je jeûnais, mais j'étais sérieusement affaiblie.

Irys entra, chargée d'un plateau de fruits et de viande froide. Elle apporta également une cruche de jus d'ananas et des gâteaux. Pendant que je mangeais, elle me raconta son voyage jusqu'au village natal de May, dernière des orphelines à retrouver sa famille.

— Elle a cinq sœurs qui sont exactement comme elle ! soupira Irys en secouant la tête.

Je ne pus m'empêcher de sourire. Six filles couinant, riant, pleurant, et parlant toutes à la fois… Cela devait valoir le coup d'œil.

— Leur père, le pauvre, a voulu que je les teste toutes pour voir si elles avaient du potentiel magique. May en a certainement, mais j'ai décidé qu'elle attendrait un an de plus avant d'entrer à l'académie. Je crois que ses parents ont été un peu déçus.

Irys remplit deux verres de jus d'ananas.

— Quand j'ai entendu ton appel au secours, j'ai écourté mon séjour.

— Tu veux dire, quand Roze a essayé de sonder mon esprit ?

— Oui. J'étais trop loin pour te venir en aide, mais apparemment tu t'es débrouillée toute seule.

— Valek m'a aidée.

— Impossible ! Même moi, j'étais trop loin pour t'atteindre. Et Valek n'est pas un magicien.

— Pourtant, il était là. J'ai puisé dans ses forces.

Irys refusa cette affirmation d'un geste de la tête.

Je réfléchis à la façon dont Irys m'avait trouvée, la première fois.

— Tu as senti mon pouvoir alors que j'étais en Ixia, dis-je. C'est la même distance qui me sépare aujourd'hui de Valek.

De nouveau, elle fit non de la tête.

— Valek est imperméable à la magie. Tu as dû utiliser son image comme bouclier contre Roze. Par ailleurs, quand je t'ai repérée, l'année dernière, tu n'avais aucun contrôle sur ton pouvoir. Les explosions de magie incontrôlées créent des ondulations dans la toile du pouvoir. N'importe quel magicien, où qu'il se trouve dans le monde, peut les voir, mais seules les maîtres magiciens sont capables de déterminer leur origine.

Ces paroles m'inquiétèrent.

— Irys, tu as entendu mon appel au secours depuis la maison de May. Est-ce que cela signifie que j'ai perdu le contrôle ?

Les pertes de contrôle provoquaient des explosions de magie, lesquelles causaient des dégâts dans la toile magique et la mort du magicien.

Irys prit l'air étonné.

— Non, pas du tout.

Fronçant les sourcils, elle fixa le mur devant elle.

— Elena, qu'as-tu fait avec ta magie depuis que nous nous sommes quittées ?

Je lui racontai l'embuscade, l'évasion, la trêve négociée avec Cahil.

— Donc, tu as plongé *tous* les hommes de Cahil dans un profond sommeil ?

— Eh bien, ils n'étaient que douze, en réalité.

Avais-je fait quelque chose de mal ? Brisé le fameux Code éthique, par exemple ?

Irys émit un petit rire en lisant dans mes pensées. *Pour couronner le tout, tu voulais t'enfuir avec un cheval.*

— Plutôt que de rester ici avec Cahil et Leif, oui, répondis-je à haute voix.

— Ces deux-là ! pesta Irys en fronçant les sourcils. Ils ont eu de sérieuses explications à fournir aux maîtres magiciens. Roze est furieuse d'avoir été induite en erreur à ton sujet. Cahil, lui, a eu le culot de réclamer une session extraordinaire du Conseil au milieu de la saison chaude ! Evidemment, on la lui a refusée. Il devra attendre la rentrée, comme tout le monde.

Irys haussa les épaules. Les desseins de Cahil ne semblaient pas l'alarmer.

— Les Sitiens accepteront-ils de partir en guerre pour Cahil ?

— Bah... Nous ne sommes pas en conflit ouvert avec le Nord, mais il existe de fortes tensions entre les deux pays. Le Conseil attend que Cahil mûrisse. S'il développe le charisme et les qualités de meneur requises, il est possible que le Conseil soutienne son projet pour reprendre Ixia.

Elle inclina la tête comme si elle envisageait calmement les conséquences d'une telle guerre.

— Le traité d'échange que nous venons de signer représente notre premier contact avec Ixia depuis quinze ans. C'est un bon début. Nous avons toujours craint que le Commandant ne tente de s'emparer du pouvoir en Sitia, comme il l'a fait en Ixia, mais il semble se satisfaire du *statu quo*.

— L'armée sitienne pourrait-elle l'emporter dans une guerre contre le Nord ?

— Qu'en penses-tu ?

— A mon avis, ce serait difficile. Les forces du Commandant sont loyales, dévouées et bien entraînées. Pour les vaincre, il faudrait être beaucoup plus nombreux qu'eux, ou beaucoup plus malins.

Irys acquiesça d'un hochement de tête.

— Si nous lançons une campagne contre le Nord, rien ne doit être laissé au hasard. Voilà pourquoi le Conseil attend de se prononcer. Pour l'heure, cependant, cela ne me préoccupe pas. Mes priorités sont de t'apprendre à te servir de ta magie, et de découvrir ta spécialité. Tu possèdes plus de pouvoir que je ne le pensais, Elena. Endormir douze hommes n'est pas une tâche aisée. Et quant à discuter avec un cheval…

Irys repoussa ses cheveux de son front et les rassembla derrière son crâne.

— Si je n'avais pas entendu cette conversation, je ne t'aurais jamais crue.

Mon mentor se leva et rangea les restes du repas sur le plateau.

— Ce que tu as fait aux hommes de Cahil constituerait

une violation du Code éthique, si tu n'avais pas agi en légitime défense.

Elle réfléchit un instant.

— Ce que Roze a fait est également interdit par le Code... mais elle croyait avoir affaire à une espionne, et les espions ne sont pas protégés par le Code. Les Sitiens voient des agents secrets partout. Le Commandant est arrivé au pouvoir en Ixia en infiltrant le gouvernement au pouvoir et en assassinant ses membres. Notre peuple craint qu'il n'utilise les mêmes procédés pour faire un coup d'Etat dans le Sud.

Ramassant le plateau, Irys ajouta :

— Demain, je te ferai visiter le Fort, et nous commencerons ta formation. Tu trouveras des bougies et une pierre à feu dans l'armoire. Je t'ai mise dans l'aile des apprentis parce que tu es trop âgée pour vivre avec les étudiants de première année. Par ailleurs, je crois qu'à la rentrée tu seras prête à entrer dans la classe des apprentis.

— La classe des apprentis ?

— La formation de l'académie est étalée sur cinq ans. En général, vers l'âge de quatorze ans, les jeunes magiciens arrivent à diriger plus ou moins leurs pouvoirs. Ils entrent alors en première année, puis deviennent novices, juniors, seniors et enfin apprentis. Toi, tu vas commencer directement au niveau des apprentis, mais ta formation sera un peu différente, puisque tu as besoin d'apprendre notre histoire et le fonctionnement de nos institutions.

Irys secoua la tête.

— Je m'en occuperai avant la rentrée. Tu seras probablement mêlée à des étudiants de différents niveaux, en fonction des sujets. Mais ne t'inquiète surtout pas pour cela. Si tu défaisais tes bagages et que tu te mettais à l'aise ?

D'un coup, quelque chose me revint à l'esprit.

— Irys, attends, lui dis-je pendant qu'elle se dirigeait vers la porte. Ma mère m'a donné du parfum pour toi.

Je fouillai dans mon sac. Par une chance inexplicable, les flacons de Fleur de Pomme et d'Eau de Lavande avaient survécu à mon voyage mouvementé.

Après le départ d'Irys, ma chambre me parut soudain très vide. Je sortis toutes mes affaires de mon sac, pendis mon uniforme de goûteur dans l'armoire et posai la statue de valmur, achetée pour Valek, au centre de la table. Rien à faire : mon appartement était toujours aussi triste. Je décidai d'échanger mes pièces ixiennes et d'acheter quelques objets pour égayer mon logement.

Au fond de mon sac, je trouvai le guide d'Esaü. Allumant une bougie, je me mis au lit et lus le carnet jusqu'à ce que mes paupières s'alourdissent. A en croire ses notes minutieuses, chaque arbre, chaque plante de la jungle avait une application pratique. Je me surpris à regretter qu'il n'y eût pas une page du guide qui me fût consacrée, avec ma raison d'être clairement indiquée sous mon portrait.

Le lendemain, Irys plissa le nez en entrant dans ma chambre.

— Tout compte fait, nous allons peut-être commencer par visiter les bains, dit-elle. Et la blanchisserie.

Je ne pus m'empêcher de rire.

— C'est à ce point ?
— Oui.

Irys me conduisit vers un autre bâtiment en marbre entouré de colonnes bleues, et nous entrâmes dans le bain des femmes. Quel bonheur de me débarrasser enfin de la crasse accumulée pendant le voyage ! La blanchisseuse prit mes vêtements tachés et déchirés. La tenue cousue par Nutty, ma chemise blanche et mon pantalon noir avaient tous besoin de réparations.

Je choisis d'emprunter une tunique en coton vert pâle et un pantalon kaki. En dehors des grandes occasions, m'avait expliqué Irys, les apprentis étaient libres de se vêtir comme ils le souhaitaient. Enfin, une fois mes cheveux peignés et coiffés, nous quittâmes les bains pour prendre le petit déjeuner.

Je promenai mon regard autour de moi, commençant à assimiler le plan du Fort. Au centre se trouvaient les grands bâtiments en marbre entourés de chemins et de jardins. Les baraquements et les logements des étudiants étaient disposés en anneau autour des bâtiments principaux, tandis que les écuries, le chenil et la blanchisserie s'alignaient contre le rempart du fond. Devant ces bâtiments, un grand pré clôturé, où paissaient des chevaux, jouxtait un manège ovale.

J'interrogeai Irys au sujet des quatre tours.

— Ce sont les demeures des maîtres magiciens.

Elle tendit le doigt vers la tour située au nord-ouest.

— Voici la mienne. Au nord-est, près des étables, c'est la tour de Zitora Cowan, Troisième Magicienne. Au sud-ouest, il y a Roze Featherstone ; au sud-est, Bain Bloodgood, Deuxième Magicien.

— Et s'il y avait plus de quatre Maîtres ?

— De toute l'histoire du Fort, cela ne s'est jamais

produit. Nous avons déjà eu moins de quatre maîtres magiciens, jamais plus. Si cela se produisait, ce serait extrêmement amusant. Les tours sont si grandes qu'on pourrait facilement les partager.

Dans l'immense réfectoire, seules trois personnes étaient installées, entourées de rangées de tables vides.

— A la rentrée, cette salle sera bondée, expliqua Irys. Les étudiants, les magiciens et les professeurs prennent tous leur repas ici.

Elle me présenta les deux hommes et la femme qui déjeunaient en face de nous : ils faisaient partie de l'équipe de jardiniers nécessaires à l'entretien de la végétation de la Citadelle.

Nous mangeâmes, j'empochai une pomme pour Topaze, et nous partîmes vers les appartements privés d'Irys. Après avoir grimpé un million de marches et passé des dizaines de paliers, nous débouchâmes au sommet de la tour, dans une grande pièce circulaire aux baies vitrées s'étendant du sol au plafond. De longs rideaux vaporeux volaient dans la brise tiède. Divans bas et coussins bleus, mauves et argent apportaient des touches de couleur vive à cette pièce inondée de lumière. Des bibliothèques recouvraient les murs, et un parfum d'agrume flottait dans l'air.

— Ma chambre de méditation, dit Irys. L'endroit parfait pour puiser du pouvoir et étudier.

Je fis quelques pas dans la pièce, regardant au-dehors. D'un côté, Irys avait une vue magnifique sur le fort ; de l'autre s'étendait un vaste panorama de collines ondulantes émaillées de petits villages.

— Le pays des Featherstone, dit Irys en suivant mon regard.

Elle fit un geste vers le centre de la pièce.

— Assieds-toi. Nous allons commencer.

Irys s'installa en tailleur sur un coussin mauve. Je me perchai sur un coussin bleu en face d'elle.

— Je n'ai pas ma canne...

— Tu n'en auras pas besoin. Je vais t'apprendre à puiser dans la source du pouvoir sans passer par un intermédiaire physique. Le pouvoir entoure la terre comme une toile. Tu as la possibilité de décrocher un fil de cette toile et de tirer le pouvoir à toi. Mais, si tu tires trop fort, tu risques de froisser la toile et de la déformer, concentrant le pouvoir dans certaines zones, tandis que d'autres en seront dépourvues. Certains prétendent qu'il existe des trous dans la toile, des endroits où le pouvoir ne passe pas du tout, mais, jusqu'ici, je n'en ai jamais vu.

Tandis qu'Irys me parlait, je sentais son pouvoir s'étendre autour d'elle comme une bulle.

Subitement, elle leva la main et dit :

— *Venettaden !*

Le sortilège me heurta de plein fouet. Mes muscles se figèrent. Paralysée, je fixai sur Irys un regard alarmé.

— Repousse l'attaque, dit-elle.

J'eus une pensée fugitive pour mon mur de briques, mais je savais qu'il serait dérisoire, face au pouvoir d'Irys. Une fois de plus, je réussis à dresser un rempart de marbre autour de moi et à couper le flux du pouvoir. Mes muscles se détendirent.

— Très bien, dit Irys. Tu vois, j'ai tiré un fil de pouvoir, j'en ai fait une boule et, à l'aide d'un mot magique, je l'ai dirigé vers toi. Nous utilisons ce mot pour apprendre aux étudiants à maîtriser leur magie, mais, en réalité, n'importe quel mot ferait l'affaire. Il suffit simplement de se concentrer. Au bout d'un moment, tu n'auras plus besoin de mots pour commander ta magie, cela deviendra instinctif. A toi, maintenant.

— Mais… je n'ai jamais tiré de fils de pouvoir. D'habitude, je me concentre sur la surface de ma canne, puis mon esprit se détache, et je le projette vers d'autres esprits.

— La capacité de lire dans les pensées fonctionne de la même manière. Des fils de pouvoir se tendent entre deux esprits. Une fois forgé, ce lien est très facile à réactiver. Regarde, par exemple, celui qui existe entre nous, ou entre Topaze et toi.

— Ou entre Valek et moi.

— Valek… oui. Mais, étant donné son immunité à la magie, votre lien est probablement subconscient. As-tu déjà réussi à lire dans ses pensées ?

— Je n'ai jamais essayé.

— Bien, dit Irys. A présent, concentre-toi. Cherche le pouvoir et tire-le à toi.

Je pris une grande inspiration et fermai les yeux. Me sentant vaguement ridicule, je me concentrai sur l'air autour de moi, essayant de sentir la toile du pouvoir. Rien ne se passa. Soudain, l'air s'épaissit et sa pression contre ma peau augmenta. J'intimai à la magie de se rassembler autour de moi. Lorsque la pression fut presque insoutenable, j'ouvris les yeux. Irys me regardait fixement.

— Quand tu relâcheras la magie vers moi, pense à ce que tu voudrais qu'elle fasse. Un mot ou un geste peuvent aider, et serviront de raccourci la prochaine fois.

Je repoussai le pouvoir vers Irys, et dis :
— *Tombe.*

Pendant quelques instants, rien ne se passa. Puis les

yeux d'Irys s'écarquillèrent, elle prit l'air abasourdi et se renversa sur le côté.

Je me précipitai pour l'aider à se relever.

— Désolée, Irys.

Elle me regardait d'un drôle d'air.

— Bizarre, dit-elle.

— Comment cela ?

— Au lieu de me pousser, ta magie a envahi mon esprit et m'a donné l'ordre de tomber.

Irys se réinstalla sur le coussin.

— Recommence, Elena. Cette fois, visualise ton pouvoir comme un objet matériel, un mur, par exemple, et dirige-le vers moi.

Je suivis docilement ses instructions, mais le résultat fut le même.

— Une méthode peu orthodoxe, mais elle semble fonctionner, dit Irys en rangeant une mèche de cheveux derrière son oreille. Travaillons un peu tes défenses, à présent. Essaie de détourner mon pouvoir avant qu'il ne t'atteigne.

Presque avant d'avoir fini sa phrase, elle me visa d'une boule d'énergie.

— *Toutato !* lança-t-elle.

Je sautai sur mes pieds et levai les mains devant moi, mais trop tard. Le monde se mit à tournoyer autour de moi, en un mélange de traînées de couleurs qui me donnaient le vertige. L'instant d'après, je me retrouvai étalée à même le sol, regardant la charpente de la tour. Dans un nid calé sur une poutre, un hibou dormait.

— Elena, tu dois maintenir tes défenses actives à tout moment, dit Irys. Il ne s'agit pas d'être prise au dépourvu. Quoique — elle lissa sa chemise —, après tout, tu as résisté à l'assaut de Roze.

Je n'avais pas envie d'aborder ce sujet.

— Que signifie *toutato* ?

— Rien du tout. Je viens de l'inventer. Inutile de prévenir son adversaire de ce que l'on veut faire. Pour les attaques et la défense, j'utilise ce genre de charabia. Pour des choses plus pratiques, comme éclairer ou allumer un feu, il existe de véritables mots magiques.

— Et moi, je peux allumer un feu ?

— Si tu es assez puissante, sans doute. Mais c'est extrêmement fatigant. Certaines sortes de magie sont plus éprouvantes que les autres. Pour ta part, tu sembles communiquer très facilement par la pensée. C'est peut-être ta spécialité.

— Qu'est-ce que cela veut dire ?

— La plupart des magiciens ont des pouvoirs bien précis. Certains peuvent guérir les blessures physiques, d'autres les traumatismes mentaux. D'autres encore sont capables de déplacer de gros objets, même des statues en pierre, ou d'allumer un feu en claquant des doigts.

Tout en parlant, Irys entortillait les galons du coussin autour de son index.

— Parfois, on rencontre des magiciens dotés de plusieurs dons différents, ou d'un talent hybride, comme celui de Leif, qui est capable de sentir les âmes. En ce qui te concerne, nous savons maintenant que tu peux non seulement lire dans les pensées d'autrui, mais aussi, et c'est très rare, influencer les décisions d'une personne ou d'un animal. Cela fait deux talents.

— Deux, c'est la limite ?

— Non. Les maîtres magiciens peuvent tout faire.

— Alors pourquoi Roze est-elle Première Magicienne, et toi seulement Quatrième ?

Irys me fit un petit sourire las.

— Roze est plus puissante que moi. Moi, par exemple, je me limite à allumer des feux de camp, tandis qu'elle peut enflammer un bâtiment de deux étages en quelques secondes.

— Ceux qui n'ont qu'un seul talent... que font-ils en sortant de l'académie ?

— Nous les affectons à différentes villes et villages. Nous essayons par exemple d'avoir un guérisseur présent en permanence dans toutes les localités. D'autres sortes de magiciens couvrent toute une région, voyageant de village en village en fonction des besoins.

— Et moi, que pourrais-je faire ? demandai-je.

Trouverais-je un jour une utilité ? D'ailleurs, étais-je vraiment sûre de vouloir être utile à Sitia ?

— Il est trop tôt pour le dire, dit Irys en souriant. Pour l'instant, tu dois t'entraîner à mobiliser du pouvoir et à le diriger. Et à maintenir tes défenses.

— Comment les maintenir sans m'épuiser ?

— Pour ma part, j'imagine mon bouclier défensif comme une chambre ronde, semblable à celle-ci. Je le rends solide, impénétrable, puis je le rends transparent, et je n'y pense plus. Quand je suis prise pour cible par de la magie, mon bouclier se matérialise et détourne l'attaque avant même que je n'aie réagi.

Suivant ces instructions, j'érigeai autour de moi une barrière transparente. A plusieurs reprises au cours de la matinée, Irys testa ce rempart sans prévenir, et il se révéla efficace. Le reste du temps, je m'entraînai à mobiliser du pouvoir. J'y arrivais assez bien ; en revanche, malgré des efforts intenses, je ne pus le diriger que vers deux cibles — Irys et la chouette endormie dans la charpente.

Irys fit preuve d'une patience remarquable. Pour la première fois depuis mon arrivée en Sitia, je commençais à croire que je maîtriserais un jour mes pouvoirs.

— Un excellent début, dit Irys vers l'heure de midi. Va déjeuner, cet après-midi tu te reposeras. Nous travaillerons tous les matins ; le soir, tu pourras t'entraîner et étudier. Mais, ce soir, il faut que tu ailles trouver le maître d'écurie pour lui demander un cheval.

— Un cheval ?

Je doutais d'avoir bien entendu.

— Tous les magiciens ont un cheval, pour se déplacer rapidement en cas d'urgence. Le mien s'appelle Silk. J'ai été obligée de le laisser ici pendant ma mission en Ixia. Quand tu m'as appelée à l'aide, j'ai dû emprunter une monture au père de May — comment crois-tu que je suis arrivée si rapidement ?

Je n'y avais même pas pensé, tant j'avais été absorbée par mes propres souffrances. En suivant les instructions d'Irys, je rejoignis le réfectoire. Une fois mon repas avalé, je retournai chez moi, m'effondrai sur mon lit et m'endormis aussitôt.

Ce soir-là, après le dîner, je me mis en quête du maître d'écurie. Je le trouvai au bout d'une rangée de stalles, occupé à polir une selle. C'était un petit homme trapu, dont les cheveux en broussaille évoquaient une crinière de cheval. Il leva vers moi un regard hostile ; mon sourire s'évanouit sur mes lèvres.

— Qu'est-ce que tu veux ? Tu ne vois pas que je suis occupé ?

— C'est Irys qui m'envoie. Je m'appelle Elena.

— Je vois. Je me demande bien pourquoi elle n'a pas pu attendre la rentrée pour commencer tes leçons. Enfin...

Marmonnant dans sa barbe, il posa la selle.

— Par ici.

Nous traversâmes les écuries. Soudain, la tête de Topaze surgit d'un box. Ses grands yeux bruns brillaient d'espoir.

Pomme ? dit-il.

Irys avait raison. J'avais réactivé mon lien avec le cheval sans aucun effort conscient. Ou bien était-ce lui qui l'avait réactivé ? Me promettant de poser la question à mon mentor, je donnai à Topaze la pomme que j'avais apportée.

Le maître d'écurie émit un grognement amusé.

— Tu viens de te faire un ami pour la vie. Ce cheval est obsédé par la nourriture. Jamais vu ça. Prêt à faire n'importe quoi pour un bonbon à la menthe.

Nous dépassâmes une grange à foin et arrivâmes devant le pré fermé. Le maître d'écurie s'appuya contre la clôture de bois. Six chevaux paissaient à l'intérieur.

— Choisis-en un. N'importe lequel, ils sont tous bien. Je vais chercher ton instructeur.

— Ce n'est pas vous ?

— Pas au beau milieu de la saison chaude, quand je suis tout seul aux écuries, certainement pas. Entre les stalles à curer et le matériel à réparer, je n'ai pas une minute à moi. J'avais dit à la Quatrième Magicienne d'attendre, mais elle n'a rien voulu savoir. Une chance qu'un de mes instructeurs soit revenu plus tôt que prévu.

Il repartit vers l'écurie en continuant à marmonner.

J'étudiai les chevaux dans l'enclos. Trois d'entre eux étaient brun foncé comme Topaze, deux noirs, le dernier cuivré avec des taches claires aux jambes. Ne connaissant rien aux chevaux, j'allais sans doute être obligée de choisir en fonction de la robe. Le cheval cuivré et blanc me regarda.

Très bien, dit Topaze. *Rapide et confortable.*

Comment la faire venir jusqu'à moi ? demandai-je.

Bonbon menthe.

Topaze lança un regard amoureux en direction d'une poche en cuir pendue près de son box. Je retournai dans l'écurie, pris deux bonbons, donnai le premier à Topaze, et repartis vers le pré.

Montre bonbon à Kiki.

Je tendis le bonbon à bout de bras. Kiki lança un regard oblique aux autres chevaux, puis s'avança vers moi. Lorsqu'elle s'approcha, je remarquai que sa tête aussi était blanche, avec une tache marron autour de l'œil gauche. Ses yeux avaient quelque chose de bizarre — ce ne fut que lorsqu'elle aspira le bonbon dans ma paume que je compris ce qui m'avait frappée. Elle avait les yeux bleus. Je n'avais jamais vu de jument aux yeux bleus, mais après tout je ne connaissais rien aux chevaux.

Gratter derrière oreilles, suggéra Topaze.

La jument avait incliné vers moi ses longues oreilles cuivrées. Me hissant sur la pointe des pieds, je frottai le bout de mes doigts sur son crâne. Kiki baissa la tête et la posa contre ma poitrine.

— Qu'en penses-tu, ma grande ? dis-je à haute voix.

Tout en lui frottant les oreilles, je tirai un fil de pouvoir et projetai ma conscience dans la sienne.

Tu viens avec moi ?

Kiki me poussa doucement du bout de son museau.

Oui.

Je sentis le plaisir de Topaze.

Rapides et confortables tous les quatre, pensait-il.

Des bruits de pas résonnèrent derrière moi.

— Tu as déjà choisi ? dit le maître d'écurie.

Je hochai la tête sans me retourner.

— Elle devra en prendre un autre, dit une voix familière.

Je me retournai, horrifiée. Près du maître d'écurie se tenait Cahil.

— En quoi cela vous regarde-t-il ? demandai-je.

— Je suis votre instructeur.

11.

— Non, dis-je. C'est absolument hors de question.
— Pas le choix, dit le maître d'écurie.
Il nous regardait tous deux avec perplexité.
— C'est le seul instructeur que j'aie sous la main, et la Quatrième Magicienne insiste pour que tu commences tout de suite les leçons.
— Et si je vous aide à curer les box et à nourrir les chevaux ? Acceptez-vous de me prendre comme élève ?
— Jeune fille, tu auras bien d'autres choses à faire. Tu devras curer le box de ton cheval et le soigner, en plus de tes autres leçons. Cahil traîne aux écuries depuis l'âge de six ans. Il connaît mieux les chevaux que personne — à part moi, bien sûr, ajouta-t-il avec un grand sourire.
Je plantai mes mains sur mes hanches.
— J'espère qu'il s'y connaît mieux en chevaux qu'en humains.
Cahil eut un rictus gêné qui me ravit.
— Mais je garde cette jument.
— Elle a l'œil vairon, dit Cahil.
— Quoi ?
— Elle a les yeux décolorés, ça porte malheur. En

plus, elle a été élevée par le clan des Sandseed. Leurs chevaux sont les plus difficiles à dresser.

Kiki s'ébroua en direction de Cahil.

Méchant garçon, pensa-t-elle.

— C'est une superstition ridicule et une réputation injuste, dit le maître d'écurie. Cela m'étonne de toi, Cahil. C'est une excellente jument. Je ne sais pas ce qui s'est passé entre Elena et toi, mais je n'ai pas le temps de faire de la discipline.

Sur ce, il s'éloigna à grands pas dignes, marmonnant de plus belle.

Cahil et moi nous dévisageâmes quelques instants pendant que Kiki me poussait doucement du museau, cherchant d'autres bonbons.

— Désolée, ma vieille, dis-je en lui ouvrant ma main vide.

Elle secoua sa crinière et se remit à brouter. Cahil me fixait du regard. Je croisai mes bras sur ma poitrine ; ils me semblaient une protection tout à fait inadéquate. Une muraille en pierre aurait été idéale. Le soi-disant roi avait troqué ses vêtements de voyage contre une chemise blanche et des jodhpurs moulants, mais il avait gardé ses bottes noires.

— Pour la jument, vous le regretterez plus tard, mais c'est vous qui décidez. En revanche, si vous comptez passer votre temps à vous battre contre moi, avertissez-moi tout de suite, cela m'évitera de perdre mon temps.

— Irys veut que j'apprenne à monter à cheval, j'apprendrai.

Cahil parut satisfait.

— Bon. Commençons tout de suite.

Il sauta par-dessus la clôture du pré.

— Avant de monter en selle, il faut tout connaître de son cheval, sur le plan physique mais aussi psychologique.

Cahil fit claquer sa langue à l'intention de Kiki. Comme elle l'ignorait, il s'approcha ; quand il fut tout près d'elle, elle lui donna un vigoureux coup de croupe.

Pendant quelques minutes, ils se livrèrent à un étrange pas de deux. Chaque fois que Cahil se rapprochait, Kiki se décalait d'un pas, ou bien au contraire fonçait dans l'instructeur.

Finalement, le visage écarlate, Cahil dit :

— Au diable tout cela. Je vais chercher un licou.

— Tout à l'heure, quand vous avez dit qu'elle portait malchance, vous l'avez vexée. Si vous vous excusez, elle sera beaucoup plus coopérative.

— D'où sortez-vous ça ?

— Je le sais, c'est tout.

— Vous ne savez même pas descendre de cheval ! Vous me prenez pour un imbécile ?

Il passa une jambe par-dessus la clôture.

— Je savais que Topaze avait envie d'avoine au lait, vous vous rappelez ?

Cahil s'arrêta et attendit une explication.

Je poussai un gros soupir.

— Topaze me l'avait dit. Je suis entré dans ses pensées par hasard, et je lui ai demandé de prendre une allure plus souple, parce que j'avais mal au dos. Avec Kiki, c'est la même chose.

Cahil tira sur sa barbe.

— La Première Magicienne m'a dit que vous aviez de grands pouvoirs magiques. J'aurais sans doute dû m'en apercevoir, mais j'étais distrait par ce problème d'espionnage.

Il me regarda comme s'il me voyait pour la première fois. Pendant une seconde, il me sembla qu'une lueur froide et calculatrice brillait dans ses yeux, puis elle disparut et je me demandai si je ne l'avais pas imaginée.

— Elle s'appelle Kiki ? demanda Cahil.

J'acquiesçai en silence. Cahil s'approcha de Kiki et lui présenta ses excuses. D'un coup, je fus exaspérée. C'était à moi qu'il aurait dû présenter ses excuses, pour m'avoir infligé tant de souffrances. « Problème d'espionnage », mon œil !

Pousser méchant garçon ? proposa Kiki.

Non. Sois gentille. Il va m'apprendre à m'occuper de toi.

Cahil me fit signe de le rejoindre au côté de la jument. J'escaladai la clôture. Kiki coopéra docilement pendant que Cahil faisait un exposé sur les différentes parties de son anatomie. Il ne cessa que lorsqu'il m'eut montré le dessous de son sabot.

— Nous reprendrons demain à la même heure, dit-il en achevant la leçon. Rendez-vous aux écuries. Je vous expliquerai les soins à donner aux chevaux.

Avant qu'il n'ait pu s'éloigner, je l'arrêtai. A présent que j'étais remise de ma colère, j'étais curieuse de savoir ce qu'il faisait ici.

— Pourquoi donnez-vous des leçons d'équitation ? Je vous croyais occupé par votre campagne pour reconquérir le trône d'Ixia.

Cahil m'observa attentivement, cherchant des traces de moquerie sur mon visage.

— Tant que je n'ai pas le soutien complet du Conseil sitien, dit-il, j'ai les mains liées. Et j'ai besoin d'argent.

La plupart de mes hommes sont employés comme gardes ou jardiniers.

Il s'essuya les mains sur son pantalon et laissa flotter son regard sur les chevaux, dans le pré.

— Pendant les vacances, quand le Fort tourne au ralenti, je me consacre à consolider mes soutiens. Cette année, je croyais enfin réussir à obtenir le feu vert du Conseil.

Cahil me lança un regard oblique.

— Mais ça n'a pas marché, alors je suis de retour à la case départ. Travailler pour gagner ma vie et supplier le Conseil de mettre ma mission à l'ordre du jour.

Fronçant les sourcils, il secoua la tête.

— A demain, alors ?

— A demain.

Je suivis des yeux l'homme qui s'éloignait vers les écuries. Il avait compté impressionner le Conseil en attrapant une espionne ixienne. Quel coup tordu mijotait-il, à présent ?

Kiki frôla mon bras, et je lui grattai les oreilles avant de retourner à ma chambre. Là, je trouvai un bout de papier, me mis à mon bureau et griffonnai maladroitement un cheval. J'étiquetai toutes les parties dont je me souvenais ; Topaze et Kiki m'aidèrent à compléter le schéma.

Le lien que j'avais forgé avec les deux chevaux était étrangement réconfortant. Tout se passait comme si nous nous trouvions dans la même pièce, vaquant chacun à nos occupations et pensées privées. Mais, quand l'un d'entre nous « s'adressait » aux autres, nous « l'entendions » aussitôt. Je n'avais qu'à penser à Kiki pour que sa voix emplisse ma tête. Avec Irys, c'était la même chose. Il me suffisait de penser à elle pour lui parler et me faire entendre d'elle.

Les jours passant, je m'installai dans une sorte de routine. Mes matinées étaient consacrées à l'étude de la magie avec Irys ; mes après-midi à la sieste, la lecture et aux exercices d'autodéfense ; je passais mes soirées en compagnie de Cahil et Kiki. Et, en toutes circonstances, je restais vigilante, guettant une apparition de Goel. Je n'avais pas oublié ses menaces.

Rapidement, Irys commença à me tester pour voir si je possédais d'autres capacités magiques.

— Voyons si tu as le don du feu, me dit-elle un matin. Cette fois, quand tu puiseras dans le pouvoir, je veux que tu essaies d'allumer une bougie.

Elle plaça un bougeoir devant moi.

— Comment ? demandai-je en me remettant en position assise.

Affalée sur un coussin, je pensais à Kiki. Voilà une semaine que j'avais commencé mes cours d'équitation, et je n'étais toujours pas montée à cheval. Jusqu'ici, Cahil avait passé toutes nos leçons à pérorer sur le soin des bêtes et le matériel. Ce qu'il pouvait être assommant !

— Visualise une flamme avant de projeter ta magie.

Irys fit une rapide démonstration en se penchant vers la bougie.

— Feu ! dit-elle.

Une flamme jaillit de la mèche. Irys la laissa brûler un instant avant de souffler la bougie.

— A toi.

Je me concentrai sur la mèche de la bougie et formai

l'image d'une flamme dans ma tête. Dirigeant la magie vers la bougie, je lui intimai l'ordre de s'allumer. En vain.

D'un coup, Irys émit un son étranglé, et la bougie s'alluma.

— Elena, tu diriges bien ta magie vers la bougie, n'est-ce pas ?

— Oui, pourquoi ?

— Tu viens de m'ordonner de l'allumer, dit Irys sur un ton exaspéré. Et je t'ai obéi.

— C'est mal ?

— Non. Seulement, j'espère que tu sais allumer normalement un feu, parce que cela n'a pas l'air de faire partie de tes dons. Essayons autre chose.

Je tentai de déplacer un objet dans la pièce, sans aucun succès. Ou plutôt, je réussis à contraindre Irys à le déplacer pour moi.

Elle finit par relever ses défenses mentales pour bloquer mes ordres.

— Essaie encore. Cette fois, concentre-toi sur le contrôle de ton pouvoir.

Comme je puisais du pouvoir, Irys lança un coussin en ma direction. Il m'atteignit au ventre.

— Eh, ho !

— Tu étais censée le détourner. Essaie encore.

A la fin de la leçon, j'étais soulagée qu'Irys eût choisi un coussin, sinon j'aurais été couverte de bleus.

— Tu as besoin d'améliorer le contrôle de ta magie, voilà tout, dit Irys avec optimisme. Repose-toi, maintenant. Tu feras mieux demain.

Avant de partir, je posai une question qui me brûlait les lèvres depuis plusieurs jours.

— Irys, puis-je visiter la Citadelle ? J'ai besoin d'échanger mon argent ixien pour m'acheter des vêtements et d'autres choses. Est-ce qu'il y a un marché, ici ?

— Oui, mais pendant la saison chaude il n'est ouvert qu'un jour par semaine.

Elle s'interrompit un instant et réfléchit.

— Je vais te donner congé tous les jours de marché. Tu n'auras aucune leçon ; tu pourras explorer la Citadelle ou faire ce qui te plaira. Le prochain marché est dans deux jours. En attendant, je vais changer tes pièces ixiennes.

Mon mentor profita de l'occasion pour me sermonner sur la nécessité de gérer prudemment mon argent.

— Tant que tu seras à l'école, toutes tes dépenses seront prises en charge. Mais, une fois sortie, tu devras gagner ta propre vie. En tant que magicienne, tu toucheras un salaire, bien sûr. Mais ne va pas distribuer ton argent à tout le monde.

Elle sourit gentiment.

— Nous n'aimons pas encourager la mendicité, dit-elle.

L'image du petit garçon sale apparut devant mes yeux.

— Pourquoi n'ont-ils pas d'argent ? demandai-je.

— Certains sont trop paresseux pour travailler. D'autres en sont incapables à cause de problèmes physiques ou mentaux. D'autres encore dépensent l'argent ou le perdent au jeu plus vite qu'ils ne le gagnent.

— Mais… les enfants ?

— Ce sont des fugueurs, des orphelins ou la progéniture des mendiants. La saison chaude est la plus difficile pour eux. A la rentrée, quand la Citadelle se repeuple, il y a des endroits où ils peuvent s'abriter et se nourrir.

Irys me frôla l'épaule.

— Ne t'inquiète pas trop pour eux, Elena.

Sur le chemin de mes appartements, je méditai les paroles de mon mentor.

Ce soir-là, tout en me montrant comment brider et seller Kiki, Cahil me demanda soudain :

— Qu'est-ce qui te prend ? Je ne t'ai jamais vue aussi énervée, Elena.

Dame-Lavande pas contente, confirma Kiki.

J'aspirai une grande bouffée d'air et me préparai à m'excuser, mais un torrent de paroles incontrôlées s'échappa de ma bouche.

— Vous voulez reprendre Ixia uniquement pour être roi. Pour pouvoir lever des impôts, vous asseoir sur un trône et porter une couronne de pierres précieuses... sans vous soucier une seule seconde de la souffrance du peuple, qui sera la même que sous le règne de votre oncle. Vous voulez être roi pour que des brutes à votre solde, des Goel, puissent impunément tuer des enfants innocents, quand leurs parents n'ont plus les moyens de payer vos vêtements de soie, ou tuer les parents eux-mêmes et transformer leurs enfants en vagabonds et en mendiants.

La mâchoire de Cahil se décrocha, mais il se reprit rapidement.

— C'est complètement faux, dit-il. Je veux aider le peuple d'Ixia. Je veux que les gens aient la liberté de choisir les vêtements qu'ils veulent, au lieu d'être forcés de porter l'uniforme. D'épouser qui leur plaît, sans demander l'autorisation au général de leur district. De vivre où ils le désirent, même si c'est en Sitia. Je veux la couronne pour libérer Ixia de la dictature militaire.

Je n'étais absolument pas convaincue. Le peuple ixien serait-il plus libre sous le règne de Cahil que sous celui du Commandant ? A mon avis, les motivations réelles de Cahil étaient tout autres.

— Qu'est-ce qui vous fait penser que le peuple ixien a envie d'être libéré ? Aucun gouvernement n'est parfait. Vous êtes-vous déjà demandé si les Ixiens n'étaient pas satisfaits de leur sort ?

— Etiez-vous satisfaite de votre vie dans le Nord ? demanda Cahil.

Une intensité dans son regard, une rigidité dans sa posture m'avertirent qu'il attachait une grande importance à ma réponse.

— J'y ai vécu dans des circonstances particulières.

— Qu'entendez-vous par là ?

— Cela ne vous regarde pas.

— Laissez-moi deviner, dit Cahil d'un ton condescendant.

Je serrai mes bras autour de mon torse pour m'empêcher de le frapper.

— Une enfant enlevée du Sud, dotée de pouvoirs magiques... Ce sont des circonstances assez particulières, j'en conviens. Mais vous n'êtes pas la première qu'Irys soit allée secourir. De plus, les gens du Nord eux aussi naissent parfois avec des pouvoirs magiques. Mon oncle était un maître magicien. Vous savez parfaitement ce que le Commandant fait subir à ceux qui possèdent des pouvoirs.

Les explications que Valek m'avait données à ce sujet résonnaient dans ma tête. Toute personne possédant des pouvoirs magiques était condamnée à mort. Oui, mais...

si les magiciens étaient traqués, le reste de la population ne manquait de rien.

— Elena, nous ne sommes pas tellement différents, vous et moi. Vous êtes une Sitienne élevée en Ixia, je suis un Ixien élevé en Sitia. Vous avez retrouvé votre pays natal. J'essaie d'en faire autant.

Avant que je n'aie pu répondre, la voix d'Irys s'éleva en moi.

Elena, viens tout de suite à l'infirmerie.
Tu es blessée ?
Non, je n'ai rien. Mais viens vite.
Où est l'infirmerie ?
Demande à Cahil de t'accompagner.

J'expliquai à Cahil le message d'Irys. Sans hésiter, il retira la selle et la bride à Kiki, et nous nous pressâmes vers le centre du Fort, déposant au passage le matériel dans la sellerie. Cahil marchait si vite que je devais presque courir pour rester à sa hauteur.

— Est-ce qu'elle vous a dit ce qui se passait ? me demanda-t-il par-dessus son épaule.

— Non.

Nous entrâmes dans un long bâtiment de plain-pied. Le bleu pâle des murs de marbre faisait penser à de la glace. Un jeune homme en uniforme blanc se déplaçait dans l'entrée, allumant les lanternes. Dehors, les derniers rayons du soleil mouraient.

— Où est Irys ? demandai-je.

Le jeune homme eut l'air perplexe.

— La Quatrième Magicienne, dit Cahil.

— Elle est avec le guérisseur Hayes. Au bout du couloir, cinquième porte à gauche.

— Presque personne ne l'appelle Irys, m'expliqua

Cahil tandis que nous nous pressions vers le bout du couloir.

Nous nous arrêtâmes devant la cinquième porte. Elle était fermée.

— Entrez, dit Irys avant que nous n'ayons frappé.

J'ouvris la porte. Irys se tenait à côté d'un homme vêtu de blanc, sans doute le guérisseur Hayes. Dans le lit situé devant eux, sous un drap blanc, gisait une forme humaine au visage dissimulé par des bandages.

Recroquevillé sur une chaise dans un coin de la pièce, Leif fixait le sol devant lui, l'air horrifié. Puis il leva les yeux et m'aperçut.

— Que fait-elle ici ? demanda-t-il.

— Je lui ai demandé de venir, répondit Irys. Elle peut peut-être nous aider.

— Que se passe-t-il ? demandai-je.

— Cette fille s'appelle Tula, dit Irys en désignant la silhouette sous les draps. On l'a retrouvée à Booruby, dans un état proche de la mort. Son esprit a fui son corps et nous n'arrivons pas à l'atteindre. Nous avons besoin de savoir qui l'a mise dans cet état.

— Je ne la sens plus, dit Leif. Les autres maîtres magiciens non plus. C'est fini, Quatrième Magicienne. Vous perdez votre temps.

— Que lui est-il arrivé ? demanda Cahil.

— Elle a été battue, torturée, violée, dit le guérisseur. Tous les sévices possibles lui ont été infligés.

— Elle a eu de la chance, dit Irys.

— Comment pouvez-vous dire cela ? demanda Cahil.

Son indignation se lisait dans la rigidité de ses épaules, la véhémence de son ton.

— Elle en est sortie vivante, répliqua Irys. Les autres n'ont pas eu cette chance.

— Combien d'autres ? demandai-je.

Je n'avais pas vraiment envie de le savoir, mais la question m'avait échappé.

— C'est la onzième victime, dit Irys. Toutes les autres ont été retrouvées mortes, brutalisées de la même manière.

— Comment puis-je vous aider ?

— La guérison mentale est ma spécialité, pourtant tu as réussi à atteindre l'esprit du Commandant et à le ramener, alors que j'y avais échoué.

— Quoi ? s'écria Cahil. Tu as aidé le Commandant ?

Toute son indignation se reporta sur moi. Je décidai de l'ignorer.

— Je connaissais le Commandant, dis-je à Irys. J'avais une idée d'où chercher. Je ne sais pas si je peux recommencer.

— Essaie quand même. Nous avons retrouvé des cadavres semblables dans plusieurs villages, et pour l'instant nous n'avons aucune idée du mobile ni des suspects. Il nous faut à tout prix arrêter le monstre qui commet ces meurtres. C'est malheureusement le genre de situation à laquelle tu seras confrontée quand tu deviendras magicienne. Prends ça comme une expérience pédagogique.

Je m'approchai du lit.

— Puis-je lui tenir la main ?

Le guérisseur fit oui de la tête, puis découvrit le torse de la jeune fille. Le peu de chair visible entre les pansements imbibés de sang ressemblait à de la viande hachée. Cahil émit un juron. Je lançai un coup d'œil à Leif : il avait tourné son visage vers le mur.

Chacun des doigts de la fille étaient maintenus par une

attelle : on avait dû les lui briser tous. Je pris doucement sa main et caressai sa paume. Puis, tirant un fil de pouvoir vers moi, je me projetai en elle.

Son esprit était vide. Dans ce désert, seuls flottaient une impression de fuite désespérée et définitive et quelques fantômes grisâtres. Après inspection, je découvris que chacun de ces spectres incarnait le souvenir d'une atrocité subie. Leurs visages transparents étaient déformés par la douleur et la terreur. Rapidement envahie par leurs émotions violentes, je repoussai les fantômes et me concentrai pour retrouver Tula. Elle se cachait sans doute quelque part où ces horreurs ne pouvaient l'atteindre.

Des hautes herbes me chatouillèrent le bras. Le parfum doux et terreux d'une prairie baignée de rosée flottait dans l'air, mais je ne parvenais pas à remonter jusqu'à la source de ces sensations. Je cherchai jusqu'à ce que mon énergie fût épuisée, et que le lien qui nous unissait se brise.

J'ouvris les yeux. J'étais assise par terre, la main de Tula serrée dans la mienne.

— Je suis désolée. Je n'arrive pas à la retrouver.

— Je vous avais dit que c'était une perte de temps, marmonna Leif. Qu'attendiez-vous, après tout, de la part d'une Ixienne ?

— Tu peux t'attendre à ce que je renonce moins facilement que toi.

Leif se dirigea vers la porte et disparut. Je fronçai les sourcils en le regardant partir. Il devait tout de même y avoir un moyen d'éveiller Tula...

Le guérisseur ôta la main de la fille de la mienne et la remit sous le drap. Je restai assise par terre pendant qu'Irys et lui discutaient. Ecoutant à moitié, je crus les entendre dire que son corps guérirait sans doute, mais qu'elle ne recouvrerait jamais sa conscience. Un peu comme les zombies que Reyad et Mogkan avaient créés en Ixia, lorsqu'ils avaient siphonné le pouvoir magique des enfants enlevés. Le souvenir de ces hommes et de leurs efforts pour me briser me fit frissonner.

Je m'efforçai de me concentrer sur le problème de Tula. Comment avais-je retrouvé le Commandant, au juste ? Il s'était réfugié sur les lieux de son plus grand exploit. L'endroit où, plus que nulle part ailleurs, il se sentait heureux et maître de ses actes.

— Irys, les coupai-je, dis-moi ce que tu sais au sujet de cette fille.

Elle hésita un instant. Je vis des questions se bousculer en elle.

Fais-moi confiance, pensai-je.

— Je ne sais pas grand-chose. Son père dirige une fabrique de verre florissante dans les faubourgs de Booruby. En ce moment, c'est la pleine saison, pour eux, et ils font tourner les fours jour et nuit. Cette nuit-là, Tula était chargée d'entretenir le feu. Au matin, quand son père est venu la relever, les braises étaient éteintes et Tula avait disparu. On l'a cherchée pendant des jours et des jours. Finalement, le douzième jour, on l'a retrouvée dans un champ, à peine vivante. Le guérisseur de Booruby a soigné ses blessures physiques, mais son esprit était impossible à atteindre. On l'a transportée d'urgence ici, pour que je l'examine.

La frustration d'Irys se lisait sur son visage.

— A-t-elle des frères ou des sœurs ? demandai-je.

— Plusieurs. Pourquoi ?

Je réfléchis à toute vitesse.

— Y en a-t-il qui soient proches de son âge ?
— Une sœur cadette, je crois.
— Plus jeune de combien ?
— Pas beaucoup. Je dirais un an et demi.
— Peux-tu la faire venir ici ?
— Pourquoi ?
— Avec l'aide de sa sœur, je pourrai peut-être retrouver l'esprit de Tula.

— Je vais envoyer un message à la famille, dit Irys. Hayes, vous me préviendrez si son état évolue, n'est-ce pas ?

Hayes hocha la tête. Irys quitta la pièce d'un pas rapide.

Cahil et moi suivîmes plus lentement. En silence, nous franchîmes la porte de l'infirmerie et sortîmes dans le crépuscule. Avec le coucher du soleil, l'air fraîchissait, et une douce brise caressa mon visage. J'inspirai une grande bouffée d'air pur pour dissiper les horreurs que j'avais aperçues dans l'esprit de Tula.

— Il faut être culotté, dit Cahil, pour croire que l'on peut réussir là où un maître magicien a échoué.

Et il partit à grands pas dignes.

— Il faut être stupide pour renoncer avant d'avoir tout essayé, lançai-je à son dos tourné.

Cahil continua à s'éloigner comme s'il n'avait rien entendu. Très bien. Une fois de plus, j'étais résolue à lui donner tort.

12.

Cette nuit-là, les images du calvaire de Tula hantèrent mes rêves. Maintes et maintes fois, je me battis contre ses démons, puis enfin ils prirent la forme de mon démon personnel. Des souvenirs très nets du supplice et du viol infligés par Reyad apparurent devant mes yeux. Je m'éveillai en hurlant, mon cœur martelant ma poitrine, ma chemise de nuit trempée de sueur.

Je m'essuyai le visage et tentai de revenir à la réalité. Je devais trouver un moyen d'aider Tula. Pleinement éveillée, je m'habillai et partis vers l'infirmerie.

Dans la chambre de Tula, le guérisseur Hayes somnolait, affalé sur une chaise. Quand je m'approchai du lit, il se redressa brusquement.

— Quelque chose ne va pas ? demanda-t-il.

— Non, tout va bien. Je voulais simplement...

Je cherchai une explication raisonnable.

— ... passer du temps avec elle.

— Ça ne peut pas faire de mal, dit Hayes en bâillant. Et moi, j'ai besoin de me reposer. Je serai dans mon bureau au bout du couloir — réveillez-moi s'il y a du nouveau.

Je m'installai dans la chaise de Hayes et pris la main

de Tula. Aussitôt le lien entre nous se rétablit et j'entrai dans son esprit abandonné. Les fantômes de ses souvenirs voletaient dans l'air. Je les observai, cherchant des faiblesses en eux. Quand Tula reviendrait, elle devrait affronter tous ces démons, et j'avais bien l'intention de l'aider.

Irys me réveilla le lendemain matin. Ma tête reposait au bord du lit de la victime.

— Tu as passé la nuit ici ? me demanda Irys.

— Seulement la moitié, dis-je en me frottant les yeux. Je n'arrivais pas à dormir.

— Je ne comprends que trop bien, dit Irys en lissant les draps de Tula. D'ailleurs, je ne supporte plus de rester ici sans rien faire. Je vais partir aujourd'hui chercher moi-même la sœur de Tula. Bain Bloodgood, le Deuxième Magicien, a accepté de poursuivre ta formation en mon absence. Il est spécialisé dans l'histoire des magiciens ; il te parlera de tous ceux, bons ou mauvais, que la terre de Sitia a portés.

Irys sourit.

— Il va aussi te donner une tonne de livres à lire, et t'interroger sur chacun d'entre eux, alors ne fais pas d'impasses.

Hayes entra à cet instant.

— Il y a du changement ?

Je fis non de la tête.

Le guérisseur entreprit de changer les bandages de Tula ; Irys et moi quittâmes l'infirmerie.

— Je pars tout à l'heure, dit Irys. Mais avant j'aimerais te présenter à Bain.

Elle me conduisit vers le grand bâtiment en camaïeu

jaune et abricot qui faisait face à l'entrée du Fort, et que j'avais remarqué à mon arrivée.

Ce bâtiment, siège des bureaux administratifs du Fort, abritait de nombreuses salles de réunion et de conférence, ainsi que les bureaux des maîtres magiciens. Selon Irys, ces derniers préféraient rencontrer les responsables politiques et les personnes extérieures au Fort dans ces bureaux, plutôt que dans leurs appartements privés.

Nous entrâmes dans une petite salle de réunion. Quatre personnes se penchaient sur une carte étalée sur une longue table. D'autres cartes ainsi que des graphiques étaient accrochés au mur.

Parmi les quatre personnes, je reconnus Roze Featherstone et Leif. Roze portait de nouveau une longue robe bleue, et Leif arborait son habituel air renfrogné. Derrière eux se tenaient un homme âgé vêtu d'un manteau bleu sombre et une jeune femme aux cheveux tressés.

Irys s'avança vers le vieil homme. Ses cheveux blancs frisés se dressaient à angles bizarres sur sa tête.

— Bain, voici Elena, ton élève pour une semaine ou deux.

— La fille que tu as délivrée du Nord, dit le magicien. Une étrange mission, celle-là.

Une mission ratée.

Les pensées glacées de Roze assaillirent mon cerveau.

On aurait mieux fait de la tuer. Elena est trop âgée pour apprendre.

Elena est liée à moi, pensa Irys, exaspérée. *Elle entend tes pensées.*

Roze posa sur moi ses yeux ambrés.

Ça m'est égal, rétorqua-t-elle.

Je soutins son regard sans broncher.

Vous avez tort, pensai-je.

Irys s'interposa entre nous.

— Et voici Zitora Cowan, Troisième Magicienne, dit-elle en désignant la jeune femme.

Les tresses couleur miel de Zitora lui arrivaient à la taille. Au lieu de me serrer la main, elle me donna une grande accolade.

— Bienvenue au Fort, Elena, dit-elle. Irys nous a dit que vous pouviez peut-être nous aider à trouver Tula.

— Je vais essayer, en tout cas.

— Tula fait partie de mon clan. Si vous pouvez l'aider de quelque façon que ce soit, je vous en serai très reconnaissante…

Ses yeux jaune pâle brillant de larmes, Zitora détourna le visage.

— Comme vous le voyez, dit Bain en englobant la pièce d'un geste, nous essayons de deviner les méthodes et les motivations du tueur. Un individu extrêmement rusé et habile. Malheureusement, c'est tout ce que nous savons de lui. Peut-être que des yeux neufs verront quelque chose que nous avons manqué…

Il indiqua la carte étalée sur la table.

— Elle n'a rien à faire ici, dit Leif. Elle ne connaît rien à ce genre de choses.

Avant qu'Irys n'ait pu prendre ma défense, je dis :

— Tu as raison, Leif. Je ne me suis jamais trouvée dans une situation pareille, parce qu'en Ixia ce genre de monstre ne vivrait pas longtemps.

— Et si tu retournais en Ixia retrouver ton Commandant adoré, et que tu cessais de te mêler de nos affaires ?

Je pris une grande inspiration, prête à répondre, mais

Irys posa une main sur mon bras en guise d'avertissement.

— Elena, Leif, ça suffit, maintenant. Nous n'avons pas le temps de nous chamailler. Il est impératif de retrouver cet assassin.

Un peu honteuse, je baissai les yeux vers la carte. Sitia était divisé en onze territoires correspondant aux onze clans. Villes et villages apparaissaient sur la carte, et l'on avait marqué en rouge les endroits où les filles avaient été retrouvées. Certains villages étaient entourés de plusieurs croix rouges, d'autres n'en avaient aucune. Je ne voyais pas de logique là-dedans.

— La seule constante, dit Bain, concerne les victimes. Ce sont toutes des femmes non mariées âgées de quinze ou seize ans. Toutes portées disparues pendant douze à quatorze jours. Toutes enlevées pendant la nuit, certaines dans des chambres qu'elles partageaient avec leurs frères ou sœurs. Et, surtout, pas de témoins. Personne n'a jamais rien vu.

Mon intuition me disait qu'il y avait de la magie là-dessous, mais je ne voulais pas faire une telle remarque devant quatre maîtres magiciens.

— Nous avons soulevé l'hypothèse d'un magicien dévoyé, dit Irys. Nous avons pu vérifier les alibis de tous les magiciens sortis de l'Académie, mais il est impossible d'interroger les pouvoirs mineurs.

— Les pouvoirs mineurs ?

— Certaines personnes ont juste assez de pouvoir pour effectuer une tâche bien précise — allumer une bougie, par exemple — et rien d'autre. On les appelle des pouvoirs mineurs. Ils ne sont pas formés à l'Académie, mais la plupart exploitent leur don de manière inoffensive. Certains, hélas, l'utilisent pour commettre des délits, généralement sans importance. Il est possible que ce tueur possède le pouvoir de se rendre invisible ou de se déplacer sans bruit. Quelque chose qui lui permet d'enlever ses victimes sans se faire repérer.

Le visage d'Irys se durcit pour prendre un air de détermination absolue. Un air que je reconnus, et qui me mit très mal à l'aise. C'était le même air qu'elle avait eu en Ixia, le jour où elle avait essayé de me tuer.

— Quoi qu'il en soit, il ne va pas conserver cet avantage longtemps, jura-t-elle.

— L'histoire est pleine de magiciens dévoyés, dit Bain. Tout près de nous, il existe de bons exemples...

Il hocha la tête dans ma direction.

— Un jour, il faudra que vous me racontiez les méfaits de Kangom en Ixia, et la façon dont il a trouvé la mort. Je souhaite ajouter le récit de sa folie à nos livres d'histoire.

D'abord perplexe, je me rappelai ensuite que Mogkan s'appelait Kangom avant de fuir en Ixia.

— Au sujet de livres d'histoire, poursuivit Bain, j'en ai quelques-uns à vous prêter dans mon bureau.

Il se tourna vers Roze.

— Nous en avons fini ici, je crois ?

La Première Magicienne acquiesça sèchement.

Tous se préparèrent à partir, sauf Zitora, qui s'attarda devant la table, passant son doigt sur la carte de Sitia.

— Irys, dit-elle, as-tu marqué l'endroit où l'on a retrouvé Tula ?

— Non.

Irys prit une plume et la trempa dans un encrier rouge.

— Avec toute cette agitation, j'ai oublié de le faire.

Elle plaça une croix sur la carte et s'éloigna de nouveau.

— Je serai de retour dans dix jours. Avertissez-moi s'il y a du nouveau. Elena, continue à travailler le contrôle de ton pouvoir.

— Oui, chef, dis-je.

Irys quitta la pièce en souriant. Je jetai un coup d'œil à la carte pour mesurer la distance entre Booruby et la Citadelle. L'encre rouge n'avait pas encore séché. Le village de Tula était situé à la limite ouest des plaines d'Avibian. Le capitaine Marrok n'exagérait pas, quand il avait dit que ces plaines étaient immenses : elles occupaient la plus grande partie de l'est de Sitia.

Soudain, quelque chose attira mon regard, et je dus laisser échapper une exclamation, car Zitora m'agrippa le bras.

— Quoi ? demanda-t-elle.

— Regardez, dis-je. Un motif. Les marques bordent toutes la frontière des plaines d'Avibian.

Les autres revinrent tous vers la table.

— Des yeux neufs, dit Bain en dodelinant de la tête.

— C'est évident, maintenant que la carte a été mise à jour, dit Roze d'une voix irritée.

— A-t-on fouillé les plaines quand on recherchait les victimes ? demandai-je.

— Personne ne s'aventure dans les plaines, dit Zitora. Les Sandseed n'aiment pas les visiteurs. Ils possèdent une magie étrange qui embrouille les idées. Aussi préfère-t-on contourner la région.

— Seuls les Zaltana sont les bienvenus dans les plaines,

ajouta Roze. Elena et Leif pourraient peut-être s'y rendre pour interroger les Sandseed.

— Pas la peine de se précipiter, dit Bain. Mieux vaut attendre le retour d'Irys et de la sœur de Tula. Si Tula se réveille et identifie son agresseur, nous aurons une longueur d'avance sur lui.

— Et si, entre-temps, il enlevait une autre fille ? demanda Leif.

Son air maussade s'était intensifié. Il semblait troublé par l'idée que le meurtrier commette un nouveau crime, peut-être aussi par la perspective de voyager de nouveau avec moi.

— Dans ce cas, dit Bain, bienvenus ou non, nous enverrons des groupes armés fouiller les plaines.

— Il sera peut-être trop tard, dis-je.

— Nous avons encore un peu de temps, expliqua Zitora en lissant l'une de ses tresses. C'est une autre constante que nous avons pu établir. Il garde les victimes pendant deux semaines, puis attend quatre semaines avant d'en capturer une nouvelle.

Une idée affreuse me vint à l'esprit.

— Et s'il venait au Fort pour finir ce qu'il a commencé ? Tula est peut-être en danger !

— Qu'il vienne, dit Roze d'une voix glacée. Je m'occuperai de lui personnellement.

— Il faudrait d'abord le repérer, dit Bain en tapotant la table d'un doigt noueux. Nous devons poster des gardes dans la chambre de Tula.

— C'est le milieu de la saison chaude, et nous sommes déjà à court d'hommes, dit Zitora.

— Je vais demander à Cahil d'affecter quelques-uns

de ses hommes à la protection de Tula, dit Roze. Il me doit bien ça.

— Fais-le au plus vite, Roze, dit Bain. Il n'y a pas un instant à perdre. Venez, Elena, nous avons du travail à faire.

Le Deuxième Magicien et moi quittâmes la pièce et partîmes vers le bout du couloir.

— Vous avez fait quelques observations très justes, jeune fille. Je comprends qu'Irys ait choisi de ne pas vous tuer.

— A-t-elle déjà choisi de tuer quelqu'un ? demandai-je.

Tu n'es pas la première qu'Irys est allée secourir...

Cette remarque de Cahil me trottait dans la tête.

— C'est parfois inévitable, hélas. Une décision toujours pénible, mais Irys est mieux placée que personne pour jouer ce rôle. Elle seule peut faire cesser de battre un cœur sans que la victime n'éprouve aucune peur ni douleur. Roze pourrait en faire de même, mais elle manque de douceur. Le travail avec les criminels lui convient mieux. Leif l'aide dans ces malheureuses investigations. Au cours de la formation à l'Académie, les Maîtres ont décidé que ce serait la meilleure façon de mettre à profit son don inhabituel. Zitora, en revanche, préférerait mourir plutôt que de faire souffrir quelqu'un. Je n'ai jamais vu une âme aussi douce.

Bain s'arrêta devant une porte et introduisit une clé dans la serrure. Il me fit signe de le précéder dans son bureau. Entrant dans la pièce, je fus assaillie par une foule de couleurs et d'objets, et des rangées interminables de livres.

— Et vous, maître ? demandai-je. Quel est votre rôle au sein du groupe ?

— J'enseigne. Je conseille. Je guide.

Tout en parlant, il entassa des livres sur son bureau.

— Je réponds aux questions. Je laisse aux plus jeunes le soin de partir en mission. Je raconte des histoires sorties de mon passé mouvementé — il eut un sourire en coin —, que mes compagnons souhaitent ou non les entendre. Voilà, Elena, pour commencer, deux ou trois livres qui pourront vous intéresser.

Il me mit le tas de livres dans les mains. Je comptai au moins sept volumes.

— Demain est un jour de marché, vous n'avez pas cours. Une journée supplémentaire pour étudier !

Une note de vénération perçait dans la voix de Bain, comme si une journée consacrée à l'étude était pour lui un cadeau inestimable.

— Lisez les trois premiers chapitres de chaque livre. Nous en discuterons après-demain. Rendez-vous dans ma tour après le petit déjeuner.

Il s'affaira autour de son bureau, cherchant quelque chose. Finalement, il tira de sous un volume immense une bourse de cuir.

— De la part d'Irys, expliqua-t-il.

La bourse fit un bruit métallique dans ma main. Irys avait échangé mes pièces ixiennes.

— Pouvez-vous m'expliquer où se trouve le marché ?

Bain fouilla dans ses affaires et en sortit un morceau de papier.

— Servez-vous de ce plan, dit-il en m'indiquant la place du marché, au centre de la Citadelle.

— Puis-je le garder ?

— Il est à vous. Allez, ouste, maintenant ! Au travail !

Avec un air de papa gâteau envoyant sa progéniture jouer dehors, il me chassa de son bureau.

Sur le chemin menant à mon logement, je consultai les couvertures des livres. *La Source de la magie, Mutations magiques : histoire de la magie sitienne, Maîtres magiciens à travers le temps, Abus de la source du pouvoir, Code éthique pour magiciens*, et enfin *Vie de Windri Bak Greentree*.

Arrivée dans ma chambre, je me plongeai aussitôt dans la lecture. L'après-midi passa à toute vitesse, et je ne sortis le nez de mes livres que lorsque mon estomac se mit à gargouiller.

Après le dîner, je passai aux écuries. Les têtes de Topaze et de Kiki apparurent au-dessus de leurs boxes à l'instant où je passai la porte.

Pommes ? demandèrent les deux chevaux en même temps.

M'est-il déjà arrivé de les oublier ?

Non. Dame-Lavande gentille, reconnut Topaze.

Quelques minutes plus tard, essuyant le jus de pomme et la bave de cheval sur mes mains, je m'aperçus que Cahil était en retard. Décidant de ne pas l'attendre, j'allai chercher la bride et la selle de Kiki dans la sellerie.

On s'entraîne ? demanda Kiki.

Son ton suggérait que les leçons répétitives de Cahil l'ennuyaient autant que moi.

Si on faisait plutôt une promenade ?

Rapide et confortable ?

Non, lente, pour que je ne tombe pas.

Je mis la selle et la bride à Kiki sans aucun problème,

m'étonnant de tout ce que j'avais appris sans m'en rendre compte.

Au moment où j'allais monter en selle, Cahil entra en trombe, le visage écarlate, la barbe brillante de sueur. On aurait dit qu'il avait couru jusqu'aux écuries. Etait-il venu de loin ? D'ailleurs, où habitait-il ? Pour la première fois, j'éprouvai de la curiosité à son égard. Comment s'était déroulée l'enfance de cet orphelin ixien élevé dans le Fort des magiciens ?

Cahil, qui ne se doutait de rien, se contenta d'inspecter millimètre par millimètre la selle et la bride, cherchant sans doute des erreurs de ma part. Il ne trouva qu'un étrier de travers ; je ne pus retenir un sourire de satisfaction.

— Eh bien, puisqu'elle est sellée, si tu essayais de monter dessus ? dit enfin Cahil.

Je plaçai mon pied gauche dans l'étrier et attrapai la selle. Cahil fit mine de m'aider, mais je l'arrêtai d'un regard. Mesurant un mètre soixante, Kiki était assez grande, mais je voulais monter sans l'aide de personne. Poussant sur mon pied droit, je me propulsai vers le haut et fis passer ma jambe par-dessus la selle.

Une fois installée, je regardai Cahil depuis cette hauteur inconfortable. De mon nouveau point de vue, le sol n'était plus un tapis d'herbe luxuriante, mais une dalle extrêmement dure et lointaine.

Cahil me fit un exposé sur la façon correcte de tenir les rênes, de m'arrêter, de donner des ordres au cheval. Il répéta également une demi-douzaine de fois le même conseil, à savoir que, si je me sentais tomber, je devais me rattraper à la crinière de Kiki. Au bout d'un moment, je décrochai complètement et, profitant de mon nouveau point de vue, laissai mon regard errer autour de moi. J'admirais les reflets du soleil sur la robe d'un étalon, à l'autre bout du pré, quand les oreilles de Kiki se dressèrent subitement. Cahil, me rendis-je compte, avait changé de ton.

— ... m'écoutes ? demandait-il.
— Pardon ?
— Elena, ce que je suis en train de te dire est capital. Si tu ne sais pas...
— Cahil, coupai-je, tout cela n'a aucun intérêt pour moi. Si je veux que Kiki fasse quelque chose, je n'ai qu'à le lui demander.

Cahil me regarda comme si je parlais une langue étrangère.
— Regarde.

Je tins les rênes devant moi, comme Cahil me l'avait indiqué. L'oreille gauche de Kiki s'inclina vers l'arrière, l'autre pointait vers l'avant. Elle tourna légèrement la tête vers moi.

On fait le tour du pré ? demandai-je. *En suivant la clôture ?*

Kiki se mit en marche. Chacun de ses pas me faisait tanguer. Je lui laissai le soin de trouver le chemin, préférant me concentrer sur l'équilibre et profiter de la vue.

Tandis que nous nous éloignions, j'entendis Cahil s'époumoner :
— Talons vers le bas ! Allonge ton dos !

Au bout d'un moment, nous fûmes hors de sa vue.
Plus vite ? proposa Kiki.
Pas encore.

A cet instant, un éclat de soleil et un mouvement flou, de l'autre côté de la clôture, attirèrent mon attention.

Kiki broncha et vira abruptement vers la droite. Je volai vers la gauche.

Mauvaise odeur. Mauvaise chose.

D'instinct, j'attrapai la crinière de Kiki et interrompis ma chute. La jambe droite encore accrochée à la selle, je pendais le long de son flanc, accrochée à son crin marron.

Les muscles de la jument saillirent, et elle fit quelques pas de côté. D'un coup, je crus apercevoir ce qui l'avait effrayée.

Arrête, Kiki. C'est juste un homme.

Elle s'immobilisa, mais ses jambes tremblaient de terreur.

Mauvais homme. Chose brillante.

Je me hissai de nouveau sur la selle.

Tu as raison. Méchant homme. Cours, Kiki.

13.

Kiki partit au galop. Je m'agrippai à sa crinière, déterminée à ne pas tomber. Au bout de quelques secondes, je m'aventurai à jeter un coup d'œil par-dessus mon épaule, et vis l'épée de Goel scintiller au soleil.

Nous fonçâmes droit sur Cahil, qui leva les bras et s'écria :

— Holà ! Ho !

Kiki, entièrement mobilisée par son instinct de survie, ne lui accorda aucune attention. Ce ne fut qu'une fois l'odeur de Goel dissipée qu'elle accepta d'écouter mes pensées apaisantes.

Il est loin. Tout va bien, lui dis-je.

Je lui caressai le cou et lui répétai des paroles rassurantes à l'oreille. Enfin, elle se calma et consentit à s'arrêter à quelques centimètres de Cahil.

— Au moins vous n'êtes pas tombée, dit mon instructeur en attrapant les rênes. Que s'est-il passé ?

Je sautai à terre et étudiai le visage de Cahil. Il ne paraissait pas vraiment surpris, plutôt amusé.

— Que croyez-vous ? demandai-je.

— Quelque chose a fait peur à Kiki, non ? Je vous

avais prévenue que les chevaux étaient capricieux, mais vous êtes partie sur un coup de tête...

Une lueur dans le regard de Cahil éveilla ma méfiance.

— Vous avez chargé Goel de me tendre une embuscade, n'est-ce pas ?

— Goel ? répéta Cahil sur un ton ébahi. Non, je...

— Vous avez tout organisé. Vous vouliez que Kiki prenne peur.

Cahil fronça les sourcils.

— Je voulais vous donner une leçon. Dans la nature, les chevaux sont la proie des grands prédateurs. Au moindre bruit, à la moindre odeur, au moindre mouvement, ils fuient sans réfléchir. Si vous étiez tombée, ça n'aurait pas été la fin du monde. Après, vous n'auriez plus jamais eu peur de tomber ou de sauter de cheval, en cas de besoin.

— Apparemment, vous avez oublié que je suis déjà tombée de cheval. Ou, plutôt, que j'ai été poussée d'un cheval. Le vôtre, pour être exacte. J'aimerais pouvoir l'oublier aussi facilement.

Cahil eut le bon goût de prendre l'air contrit.

— Je ne crois pas du tout à cette histoire de leçon, dis-je. Goel était armé.

Cahil se rembrunit.

— J'avais demandé à Erant de m'aider. Goel était censé surveiller la chambre de Tula. Je vais m'occuper de lui.

— Pas la peine. Je m'en charge. Lui, au moins, a eu la courtoisie de me prévenir de ce qu'il mijotait.

Je lançai un regard noir à Cahil, lui arrachai les rênes et m'éloignai vers l'écurie en compagnie de Kiki. En me rendant sans arme à mes leçons d'équitation, j'avais commis une erreur. J'avais naïvement supposé que Goel n'oserait pas m'attaquer en présence de Cahil. Eh bien ! J'avais reçu une leçon. Mon instructeur pouvait être fier de moi, même si cela ne faisait pas vraiment partie de son programme.

Le lendemain matin, je sortis du Fort et partis en quête du marché, gardant un œil vigilant sur les gens autour de moi. Tous semblaient se diriger vers la place centrale. Arrivée en vue du marché, j'eus un moment d'hésitation. Comment me frayer un chemin à travers la foule qui entourait les étals ?

Je reconnus quelques ouvriers du Fort, et étais sur le point de leur demander de l'aide quand quelque chose tira sur ma manche. Je fis volte-face et décrochai ma canne de mon sac. Le petit garçon eut un mouvement de recul. C'était le mendiant à qui j'avais donné mes pièces sitiennes le jour de mon arrivée.

— Désolée, dis-je. Tu m'as fait peur.

Il se détendit.

— Jolie dame, tu as une pièce pour moi ?

Me rappelant les mises en garde d'Irys, je réfléchis un instant.

— Et si nous passions un marché ?

Ses yeux s'emplirent de méfiance. En une fraction de seconde, il vieillit de dix ans. Cela me brisa le cœur ; j'avais envie de lui donner tout le contenu de ma bourse pour me faire pardonner.

— Je suis nouvelle ici. J'ai besoin d'acheter de l'encre et du papier. Connais-tu un bon marchand ?

Il sembla comprendre.

— Maribella vend le plus beau papier, dit-il avec une étincelle dans les yeux. Viens, suis-moi.

— Attends. Comment t'appelles-tu ?

Il hésita, puis baissa les yeux.

— Fisk, marmonna-t-il.

Je me mis à genoux et lui tendis la main.

— Bonjour, Fisk. Je m'appelle Elena.

Il prit ma main dans les siennes, l'air ébahi. Il devait avoir neuf ans environ. Avec un hochement de tête incrédule, il me conduisit vers un étal à l'autre bout de la place, tenu par une jeune fille. J'achetai du papier, un stylet et de l'encre noire, puis donnai une pièce de cuivre sitienne à Fisk pour le remercier. La matinée s'écoulant, Fisk me montra de nombreux autres marchands, et nous embauchâmes d'autres enfants pour m'aider à porter mes paquets.

Quand j'eus fini mes courses, je jetai un coup d'œil autour de moi. Six enfants crasseux me souriaient, apparemment indifférents à la chaleur et au soleil éblouissant. Je soupçonnais l'un d'eux d'être le frère cadet de Fisk, à cause de ses doux.yeux bruns. Les deux autres garçons étaient peut-être leurs cousins... Quant aux filles, c'était difficile à dire, à cause des longs cheveux sales qui dissimulaient en partie leurs visages.

Je me rendis compte que je retardais le moment de rentrer au Fort. Fisk dut le sentir, lui aussi, car il dit :

— Jolie Elena, voulez-vous visiter la Citadelle ?

J'acquiesçai d'un hochement de tête. La chaleur de la mi-journée avait vidé la ville, et, tandis que je suivais les enfants à travers les ruelles désertes, un malaise s'empara de moi. Et s'ils me conduisaient dans un piège ? Je frôlai le manche de mon cran d'arrêt, puis me concentrai, puisai du pouvoir et projetai ma conscience autour de moi.

Des centaines de vies m'entouraient. La plupart des habitants de la Citadelle se terraient à l'intérieur, ne pensant qu'à trouver un endroit frais et à s'agiter le moins possible en attendant le coucher du soleil. Pas de menaces. Pas d'embuscades.

J'entendis le clapotis de l'eau bien avant d'apercevoir la fontaine. Poussant des cris de joie, les enfants abandonnèrent mes paquets et se précipitèrent vers les jets d'eau. Fisk, en revanche, resta près de moi. Il prenait son rôle de guide très au sérieux.

— C'est la fontaine de l'Unité, dit-il.

Les jets formaient un cercle autour d'une immense sphère en pierre percée de grands trous réguliers. Nichée à l'intérieur de cette sphère se trouvait une deuxième sphère, elle aussi percée de trous. Cette pierre d'un vert foncé n'était pas veinée comme les murs de la Citadelle.

— Est-ce du marbre ? demandai-je à Fisk.

— Du jade. C'est le plus gros bloc de jade pur qu'on ait jamais trouvé. Il a fallu un an pour l'amener ici depuis les monts Emeraude et, comme le jade est très dur, plus de cinq ans pour le sculpter avec des ciseaux à pointe de diamant. Il y a onze sphères dans la fontaine, toutes taillées dans le même bloc.

C'était incroyable. Je m'approchai de la fontaine pour essayer de distinguer les autres sphères. Une nuée de gouttelettes fraîches se déposa sur ma peau brûlante.

— Pourquoi onze ?

Fisk me rejoignit.

— Une pour chaque clan. Onze sphères, onze jets.

L'eau représente la vie. Tu vois ces dessins gravés sur la sphère extérieure ?

Bravant les jets d'eau, je m'approchai encore de la fontaine et, le temps d'examiner les gravures, fus presque trempée.

— Des animaux mythiques, dit Fisk. Ying Lung, le dragon du ciel, représente le Premier Magicien ; Fei Lian, le guépard du vent, le Deuxième Magicien ; Kioh Twan, la licorne, le Troisième Magicien ; et Pyong, l'aigle, est l'animal du Quatrième Magicien.

— D'où viennent ces animaux ? demandai-je.

Je venais de me souvenir que, lors de son voyage officiel en Ixia, Irys avait porté un masque d'aigle.

— Quand les magiciens arrivent au niveau de maître, ils doivent passer une série d'épreuves, dit Fisk comme s'il récitait une leçon. Pendant ces épreuves, ils voyagent dans le royaume des morts, où ils rencontrent leur guide spirituel. Cet animal les guide non seulement dans l'au-delà, mais aussi tout au long de leur vie.

— Tu crois vraiment à ces histoires ?

Pour moi, cela ressemblait à un conte pour enfants. En Ixia, depuis l'arrivée au pouvoir du Commandant, les croyances religieuses et les superstitions étaient réprimées. S'il restait des croyants, ils faisaient leurs dévotions en secret.

Fisk haussa les épaules.

— Ce qui est sûr, c'est qu'il leur arrive quelque chose, aux magiciens, pendant ces épreuves. Mon père l'a vu de ses propres yeux. Il travaillait au Fort, autrefois.

Les traits de Fisk se figèrent et devinrent durs, aussi cessai-je de poser des questions.

— Goûte l'eau de la fontaine, dit-il enfin. Elle porte chance.

Puis il s'éloigna en courant vers ses amis qui s'ébattaient sous les jets d'eau, bouches grandes ouvertes pour avaler les gouttelettes.

Après un instant d'hésitation, je les rejoignis. L'eau avait un goût frais, minéral, vivifiant ; j'en bus de grandes gorgées. Un peu de chance ne pouvait pas me faire de mal.

Quand les enfants eurent fini de jouer, Fisk me conduisit jusqu'à une deuxième fontaine, celle-ci en jade blanc, une rareté selon mon jeune guide. Quinze chevaux éblouissants étaient sculptés autour d'un grand jet central.

Fisk ne se plaignait pas, mais je voyais que la chaleur avait fini par l'exténuer. Néanmoins, quand je proposai de porter moi-même mes achats jusqu'au Fort, les enfants refusèrent en chœur et insistèrent pour m'accompagner.

Sur le chemin du retour, je sentis soudain des pensées inquiètes de la part de Topaze. L'instant d'après, Cahil débouchait à cheval au coin de la rue. Mon cortège d'enfants s'écarta tandis que Cahil s'avançait vers nous.

— Elena, où étiez-vous passée ?

— Je faisais des courses. Pourquoi ? Vous aviez prévu un nouveau contrôle surprise ?

Ignorant ma question, Cahil fixa du regard mes compagnons. Ceux-ci s'aplatissaient contre le mur, essayant de se rendre invisibles.

— Le marché est fermé depuis des heures. Que faisiez-vous ?

— Cela ne vous regarde pas.

Le regard de mon instructeur revint vers moi.

— Mais si, cela me regarde. C'est votre première sortie dans la Citadelle. Vous étiez seule, on aurait pu vous attaquer et vous voler votre argent. Ne vous voyant pas revenir, j'ai pensé au pire.

De nouveau, son regard coula vers les enfants.

— Je me débrouille très bien toute seule, dis-je. Allons-y, les enfants.

Fisk hocha la tête et partit vers le bout de la rue. Les autres enfants et moi le suivîmes.

Cahil poussa un grognement de mépris et descendit de cheval. Conduisant Topaze par les rênes, il marcha à mes côtés, mais ne réussit pas à garder le silence.

— Vos petits protégés vont vous causer des ennuis, dit-il. Chaque fois que vous sortirez dans la Citadelle, ils se rueront sur vous comme des parasites. Ils ne seront contents que lorsqu'ils vous auront extorqué votre dernier sou.

— Encore une leçon ? demandai-je avec sarcasme.

— J'essaie juste de vous aider, dit Cahil d'une voix tendue.

— Ce n'est vraiment pas la peine. Tenez-vous-en à ce que vous connaissez, Cahil. Sauf en ce qui concerne les chevaux, je n'ai que faire de vos conseils.

Il expira une longue bouffée d'air. Du coin de l'œil, je le vis ravaler sa colère. C'était assez impressionnant à voir.

— Vous êtes toujours fâchée contre moi, dit-il.

— Ah ! Pourquoi donc ?

— Parce que j'ai cru que vous étiez une espionne.

Je ne répondis pas, et, au bout d'un moment, il poursuivit.

— A cause de ce qui s'est passé avec la Première Magicienne. Je me doute que cela doit être désagréable.

— Désagréable !

Je m'arrêtai au milieu de la rue et me tournai vers Cahil.

— Qu'en savez-vous ? demandai-je. Cela vous est-il déjà arrivé ?

— Non.

— Dans ce cas, vous ne savez pas de quoi vous parlez. Imaginez qu'on vous mette à nu, sans aucun moyen de vous défendre, et que toutes vos pensées, tous vos sentiments soient soumis à un examen sans pitié.

— Mais elle a dit que vous l'aviez repoussée. Qu'elle n'a pas réussi à lire profondément en vous.

La pensée qu'elle aurait pu pénétrer au fond de mon âme me fit frémir. Rien d'étonnant à ce que cet examen laisse parfois des dégâts mentaux.

— C'est pire que d'être violée, Cahil. Je le sais : j'ai vécu les deux.

Sa mâchoire se décrocha.

— Alors c'est pour ça…

— Quoi ?

— Que tu n'es pas sortie de ta chambre pendant trois jours.

Je hochai la tête.

— Je n'étais pas d'humeur sociable, en effet.

La tête de Topaze vint se poser sur mon épaule, et je frottai ma joue contre son doux museau. Ma colère contre Cahil avait coupé mon lien avec le cheval ; à présent, je lui ouvris mes pensées.

Dame-Lavande saine et sauve, dit Topaze. *Pomme, maintenant ?*

Je ne pus m'empêcher de sourire.

Plus tard.

Cahil nous observait avec une drôle d'expression.

— Tu ne souris qu'aux chevaux, dit-il.

Etait-il jaloux, ou avait-il pitié de moi ?

— Ce que Roze... ce que *nous* vous avons fait... est-ce pour cela que vous tenez tout le monde à distance ?

— Pas seulement. Et je ne tiens pas tout le monde à distance.

— A qui d'autre souriez-vous ?

— A Irys.

— Et puis ?

D'instinct, mes doigts touchèrent la petite bosse formée sous ma chemise par le papillon de Valek. A lui, je lui accordais bien plus que des sourires.

— Mes amis du Nord, dis-je.

— Ceux qui vous ont appris à vous battre ?

— Oui.

— Et la personne qui vous a donné ce collier ?

Je lâchai le pendentif comme s'il m'avait brûlé.

— Comment l'avez-vous vu ? demandai-je.

— Il est tombé quand vous vous êtes évanouie.

Je fronçai les sourcils en me rappelant que Cahil m'avait portée jusqu'à ma chambre après mon interrogatoire par Roze.

— Je ne voulais pas vous rappeler cette malheureuse histoire, dit-il en voyant mon expression. Mais j'ai raison, n'est-ce pas ? Il s'agit bien d'un cadeau.

— Cela ne vous regarde pas, Cahil. Vous faites comme si nous étions amis. Nous ne le sommes pas.

Les enfants nous attendaient au croisement. Je m'avançai vers eux. Cahil me suivit, et nous continuâmes en silence. Devant l'entrée du Fort, je récupérai mes paquets et distribuai deux pièces de cuivre à chacun des enfants.

Je fis un grand sourire à Fisk puis, repensant aux propos de Cahil, jetai à ce dernier un coup d'œil embarrassé.

— Nous nous reverrons au prochain marché, dis-je au gamin. Dis à tes amis qu'il y aura une pièce supplémentaire pour ceux qui seront lavés.

Il me salua en agitant la main. Je m'attardai pendant que le groupe d'enfants se dispersait. Sans doute connaissaient-ils toutes les petites impasses et les raccourcis de la Citadelle. Un jour, cela pourrait m'être utile.

Cahil, qui après tout avait grandi ici, devait sûrement les connaître, lui aussi, mais je ne voulais rien lui demander, ni rien lui devoir. Surtout quand il arborait cet air renfrogné.

— Qu'y a-t-il encore ? demandai-je.

Il soupira.

— Pourquoi faut-il que tout soit si difficile, avec vous ?

— Je vous rappelle que c'est vous qui avez commencé, pas moi.

— Et si nous reprenions tout de zéro, Elena ? Depuis le début, nous accumulons les malentendus. Que puis-je faire pour mériter un de vos rares sourires ?

— Pourquoi me demandez-vous cela ? Si vous espérez devenir mon confident et m'extorquer tous les secrets militaires d'Ixia, ce n'est pas la peine.

— Ce n'est pas ce que je veux. Je veux que les choses changent entre nous.

— Comment cela ?

Cahil regarda autour de lui comme s'il cherchait ses mots.

— Moins d'hostilité. Plus d'amitié. Plus de discussions, moins de disputes.

— Après ce que vous m'avez fait endurer ?

— Je suis désolé, Elena.

Sa voix se fit rauque, comme si ses paroles étaient douloureuses à prononcer.

— Je regrette de ne pas vous avoir crue, quand vous m'avez dit que vous n'étiez pas une espionne. Je regrette d'avoir demandé à la Première Magicienne de... de violer votre esprit.

Je détournai le visage.

— Vous auriez dû vous excuser il y a plusieurs semaines, Cahil. Pourquoi maintenant ?

Il poussa un nouveau soupir.

— C'est bientôt la fête des Nouveaux Commencements.

Un accroc dans sa voix me poussa à me retourner vers lui. Il entortillait nerveusement les rênes de Topaze autour de sa main.

— C'est pour fêter le début de la saison fraîchissante et la rentrée scolaire. L'occasion pour tous de se réunir et de prendre un nouveau départ.

Cahil fixa sur moi son regard bleu perçant.

— En toutes ces années, je n'ai jamais eu envie d'inviter personne. Je n'ai jamais rencontré quelqu'un que je voulais avoir à mon côté. Mais ce matin, quand j'ai entendu les cuisiniers discuter du menu du festin, votre image est apparue devant mes yeux. Accepteriez-vous de m'y accompagner, Elena ?

14.

Cette proposition me fit l'effet d'un coup de poing. Ebahie, j'esquissai un mouvement de recul involontaire.

Cahil se rembrunit.

— Je suppose que cela veut dire non. Bah ! De toute façon, nous aurions sans doute passé la soirée à nous disputer.

Il commença à s'éloigner.

— Cahil, attendez ! dis-je en me précipitant derrière lui. Vous m'avez prise au dépourvu.

C'était le moins qu'on puisse dire. Jusque-là, je croyais que Cahil ne s'intéressait à moi que pour obtenir des informations sur Ixia. Cette invitation était peut-être un stratagème, mais, pour la première fois, j'avais vu une vraie douceur dans son regard. Je mis la main sur son bras. Il s'arrêta.

— Cette fête des Nouveaux Commencements, dis-je, tout le monde y va ?

— Oui. C'est une bonne manière pour les nouveaux de rencontrer leurs professeurs, et pour tout le monde de se retrouver après les vacances. Je suis obligé d'y aller, parce que je vais donner des cours d'équitation aux seniors et aux apprentis, cette année.

— Donc, je ne suis pas votre première élève ?

— Non. Mais vous êtes de loin la plus difficile, dit-il avec un sourire un peu triste.

Je lui fis un sourire en retour, et les yeux de Cahil s'illuminèrent.

— Bien, dis-je. Cahil, dans l'esprit d'un Nouveau Commencement, reprenons les choses de zéro. Pour faire le premier pas dans notre nouvelle amitié, j'accepte de vous accompagner au festin.

— Notre *amitié* ?

— C'est tout ce que je peux vous offrir.

— A cause de la personne qui vous a donné ce pendentif ?

— Oui.

— Que lui avez-vous donné en retour ?

Cela ne le regardait pas, et je faillis lui en dire autant, puis je me maîtrisai. Si nous allions être amis, Cahil devait connaître la vérité.

— Mon cœur, dis-je.

J'aurais pu ajouter : ma confiance, mon corps, mon âme.

Il me regarda un moment.

— Alors je me contenterai de votre amitié.

Il sourit de nouveau.

— Est-ce que ça veut dire que vous allez être moins difficile, dans l'avenir ?

— N'y comptez pas trop.

Cahil se mit à rire, et m'aida à porter mes achats jusqu'à mes appartements. Je passai le reste de la soirée à lire les chapitres imposés par Bain Bloodgood, m'arrêtant de temps à autre pour réfléchir au nouveau rôle de Cahil dans ma vie.

Les matinées passées en compagnie du Deuxième Magicien étaient fascinantes. L'histoire de Sitia se perdait dans la nuit des temps. Les onze clans qui formaient son peuple s'étaient battus pendant des siècles, jusqu'à ce que Windri Greentree, un maître magicien, ne les unisse sous l'égide d'un Conseil des Anciens. A ma grande consternation, et au grand ravissement de Bain, nous établîmes qu'il me faudrait consacrer de longues journées d'étude à l'histoire du pays. A elle seule, la mythologie sitienne, foisonnante d'animaux, de démons et de légendes différentes, aurait exigé des années d'étude assidue.

Bain m'expliqua également le fonctionnement de l'école.

— Chaque élève a un magicien pour mentor. Ce mentor dirige les études de l'élève, le guide dans son apprentissage. Il programme des leçons avec d'autres magiciens plus experts dans certains domaines.

— Combien y a-t-il d'élèves par classe ?

Bain balaya l'air de sa main, indiquant la grande pièce vide autour de nous. Nous nous trouvions dans une chambre circulaire située à la base de sa tour. Des livres tapissaient les murs, des manuscrits recouvraient les quatre tables de travail tachetées d'encre. A l'autre bout de la pièce, les anneaux métalliques de l'astrolabe luisaient sous le soleil matinal.

J'étais assise à la plus grande table de travail. Du petit matériel d'écriture et des papiers soigneusement empilés en recouvraient toute la surface. Un énorme coquillage blanc trônait au milieu de la pièce, dont il était le seul ornement. Assis en face de moi, Bain portait une longue robe violette qui absorbait la lumière. J'étais épatée par sa garde-robe : il s'habillait tous les jours en robe d'apparat et, pour l'instant, n'avait jamais mis deux fois la même.

— Nous sommes une classe, dit-il. Elles n'ont jamais plus de quatre élèves. Nulle part dans cette école tu ne verras de longues rangées d'élèves écoutant un professeur pérorer. Nous privilégions l'intimité et la pratique.

— Combien d'élèves par mentor ?

— Pas plus de quatre pour les plus expérimentés. Les jeunes mentors n'en prennent qu'un seul.

— Et les maîtres magiciens ?

Je redoutais le moment où je devrais partager Irys avec d'autres élèves.

— Ah…

Il hésita un instant. Pour une fois, il semblait chercher ses mots.

— En général, les Maîtres ne prennent pas d'élèves. Nous sommes occupés par les réunions du Conseil, la vie du pays, le recrutement de nouveaux élèves. De temps à autre, cependant, il se présente un élève qui éveille notre intérêt.

Il me regarda longuement, comme s'il hésitait à tout me dire.

— Ces dernières années, je suis devenu las des réunions du Conseil. Aussi ai-je décidé de consacrer toute mon énergie à l'enseignement. Cette année, j'ai deux élèves. Roze n'en a choisi qu'un seul depuis qu'elle a été nommée Première Magicienne. Zitora n'en a aucun. Elle a besoin

d'un temps d'adaptation ; elle n'est devenue Maîtresse que l'année dernière.
— Et Irys ?
— Vous êtes sa première élève.
— Vraiment ?
Il hocha la tête en silence.
— Vous avez dit que Roze avait un élève. Qui est-ce ?
— Votre frère Leif.

Au cours de la semaine suivante, de nombreux signes me rappelèrent que le Fort se préparait à l'arrivée des étudiants. Les domestiques ouvraient et nettoyaient chambres et dortoirs. Les préparatifs du festin avaient transformé les cuisines en ruche bourdonnante. Avec le retour de leurs habitants, les rues de la Citadelle vibraient de nouveau. Le soir, des rires et de la musique flottaient dans l'air tiède.

En attendant le retour d'Irys et l'arrivée de la sœur de Tula, je passais mes matinées en compagnie de Bain, les après-midi à étudier, et les soirées avec Cahil et Kiki. J'en étais à l'apprentissage du trot, à présent, une allure brutale qui me laissait raide et courbaturée à la fin de la journée.

Toutes les nuits, je veillais Tula, entretenant mon lien avec elle et lui prêtant mes forces. Son esprit restait vide, mais son corps se rétablissait à une allure surprenante.

— Avez-vous des pouvoirs de guérisseuse ? me demanda Hayes, une nuit que nous veillions ensemble. Son amélioration physique est spectaculaire. On dirait plutôt le travail de deux guérisseurs.

— Je ne sais pas. Je n'ai jamais essayé de guérir quelqu'un.

— Peut-être l'aidez-vous sans vous en rendre compte. Voulez-vous que nous essayions de le savoir ?

— Je ne veux pas lui faire de mal, dis-je en pensant à mes tentatives catastrophiques de déplacer des chaises.

— J'y veillerai, ne vous inquiétez pas.

Hayes sourit en prenant la main gauche de Tula. On avait déjà retiré les attelles de sa main droite : les doigts étaient encore gonflés et contusionnés, mais les fractures étaient réparées.

— Mon énergie suffit tout juste à guérir une ou deux fractures par jour. Dans la plupart des cas, nous laissons le corps suivre son processus naturel. Mais, pour les blessures graves ou multiples, nous hâtons ce processus.

— Comment ?

— D'abord, je puise du pouvoir et je me concentre sur la fracture. La peau et les muscles deviennent transparents, révélant les os. J'utilise mon pouvoir pour encourager la fracture à se réparer. Pour les autres genres de blessures, c'est la même chose. Mes yeux ne voient que la plaie. C'est assez étonnant.

Le regard presque exalté de Hayes se ternit en se posant sur Tula.

— Malheureusement, certaines blessures sont impossibles à guérir. Le fonctionnement du cerveau est si complexe que tout dégât à ce niveau est généralement irréversible. Quelques-uns de nos magiciens sont capables de guérir les maux de l'esprit, en particulier la Quatrième Magicienne, mais elle non plus n'est pas infaillible.

Hayes se concentra sur Tula : l'air s'épaissit autour de nous et se mit à vibrer. Il devint difficile de respirer. Hayes ferma les yeux et, sans réfléchir, j'établis un lien avec lui. Je vis la main de Tula à travers les yeux du guérisseur. Sous une peau translucide, les muscles fibreux attachés aux os étaient broyés. Des fils de pouvoir, fins comme de la toile d'araignée, entouraient les mains de Hayes ; il les enroula autour de l'une des phalanges fissurées. Sous mes yeux, les os se remirent en place et les muscles reprirent leur forme normale.

Je brisai mon lien mental avec Hayes et regardai Tula normalement. Son index s'était redressé et les contusions à la surface avaient disparu. L'air se fit plus léger : le pouvoir de Hayes était épuisé. Des gouttes de sueur perlaient sur son front et il haletait un peu.

— A votre tour, Elena.

Je m'approchai de Tula et prit sa main, que Hayes me tendait. Puis je caressai doucement son majeur tout en attirant un fil de pouvoir à moi. Les os du doigt m'apparurent sous la peau. Hayes eut un petit hoquet stupéfait.

— Continuez, dit-il.

Autour de mes mains, les fils de pouvoir étaient épais comme des cordes. Lorsque je les nouai autour du majeur de Tula, ils l'entourèrent comme un nœud coulant. Je reculai précipitamment, de peur de briser son doigt en deux.

— Je suis désolée, dis-je en reposant la main de Tula sur le lit. Je ne contrôle pas encore assez bien ma magie.

Hayes, cependant, fixait bizarrement la main de Tula.

— Regardez.

J'examinai son majeur ; il paraissait tout à fait raccommodé.

— Comment vous sentez-vous ?

En général, la magie m'épuisait, mais, dans le cas présent, je n'avais presque rien fait. Du moins, c'était l'impression que j'avais.

— Plus ou moins normale.

— Toutes les trois guérisons, je suis obligé de faire une sieste, dit Hayes.

Il secoua la tête puis, d'un geste impatient, repoussa une mèche brune qui flottait devant ses yeux.

— Vous venez de raccommoder un os brisé sans aucun effort. Que le ciel nous protège, mon enfant.

La stupeur et l'inquiétude lui brisèrent la voix.

— Quand vous maîtriserez vraiment vos pouvoirs, vous pourrez même réveiller les morts.

15.

Une angoisse inexplicable s'empara de moi. Je me rendis compte que je tremblais.
— Personne ne peut réveiller les morts, Hayes.
Le guérisseur se frotta les yeux.
— J'ai parlé sans réfléchir, admit-il. Dans toute l'histoire de Sitia, seule une personne en a été capable. Et les conséquences ont été proprement terrifiantes.

Je voulus lui poser d'autres questions, mais il se précipita vers la porte, prétextant un travail urgent.

Troublée, je me retournai vers le corps inerte de Tula. A présent, draps et peau s'étaient effacés, et je distinguais chacune de ses blessures. Ayant enclenché ce nouveau mode de vision, je ne parvenais plus à le désactiver. Les fractures, entorses et contusions de la jeune fille vibraient, écarlates et douloureuses. Plus je regardais cette lumière, plus elle happait mon esprit. Bientôt la douleur physique de Tula déferla sur moi. Subitement mise au supplice, je m'effondrai sur le sol.

Je me roulai en boule et fermai les yeux de toutes mes forces. Dans un coin de mon esprit, je savais que cette douleur était imaginaire, mais j'étais sous l'emprise de la panique, et ne pus m'empêcher de lutter contre elle.

Je puisai du pouvoir dans la toile, et la magie s'accumula en moi, crépitant à la surface de ma peau comme des flammes. Puis je la relâchai.

Mon hurlement résonna dans la pièce tandis qu'un doux soulagement m'envahissait, apaisant la douleur. Vidée, à bout de souffle, je restai étalée sur le sol, incapable de bouger.

— Elena ! Que s'est-il passé ?

J'ouvris les yeux. Le visage de Hayes se découpait au-dessus de moi.

— Tula ? réussis-je à articuler.

— Elle va bien.

Je réussis à m'asseoir sur le sol. La pièce tournait autour de moi, mais je me forçai à me concentrer.

— Que s'est-il passé ? répéta Hayes.

Je voulus lui dire que mes vieux instincts de survie s'étaient enclenchés, que j'avais réagi spontanément à la douleur. Mais ce n'était pas exactement l'impression que j'avais eue, et il me semblait trop risqué de lui avouer la vérité. A savoir, que j'avais perdu tout contrôle de ma magie. Les magiciens incontrôlés pouvaient endommager la source du pouvoir. Si cela s'avérait être mon cas, les Maîtres seraient contraints de me tuer. Aussi gardai-je le silence tout en essayant de mettre de l'ordre dans mes idées.

Hayes aussi restait silencieux. Enfin, il dit :

— Vous avez réparé les deux autres doigts.

Il prit la main de Tula et l'inspecta longuement avant de la reposer sur le ventre de la jeune fille. Puis il se tourna vers moi en fronçant les sourcils.

— Vous n'auriez pas dû essayer de faire cela toute seule. Je comprends, maintenant, pourquoi vous avez crié. Vous avez puisé trop de pouvoir, et avez dû le relâcher d'un coup.

Hayes fit un geste dans ma direction.

— Une erreur de débutante, qui vous a épuisée. Vous avez effectivement besoin de travailler votre contrôle.

Tout en m'aidant à me relever, Hayes se détendit et prit l'air presque soulagé.

— Vous possédez un pouvoir de guérison, mais vous avez besoin d'être guidée. Je me suis trompé sur votre compte : je croyais que vous étiez une Chasseuse d'âmes.

Il eut un petit rire bienveillant.

— La prochaine fois, attendez mon retour pour faire des expériences. D'accord ?

Incapable de parler, j'acquiesçai en silence.

Hayes me conduisit vers la porte.

— Allez vous reposer, maintenant. Vous risquez d'être fatiguée pendant quelques jours.

Tout en me traînant vers l'aile des apprentis, je repassai les événements de la soirée dans ma tête. Au moment de m'écrouler dans mon lit, j'avais presque réussi à me convaincre que l'explication de Hayes était la bonne. Presque.

Le lendemain, une terrible fatigue m'accabla. La matinée avec Bain passa comme un rêve et fut aussitôt oubliée. Au lieu de lire, je passai l'après-midi à dormir et, le soir venu, dus lutter pour ne pas m'assoupir sur le dos de Kiki. Au bout d'un moment, les cris de Cahil se frayèrent un chemin jusqu'à ma conscience.

— Elena !

Je le regardai comme si je le voyais pour la première fois. Maculée de terre et de poils de cheval, sa chemise en coton, autrefois blanche, collait à son corps musclé. L'irritation plissait son front. Ses lèvres se mouvaient à toute vitesse, mais il me fallut quelques instants pour distinguer ses paroles.

— ... distraite, épuisée, et tu vas te faire mal.
— Me faire mal ?
— Oui, très mal, quand tu vas t'endormir complètement et tomber de cheval.

Cahil essayait de garder son sang-froid, mais, à ses poings crispés, je vis qu'il avait une forte envie de me secouer.

Dame-Lavande fatiguée, confirma Kiki. *Oublié pommes.*

— Rentre chez toi, Elena.

Cahil prit les rênes de Kiki et les tint pendant que je descendais.

Rentre chez toi, me répétai-je. L'image de ma petite chambre dans le château du Commandant flotta devant mes yeux, aussitôt suivie du visage souriant de Valek. A cet instant, j'aurais bien aimé pouvoir puiser dans son énergie.

— Elena, tu es sûre que tout va bien ?

Je regardai fixement les yeux bleus de Cahil. Comparés à ceux de Valek, d'un bleu saphir vibrant, ils me semblaient fades.

— Oui, oui. Je suis juste un peu fatiguée.
— Un peu ? répéta Cahil en riant. Va te mettre au lit. Je m'occupe de Kiki. Garde tes forces pour demain.
— Demain ?

— La fête des Nouveaux Commencements ! Tu as oublié ?

— Je ne croyais pas que ce serait aussi tôt.

— Prépare-toi à une invasion d'étudiants et de magiciens. A partir de demain matin, fini la paix et la tranquillité.

Cahil s'éloigna vers l'écurie en menant Kiki par la bride. Sur le chemin de ma chambre, je promis à la jument de me rattraper en apportant plusieurs pommes à la prochaine leçon.

Au moment de me mettre au lit, je fus soudain rongée par une angoisse au sujet de la rentrée et de la fête. A moitié endormie, je me rendis compte que je n'avais aucune tenue convenable. Que portait-on à un festin, de toute façon ? Ma tenue officielle d'apprentie ? Je poussai un gros soupir et me roulai sur le côté ; bientôt d'autres soucis plus graves, notamment mes problèmes pour maîtriser ma magie, prirent la place des premiers.

Au matin, les bâtiments de l'école furent le théâtre d'une activité frénétique. Sur le chemin de la tour de Bain, je dus faire de nombreux détours pour éviter les groupes chargés de bagages.

Ouvrant la porte du cabinet de travail, je voulus interroger Bain sur les nouveaux étudiants, puis je m'aperçus que le magicien avait deux visiteurs.

Bain me fit signe d'approcher.

— Elena, je vous présente mes élèves : Dax Greenblade, apprenti comme vous, et Gelsi Moon, qui est novice.

Les deux étudiants me saluèrent de la tête, avec un

air sérieux qui contrastait avec leur extrême jeunesse. Dax devait avait dix-huit ans, la fille, quinze.

— Avez-vous choisi une nouvelle élève, maître Bloodgood ? demanda Gelsi.

Elle tiraillait nerveusement sur ses manches en dentelle blanche. Des tourbillons blancs et violets ornaient sa chemise et sa jupe longue.

— Non. Elena travaille avec quelqu'un d'autre.

Les deux jeunes gens se détendirent visiblement ; je dus réprimer un sourire. Dax me lança un regard sympathique ; Gelsi, pour sa part, semblait aussi très intriguée.

— Qui est votre mentor ? me demanda-t-elle.

— Irys... je veux dire maîtresse Jewelrose.

Les deux étudiants prirent l'air stupéfait, un peu comme je l'avais fait quand Bain m'avait appris que j'étais la première élève d'Irys.

— De quel clan viens-tu ? demanda Gelsi.

— Je suis une Zaltana.

— Encore une cousine de Leif ? demanda Dax. Tu es un peu âgée pour commencer la formation. Quel étrange pouvoir possèdes-tu ?

C'était dit sur un ton humoristique, mais Bain s'offusqua.

— Dax, restez poli, je vous prie. Elena est la sœur de Leif.

— Aha !

Dax m'examina avec un intérêt redoublé.

— Avons-nous cours, ce matin ? demandai-je à Bain.

A l'idée de se replonger dans l'étude, le maître magicien se ragaillardit. Il envoya Dax défaire ses bagages et demanda à Gelsi de rester avec nous. L'adolescente pâlit, puis elle se reprit et lissa les boucles cuivrées qui entouraient son visage en forme de cœur.

— Je crains qu'Irys ne revienne bientôt et ne vous enlève à moi, dit Bain en souriant. Ce semestre, Gelsi a pour objectif d'apprendre à communiquer mentalement avec les autres magiciens. Irys m'a dit que c'était votre point fort. J'aimerais que vous m'aidiez à aborder cette technique avec mon élève.

Les yeux de Gelsi s'écarquillèrent si grand que ses longs cils frôlèrent ses sourcils.

— Je veux bien essayer, dis-je.

D'un tiroir de son bureau, Bain sortit une bourse en toile de jute contenant de petits cailloux marron.

— Pour cette première leçon, nous allons utiliser du Theobroma.

Les petits galets m'évoquaient de nombreux souvenirs. Le Theobroma était le nom donné par les gens du Sud au Criollo, une délicieuse friandise qui avait pour effet regrettable d'ouvrir aux influences magiques l'esprit de ceux qui la consommaient. Le général Brazell avait utilisé cette gourmandise au goût de noix pour anéantir la volonté normalement inflexible du Commandant et le placer sous le contrôle de Mogkan, son complice magicien.

Bain nous distribua un morceau de Theobroma à toutes les deux, puis il nous demanda de nous asseoir face à face. Même si j'adorais cette friandise, je ne jugeai pas nécessaire d'en consommer.

— Puis-je d'abord essayer sans prendre de Theobroma ? demandai-je.

Les sourcils gris et broussailleux de Bain prirent la forme d'accents circonflexes.

— Vous n'en avez pas besoin pour établir le lien initial ?

Je réfléchis aux différentes personnes et animaux auxquels j'étais liée.

— Jusqu'ici, je n'en ai pas eu besoin, non.

— Bon. Elena, tentez de créer un lien avec Gelsi.

Rassemblant le peu d'énergie qui me restait, je tirai un fil de pouvoir et le dirigeai vers l'adolescente, projetant ma conscience vers elle. Aussitôt, je ressentis son appréhension à laisser pénétrer dans son esprit une inconnue ixienne.

Bonjour, dis-je.

Elle sursauta violemment.

Pour la mettre à l'aise, je lui dis :

Je suis née dans la jungle des Illiais. Et toi, d'où viens-tu ?

Une image se forma dans l'esprit de Gelsi : un petit village plongé dans la brume.

Ma famille et moi, nous habitons les contreforts des monts Emeraude. Tous les matins la brume descend des montagnes et enveloppe notre maison.

Je lui montrai à mon tour la maison dans les arbres où vivent mes parents. Nous « parlâmes » de nos frères et sœurs. Gelsi était une « enfant du milieu », coincée entre deux sœurs aînées et deux frères cadets ; elle était également la seule à avoir développé des pouvoirs magiques.

Bain, qui jusque-là nous avait observées en silence, nous interrompit.

— Brisez le lien, Elena.

Vidée, je ramenai péniblement ma conscience vers moi.

— Gelsi, à vous maintenant d'établir le contact avec Elena.

Elle ferma les yeux ; je sentis sa conscience chercher la mienne. Je n'avais qu'à tirailler sur son esprit pour rouvrir le lien entre nous.

— Ne l'aidez pas, me prévint Bain.

Je me contentai donc de garder mon esprit ouvert, mais la jeune fille ne parvint pas à m'atteindre.

— Ne vous inquiétez pas, la consola Bain. La première fois est la plus difficile. C'est pour cela que nous utilisons le Theobroma.

Les yeux gris du magicien s'attardèrent sur moi avec sympathie.

— Nous réessaierons une autre fois. Gelsi, allez défaire vos bagages et vous mettre à l'aise.

Après le départ de la novice, Bain dit :
— Vous vous êtes épuisée, hier, je crois. Hayes m'en a vaguement parlé. Dites-moi ce qui s'est passé.

Je lui parlai de la douleur et de l'immense pouvoir qui s'était engouffré en moi.

— Il semble que mon contrôle ne soit pas tout à fait au point, hasardai-je, guettant sa réaction.

S'il s'était vraiment agi d'une explosion incontrôlée, raisonnai-je, les maîtres magiciens n'auraient pas manqué de le sentir. Et Roze aurait agi sans l'ombre d'une hésitation à mon égard.

— Une bonne leçon, dit Bain. Guérir des blessures exige un effort immense. Cela suffit pour aujourd'hui, Elena. Je vous dis à ce soir, à la fête.

La fête ! Je l'avais complètement oubliée. Pour la deuxième fois.

— Justement, je ne sais pas quoi...

Je m'interrompis, me sentant idiote de demander des conseils vestimentaires à mon professeur de magie.

Bain eut un sourire de compassion.

— Je n'ai aucune expertise en ce domaine, dit-il comme s'il avait lu dans mes pensées. Zitora, en revanche, se fera une joie de vous aider. Elle est un peu désorientée, cette année ; elle a besoin de compagnie.

— Je croyais qu'elle était occupée par les affaires du Conseil.

— Certes... mais, après cinq années d'études, la vie solitaire de magicienne demande un peu d'adaptation. Zitora n'a pas le temps de s'occuper d'un étudiant, mais elle a certainement le temps de se faire une amie.

La tour de Zitora était située dans le coin nord-est du Fort. Les allées autrefois vides étaient à présent bondées de passants bruyants et joyeux ; des gens se pressaient dans toutes les directions. C'en était fini de mes promenades tranquilles dans le Fort, mais je ne m'en souciais pas ; je me sentais galvanisée par l'énergie vibrante qui m'entourait.

Zitora m'accueillit avec un sourire éclatant, qui ne s'estompa que lorsqu'elle me demanda des nouvelles de Tula. Au bout d'un moment, la conversation s'orienta vers les festivités du soir, et je pus lui demander des conseils vestimentaires.

— Les robes d'apparat ne servent que pour les horribles cérémonies officielles, expliqua Zitora. Mets plutôt quelque chose de joli !

Me voyant secouer la tête, elle se transforma aussitôt en mère poule.

— Heureusement, nous faisons à peu près la même taille, dit-elle avec enthousiasme.

Sourde à mes protestations, elle m'entraîna vers sa chambre à coucher, deux étages plus haut, et sortit de son armoire une foule de jupes, de robes et de chemises vaporeuses. Quand j'en eus plein les bras, elle mit ses mains sur ses hanches et visa mes bottes du regard.

— Ça ne va pas du tout, dit-elle.

— Elles sont très confortables, protestai-je.

— Ah ! Tu me lances un défi, hein ? Attends un peu.

Elle disparut dans une autre pièce, me laissant seule dans sa chambre du troisième étage. Les murs étaient ornés de motifs de fleurs dessinés au pastel. D'énormes coussins s'entassaient sur son lit à baldaquin. C'était une chambre pleine de tendresse, qui vous ouvrait les bras pour vous réconforter.

J'entendis un petit cri de triomphe, puis Zitora réapparut dans l'encadrement de la porte, une paire de sandales noires à la main.

— Semelles en caoutchouc, cuir souple et petit talon. Avec ça, tu vas pouvoir danser toute la nuit.

— Je ne sais pas danser.

— Aucune importance. Tu as une grâce naturelle. Regarde les autres et fais comme eux.

— Zitora, je ne peux pas prendre *tous* ces vêtements, protestai-je. Je voulais te demander conseil, pas vider ta garde-robe.

J'avais eu l'idée d'aller au marché cet après-midi.

Avec le retour des habitants de la Citadelle, les échoppes ouvraient tous les jours.

Zitora, cependant, ne voulut rien entendre.

— Ma garde-robe, tu n'y as même pas fait un trou. Je collectionne les vêtements. Je suis incapable de passer devant un étal de couturière sans repérer quelque chose d'indispensable.

— Laisse-moi au moins te les acheter, alors !

— Arrête ! Ecoute, je te propose un marché. Demain je pars en mission pour le Conseil et, à mon grand chagrin, on m'a affecté une escorte de quatre soldats. Irys et Roze ont le droit de se promener partout toutes seules, c'est à elles qu'on confie toutes les missions secrètes les plus amusantes. Mais le Conseil se fait du souci pour moi, alors je suis limitée aux missions officielles.

Elle émit un petit soupir agacé.

— Je t'ai vue t'entraîner avec ta canne près des écuries. Si je t'échangeais ces vêtements contre quelques leçons d'autodéfense ?

— Entendu. Mais... n'as-tu pas appris à te défendre pendant tes études ?

— Je détestais mon maître d'armes, dit-elle en plissant le front. Une brute qui transformait les leçons en séances de torture. Il adorait faire souffrir. Je l'évitais à tout prix. Quand les Maîtres ont découvert que j'avais de grands pouvoirs, ils ont privilégié cet aspect de mon apprentissage.

— Qui était ce maître d'armes ?

— Un homme du Nord, qui fait partie de la bande de Cahil. Son nom est Goel.

Zitora frissonna de dégoût.

— Ses leçons n'étaient pas aussi terribles que l'épreuve des maîtres magiciens, mais...

Elle s'interrompit, et une expression d'horreur traversa son visage. Puis elle secoua la tête comme pour chasser des souvenirs désagréables.

— Bref... Roze m'a proposé de me donner des leçons, mais je préférerais les prendre avec toi.

Elle me fit une petite moue complice.

Quelques instants plus tard, les bras chargés de vêtements, je descendis tant bien que mal l'escalier en colimaçon et repartis en direction de ma chambre. En route, je réfléchis aux propos de Zitora sur l'épreuve des Maîtres. Fisk, le petit mendiant, m'en avait également parlé. Il fallait que je pense à interroger Irys à ce sujet.

Devant l'aile des apprentis, la cour grouillait de monde. Quelques garçons jouaient au ballon, d'autres se prélassaient dans l'herbe en bavardant. Gênée par les vêtements que je portais, je cherchai à tâtons la serrure de ma porte.

— Hé, toi, là-bas !

Je me retournai : un groupe de filles me regardaient en gesticulant.

— Le dortoir des première année, c'est là-bas, dit une fille aux longs cheveux blonds. Ici, c'est réservé aux apprentis.

— Merci, mais c'est ma chambre, ici, lançai-je.

Au moment où je réussis à ouvrir la porte, un picotement de magie parcourut ma colonne vertébrale. Lançant les vêtements sur le sol, je pivotai sur moi-même. Les filles étaient juste derrière moi, à présent.

— Tu n'as rien à faire ici, dit la fille aux cheveux longs.

Une lueur dangereuse éclairait ses yeux violets.

— Tu es nouvelle. Je connais tout le monde ici, et je ne t'ai jamais vue. Les nouveaux doivent s'installer dans le dortoir des première année. Les chambres d'ici, ça se mérite.

Une bouffée de magie persuasive émana d'elle. Je ressentis subitement le désir de faire mes bagages et de déménager dans l'aile des première année. Je renforçai mes défenses mentales et fis barrage à cet ordre télépathique.

La fille émit un grognement stupéfait. Ses compagnes échangèrent un regard, et je sentis le pouvoir s'accumuler entre elles. Je me préparai à un nouvel assaut, mais, avant qu'elles n'aient pu unir leurs forces contre moi, une voix s'éleva à l'autre bout du couloir.

— Que se passe-t-il, ici ?

La magie se dissipa subitement tandis que la mince silhouette musclée de Dax Greenblade se frayait un chemin à travers le groupe des filles, ses yeux verts affrontant leur regard. En plein jour, sa peau couleur de miel lui donnait l'air plus âgé.

— Elle n'a rien à faire ici, répéta la fille.

— Elena est l'élève de la Quatrième Magicienne, dit Dax. On lui a demandé de s'installer ici.

— Ce n'est pas juste ! geignit la blonde. Il faut *mériter* sa place dans cette aile !

— Qui te dit qu'elle ne l'a pas méritée ? demanda Dax. Si tu crois que la Quatrième Magicienne a fait une erreur, c'est à elle que tu dois en parler.

Un silence gêné suivit, puis le groupe de filles défila vers la cour. Dax resta près de moi.

— Merci, dis-je.

Au loin, les filles s'étaient réunies en comité serré et discutaient en me lançant des regards venimeux.

— Je ne me suis pas fait des amies, apparemment.

— Malheureusement, tu as trois points contre toi. Un — Dax tendit un index long et fin — tu es nouvelle. Deux : la Quatrième Magicienne est ton mentor. Tout étudiant choisi par un Maître est la cible de jalousies terribles. Si tu veux des amis, Gelsi et moi sommes tes seules possibilités.

— Quel est le troisième point ?

— La rumeur. Les autres étudiants vont dénicher toutes sortes d'informations à ton sujet et les faire circuler. Peu importe qu'elles soient vraies ou fausses. En réalité, les plus saugrenues sont les plus appréciées. Et, d'après ce que j'ai pu entendre, tu es un spécimen assez curieux. Du genre à enflammer les imaginations.

J'étudiai le visage de Dax. Je ne vis aucune trace de malveillance dans son visage, seulement de petits plis d'inquiétude.

— Un spécimen ? Moi ?

— Tu es la sœur perdue de Leif, tu es plus âgée que tous les autres élèves, et tu es extrêmement puissante.

Ma mâchoire se décrocha. *Extrêmement puissante ?*

— Je ne suis pas venu t'aider, Elena. Ce sont elles que je suis venu protéger.

Il inclina la tête vers le groupe dans la cour. Avant que je n'aie pu protester, Dax indiqua du doigt une chambre à cinq portes de la mienne.

— Si tu as besoin de quoi que ce soit, ou même si n'as besoin de rien, je suis là. Gelsi est dans le dortoir des novices, près de la muraille ouest.

Il me salua de la main et s'éloigna vers sa chambre. Le

groupe de filles au loin transféra brièvement son hostilité vers lui, avant de revenir vers moi. Je rentrai dans ma chambre et fermai la porte.

Bravo. Le premier jour de l'école, j'étais déjà mise à l'écart. Mais, après tout, qu'est-ce que cela pouvait me faire ? J'étais ici pour apprendre, pas pour me faire des amis. Une fois les cours commencés, les étudiants seraient trop occupés pour faire attention à moi.

Faisant un tri parmi les vêtements de Zitora, je choisis une longue jupe noire et une chemise de soie rouge avec un décolleté bordé de dentelle noire. Décidant de ne pas emporter ma canne à la fête, je pratiquai une petite entaille dans la poche de la jupe, afin d'accéder facilement à mon cran d'arrêt. Les sandales étaient un peu grandes ; je perçai un trou supplémentaire dans la lanière.

En me regardant dans la glace, je me rendis compte que j'avais choisi les couleurs de mon ancien uniforme de goûteur — les couleurs du commandant Ambroise. J'envisageai de changer de vêtements et en essayai même quelques autres, mais finalement je revins à la première tenue, la seule dans laquelle je me sentais à l'aise.

Libérant mes cheveux de leur tresse, je fixai mon reflet en grimaçant. L'année précédente, à ma sortie de prison, j'avais grossièrement taillé mes cheveux emmêlés et feutrés, et ils avaient repoussé en dents de scie. A présent, ils m'arrivaient bien en dessous des épaules. Ils avaient besoin d'être lavés à fond et coupés.

Remettant mes vêtements normaux, je partis apporter les pommes promises à Topaze et à Kiki. Quand je posai le pied dans la cour, le silence se fit autour de moi. Prenant un air indifférent, je m'éloignai vers les écuries, décidée à m'arrêter aux bains sur le chemin du retour.

⋆⋆⋆

L'heure du festin approchait à toute vitesse. Une fois de plus, je contemplai mon reflet dans la glace de ma chambre, examinant ma tenue, lissant une mèche rebelle derrière mon oreille.

Aux bains, remarquant mes tentatives maladroites pour me couper les cheveux, une assistante avait pris les choses en main. Elle m'avait confisqué les ciseaux, coupé les pointes puis roulé chaque mèche de mes cheveux autour d'un tube en métal chaud.

Au lieu d'être serrés en chignon, mes cheveux rebondissaient sur mes épaules en grandes boucles souples. J'avais l'air complètement ridicule. Avant que je n'aie pu me décider à faire quoi que ce soit, on toqua à la porte.

Je passai la tête par la fenêtre. Cahil m'attendait dehors. Sa barbe et ses cheveux luisaient, presque blancs, sous le clair de lune.

Ouvrant la porte, je dis :

— Je croyais que nous nous étions donné rendez…

Je m'interrompis, éberluée devant le spectacle qui s'offrait à moi.

Cahil portait une longue tunique de soie bleu nuit. Le tour de nuque était bordé de passepoil argenté, et le col en V laissait deviner les muscles de son torse. Le passepoil s'étendait également sur ses épaules et tout autour de ses larges manches. Une ceinture en mailles d'argent ornées de pierres précieuses serrait la tunique autour de sa taille. Son pantalon était assorti à la chemise, et une nouvelle bande de passepoil argenté soulignait l'ourlet extérieur de chaque jambe, amenant mon regard vers ses bottes de cuir verni. La royauté incarnée.

— Ta chambre était sur ma route, dit Cahil. J'aurais été bête de ne pas m'arrêter.

Il plissa les yeux, ébloui par la lanterne située derrière moi. Je me rendis compte qu'il ne me voyait pas vraiment.

— Prête ? demanda-t-il.
— Presque.

Nous entrâmes dans le séjour. Je fis signe à Cahil de s'installer dans un fauteuil pendant que je passais dans la chambre. Là, je sanglai mon cran d'arrêt à ma cuisse puis lissai mes cheveux. N'ayant pas le temps de les arranger, je me résolus à les ramener derrière mes oreilles. Des boucles !

En me voyant à la lumière, Cahil eut un immense sourire.

— Ne te moque pas de moi, l'avertis-je.
— Je ne me moque jamais d'une belle femme. Je préfère rire avec elle… ou danser.
— La flatterie ne t'avancera à rien.
— Je suis on ne peut plus sérieux, dit Cahil en m'offrant le bras.

Après un instant d'hésitation, je l'acceptai.

— Ne t'en fais pas, Elena. Ce soir, je ne suis que ton cavalier. Je proposerais volontiers de te protéger contre les attentions des autres hommes, mais tu es tout à fait capable de te défendre seule. D'ailleurs, je parie que tu es armée. Vrai ou faux ?

— Je suis toujours armée.

Nous marchâmes côte à côte dans un silence amical. Des groupes d'étudiants et d'autres couples ne tardèrent pas à se joindre à nous. Bientôt une musique entraînante résonna dans l'air et s'amplifia à mesure que nous approchions.

Le réfectoire s'était transformé en salle de bal. Des guirlandes rouges, jaunes et orange pendaient au plafond ; un brouhaha de rires et de conversations se mêlait à la musique. Certains mangeaient en bavardant, d'autres dansaient sur la piste aménagée au centre de la salle. Chacun portait ses plus beaux habits ; partout, des éclats de pierres précieuses brillaient dans la lumière tamisée.

Notre arrivée passa d'abord inaperçue. Mais, tandis que Cahil et moi nous frayions un chemin vers l'autre bout de la salle, quelques regards étonnés s'attardèrent sur nous.

Lorsque nous nous dégageâmes de la foule, je sursautai. Leif se trouvait devant moi. Je n'avais pas revu mon frère depuis le départ d'Irys et j'avais supposé qu'ayant terminé ses études au Fort il ne se mêlerait pas aux étudiants. Mais il était bien là, discutant avec Roze et Bain. Cahil se dirigea droit vers eux.

A mon approche, Leif me sourit. Je faillis m'évanouir ; l'instant d'après, il me reconnut, et son sourire se changea en grimace. Que devais-je faire pour lui arracher un véritable sourire ? Bah ! De toute façon, je n'avais pas besoin de son amitié... je n'en avais même pas envie. Voilà ! A présent, je n'avais plus qu'à me répéter cette phrase à l'infini, jusqu'à m'en convaincre.

Bain me complimenta au sujet de ma coiffure, tandis que Roze m'ignora. Notre groupe ne s'anima vraiment qu'avec l'arrivée de Zitora.

— Parfait ! s'exclama-t-elle en voyant ma tenue. Absolument parfait !

La conversation prit rapidement un tour politique. Cahil

pressait Roze d'intervenir auprès du Conseil pour que celui-ci lui accorde une audience. N'éprouvant aucun intérêt pour ce sujet, je laissai mon regard vaguer sur la foule. Quelques hommes de Cahil étaient présents, en tenue d'apparat ; ils restaient sur le côté, et semblaient être là par devoir plutôt que par plaisir.

J'observai quelque temps les couples de danseurs qui évoluaient en cercle sur la piste. Au huitième temps, ils s'arrêtaient, faisaient quatre pas vers le centre, quatre pas en arrière, puis reprenaient leur progression en cercle. Et ainsi de suite, à l'infini. Cela me rappelait certains enchaînements d'autodéfense que j'avais appris en Ixia.

L'arrivée de Dax et de Gelsi me tira de ma rêverie. Les élèves de Bain saluèrent les trois maîtres magiciens avec une solennité un peu empruntée. Gelsi portait une robe souple et scintillante assortie au vert de ses yeux. La chemise rouge de Dax était ornée de boutons dorés, et son pantalon noir, de passepoil également doré.

— Eh ! Nous sommes assortis, me dit Dax. Veux-tu danser ?

Je glissai un coup d'œil en direction de Cahil ; il discutait avec Leif.

— Volontiers.

Avec un grand sourire, Dax m'attira sur la piste de danse. Les pas se révélèrent plus compliqués à reproduire qu'à regarder, mais, grâce aux conseils avisés du jeune magicien, je pris rapidement le rythme.

Tandis que nous tournions, serrés l'un contre l'autre, Dax me dit :

— Te rappelles-tu, Elena, des trois points contre toi ?

Je hochai la tête.

— Eh bien, il y en a cinq, maintenant.
— Quoi encore ? demandai-je, exaspérée.

Difficile à croire que j'avais eu le temps de fâcher des personnes supplémentaires.

— Tu es arrivée à la fête au bras de Cahil. Désormais, tout le monde va croire deux choses. Un, que tu es sa petite amie. Et deux, que tu soutiens la cause des royalistes ixiens, ce qui est encore pire.

— Eh bien, ils auront tort. Qui invente toutes ces suppositions et ce système de points ?

— Pas moi, en tout cas, dit Dax. Si c'était moi qui décidais, il y aurait plus de festins, plus de bals et beaucoup plus de desserts.

Nous dansâmes en silence pendant que je réfléchissais aux rumeurs courant à mon sujet et à leurs possibles conséquences. Finalement, je décidai de ne pas m'en soucier. J'étais seulement de passage ici. Qu'ils s'imaginent tout ce qu'ils voulaient ! Une fois cette résolution prise, mon anxiété au sujet de la soirée s'évapora. Je fis un grand sourire à Dax.

— Que cache ce petit air espiègle ? me demanda-t-il. Que complotes-tu, Elena ?

— Seulement cinq points, dis-je d'un air faussement contrarié, ce n'est pas beaucoup. Je crois que nous pouvons faire mieux. Huit ou neuf, par exemple.

Un sourire ironique s'étendit sur le visage de Dax.

— Tu es trop modeste, ma chère. Quinze ou vingt seraient plus à ta mesure.

Ravie, j'éclatai de rire. Dax et moi tourbillonnâmes encore le temps de quelques chansons, puis nous rejoignîmes les autres. En nous voyant revenir, Cahil nous lança un regard acerbe. Sans lui laisser le temps de nous adresser la parole ni de reprendre sa conversation avec Leif, je le pris par la main et l'entraînai vers les danseurs.

— Ce soir, on oublie les affaires, dis-je tandis que nous dansions aux côtés de Dax et de Gelsi. Nous sommes là pour nous amuser.

— Tu as raison, dit Cahil en riant.

Après cela, la soirée passa à toute vitesse. Je dansai tour à tour avec Cahil, Dax et Bain ; le maître d'écurie lui-même m'entraîna dans une drôle de danse où l'on tapait des pieds en rythme. Si Cahil n'avait pas insisté, je ne me serais même pas arrêtée pour dîner.

L'arrivée surprise d'Irys aurait dû être le couronnement de ma soirée, mais je vis immédiatement qu'elle était épuisée. Elle avait tout de même pris le temps d'enfiler une robe bleu pâle très simple, et d'orner son chignon de pierres précieuses.

— Tout va bien ? demandai-je. As-tu retrouvé la sœur de Tula ?

— Oui. Elle s'appelle Ambre. Elle est avec Tula en ce moment.

Il me semblait qu'Irys fixait sur moi un regard étrange.

— Veux-tu que nous essayions d'aider Tula ce soir ?

Irys fit non de la tête.

— Pour ce soir, laissons Ambre seule avec sa sœur. Elle ne l'a pas vue depuis un petit moment.

De nouveau, ce même regard curieux.

— Que se passe-t-il ? Tu me caches quelque chose.

— J'ai prévenu Ambre de la condition où se trouvait sa sœur, dit Irys en se frottant la joue. Sa condition physique et mentale. Mais, à notre arrivée, nous avons trouvé une sorte de miracle.

La maîtresse magicienne me scruta avec intensité.

— Tula s'est-elle réveillée ? demandai-je.

Mais la nouvelle que m'annonça Irys contredisait l'expression sombre de son visage.

— Non. Son âme est toujours en fuite, mais ses blessures physiques sont complètement guéries.

16.

— Comment cela ? demandai-je à Irys. Hayes m'avait pourtant dit qu'il ne pouvait guérir que quelques fractures à la fois... Un autre guérisseur est-il venu l'assister ?

— C'est à toi de me le dire, Elena. Qu'as-tu fait, ce jour-là ? Hayes en est bouleversé, et il a très peur de toi.

— De moi ?

Bain vint à mon secours.

— Mesdames, peut-être avez-vous envie de sortir respirer un peu d'air ?

Je regardai autour de moi. Plusieurs personnes s'étaient arrêtées de parler et nous dévisageaient, bouche bée.

— Je m'oublie, s'excusa Irys. Ce n'est pas le moment de parler de cela.

Elle se dirigea vers le buffet, et chacun se replongea dans sa conversation. Mais mon mentor n'en avait pas fini avec moi.

Elena, dit-elle dans mon esprit. *Je t'en prie, dis-moi ce qui s'est passé avec Tula.*

Soudain, l'appréhension me serra le cœur. Pourquoi Irys était-elle à ce point bouleversée ? Etait-ce parce que j'avais perdu le contrôle de ma magie et, ce faisant, accidentellement guéri Tula ? Ou bien parce que j'avais mis sa vie en danger ? Avec une grande réticence, je lui racontai tout ce qui s'était passé, ce jour-là, dans la chambre de Tula.

Tu as eu mal, et tu as repoussé la douleur ? répéta Irys.

Oui. J'ai fait une bêtise ?

Non. Tu as fait quelque chose d'impossible. Je croyais que tu avais essayé de la guérir, ce qui aurait été dangereux, mais, à t'entendre, on dirait que tu as pris ses blessures sur toi puis que tu t'es guérie toi-même.

Je fixai sur Irys un regard éberlué. Assise à l'autre bout de la pièce, elle mangeait calmement.

Crois-tu que tu pourrais le refaire ?

Je n'en sais rien. C'était une réaction instinctive.

Il n'y a qu'une façon de le savoir, pensa Irys avec lassitude. *Pour l'instant, je veux que tu te reposes à fond. Rendez-vous dans la chambre de Tula demain après-midi.*

Irys brisa notre lien mental. A mes côtés, Cahil paraissait troublé. Il devait m'observer depuis un moment.

— Qu'est-ce qui ne va pas ? demanda-t-il. La Quatrième Magicienne devrait être ravie que tu aies guéri cette fille. A moins que cela ne signifie que... nom d'une épée !

Il se figea, comme sous le choc d'une extraordinaire révélation. A cet instant, la musique s'arrêta.

— Minuit ! annonça Bain Bloodgood. L'heure d'aller nous reposer. Demain sera une journée bien remplie, chers étudiants.

L'air extatique qu'il prit à la pensée de cette journée d'étude déclencha des sourires à la ronde.

Tous sortirent docilement de la salle pour rejoindre leur dortoir ou leur appartement. En passant, Dax attira mon attention par un regard en coin, puis leva sept doigts tendus. Apparemment, je m'étais attiré deux nouveaux points de désapprobation en quelques heures.

Cahil me raccompagna jusqu'à mes appartements. Tout le long du chemin, il resta anormalement silencieux.

Finalement, n'en pouvant plus, je dis :

— Nom d'une épée... quoi ?

— J'ai compris quelque chose, dit-il.

— Mais encore ?

— Si je te le dis, tu vas te fâcher. Je ne veux pas finir la soirée par une dispute.

— Et si je promets de ne pas me fâcher ?

— Tu ne pourras pas t'en empêcher.

— Demain, alors ?

— Demande-le-moi la prochaine fois que nous nous disputerons.

— Et s'il n'y a pas de prochaine fois ?

Cahil éclata de rire.

— Avec toi, Elena, il y en a toujours une.

Puis, avec une rapidité qui me désarçonna, il passa son bras autour de ma taille, m'attira à lui, déposa un baiser sur ma joue et me relâcha.

— A demain, lança-t-il en s'éloignant.

Ce fut seulement à ce moment-là, tandis que je le regardais disparaître dans l'obscurité, que je pris conscience du couteau à cran d'arrêt serré dans ma main. Je n'avais même pas dégainé. Décidément, le Sud me ramollissait. J'arrivai à la porte de ma chambre et rentrai chez moi. J'étais épuisée par les émotions de la soirée.

Le lendemain après-midi, je me frayai un chemin à travers la chambre bondée de Tula. Leif et Hayes se tenaient d'un côté du lit, Irys et une jeune inconnue à droite. Dans un coin, l'un des hommes de Cahil montait la garde, l'air mal à l'aise.

Hayes pâlit lorsque je croisai son regard. Irys me présenta Ambre, la sœur de Tula, une adolescente à la longue queue-de-cheval châtain et aux yeux rouges et gonflés par les larmes.

Je ne m'étais pas attendue à trouver un tel public.

— Irys, dis-je, avant d'essayer de retrouver Tula, j'ai besoin de passer un peu de temps avec Ambre.

Leif se dirigea vers la porte en marmonnant quelque chose au sujet des étrangers et de leur prétention. Hayes, quant à lui, quitta la pièce sans demander son reste.

— Veux-tu que je reste ? demanda Irys.

— Non.

— Nous n'avons pas beaucoup de temps, m'avertit-elle en partant.

Elle n'avait pas besoin de me rappeler que l'agresseur de Tula était encore dans la nature, peut-être en train de choisir sa prochaine victime. Mais, au fond de moi, je savais que je ne devais pas précipiter les choses, sous peine d'échouer.

Lorsque nous fûmes seules, je demandai à Ambre de me parler de sa sœur. D'une voix hésitante, elle me raconta quelques histoires de leur enfance.

— Une fois, Tula m'a fabriqué un grand tigre de verre pour me protéger des cauchemars.

La jeune fille sourit à ce souvenir.

— Ça a marché, et le tigre était si réussi que Tula a commencé à fabriquer toutes sortes d'animaux...

Elle lança un regard à sa sœur, puis au garde posté dans

le coin. Pour changer de sujet, je lui demandai comment s'était passé son voyage jusqu'à la Citadelle.

Ses yeux châtains s'écarquillèrent.

— La Quatrième Magicienne est arrivée au milieu de la nuit. Avant même d'être réveillée, je me suis retrouvée à cheval derrière elle, en train de galoper vers le Fort.

Ambre serra ses bras autour de ses genoux.

— Quand Tula a été retrouvée, expliqua-t-elle, les guérisseurs l'ont transportée d'urgence à la Citadelle. Avant de les suivre, mes parents ont dû chercher des gens pour les remplacer aux fours et s'occuper de nous... Ils sont maintenant en route pour la Citadelle, quelque part...

La jeune fille commençait à divaguer.

— Nous ne les avons pas croisés, ils ne savent même pas que je suis ici. C'est mon premier voyage loin de la maison et nous nous sommes arrêtées seulement pour manger. J'ai dormi en selle.

Voilà qui expliquait les ombres sous les yeux d'Irys, et peut-être aussi la confusion d'Ambre. Changeant de tactique, je proposai à la jeune fille de faire une promenade.

Je lui fis faire le tour de l'école. Dehors, l'air était doux. Les après-midi chauds et les soirées fraîches allaient, je le sentais, faire de la saison automnale ma préférée d'entre toutes.

Nous finîmes par déboucher dans la Citadelle. Je conduisis Ambre vers le marché, et nous tombâmes rapidement sur Fisk, qui nous fit un grand sourire et accepta de nous amener à un étal de couturière. J'achetai une tenue de rechange pour la jeune fille, et Fisk lui fit une visite commentée du marché.

A mesure qu'Ambre se détendait, je lui posais des questions plus précises sur Tula, et de nouvelles anecdotes lui venaient à l'esprit. Bientôt je tirai un fil de magie et me liai à l'esprit de l'adolescente afin de visualiser ses souvenirs. Je sentis la chaleur des fours dans la verrerie familiale et le contact rugueux du gros sable entre mes doigts.

— Tula et moi nous cachions souvent pour faire tourner notre sœur Mara en bourrique. Nous avions trouvé la cachette idéale — à ce jour, Mara ne l'a toujours pas découverte, dit Ambre en souriant.

L'image d'une voûte de branches et d'une herbe tachetée de soleil emplit l'esprit d'Ambre, tandis qu'un parfum frais, moite et terreux me chatouillait le nez.

— C'est ça ! dis-je en agrippant la jeune fille par le bras. Garde cette image dans ta tête, et concentre-toi sur elle.

Fermant les yeux, je me projetai dans le souvenir d'Ambre. Des feuilles me frôlèrent les bras : j'étais étendue dans un petit creux sous une rangées d'arbustes laissés à l'abandon. Le parfum lourd et sucré du chèvrefeuille flottait dans l'air. Des gouttes de rosée étincelaient au soleil matinal. C'était ici que se cachait l'âme de Tula, j'en étais sûre.

— Viens !

Je quittai Fisk d'un signe de la main, et entraînai Ambre en direction du Fort. Devant la porte de Tula, un nouveau garde dodelina de la tête pour nous laisser passer.

— On ne devrait pas attendre le retour de la Quatrième Magicienne et des autres ? demanda Ambre.

— Pas le temps. Je ne veux pas perdre cette image.

Je pris une des mains de Tula et tendis ma main libre à Ambre.

— Prends ma main. Maintenant, imagine que Tula et toi, vous êtes dans votre cachette secrète. Ferme les yeux et concentre-toi aussi fort que possible. Tu peux faire ça ?

Ambre hocha la tête, le visage pâle et tendu.

Je réactivai mon lien avec Tula. Dans son esprit vide, les fantômes de son supplice rôdaient encore, mais ils me parurent moins tangibles qu'avant. Ouvrant mon esprit à celui d'Ambre, je suivis la trace odorante du chèvrefeuille à travers l'esprit de Tula.

Soudain, les fantômes s'épaissirent et fondirent sur moi, déchaînés et bien décidés à me barrer le passage. L'air était épais et gluant comme de la mélasse. Mes vêtements s'accrochèrent à des ronces, les épines m'égratignèrent jusqu'au sang.

— Va-t'en, dit Tula. Je ne reviendrai pas.

— Pense à ta famille, dis-je. Tu leur manques beaucoup.

Des lianes s'enroulèrent autour de mes bras et de ma taille et me paralysèrent.

— Va-t'en !

Puisant dans la mémoire d'Ambre, je montrai à Tula des images de sa famille désemparée après sa disparition.

Les buissons d'épines s'éclaircirent un peu. A travers les branches, j'aperçus Tula, blottie dans sa cachette d'enfance.

— Je ne peux plus les regarder en face, dit-elle.

— Ta famille ?

— Oui. J'ai fait... des choses. Des choses terribles, pour qu'il arrête de me faire mal.

Tula frissonna.

— Mais ça n'a rien changé. Il a continué à me torturer de plus belle.

Les lianes s'entortillèrent autour de mes bras et encerclèrent mon cou.

— Ta famille t'aime toujours.

— Ils ne m'aimeront plus, quand ils apprendront ce que j'ai fait. Ils seront dégoûtés. J'étais son esclave, mais je n'ai même pas réussi à faire ce qu'il me demandait. J'ai tout raté. Je ne suis même pas morte pour lui.

Je réprimai ma colère et mon désir d'abattre cet homme abominable.

— Tula, c'est lui qui est dégoûtant. C'est lui qui mérite de mourir. Ta famille sait ce qu'il a fait à ton corps. Ils veulent juste que tu reviennes.

Tula resserra ses bras autour d'elle-même, formant une petite boule.

— Qu'est-ce que tu en sais ? Tu ne peux pas imaginer ce que j'ai vécu. Laisse-moi tranquille.

— Tu présumes trop de choses, articulai-je en m'étranglant tandis que les lianes se resserraient autour de ma gorge.

Je luttais pour respirer. Pouvais-je supporter de revoir ces horreurs familières ? Oui. Pour retrouver ce monstre, j'étais prête à tout. J'ouvris mon esprit à Tula et lui montrai Reyad. Le plaisir qu'il prenait à me torturer. Ma volonté de le rendre heureux pour qu'il me fasse moins mal. Et la nuit où je l'avais assassiné après qu'il m'eut violée.

Tula me lança un regard furtif par-dessus ses bras levés. Les lianes se desserrèrent un peu.

— Tu as tué ton bourreau. Le mien est encore libre.

— Libre de prendre une autre fille comme esclave. Et si ta sœur Ambre était sa prochaine victime ?

Tula sursauta, horrifiée.

— Non ! hurla-t-elle.

Je liai l'esprit d'Ambre aux nôtres. La jeune fille resta un instant abasourdie, clignant des yeux. Puis elle se précipita vers Tula et la serra dans ses bras. Les deux sœurs se mirent à pleurer. Les lianes disparurent, et les épines aussi.

Mais ce n'était que le début des difficultés. L'instant d'après, le creux de verdure s'évanouissait, et les fantômes grisâtres nous encerclaient.

— Ils sont trop nombreux ! dit Tula, découragée. Je ne réussirai jamais à m'en débarrasser.

Je décrochai ma canne de mon sac à dos, la cassai en trois et en donnai un bout à chacune des filles.

— Vous n'êtes pas seules, leur dis-je. Je me battrai avec vous.

Les fantômes attaquèrent, rapides et tenaces. Je les frappai encore et encore, jusqu'à ce que mes bras deviennent lourds comme du plomb. Quelques souvenirs horribles s'effacèrent, d'autres rétrécirent, mais certains semblaient grandir à mesure qu'ils se battaient.

Mon énergie baissait à toute vitesse. Soudain, ma canne resta coincée dans un fantôme. Celui-ci gonfla, m'envahit et me consuma. Cinglée de coups de fouet, je hurlai de douleur.

— Tu n'en peux plus, dit une voix dans mon oreille. Dis-moi que tu m'obéiras, et je cesserai.

— Non !

Au bord de la panique, je cherchai de l'aide. Une présence puissante se matérialisa et me tendit une canne en un seul morceau, vibrante d'énergie. Mes forces me revinrent, et je frappai le démon jusqu'à le faire fuir.

Nous avions repoussé cette vague, mais les fantômes de Tula allaient revenir à l'assaut.

— Tula, ce n'était que la première bataille d'une longue guerre. Il te faudra beaucoup de temps et d'efforts pour te libérer de tes peurs, mais tu seras soutenue par ta famille. Es-tu d'accord pour rentrer avec nous ?

Elle se mordit la lèvre, fixant le morceau de canne brisé qu'elle tenait à la main. Ambre lui tendit son bâton à elle. Tula les serra tous deux contre sa poitrine.

— Je viens, dit-elle.

L'esprit de Tula se remplit des souvenirs de sa vie. Prise de vertige, je brisai mes liens avec les deux sœurs et m'abîmai dans un vide sans fin. Bientôt vinrent le soulagement, l'obscurité et l'oubli.

Quand je revins à moi, je sentis de la pierre froide sous mon dos. C'était la troisième fois que je m'effondrais au pied du lit de Tula, et, cette fois, je n'avais aucun espoir de me relever. Toutes mes forces m'avaient abandonnée. Au bout d'un moment, je sentis qu'on m'agrippait les mains. Des doigts musclés entourèrent les miens et les réchauffèrent.

Au prix d'un immense effort, j'ouvris les yeux pour voir à qui appartenaient ces mains... puis les refermai aussitôt. Je devais rêver. Mais au bout d'un moment les appels insistants d'Irys m'incitèrent à rouvrir les yeux. Assis près de moi, mon frère me tenait les mains et partageait ses forces avec moi.

17.

— Tu vas avoir de gros ennuis, Elena, dit Leif.

Une grande lassitude se lisait sur son visage et sa voix ne contenait aucune malveillance, plutôt de la résignation. De fait, levant les yeux, je vis qu'Irys, Roze, Hayes et Bain étaient réunis autour de moi et me fixaient avec la plus extrême désapprobation. Leif relâcha mes mains, mais demeura assis près de moi.

Roze lui lança un regard mécontent et plissa les lèvres.

— Tu aurais mieux fait de la laisser mourir, le gronda-t-elle. Des magiciens idiots, nous en avons bien assez comme ça.

— Ma chère Roze, je te trouve un peu sévère, dit Bain. Même si, en ce qui concerne l'idiotie, tu n'as pas tout à fait tort... Au nom du ciel, mon enfant, pourquoi avez-vous tenté cela toute seule ?

Je n'essayai pas de répondre. Je n'avais pas l'énergie de prononcer un seul mot — sans parler de chercher à me justifier.

— Pure insolence et stupidité, répondit Roze à ma place. Depuis qu'elle a guéri Tula de ses blessures, elle se croit toute-puissante. Vous allez voir que cette petite sotte va bientôt demander à passer l'épreuve des maîtres magiciens !

Roze émit un rire méprisant.

— Peut-être qu'elle changera d'avis après avoir été réaffectée au dortoir des première année. Là, elle apprendra les bases de la magie tout en récurant le parquet avec les autres nouveaux.

Je lançai un coup d'œil à Irys, alarmée par ce programme, mais mon mentor ne dit pas un mot. Elle irradiait la réprobation. Je me préparai à une explosion.

A cet instant, Ambre s'écria :

— Tula est réveillée !

Immensément soulagée, je fermai les yeux et expirai pendant que tous se tournaient vers Tula. Quand je rouvris les yeux, il ne restait plus aucun magicien dans mon champ de vision.

— Tu as toujours été imprudente et obstinée, dit Leif. Une vraie mauvaise graine. On dirait que ton séjour en Ixia ne t'a pas entièrement transformée.

Il se leva, chancelant, et rejoignit les autres au chevet de Tula. En le regardant s'éloigner, je pensais à ce qu'il venait de me dire. Etait-ce positif ou négatif ? Impossible à dire. Bientôt la voix stridente de Roze m'arracha à mes réflexions. Elle bombardait Tula de questions au sujet de son agresseur, mais la jeune fille refusait de lui répondre. Tula n'était pas en état de subir cet interrogatoire, me dis-je, inquiète ; heureusement, Hayes s'interposa.

— Donnez-lui un peu de temps, Première Magicienne.

— Nous n'avons pas une minute à perdre.

A cet instant, une voix grêle s'éleva.

— Qui sont tous ces gens ? Où est Elena ? Je ne la vois plus !

— Elle est ici, dit Ambre. Seulement, elle est épuisée, Tullie, de t'avoir secourue.

— Hayes, appelez vos assistants et déménagez-moi cette imbécile dans une autre pièce, ordonna Roze. Elle a fait suffisamment de dégâts pour aujourd'hui.

Hayes fit mine de lui obéir, mais Tula dit :

— Non. C'est vous qui devez partir. Vous tous. Je ne vous dirai rien. Elena reste avec moi. Je ne parlerai qu'à elle.

Un murmure d'irritation et de controverse s'éleva du groupe des magiciens. Enfin, Roze accepta à contrecœur de faire apporter un lit pour moi. Hayes et Irys me soulevèrent puis me déposèrent assez brutalement sur le matelas. Le silence continu d'Irys m'effrayait de plus en plus.

— Mon enfant, dit Bain à Tula, je comprends que vous ayez peur. Vous vous êtes réveillée au milieu d'une foule d'inconnus.

Il lui présenta une à une toutes les personnes dans la pièce.

— C'est à la Première Magicienne et à Leif que vous devez parler de votre ravisseur. Ils vont se charger de le retrouver.

Tula remonta le drap jusqu'à son nez.

— Je parlerai à Elena, et à personne d'autre. Elle va s'occuper de lui.

Le rire sarcastique de Roze m'écorcha les oreilles.

— Elle n'est même pas capable de parler ! Si ton agresseur entrait dans cette pièce, il vous tuerait toutes les deux.

Elle secoua la tête, l'air incrédule.

— Tu n'as pas les idées très claires, on dirait. Je reviendrai demain matin, et je te *garantis* que tu me parleras. Viens, Leif.

Roze pivota sur ses talons et quitta la pièce. Mon frère la suivit.

Hayes chassa tous les autres avec douceur. Comme la porte se refermait derrière eux, j'entendis Bain dire à Irys de poster un garde supplémentaire pour la nuit. Une excellente idée. Si Goel s'introduisait dans notre chambre, je n'aurais pas la force de lui résister.

Ce sentiment d'impuissance complète me donnait la chair de poule. Un sentiment partagé par Tula. L'un de ses nombreux démons était l'idée d'être à la merci d'autrui. Ses promesses répétées de tout me dire me pesaient : je venais à peine de me débarrasser de mes propres fantômes… et, malgré tout, celui de Reyad conservait une certaine emprise sur moi. Dès que j'avais des doutes, il se plaisait à infiltrer mes cauchemars. Ou bien les causait-il ? Ou était-ce moi qui l'invitais à y entrer ?

Repoussant ces pensées troublantes, je rassemblai mes dernières forces pour essayer de dire quelques mots à Tula, mais la fatigue eut raison de moi, et je sombrai dans le sommeil.

Au matin, je me sentais un peu mieux. Assez en tout cas pour m'asseoir dans mon lit et demander à Tula comment elle se portait.

Fermant les yeux, elle indiqua sa tempe et dit :
— Viens.

— Tula, dis-je à regret, je n'ai pas l'énergie de lier nos esprits.

— Je peux peut-être vous aider, dit Leif depuis la porte.

— Non ! Partez.

Tula leva les bras en bouclier devant son visage.

— Si tu refuses de me parler, expliqua Leif, la Première Magicienne viendra extraire en toi les informations dont elle a besoin.

Tula me lança un regard troublé.

— Ce ne sera pas agréable, dis-je. C'est presque aussi atroce que ce que ton agresseur t'a fait. Je suis bien placée pour le savoir.

Leif détourna les yeux. J'espérais qu'il se sentait coupable. Puis je l'examinai mieux : où était passé son air satisfait, ironique, condescendant ? Pourquoi m'avait-il aidée, la veille ? Au fond, cet homme, je le connaissais à peine. Et j'étais lasse d'essayer de comprendre ses motivations.

— Leif, pourquoi m'as-tu aidée ?

Il grimaça, soupira, puis se recomposa un visage lisse et impénétrable.

— Maman m'aurait tué si je t'avais laissée mourir.

Il se tourna vers Tula, mais je refusai d'accepter cette explication désinvolte.

— Dis-moi la vraie raison.

Une étincelle de haine brilla dans les yeux de mon frère ; la seconde d'après, comme si l'on avait soufflé une bougie, elle s'éteignit.

— Je ne pouvais pas supporter de rester sans rien faire et de te perdre de nouveau.

Puis il abaissa ses défenses mentales et me permit de lire dans ses pensées.

Je te déteste quand même.

Sa confiance me surprit plus que son commentaire désagréable ne me peinait. Toute émotion, même de la haine, valait mieux que de l'indifférence. Se pouvait-il que cette déclaration fût le premier pont jeté entre nous ?

— Qu'est-ce qu'il a dit ? demanda Tula.

— Il veut t'aider, répondis-je. Tula, je te présente mon frère. Sans lui, nous n'aurions jamais réussi à te réveiller. Nous allons avoir besoin de sa force pour retrouver l'homme qui t'a agressée.

— Mais, il verra... il saura...

Tula resserra ses bras autour d'elle-même.

— Je le sais déjà, dit Leif.

Avec une douceur qui me stupéfia, il repoussa les bras de Tula pour découvrir son visage. Je me rappelai subitement ce que ma mère m'avait dit à son sujet. Leif aidait à résoudre les crimes en sentant les souffrances et la culpabilité des victimes et des criminels. A présent, le voyant parler à Tula, j'avais envie d'en savoir plus sur lui et sur sa façon d'utiliser sa magie.

— Il faut que nous le retrouvions, expliqua-t-il à Tula, pour l'empêcher de faire mal à d'autres filles.

Elle déglutit et se mordit la lèvre avant d'acquiescer. Debout entre nos deux lits, Leif prit la main de Tula et tendit une main vers moi. Je me rallongeai sur le dos et lui pris la main. Puis, utilisant l'énergie de mon frère, je formai un lien mental avec Tula.

Dans l'esprit de l'adolescente, nous nous tenions toutes deux près d'un grand fourneau en pierre grise. Le pouvoir de Leif rugissait autour de nous comme les flammes du four.

J'étais ici, en train de remettre du charbon dans le feu. Il était près de minuit...

Elle crispa la main autour de son tablier blanc, le striant de suie.

Un tissu sombre m'a entouré le visage. Avant que je n'aie pu hurler, quelque chose m'a piqué le bras. Puis... puis...

La voix de Tula s'érailla. Dans son espace mental, elle fit un pas vers moi. Je serrai dans mes bras son corps tremblant, et, en l'espace d'une seconde, je devins Tula assistant à son propre enlèvement.

Partant de la piqûre sur mon bras, un engourdissement envahit mon corps tout entier, paralysant mes muscles. Je n'avais plus aucun repère ; seul mon vertige m'indiqua que j'étais en mouvement. Quand on découvrit mon visage, j'étais allongée sur le dos dans une tente, toujours incapable de bouger. Au-dessus de moi se penchait un homme mince aux cheveux châtains striés d'or. A part le masque rouge qui dissimulait son visage, il était nu. D'étranges symboles écarlates couvraient sa peau couleur de sable. Il tenait à la main quatre piquets de bois, de la corde et un maillet. D'un coup, la sensation revint dans mes membres.

Tula, non, dis-je en pensée. *Je ne peux pas.*

Je devinais les horreurs qui allaient suivre, et je n'avais pas la force de les endurer avec elle. Pas pour l'instant.

Montre-moi ton agresseur.

Elle figea l'image de l'homme pour que je puisse examiner les marques sur sa peau. De petits motifs ronds constituaient des formes animales, des triangles couvraient la peau lisse de ses bras et de ses jambes. Son corps maigre rayonnait de pouvoir.

Tout en lui était étranger à Tula, même sa façon de

prononcer son nom en mettant l'accent sur le *la*… et pourtant, lui, il la connaissait. Il connaissait les prénoms de ses frères et sœurs, de ses parents ; il savait tout de leur travail, de la façon dont ils transformaient le sable de verre.

Les sons et les couleurs tourbillonnèrent, puis Tula me montra l'homme à d'autres moments. Elle n'avait jamais eu le droit de quitter la tente, mais, chaque fois que l'homme y entrait ou en sortait, elle avait un aperçu du dehors, une vision fugitive de liberté. La vue était entièrement occupée par de hautes herbes.

Quand il venait à elle, il portait toujours un masque. Il laissait l'engourdissement se dissiper avant de la battre ou de la violer. Il lui infligeait ces supplices avec une sorte de vénération, et semblait vouloir qu'elle les ressente pleinement. Après chaque séance de torture, il la tailladait avec une épine.

D'abord perplexe, Tula avait rapidement appris à redouter et à désirer en même temps le baume qu'il frottait dans l'entaille saignante. C'était cet onguent qui l'anesthésiait et la paralysait, éliminant toute douleur — et toute possibilité d'évasion.

Cet onguent avait une odeur distincte et piquante, mélange d'alcool et d'agrumes qui m'entoura comme une brume empoisonnée, et s'attarda tandis que l'énergie de Leif s'épuisait. Bientôt il brisa le lien avec Tula.

— Ce parfum…, dit-il en se perchant au bord de mon lit. Je n'ai pas réussi à le sentir correctement. Je mobilisai toute mon énergie pour maintenir le lien entre toi et Tula.

— Une odeur atroce, dit Tula en frissonnant. Je ne pourrai jamais l'oublier.

— Et ces symboles bizarres ? demandai-je à Leif. Les as-tu reconnus ?

— Pas vraiment. Mais certains clans utilisent ce genre de peintures corporelles lors des rituels.

— Quels rituels ?

Une angoisse inexplicable m'étreignit le ventre.

— Les rituels magiques et les cérémonies de naissance, dit Leif, les sourcils froncés par la concentration. Il y a des milliers d'années, les magiciens exécutaient des rituels très compliqués. Ils croyaient que le pouvoir magique venait d'une divinité et qu'en se tatouant le corps et en montrant du respect pour ce dieu ils accroîtraient leur pouvoir. Aujourd'hui, évidemment, nous savons qu'il n'en est pas ainsi. J'ai déjà vu des symboles peints sur des visages et des mains, mais aucun ne ressemblait à ceux-là.

Leif tira ses cheveux noirs derrière son crâne, faisant saillir ses coudes à angles droits de part et d'autre de sa tête. Une position qui, soudain, me parut extrêmement familière... L'espace d'un instant, je fus transportée à une époque où mon seul souci était de m'amuser continuellement. Un vague souvenir d'enfance qui m'échappa aussi rapidement qu'il m'était apparu.

Les mains de Tula étaient posées sur ses yeux, et de grosses larmes roulaient sur ses joues.

— Repose-toi, lui dit Leif. Je reviendrai tout à l'heure. Le Deuxième Magicien saura peut-être quelque chose au sujet de ces tatouages.

Il quitta la pièce, nous laissant seules. Les événements de la matinée avaient épuisé le peu d'énergie que je possédais, et je savais qu'il était impossible de réconforter Tula par des paroles. Aussi fus-je soulagée par l'arrivée d'Ambre.

Mais, devant l'inquiétude qui marquait le visage de sa sœur, Tula éclata en sanglots bruyants. Ambre se glissa dans le lit avec elle, la serra dans ses bras et la berça comme une enfant. Je m'endormis en écoutant Tula purger de son corps le poison de l'homme au masque.

Quand je me réveillai de ma sieste, les visites se succédèrent. Cahil apparut le premier, apportant dans la chambre le parfum de l'écurie.

— Comment va Kiki ? demandai-je.

La jument me manquait. Le lien entre nous était toujours là, mais je n'avais plus assez de pouvoir pour entendre ses pensées.

— Un peu agitée… comme tous les chevaux. Le maître d'écurie a piqué une de ses grosses colères. Les chevaux sont très sensibles aux humeurs des hommes.

Cahil secoua la tête.

— J'ai encore du mal à croire que tu puisses communiquer avec eux. Mais je suppose qu'il va falloir que je m'habitue à ce que tu bouscules toutes mes certitudes.

— Pourquoi ?

— Quand tu as dit que tu pouvais aider Tula, je t'ai prise pour une vantarde présomptueuse. Mais tu as réussi.

Cahil ne me quittait pas des yeux.

En ce qui concernait la présomption, il n'avait pas tort. Quand je m'étais portée au secours du commandant Ambroise, cela m'avait semblé relativement facile, mais j'avais oublié deux choses essentielles. Irys se trouvait alors avec moi dans la chambre du Commandant, et c'était le maniement de l'épée et la détermination de ce dernier qui nous avaient permis de vaincre ses démons.

— Mais tu as bien failli y passer, poursuivit Cahil.

Ce n'est pas un peu exagéré de risquer ta vie pour me donner tort ?

— Je ne l'ai pas fait pour toi, dis-je sèchement. Je voulais aider Tula. Je sais ce qu'elle a enduré, et j'étais la seule à pouvoir l'aider. Quand j'ai compris que j'avais une possibilité de la retrouver, j'ai agi sans réfléchir.

— Sans même penser que tu te mettais en danger ?

— Je n'y ai pas pensé, non. Pas cette fois.

Cahil prit l'air atterré.

— Parce que tu as l'habitude de risquer ta vie pour les autres ?

— Eh bien… tu sais que j'étais le goûteur du Commandant, non ?

Cette information avait fait le tour de l'école comme une traînée de poudre.

Cahil hocha la tête.

— Une situation idéale pour surprendre ses secrets. Le Commandant t'a utilisée comme bouclier humain, Elena ! Tu devrais souhaiter sa chute. Comment peux-tu lui être si fidèle ?

— Justement parce que ma situation m'a permis de voir plus loin que sa réputation. J'ai découvert un homme d'une grande bonté, complètement dévoué à son peuple. Il n'abuse jamais de son pouvoir, et, s'il est loin d'être parfait, il est toujours resté fidèle à ses principes. De plus, il est sincère et il tient toujours parole. Avec lui, il n'y a jamais de sous-entendus ni de mensonges.

Cahil refusa de s'attendrir.

— On t'a lavé le cerveau, Elena. J'espère qu'à force de vivre en Sitia tu reviendras à la raison.

Il quitta la pièce sans attendre ma réponse.

Encore une conversation épuisante, alors que j'avais

besoin de repos ! Je flottai entre le sommeil et la veille pendant quelque temps, rêvant par intermittences que l'homme au masque rouge me poursuivait à travers une jungle impénétrable.

Vers la fin de l'après-midi, Dax Greenblade surgit dans la chambre, vibrant de son habituelle énergie irrépressible.

— Dis donc, tu as une mine atroce ! chuchota-t-il.

Dans l'étroit lit voisin, Tula et Ambre dormaient enlacées.

— Ne prends surtout pas de pincettes, Dax ! grognai-je.

Il réprima un rire et dit :

— Je me suis dit, Dax, frappe-la tant qu'elle est à terre, parce que, quand elle se relèvera et qu'elle entendra toutes les rumeurs, elle ne va plus se contenir.

Le jeune homme écarta les bras en un geste grandiloquent.

— Tu es devenue une légende !
— Pardon ?
— Une légende un peu effrayante, mais une légende tout de même.
— Tu me crois vraiment si naïve ?
— Assez naïve, apparemment, pour essayer de retrouver la conscience de quelqu'un toute seule.

Dax indiqua d'un geste mon corps affalé sur le lit d'hôpital.

— Enfin, dit-il, si c'était pour sécher les cours du vieux Bloodgood, je peux comprendre. Mais ne t'étonne pas, désormais, que les autres étudiants te fuient comme la peste. Attention, voici venir la toute-puissante Elena, la Chasseuse d'âmes !

Je lançai mon oreiller en direction de Dax, mais une onde de magie me chatouilla, et l'oreiller, détourné de sa course, alla heurter le mur et choir sur le sol. Je lançai un coup d'œil aux filles ; elles dormaient paisiblement.

— Tu exagères, dis-je à mon camarade.

— Essaie de me comprendre, Elena. Je suis doué de la capacité de déchiffrer les langues archaïques. Je passe mes journées à traduire de l'histoire ancienne avec maître Bain. C'est terriblement ennuyeux, crois-moi.

Dax ramassa mon oreiller et le fit bouffer avant de le remettre doucement à sa place. A cet instant, Leif entra, une grande boîte carrée dans les mains.

— Tiens ! En parlant d'ennuyeux…, souffla Dax à mon oreille.

Je réprimai un gloussement. Dax s'éclipsa pendant que Leif déballait des petits flacons de verre brun. Réveillées par les tintements du verre, les deux filles regardèrent les flacons, avec une certaine méfiance.

— Qu'est-ce que c'est ? demandai-je.

— Des échantillons odorants. Papa et maman m'ont aidé à fabriquer cette mallette. Les parfums déclenchent les souvenirs, et les souvenirs m'aident à retrouver les criminels. J'ai pensé que cela pourrait nous aider à identifier la substance que le ravisseur de Tula a utilisée.

Intriguée, Tula se redressa dans le lit. Ambre se leva pour l'aider. Leif fouilla dans sa boîte et sélectionna une dizaine de petits flacons.

— Nous allons d'abord tester ceux-ci.

Il en déboucha un et le passa sous mon nez.

— Inspire à fond.

Je plissai le nez et éternuai.

— Non ! Pouah, c'est dégoûtant.

L'ombre d'un sourire passa sur le visage de Leif tandis qu'il rangeait le petit flacon.

— Leif, dit Tula, et moi ?

Il eut un mouvement d'hésitation.

— Tu as déjà fait beaucoup, Tula. Je ne veux pas t'épuiser.

— Je veux aider, moi aussi. Je ne peux pas rester sans rien faire.

— Bien.

Mon frère nous donna trois flacons supplémentaires à respirer, puis nous fîmes une pause pour dîner.

— Trop d'odeurs différentes donnent mal à la tête, et, au bout d'un moment, vous n'arriverez plus à les différencier.

Après le dîner, les essais reprirent. Je me lassai vite, mais Leif s'obstina à passer tous les flacons en revue, sans se décourager lorsque nous arrivâmes vers le fond de la mallette. J'étais au bord du sommeil quand une odeur acide me fit sursauter.

J'ouvris les yeux : Leif tenait un flacon débouché à la main. Tula était prostrée sur le lit, tremblante, mains levées comme pour se protéger. Mon frère plissait les yeux, l'air perplexe.

— C'est ça ! m'écriai-je. Tu ne sens pas, Leif ?

Il passa le flacon sous ses narines, inspirant le parfum piquant. Puis il renfonça le bouchon, retourna la bouteille, lut l'étiquette et me dévisagea avec horreur.

— Ça tombe sous le sens ! dit-il.

— Quoi ? Dis-moi !

— C'est du curare.

Voyant ma confusion, il poursuivit :

— Substance extraite d'une liane indigène de la jungle

des Illiais. Sa principale propriété est de paralyser les muscles. Parfait pour les maux de dents et autres bobos. Pour paralyser un corps tout entier, il faudrait du curare extrêmement concentré.

Leif me décocha un regard consterné.

— Quel est le problème ? demandai-je. Tu as trouvé la substance utilisée par le tueur. C'est une bonne nouvelle, non ?

— On n'a redécouvert le curare que l'année dernière. Seule une poignée de Zaltana connaissent ses propriétés. Notre clan aime bien s'informer à fond sur une substance avant de la vendre aux autres.

D'un coup, la lumière se fit en moi. Leif craignait que l'homme aux tatouages rouges ne fasse partie de notre clan.

— Qui a découvert le curare ? demandai-je.

L'air sombre, Leif fit tourner le flacon dans sa main.

— Papa, dit-il. Et, pour autant que je sache, la seule personne capable d'atteindre un tel degré de concentration, c'est maman.

18.

Je sursautai, comme foudroyée.
— Leif, tu ne crois pas vraiment que...
Je ne pus terminer ma phrase. Esaü et Perle pouvaient-ils être complices de ce tortionnaire inhumain ?
Leif secoua la tête.
— Non. Mais ce pourrait être un de leurs proches.
Une nouvelle idée effrayante me vint à l'esprit.
— Et s'ils étaient en danger ?
— Je ne sais pas, dit Leif en rangeant ses fioles dans leur mallette. Il faut que je parle au chef de notre clan. D'une manière ou d'une autre, quelqu'un a dû subtiliser du curare. Qu'un membre de notre clan soit...
Leif referma la boîte avec un claquement, apparemment incapable, lui aussi, de formuler cette terrible hypothèse.
— ... compromis ? tenta-t-il. Je n'ose même plus utiliser le mot espion...
Il m'adressa un sourire un peu contrit.
— Le plus gros problème, c'est que Bavol ne va jamais me croire.
Ramassant sa mallette, il se précipita hors de la chambre.

Tula, qui n'avait pas dit un mot pendant toute la conversation, demanda :

— Est-il possible que Ferde… que mon attaquant soit un Zaltana ?

— Ferde ? C'est son nom ?

La jeune fille se couvrit le visage des mains.

— Non. C'est un nom que je lui ai donné, voilà tout. Je te l'ai caché car c'était trop gênant.

Elle s'interrompit et prit une profonde inspiration en regardant sa sœur. Ambre bâilla et annonça qu'elle allait se coucher. Elle embrassa sa sœur et la borda avant de quitter la pièce.

Un lourd silence s'installa quelques instants. Enfin, je dis :

— Tu n'es pas obligée de m'expliquer.

— Je veux t'expliquer. Cela m'aide à guérir. Ferde, c'est une abréviation de Fer-de-lance. Une vipère qui chasse ses proies en cherchant la chaleur. Il y en a plein, dans la fabrique : elles sont attirées par la chaleur des fours. Mon oncle s'est fait piquer par un Fer-de-Lance, il en est mort. Quand nous étions petites, et que nous devions aller à la fabrique, ma mère nous disait toujours : « Fais attention, ne laisse pas Ferde t'attraper… » Ma grande sœur et moi faisions peur à Ambre en lui disant que Ferde allait venir la chercher.

Tula émit un petit bruit, et des larmes se mirent à couler sur ses joues.

— Il faut que je demande pardon à Ambre d'avoir été si méchante avec elle… C'est drôle — elle étouffa un sanglot — finalement, c'est moi que Ferde est venu chercher, mais, si j'avais eu le choix, j'aurais préféré me faire piquer par une vipère.

Je ne trouvai rien à dire pour la réconforter.

Plusieurs heures s'écoulèrent. A une heure tardive de la nuit, Bain apparut subitement, suivi de Dax, lequel portait un gros livre en cuir et des rouleaux de papier. Un parchemin glissé sous le bras, maître Bloobgood alluma toutes les lanternes de la pièce. Il portait, remarquai-je avec inquiétude, la même robe pourpre que la veille. Sans préambule, il déroula son parchemin sur mon lit. Mon estomac se contracta. Les symboles que j'avais vus tatoués sur le corps de Ferde étaient reproduits sur le parchemin.

Bain m'observait attentivement.

— J'en déduis que ce sont les bons symboles ?

Je fis oui de la tête.

— Où avez-vous…

Bain prit le livre des mains de Dax. Pour une fois, le jeune homme avait une expression sérieuse.

— Ce texte ancien, rédigé dans la langue des Efes, traite de symboles magiques archaïques. Il explique que ces symboles ne peuvent être reproduits, sous peine d'invoquer un pouvoir dangereux. Mais, heureusement pour nous, l'auteur les décrit… et, surtout, Dax a pu traduire ces descriptions en dessins.

Il indiqua le parchemin sur le lit.

— Bravo, dis-je.

Dax eut un grand sourire.

— Pour la première fois, mes dons servent à quelque chose !

Bain lança à son élève un regard sévère qui le dégrisa immédiatement.

— L'ordre des symboles est d'une grande importance, expliqua Bain, parce qu'ils retracent une histoire. Si vous pouvez nous dire où ils sont situés sur son corps, nous pourrons peut-être en déduire ses motivations.

J'étudiai le parchemin, essayant de visualiser le corps de l'assassin.

— Certains de ses tatouages n'apparaissent pas sur cette feuille, dis-je.

— Donnez-la-moi, dit Tula.

Les yeux fermés, elle tendit la main droite.

— Je les connais par cœur.

Bain lui donna le parchemin pendant que Dax étalait un rouleau de papier sur le sol et, à l'aide d'un fusain, traçait la silhouette d'un homme. Tula fixa les symboles pendant un long moment, puis, d'une voix monocorde, se mit à réciter leur ordre. Elle commença par l'épaule gauche de Ferde, alla jusqu'à son épaule droite, puis revint à gauche comme si elle lisait un texte.

Quand Tula arrivait à un symbole qui ne figurait pas sur le parchemin de Bain, je le dessinais sur un bout de papier et le donnais à Dax, lequel reportait à son tour mon croquis maladroit, en l'arrangeant, sur le grand schéma.

Quand elle arriva à l'aine de Ferde, Tula se mit à bégayer de gêne. Bain lui serra la main et, sur un ton amusé, lui dit que son agresseur avait dû souffrir pour être beau. Un petit gloussement échappa à Tula, puis l'étonnement se peignit sur son visage. Je réprimai un petit sourire. Tula venait d'accomplir le premier pas sur la longue route de la guérison.

La jeune fille pouvait également décrire et situer tous les tatouages sur le dos de l'assassin. Je me crispai d'horreur en me rappelant qu'elle était restée prisonnière pendant deux longues semaines. Elle décrivit une foule de détails qui caractérisaient son ravisseur : les cicatrices sur ses chevilles, la forme de ses mains, la terre rouge sous ses ongles, le tissu soyeux de son masque rouge, et surtout les particularités de ses oreilles.

— Pourquoi les oreilles ? demanda Bain.

Tula ferma les yeux et, d'une voix brisée, expliqua qu'à chaque fois qu'il l'attachait à des piquets et qu'il s'introduisait de force en elle, il détournait la tête pour éviter son regard. Tula, à son tour, se concentrait sur son oreille pour faire abstraction de la douleur. La première fois qu'il l'avait violée, elle lui avait mordu l'oreille droite jusqu'au sang. Elle se rappela avoir éprouvé un instant de satisfaction intense en goûtant le liquide ferreux.

— Ma seule petite victoire, dit Tula avant de frissonner si fort que le lit en trembla. Je n'ai plus jamais recommencé.

Dax effaça soigneusement son expression horrifiée avant de se relever et de tendre son dessin à la jeune fille.

Après avoir rectifié quelques détails, Tula tendit la feuille à Bain.

— C'est bien lui, dit-elle.

Epuisée par cette épreuve, elle s'endormit avant que Dax n'ait fini de rassembler son matériel de dessin.

Je touchai le bras de Bain.

— Puis-je vous demander quelque chose ?

— Je vous attends chez vous, Maître, dit Dax en s'éloignant.

— Posez-moi toutes les questions que vous voulez, mon enfant. Pas besoin de me demander la permission.

Je secouai la tête, presque amusée. A mesure que mes forces me revenaient, je me sentais de plus en plus vieille. Mais je n'avais pas le cœur de reprendre maître Bain — il avait tendance à considérer tout le monde comme « ses enfants », même Irys, qui avait le double de mon âge. D'ailleurs, cela me rappelait quelque chose.

— Irys n'est pas venue me voir. Est-elle encore fâchée contre moi ?

— « Fâchée » n'est pas le mot que j'emploierais. « Ulcérée » ou « folle de rage » seraient plus appropriés.

Mon inquiétude dut se lire sur mon visage, car Bain posa une main apaisante sur la mienne.

— N'oubliez pas que vous êtes son élève, Elena. Vos actes reflètent ses qualités en tant que mentor. Ce que vous avez fait pour Tula était extrêmement risqué. Tula, Leif et vous auriez pu y laisser vos vies tous les trois. Vous n'avez pas demandé à Irys de vous aider… vous ne lui avez même pas demandé son avis ! Vous avez préféré vous débrouiller seule.

J'ouvris la bouche pour me défendre, mais Bain m'arrêta d'une main levée.

— Une habitude prise en Sitia, j'en suis sûr. Là-bas, vous n'aviez personne pour vous aider. Personne à qui faire confiance. Si vous vouliez survivre, vous ne pouviez compter que sur vous-même. N'ai-je pas raison ?

Bain n'attendit pas ma réponse.

— Mais vous n'êtes plus dans le Nord, Elena. Ici, vous avez des amis, des collègues et d'autres personnes pour vous aider et vous conseiller. Sitia est très différent d'Ixia. Le pouvoir n'appartient pas à une seule personne, mais au Conseil qui représente notre peuple. Nous débattons entre nous et nous décidons ensemble. C'est quelque chose que vous allez devoir apprendre, qu'Irys doit vous expliquer. Quand elle comprendra pourquoi vous avez agi ainsi, elle se calmera.

— Oui, mais quand ?

Bain sourit.

— Bientôt. Irys est comme les volcans de la chaîne Emeraude : ses éruptions de colère sont impressionnantes, mais brèves. Elle serait sans doute venue aujourd'hui si nous n'avions pas reçu ce messager d'Ixia.

— Un messager d'Ixia ?

Je tentai de sortir du lit, mais mes jambes refusèrent de me soutenir, et, une fois de plus, je m'étalai sur le sol.

Avec un claquement de langue, Bain partit appeler Hayes pour qu'il me ramasse et me remette au lit.

Après le départ de Hayes, je reposai la question.

— Que voulait le messager ? Dites-le-moi !

— Bah, des histoires qui regardent le Conseil.

Le magicien fit un geste comme pour chasser une mouche, indiquant que ce sujet l'ennuyait au possible.

— Quelque chose au sujet d'un ambassadeur ixien qui demande à faire une visite officielle chez nous.

Un ambassadeur ixien en Sitia ? Qu'est-ce que cela pouvait signifier ? Me voyant plongée dans mes pensées, Bain prit congé, pressé de traduire le message tatoué sur le corps de l'assassin.

— Bain, lançai-je au moment où il passait la porte, quand est-ce que les Ixiens arriveront ?

— Aucune idée. Irys te le dira quand elle viendra, j'en suis sûr.

A ce stade, je commençais plutôt à me demander *si* elle viendrait un jour. Cette attente devenait insupportable. Rester au lit sans rien faire, totalement impuissante, c'était pire que tout…

Elena, s'éleva la voix d'Irys dans mon esprit, *détends-toi. Garde tes forces pour plus tard.*

Elle avait dû percevoir mon agitation.
Mais j'ai besoin...
Tu as besoin d'une bonne nuit de sommeil. Sinon, je ne te dirai rien. Compris ?
Son ton ferme n'admettait aucune discussion.
Oui, chef.
J'essayai de me calmer. Au lieu de me demander sans cesse quand la délégation arriverait, je me demandai qui le Commandant avait désigné comme ambassadeur. Il ne risquerait pas la vie d'un général ; en toute logique, il avait dû sélectionner un conseiller.

Valek aurait été mon premier choix, mais les Sitiens ne lui feraient pas confiance, et sa vie serait fortement menacée. Cahil et ses hommes, entre autres, voudraient le tuer pour venger l'assassinat de l'ancien roi d'Ixia. Auraient-ils une chance d'y parvenir ? Tout dépendrait du nombre d'hommes qui seraient mobilisés contre lui...

Une image de Valek se forma dans ma tête. Il se défendait avec la grâce et la rapidité qui le caractérisaient, mais, bizarrement, cette image était progressivement cernée d'immenses feuillages verts. Les feuilles me bouchaient la vue ; bientôt je fus entourée d'un rempart de végétation. Je luttais pour me frayer un passage à travers la jungle, cherchant Valek. A mesure que j'avançais, j'avais de plus en plus l'impression d'être poursuivie. Pressant le pas, je lançai un regard par-dessus mon épaule : un serpent brun clair aux taches rouges ondulait derrière moi.

De loin en loin, entre les arbres, j'apercevais Valek et je l'appelais à l'aide. Hélas, d'épaisses lianes enroulées autour de son torse et de ses jambes le retenaient prisonnier. Il tentait de les tailler en pièces avec son épée, mais elles continuaient à s'entortiller autour de lui, s'étendant à ses bras. Je m'élançais vers lui, quand un douloureux pincement à la cuisse m'arrêta net.

Une vipère était enroulée autour de ma jambe. De ses crochets ouverts dégoulinaient des gouttes de curare. Je baissai les yeux, et vis du sang perler de deux petits trous dans mon pantalon. Le poison envahit mon corps à toute vitesse. Je hurlai jusqu'à ce que mes cordes vocales soient paralysées.

— Elena, réveille-toi.

Une main sur mon épaule me secoua.

— C'est juste un rêve, Elena.

Je clignai des yeux. Leif se tenait au-dessus de moi, les sourcils plissés. Ses courts cheveux noirs étaient hérissés d'épis, ses yeux, cernés de mauve. Je lançai un coup d'œil à Tula. Calée sur un coude, elle me regardait avec inquiétude.

— Valek est en danger, dit-elle.

Leif se tourna vivement vers elle.

— De quoi parles-tu ? demanda-t-il.

— Elena essayait de lui venir en aide quand elle a été piquée par le serpent.

— Tu l'as vu ? demandai-je.

— Je rêve du serpent toutes les nuits, dit-elle, mais Valek est nouveau. Il doit venir de tes rêves à toi.

Leif se retourna vers moi.

— Tu connais Valek ?

— Je…

Pesant soigneusement mes mots, je dis :

— En tant que goûteur du Commandant, je le voyais quotidiennement.

Leif cligna des yeux et pâlit.

— Je ne sais rien de ta vie en Ixia, dit-il.

— Tu n'as rien voulu savoir.

— Je n'ai pas envie de culpabiliser davantage, dit Leif en détournant son visage vers le mur.

— Je ne vois pas pourquoi tu culpabilises, maintenant que tu sais que j'ai été enlevée. Tu n'y es pour rien, après tout.

Leif refusait obstinément de croiser mon regard.

— Leif…, demanda Tula, je croyais qu'Elena était ta sœur… je me trompe ?

Un silence suivit cette question. La jeune femme plissa le nez, perplexe.

— C'est une histoire compliquée, dis-je enfin.

Tula reposa sa tête sur l'oreiller puis se tortilla, cherchant une position confortable.

— Nous avons tout le temps qu'il faudra.

— Au contraire, dit Irys depuis l'embrasure de la porte, nous n'avons pas une minute à perdre. Leif, tu es prêt ?

— Oui.

Irys s'avança d'un pas.

— Va aider Cahil à préparer les chevaux.

— Mais j'allais…

— M'expliquer ce qui se passe ? proposai-je.

— Pas le temps, dit Irys. Bain te mettra au courant.

Irys et Leif se tournèrent pour partir.

Une colère aveuglante grandit en moi. Sans réfléchir, je puisai du pouvoir et le dirigeai vers eux.

— Arrêtez-vous.

Ils se figèrent sur place jusqu'à ce que je les relâche, puis je m'affaissai dans mon lit, épuisée.

Irys revint près de moi. Son visage exprimait un curieux mélange de colère et d'admiration.

— Ça t'a fait du bien ? demanda-t-elle.

— Non.

— Leif, dit Irys, pars devant. Je te rattraperai dans une minute.

En partant, mon frère me lança un regard penaud. Sa façon de me dire au revoir, je suppose.

Irys s'assit au bord de mon lit et me repoussa doucement vers l'oreiller.

— Tu ne récupéreras jamais si tu continues à utiliser ta magie.

— Désolée. C'est juste que je ne supporte pas d'être aussi…

— Impuissante.

Un petit sourire ironique étira ses lèvres.

— C'est ta propre faute, Elena. En tout cas, c'est ce que Roze ne cesse de me répéter. Elle voudrait que je t'affecte aux cuisines pendant une saison, pour te punir d'avoir sauvé Tula.

— Elle devrait être récompensée, pas punie ! s'écria Tula.

— Ne vous en faites pas, dit Irys, je n'ai pas l'intention de suivre les conseils de Roze. En réalité, Elena, je crois que ta situation présente est assez pénible pour que tu réfléchisses à deux fois, désormais, avant de manipuler plus de magie que tu ne peux en contrôler. Et rester coincée ici pendant que Cahil, Leif et moi nous rendons dans les plaines d'Avibian est une punition amplement suffisante.

— Que s'est-il passé ? demandai-je.

Irys baissa la voix jusqu'à chuchoter.

— La nuit dernière, Leif et moi avons interrogé Bavol, le conseiller des Zaltana, au sujet du curare. Ce sont bien tes parents qui l'ont distillé. Ils en ont livré une grande quantité au clan des Sandseed.

Mon cœur manqua un battement.

— Pourquoi ?

— Selon Bavol, Esaü avait lu quelque chose dans un livre d'histoire au sujet d'une substance utilisée par les nomades d'Avibian pour paralyser les muscles. Il a donc rendu visite aux Sandseed, et a rencontré un guérisseur nommé Gede, qui se rappelait quelques informations au sujet de cette substance. Dans le clan des Sandseed, le savoir se transmet oralement de guérisseur en guérisseur et, parfois, il se perd. Esaü et Gede ont exploré la jungle à la recherche de la liane qui contient le poison. Quand ils l'ont trouvée, ils ont demandé à Perle d'en extraire le curare. Comme cela prend beaucoup de temps, Gede est reparti vers les plaines. Esaü a promis de lui envoyer du curare pour le remercier de son aide.

Irys se leva.

— Le conseiller Haroun Sandseed a été incapable de nous dire ce que Gede a fait de ce curare. Donc, nous partons nous renseigner sur place.

— Je dois vous accompagner !

Je luttai pour m'accouder dans le lit, mais mon bras refusa de soutenir le poids de mon torse.

Irys me regarda faire, impassible. Quand je me fus affaissée sur l'oreiller, elle dit :

— Pourquoi ?

— Parce que je connais le tueur. Je l'ai vu dans l'esprit de Tula. Je suis la seule à pouvoir le reconnaître !

Elle secoua la tête.

— Nous avons le dessin de Dax, et Leif a aperçu l'assassin quand il t'a aidée à entrer dans l'esprit de Tula.

Irys lissa mes cheveux en arrière de mon front. Sa paume était un baume de fraîcheur sur ma peau brûlante.

— De toute façon, tu n'es pas en état de voyager. Reste ici, Elena. Reprends des forces. A mon retour, j'aurai beaucoup de choses à t'apprendre.

Elle hésita, puis se pencha vers moi et déposa un baiser sur mon front.

Mes protestations se figèrent sur mes lèvres. Irys était déjà sur le pas de la porte quand je pensai à lui parler de la délégation ixienne.

— Le Conseil a donné son accord pour la rencontre. Le messager est reparti pour Ixia ce matin.

Puis Irys referma la porte, me laissant méditer tout ce qu'elle venait de dire.

— En Ixia..., dit Tula d'une voix rêveuse. Crois-tu que Valek va échapper à ces lianes et venir en Sitia ?

— Tula, c'était un cauchemar.

— Mais il semblait si réel !

— Les cauchemars sont les fantômes de nos doutes et de nos peurs. Ils profitent de notre sommeil pour nous harceler. Ça m'étonnerait que Valek soit en danger.

Pourtant, mes pensées s'attardèrent sur ces images de lianes étrangleuses. A moi aussi, elles m'avaient semblé très réelles. Impatiente et inquiète, je serrai les mâchoires. Irys avait raison : rester ici sans rien faire, c'était pire que de récurer les cuisines.

Quelques profondes inspirations apaisèrent mon esprit, le nettoyant de mes soucis et mon irritation. Je me concentrai sur la dernière nuit que j'avais passée avec Valek en Ixia. Un souvenir qui m'était très cher.

Je dus m'assoupir, car je sentis bientôt la présence de Valek. Son aura puissante et énergique m'entoura.

Tu as besoin de quelque chose, Elena ? demanda-t-il.

Oui. J'ai besoin de forces. J'ai besoin d'amour. J'ai besoin de toi.

Je sentis son regret vibrer dans mon cœur.

Je ne peux pas venir. Tu as déjà mon amour, mais je peux te donner ma force.

Non ! Tu seras affaibli pendant des jours et des jours...

L'image de Valek étranglé par des lianes apparut devant mes yeux.

Ne t'en fais pas. Les Invincibles sont avec moi. Ils me protégeront.

Valek me montra une image d'Ari et de Janco, mes amis ixiens, montant la garde devant sa tente. Ils participaient à un exercice militaire dans la forêt des Serpents.

Avant que je n'aie pu l'arrêter, son pouvoir déferla sur moi, chargeant mon corps d'énergie.

Bonne chance, mon amour.

— Valek ! m'écriai-je à haute voix.

Il avait disparu.

— Que s'est-il passé ? demanda Tula.

— Un rêve.

Mais je me sentais étrangement revigorée. Je sortis une jambe du lit et la posai par terre. Elle tenait ferme. Emerveillée, je me mis debout.

Tula me regardait d'un air ébahi.

— Ce n'était pas un rêve. J'ai vu de la lumière, et puis...

— Il faut que j'y aille, Tula.

Ma décision était prise. Je me précipitai vers la porte.
— Où vas-tu ? s'écria Tula.
— Je dois rattraper Irys.

19.

Les deux gardes postés devant l'infirmerie sursautèrent en me voyant déboucher dans le couloir. Avant que la raison ne reprenne le dessus sur mon impulsion, je m'élançai vers l'étable... et arrivai trop tard. La cour était déserte.

Kiki pointa le nez hors de son box.

Dame-Lavande guérie ?

Ça va mieux, oui, dis-je en lui caressant le nez. *Je voulais rejoindre les autres, mais je les ai ratés. Sais-tu depuis quand ils sont partis ?*

Quelques bouchées de foin. Faciles à rattraper.

Je fixai les yeux bleus de Kiki. Son idée était intéressante. Même si j'avais rattrapé Irys avant son départ, rien ne garantissait qu'elle m'autorise à l'accompagner dans les plaines d'Avibian.

Kiki piaffait d'impatience.

Allez !

Je réfléchis à toute vitesse. Peut-être ferais-je mieux de suivre Irys et Leif jusqu'aux plaines, et de me révéler à eux lorsqu'il serait trop tard pour me renvoyer au Fort.

Il me faut des provisions, dis-je à Kiki.

Sur le chemin de ma chambre, je fis la liste de ce dont

j'avais besoin. Sac à dos, canne, couteau à cran d'arrêt, cape, vêtements et nourriture. Peut-être aussi un peu d'argent.

J'étais en train de refermer la porte de ma chambre à clé, après avoir rassemblé ce que j'avais pu, quand Dax se matérialisa devant moi.

— Tiens, tiens, dit-il. Déjà debout ?

Un grand sourire gagna son visage tout entier.

— Je ne sais pas pourquoi je m'étonne. Après tout, tu es une légende vivante.

Secouant la tête, je dis :

— Dax, je n'ai pas le temps de plaisanter.

— Pourquoi pas ?

J'hésitai à répondre. Partir seule, sans prévenir personne, me vaudrait encore des mauvais points. C'était ce que Bain aurait appelé une réaction ixienne. Mais il était crucial d'obtenir des informations auprès des Sandseed, et je n'allais pas me soucier des conséquences. J'exposai mon plan à Dax.

— Peux-tu dire au Deuxième Magicien que je suis partie ? Je ne veux pas qu'il passe le Fort au peigne fin pour essayer de me retrouver.

— Tu es en bonne voie de te faire expulser, me prévint Dax. Je ne compte même plus tes mauvais points.

Il s'interrompit et réfléchit.

— Bah, au point où tu en es... De combien d'heures d'avance as-tu besoin ?

Je lançai un coup d'œil en direction du ciel. Nous étions au milieu de l'après-midi.

— Attends la nuit tombée pour le lui dire.

Cela réduirait les chances que Bain envoie quelqu'un à ma recherche avant l'aube.

— Entendu. Je te souhaiterais volontiers bonne chance, mais je crois que ça ne servirait à rien.

— Pourquoi ?

— Ma chère, tu es plus forte que la chance. Allez, en route, maintenant ! Tu n'as pas une minute à perdre.

Dans les cuisines, je jetai dans un baluchon assez de pain, de fromage et de viande séchée pour tenir dix jours. Le capitaine Marrok m'avait dit qu'il fallait dix jours pour traverser les plaines d'Avibian ; même si les Sandseed habitaient à l'autre bout des plaines, j'aurais assez de provisions pour arriver jusqu'à eux, et j'espérais leur en acheter pour mon retour.

Toute à mes calculs, je me pressai vers les écuries. En m'entendant approcher, Kiki s'ébroua nerveusement.

Mauvaise odeur, dit-elle.

Je fis volte-face : Goel se rua sur moi. Avant que je n'aie pu réagir, la pointe de son épée me frôla le ventre.

— On part en voyage ? demanda-t-il.

— Que fais-tu ici, Goel ?

— Un petit oiseau m'a dit que la malade était sortie du lit. Je n'ai pas eu de mal à te retrouver.

Les gardes de la chambre de Tula avaient dû alerter Goel. Et ma distraction, pendant que je rassemblais mes provisions, avait fait de moi une cible facile.

— Assez bavardé, Goel. Je suis pressée. Réglons cela tout de suite.

Reculant d'un pas, je tendis la main vers ma canne. A l'instant où ma main se refermait autour de mon arme, la pointe de l'épée transperça ma chemise et frôla la peau de mon ventre.

— Plus un geste ! grogna Goel.

Je haletais, plus exaspérée qu'effrayée. Je n'avais pas le temps pour ce genre de bêtises.

— Tu as peur de te battre loyalement, Goel ? Aïe !

La pointe de l'épée mordit ma chair.

— Lâche ta canne, dit-il. Pas de gestes brusques.

Me voyant hésiter, il augmenta la pression de sa lame contre mon ventre. Je posai ma canne très lentement, essayant de retenir l'attention de Goel. Du coin de l'œil, je vis Kiki soulever le loquet de son box à l'aide de ses dents.

La porte du box s'ouvrit avec un bruit sourd. Goel fit volte-face. Kiki déboucha en tournoyant, visant Goel de ses jambes arrière. Je reculai précipitamment.

Pas trop fort, Kiki.

Mauvais homme.

Kiki lança une violente ruade, et Goel vola à travers l'écurie. Il frappa violemment le mur puis s'effondra, inerte, sur le sol. Au bout de quelques secondes, je m'approchai et pris son pouls. Il vivait. J'éprouvais des sentiments mitigés à ce sujet. Renoncerait-il un jour à se venger, ou bien continuerait-il à me traquer jusqu'à ce que je le tue ?

Partir vite, m'interrompit Kiki.

Je récupérai son harnais et commençai à la seller. En serrant les sangles autour de sa poitrine, je lui demandai :

Depuis quand sais-tu ouvrir la porte de ton box ?

Toujours. Le portail de la clôture aussi.

Pourquoi n'es-tu jamais partie ?

Bon foin. Eau fraîche. Bonbons menthe.

En souriant, je pris une poignée de bonbons dans la réserve de Cahil et les fourrai dans mon sac. J'accrochai à la selle cinq sacs d'avoine et cinq outres d'eau pour Kiki, en plus de mes provisions et de mon eau à moi.

Pas trop lourd, Kiki ?

La jument me lança un regard dédaigneux.

Non. Vite, maintenant. L'odeur de Topaze s'efface.

Je me hissai en selle. Nous quittâmes le Fort des magiciens et traversâmes la Citadelle. Kiki avançait avec prudence dans les rues bondées autour du marché. Au loin, j'aperçus Fisk, mon ami mendiant : il marchait à côté d'une dame en portant un paquet énorme. Il me sourit et tenta d'agiter la main. Ses cheveux noirs brillaient au soleil et les traînées sombres sous ses yeux avaient disparu. Fisk n'était plus un mendiant : il s'était trouvé un travail.

Passé les arcades massives qui marquaient l'entrée de la Citadelle, Kiki pressa l'allure. Bientôt elle galopait. Le paysage défila à toute allure tandis que nous remontions le long de la vallée reliant la Citadelle à la forêt.

Sur notre droite, les champs grouillaient de travailleurs ; c'était la période des moissons. A notre gauche, les plaines d'Avibian s'étendaient à perte de vue. Les hautes herbes ondulantes n'étaient plus bleu-vert, comme la dernière fois, mais striées de traînées rouges, orange et jaunes, comme si l'on avait repeint le paysage avec un pinceau géant.

Dans ces plaines immenses, aucun signe de vie animale n'était visible, seulement les couleurs qui se mouvaient au vent. Quand Kiki quitta la route pour passer dans la prairie, je distinguai un étroit sentier qui traversait les herbes.

De longs brins d'herbe frôlaient mes jambes et le ventre de Kiki. La jument ralentit un peu, et je m'ouvris à ses pensées. Nous étions sur la bonne route : un fort parfum de chevaux emplissait son nez. Elle les distinguait chacun à son odeur.

Silk. Topaze. Rusalka.

Rusalka ?

Cheval de l'Homme triste.

Il me fallut quelques instants pour comprendre que la jument parlait de Leif. D'après ce que j'avais saisi, quand un cheval rencontrait quelqu'un, il lui attribuait un nom en fonction de sa première impression. Par la suite, ce nom ne changeait jamais. Du point de vue des chevaux, cela tombait sous le sens. Nous leur donnions un nom, eux aussi nous en donnaient un.

Il y a d'autres chevaux ? demandai-je.

Non.

D'autres gens ?

Non.

Pourquoi Cahil n'avait-il pas emmené quelques-uns de ses hommes ? Lors de notre voyage vers la Citadelle, il avait soigneusement évité les plaines, semblant craindre les Sandseed. Sans doute se sentait-il plus en sécurité avec une maîtresse magicienne à ses côtés... ou alors Irys avait insisté pour qu'il laisse ses gros bras à la maison.

A mesure que nous nous enfoncions dans les plaines, je percevais une foule de détails dissimulés par les hautes herbes. Le terrain apparemment plat ondulait comme une couverture jetée sur la terre. De grands rochers gris ponctuaient le paysage et, de temps à autre, un arbre tendait ses branches vers le ciel. Au sol, des mulots et d'autres petits animaux fuyaient devant les sabots de Kiki.

Au bout d'un moment, nous dépassâmes une étrange

formation rocheuse écarlate. Des veines blanches striaient l'immense rocher dont la partie supérieure surplombait ma tête. Vue de côté, la forme du rocher me rappelait quelque chose... mais quoi ? Ah, oui : la forme du cœur humain. Je fus surprise d'avoir retrouvé cette information : à l'orphelinat, la biologie n'avait jamais été mon sujet préféré. Notre professeur était un sadique qui prenait un plaisir particulier à nous donner la nausée.

Quand le crépuscule tomba sur les plaines et que l'air se rafraîchit, je commençai à éprouver de l'appréhension à l'idée de passer la nuit seule, dans cet endroit exposé.

Rattraper les autres ? demanda Kiki.

Sommes-nous loin d'eux ?

A l'odeur âcre des chevaux se mêlait maintenant un léger filet de fumée. A travers les yeux de Kiki, je vis un feu au loin.

Ils se sont arrêtés.

Je pesai le pour et le contre. Passer la nuit seule dans les plaines, ou affronter la colère d'Irys ? Peu habituée à monter à cheval pendant plus d'une heure, j'avais mal aux jambes et au dos. J'avais besoin de faire une pause. Kiki, en revanche, pouvait encore voyager pendant de longues heures. Puisant du pouvoir, je projetai ma conscience vers le campement et sondai l'ambiance générale.

Cahil agrippait la poignée de son épée. Le vaste ciel au-dessus de sa tête l'inquiétait. Leif, étalé sur le sol, dormait presque. Quant à Irys...

Elena !

Sa colère me brûla l'esprit. Il n'y avait plus à tergiverser : avant qu'Irys n'ait pu me demander des explications, je lui montrai ce qui s'était passé entre Valek et moi.

Impossible.

En entendant ce mot, je me rappelai quelque chose.

C'est ce que tu as dit quand Valek m'a aidée à me défendre contre Roze. Peut-être que nous avons un lien spécial, tous les deux, d'un genre que tu ne connais pas ?

Peut-être, concéda-t-elle. *Allez, viens nous rejoindre. Il est trop tard pour te renvoyer à la maison. Et il serait trop dangereux que tu rentres au Fort sans que je t'accompagne pour te protéger contre la colère de Roze.*

Refroidie par cette idée, je dis à Kiki de gagner le campement. La jument fut ravie de retrouver Topaze, qui paissait avec les autres chevaux, un peu à l'écart du camp.

Je m'arrêtai près d'eux, dessellai Kiki, la bouchonnai et lui donnai à manger et à boire. Ma réticence et mes courbatures me rendaient lente et maladroite.

Quand enfin j'entrai dans la petite clairière où Irys et les deux hommes s'étaient arrêtés pour la nuit, mon mentor se contenta de me demander si j'avais dîné. Je lançai un regard oblique aux autres : Leif touillait un pot de soupe qui chauffait sur le feu. Son expression était neutre. La main de Cahil rôdait toujours autour de son épée, mais, quand je croisai son regard, il me fit un grand sourire. Ou bien il était heureux de me voir, ou bien il se réjouissait d'avance du savon qu'Irys allait me passer.

Mais, bizarrement, mon professeur se contenta de nous sermonner sur la manière de nous conduire en présence des Sandseed.

— Le respect des Anciens est essentiel, dit-elle. C'est à eux que vous devrez adresser toutes vos questions, mais seulement après qu'ils vous auront autorisés à parler. Ils se méfient des étrangers, et guetteront le moindre signe d'irrespect, la moindre velléité d'espionnage. Ne prenez pas la parole sans y avoir été invités, et ne les fixez pas du regard.

— Pourquoi les fixerions-nous ? demandai-je.

— Ils n'aiment pas trop les vêtements, dit Irys. Certains acceptent de s'habiller pour recevoir des étrangers, mais la plupart restent nus.

Irys eut un sourire désabusé.

— Parmi eux se trouvent quelques magiciens puissants. Ils ne sortent pas du Fort, mais sont formés ici, au sein de leur clan. Parfois, quelques jeunes magiciens essaient tout de même de se perfectionner au sein de notre école. C'était le cas de Kangom, par exemple, mais il n'est pas resté longtemps au Fort.

Je connaissais, hélas, la suite de l'histoire. Kangom avait changé son nom en Mogkan et s'était mis à enlever des enfants pour les faire passer en Ixia.

Avant que Cahil n'ait pu poser des questions à son sujet, je demandai :

— Et les magiciens qui restent au sein du clan ?

— On les appelle des Tisseurs d'histoires, expliqua Irys. Ce sont eux qui s'occupent de l'histoire du clan. Pour les Sandseed, l'histoire est une entité vivante, une présence tangible qui les entoure. Les Tisseurs d'histoires guident le clan dans son évolution.

— Comment ? demanda Cahil, l'air inquiet.

— Ils arbitrent les conflits, participent à la prise de décisions, montrent aux membres du clan leur passé et leur évitent de reproduire les mêmes erreurs dans l'avenir. Cela ressemble beaucoup à ce que font les maîtres magiciens de la Citadelle.

— Ils peuvent aussi apaiser les cœurs troublés, dit

Leif en regardant fixement le feu. Du moins, c'est ce que l'on dit.

Il se redressa soudainement.

— La soupe est prête. Qui a faim ?

Nous mangeâmes en silence et nous installâmes chacun dans notre coin pour la nuit.

— Nous camperons aussi demain soir, dit Irys. Nous devrions arriver chez les Sandseed après-demain.

— Je prends le premier tour de garde, dit Cahil.

Irys lui jeta un regard cinglant.

— Pas la peine d'être imprudents, dit-il.

— Cahil, nous n'avons rien à craindre, dit Irys. Et, si jamais un danger se présente, je le repérerai bien avant toi.

Cahil fit une moue boudeuse, et je m'efforçai de réprimer un sourire. M'entourant de ma cape pour me protéger contre la nuit froide, je m'allongeai sur le sol doux et sablonneux de la clairière et pris des nouvelles de Kiki.

Herbe sucrée. Croquante.

Mauvaises odeurs ?

Non. Bon air. Ça sent la maison.

De fait, Kiki avait été élevée par les Sandseed.

Contente d'être chez toi ?

Oui. Encore plus contente avec Dame-Lavande. Bonbon menthe ? ajouta-t-elle avec espoir.

Demain matin. Bonne nuit, Kiki.

En attendant le sommeil, je contemplai le ciel nocturne et les étoiles clignotantes. Kiki, me disais-je, avait une bonne philosophie de la vie. De la bonne nourriture, de l'eau fraîche, quelques sucreries et quelqu'un à aimer. Tout le monde devrait en avoir autant. Un point de vue simpliste et irréaliste, je le savais, mais qui m'apaisait néanmoins.

Mes rêves m'entraînèrent toutefois vers des régions inquiétantes. Je courais dans les plaines à la recherche de Kiki. Les herbes se mirent à grandir, dépassèrent mes genoux puis ma tête, et m'empêchèrent d'avancer. Je me frayai un chemin à travers les tiges acérées, cherchant une issue sans en trouver. Soudain, je trébuchai et tombai. Lorsque je touchai le sol, les herbes se transformèrent en une mer grouillante de serpents. Je me débattis, mais ils s'enroulèrent autour de moi et me paralysèrent.

— Ta place est ici, avec nous, siffla un serpent à mon oreille.

Je m'éveillai en sursaut. L'air était froid, et les premières lueurs de l'aube éclairaient le ciel. Frissonnante, les paroles du serpent résonnant dans mes oreilles, je tentai de chasser de mon esprit les images de mon cauchemar.

Irys et les deux autres s'activaient déjà autour du feu. Nous déjeunâmes de pain et de fromage puis sellâmes nos chevaux. Durant la nuit, mes muscles s'étaient engourdis et, à présent, ils protestaient contre le moindre mouvement.

Au fur et à mesure de notre avancée, le sable laissa place aux rochers et les herbes s'éclaircirent. De petits monticules de grès émaillaient le paysage. Avant midi, ces rochers avaient formé des remparts plus hauts que nous, puis des sortes de gorges dans lesquelles nous devions négocier un passage. Le soleil était haut et brûlant, et j'ôtai ma cape pour la ranger dans mon sac.

Au cours d'une brève pause, je remarquai au loin de grands piliers de grès marqués de traînées rouges.

— L'agresseur de Tula avait une poudre rouge sous les ongles, dis-je. Et si elle venait d'ici ?
— C'est possible, dit Irys.
— Il faudrait prélever des échantillons, dit Leif.

Il fouilla dans son sac et en sortit une petite fiole vide.

— Il faudrait surtout que nous avancions, dit Irys. J'aimerais trouver un campement avant la nuit.
— Continuez, dit Leif, je vous rattraperai.
— Elena, dit Irys, accompagne-le pour voir si c'est la bonne couleur.

Cahil fronça les sourcils ; avant qu'il n'ait pu émettre d'objection, Irys se tourna vers lui.

— Cahil, tu restes avec moi. Si Elena a pu nous retrouver hier, des heures après notre départ de la Citadelle, elle n'aura aucun mal à nous retrouver aujourd'hui.

Irys et Cahil, l'air toujours renfrogné, remontèrent en selle et s'éloignèrent en direction du soleil. Leif et moi, de notre côté, cherchâmes un chemin jusqu'aux piliers. Ils étaient plus loin qu'ils n'en avaient l'air, et il nous fallut plus longtemps que prévu pour prélever un échantillon. Les rainures se révélèrent être des couches d'argile rouge, dont la surface avait durci. Il fallut briser cette surface pour atteindre la substance plus malléable retenue à l'intérieur. Leif préleva des éclats d'argile sèche et un peu d'argile humide, et les rangea dans une petite fiole.

Le temps de revenir à notre point de départ, le soleil avait entamé sa descente vers l'horizon. Kiki retrouva la trace de Topaze, et il me suffit d'une simple pression du genou pour partir au galop.

La lumière baissait rapidement, mais je ne m'affolai

pas. L'odeur particulière de Topaze emplissait les narines de Kiki, ce qui signifiait que nous approchions. Mais quand l'obscurité devint complète, et que l'on n'apercevait toujours pas les lueurs d'un feu de camp, je commençai à m'inquiéter. Quand la lune se leva, j'arrêtai Kiki.

— Sommes-nous perdus ? demanda Leif.

Depuis que nous avions retrouvé la trace de nos compagnons, il nous avait suivies sans dire un mot. A la lumière de la lune, je voyais son froncement de sourcils agacé.

— Non. Kiki dit que l'odeur de Topaze est forte. Ils ont peut-être décidé de voyager un peu plus longtemps.

— Peux-tu atteindre Irys ?

— Nom d'un serpent ! Je n'y ai même pas pensé.

Prenant une grande inspiration, je rassemblai un peu de pouvoir, me reprochant amèrement de ne pas avoir pensé à l'utiliser. Quand cela deviendrait-il instinctif ?

La magie s'engouffra en moi avec une force surprenante. Nous devions nous trouver dans une zone de concentration du pouvoir. Projetant ma conscience, je balayai les plaines environnantes. Rien.

Alarmée, j'étendis mon rayon de recherche. Toujours rien. D'un coup, je me rendis compte que je ne sentais pas la moindre créature, même pas une souris des champs. Frustrée, je relâchai brusquement mon pouvoir. Si j'avais pu établir un lien avec Valek alors qu'il se trouvait encore en Ixia, je devais être capable de retrouver Irys, dont le cheval venait juste de passer par ici.

Odeur de Topaze toujours aussi forte, dit Kiki.
Depuis le début ?
Oui.

— Alors ? s'impatienta Leif.

— Il y a un problème. Je n'arrive pas à retrouver Irys.

Je lui répétai ce que Kiki venait de me dire au sujet de Topaze.

— C'est bon signe, non ? demanda Leif.

— L'odeur aurait dû s'intensifier à mesure que nous approchions. Au lieu de cela, elle a été très forte dès le départ.

Je fis pivoter Kiki. Autour de nous, l'air vibrait de magie.

— Je crois qu'on nous a tendu un piège.

— Pas trop tôt ! dit une voix rauque dans l'obscurité.

Kiki et Rusalka se cabrèrent d'effroi, mais un filet de magie rassurante les apaisa rapidement. Dégainant ma canne, je tournai de nouveau sur moi-même, scrutant les silhouettes sombres que l'on distinguait dans la nuit.

— Un peu longue à la détente, hein ? reprit la voix goguenarde.

Kiki et moi nous retournâmes juste à temps pour voir un homme se matérialiser dans un rayon de lune. Il était nu, imberbe, et sa peau était d'un indigo intense. Son crâne chauve luisait de sueur, ses muscles sinueux témoignaient d'une impressionnante force physique. Mais son visage rond paraissait amusé, et je ne sentais aucune menace émaner de lui. Non, ce qui émanait de lui, c'était un pouvoir magique pur et concentré, qui influençait peut-être mon jugement.

— Qui êtes-vous, et que nous voulez-vous ? demandai-je.

— Je suis votre Tisseur d'histoires.

20.

Je jetai un coup d'œil à Leif : sa surprise avait laissé place à de l'effroi. Le sang reflua de son visage tandis qu'il nous regardait tour à tour, l'homme indigo et moi. Les peintures corporelles et la nudité de l'inconnu me rappelaient l'agresseur de Tula, mais cet homme était plus musclé, et sa peau n'était pas couverte de tatouages, mais de cicatrices.

Mon bouclier mental dressé autour de moi, je me mis en garde, mais l'homme indigo resta détendu. Moi aussi, j'aurais été détendue, si j'avais eu accès à son énorme réserve de pouvoir magique. Il n'avait pas besoin de faire un geste ; il pouvait nous tuer d'un seul mot. Il ne semblait pas, toutefois, en avoir l'intention.

— Que voulez-vous ? répétai-je.
— Partez, dit Leif. Vous ne créez que des ennuis.
— Vos histoires se sont emmêlées et maintenant elles sont pleines de nœuds, dit le Tisseur d'histoires. Je suis ici pour vous aider à les démêler et vous servir de guide.
— Chasse-le, me dit Leif. Il est obligé de t'obéir.
— Obligé ?
Cela me semblait un peu trop facile.
— Si tu veux que je parte, dit l'homme bleu, je le ferai.

Mais, dans ce cas, ton frère et toi ne serez pas autorisés à entrer dans le village. L'âme tordue de ton frère nous fait souffrir, et toi, tu es liée à lui.

Je fixai le Tisseur d'histoires, confuse. Tout cela n'avait aucun sens. Etait-il notre ami, ou notre ennemi ?

— Vous avez dit que vous étiez ici pour nous guider. Où voulez-vous nous emmener ?

— Bannis-le ! s'écria Leif. Il ne dit que des mensonges ! Je parie qu'il est de mèche avec le ravisseur de Tula, et qu'il essaie de nous retarder !

— Ta peur est encore très forte, dit le Tisseur d'histoires à Leif. Tu n'es pas prêt à faire face à ton histoire, tu préfères te laisser cerner par les nœuds. Un jour, ils t'étrangleront. Tu as choisi de refuser notre aide, mais, à présent, cette histoire entortillée met la vie de ta sœur en danger. Nous devons y remédier.

Tendant la main vers moi, il dit :

— Toi, tu es prête. Laisse Kiki, et viens avec moi.
— Où ?
— Voir ton histoire.
— Comment ? Pourquoi ?

Le Tisseur d'histoires ne répondit pas. Immobile, le bras tendu vers moi, il rayonnait la patience, comme s'il pouvait m'attendre ainsi toute la nuit.

Kiki tourna la tête vers moi.

Pars avec Homme-Lune, m'intima-t-elle. *Kiki faim. Fatiguée. Envie retrouver Topaze.*

Ça ne sent pas les problèmes ?

Chemin difficile, mais Dame-Lavande forte. Pars.

Je rattachai ma canne à mon sac à dos et descendis de cheval.

— Elena, non ! s'écria Leif.

Il serrait les rênes de Rusalka tout près de sa poitrine.

Je me figeai, abasourdie.

— C'est la première fois que tu m'appelles par mon prénom, Leif. Tout à coup, tu te soucies de moi ? Désolée, mais c'est trop tard. Je n'ai pas le temps de m'occuper de tes problèmes. Les miens me suffisent. Et, pour retrouver l'agresseur de Tula, nous avons besoin de rencontrer les Anciens du clan. Si c'est ce que je dois faire pour y arriver, je le ferai.

Je haussai les épaules.

— Kiki m'a conseillé de le suivre.

— Tu préfères écouter ta jument plutôt que ton propre frère ?

— Un frère qui, je te le rappelle, a refusé de me reconnaître depuis mon arrivée en Sitia. Kiki, elle, je lui fais confiance.

Leif poussa un grognement d'exaspération.

— Tu as passé ta vie en Ixia. Tu ne sais rien des Sandseed.

— Je sais à qui je peux faire confiance.

— A un cheval, c'est ça ? Tu es complètement folle.

Il secoua la tête. Je jugeai inutile de lui raconter que j'avais fait confiance à un tueur professionnel, une magicienne qui avait essayé de m'assassiner à deux reprises, et deux soldats qui m'avaient attaquée dans la forêt des Serpents. Et que ces quatre personnes étaient aujourd'hui ce que j'avais de plus cher.

— Quand reviendrons-nous ? demandai-je au Tisseur d'histoires.

— Au premier rayon de l'aube.

Je dessellai Kiki et la bouchonnai pendant qu'elle

mangeait un peu d'avoine. Puis j'échangeai son sac de nourriture contre une outre d'eau. Quand elle l'eut vidée, je rangeai les contenants vides près de la selle.

Au fil des minutes, je ressentais de plus en plus d'appréhension au sujet de cet étrange voyage.

Tu m'attendras ? demandai-je à Kiki.

Elle s'ébroua, me cingla de sa queue et s'éloigna à la recherche d'herbe parfumée. Evidemment, c'était une question idiote.

L'espace d'un instant, je croisai le regard de Leif, toujours aussi glacial, puis je me dirigeai vers le Tisseur d'histoires. Il n'avait pas bougé. Kiki l'avait appelé *Homme-Lune*. Avant de prendre sa main, je lui demandai son nom.

— Homme-Lune, cela ira très bien.

Je regardai sa peau peinte.

— Pourquoi l'indigo ?

— Une couleur froide, pour apaiser les flammes entre ton frère et toi, dit l'Homme-Lune avec un grand sourire.

Puis il prit l'air contrit.

— En fait, c'est ma couleur préférée.

Je mis ma main dans la sienne. Sa paume était lisse comme du velours, et la chaleur de sa main imprégna mes os et remonta le long de mon bras. Dans un halo de magie scintillante, le monde autour de nous s'évanouit. Je me dépliai lentement : mon corps s'assouplit et s'étendit comme une corde. Les différents fils qui constituaient mon histoire se séparèrent et s'écartèrent, me permettant d'apercevoir tous les événements de ma vie.

Une partie de cette histoire m'était familière. Attirée

par des souvenirs agréables, je les observai comme à travers une vitre.

Voilà pourquoi tu as besoin de moi, dit la voix de l'Homme-Lune. *Pour t'empêcher d'en rester là. Mon travail, c'est de te conduire vers le fil qui convient.*

Les souvenirs heureux se brouillèrent. Je fermai les yeux, étourdie par un tourbillon d'images, et ne les ouvris que lorsque les choses se stabilisèrent.

J'étais assise au milieu d'un séjour plein de meubles en liane. A l'autre bout de la pièce, un garçon de huit ou neuf ans était étendu sur le plancher. Il portait un pantalon court de couleur verte. Les mains derrière la tête, les coudes à angle droit, il fixait le plafond tapissé de feuilles. Une dizaine de dés à jouer jonchaient le sol devant lui.

— Je m'ennuie, dit-il.

Sans réfléchir, je lui répondis.

— On joue aux As ? Ou aux Trous dans le crâne ?

Je ramassai les dés et les secouai.

— C'est bon pour les bébés, ça. Allons explorer le tapis de la jungle.

— Bof... Si on faisait plutôt de la balançoire avec Nutty ?

— Si tu veux faire l'idiote avec Nutty, vas-y. Moi, je vais explorer et faire des découvertes. Peut-être que je vais trouver un remède à la maladie de la pourriture. Je serai célèbre. Et ils m'éliront peut-être chef du clan.

Craignant de passer à côté de découvertes importantes et de la gloire qui en résulterait, j'acceptai de suivre mon frère. Après avoir prévenu notre mère, nous quittâmes notre demeure dans les arbres et descendîmes l'échelle des Palm vers l'atmosphère moins chaude qui régnait au ras du sol.

Sous mes pieds nus, le sol humide était frais et spongieux. Je suivis Leif entre les arbres, m'émerveillant de l'énergie qui vibrait dans mon corps juvénile. Dans un coin de ma tête, je savais que je n'étais plus une enfant, que je n'étais pas vraiment là, que c'était seulement une vision. Mais je n'en avais cure. Sans raison, je fis une série de roues sur le sentier.

— Sois un peu plus sérieuse, me gronda Leif. Nous sommes là pour explorer, pas pour nous amuser. Ramasse donc des feuilles pendant que je cherche des pétales de fleur !

Dès qu'il eut le dos tourné, je lui tirai la langue, mais je ramassai quand même quelques feuilles au hasard. Un frémissement dans les branches attira mon attention ; je me figeai, balayant les environs du regard. Accroché à un jeune arbre, un valmur noir et blanc me fixait de ses gros yeux marron.

Ravie, je sifflai la petite bête. Elle trottina un peu plus haut dans l'arbre, puis se retourna vers moi et agita la queue. Elle avait envie de jouer. Je la poursuivis à travers la jungle, imitant sa manière de se déplacer. Après nous être balancées sur des lianes, après avoir sauté de branche en branche, nous nous poursuivîmes autour de la base d'un bois-de-rose géant.

Soudain, j'entendis mon nom résonner au loin. Je tendis l'oreille : c'était Leif qui m'appelait. J'allais l'ignorer — après tout, c'était plus amusant de jouer avec le valmur que de ramasser des échantillons — quand j'entendis quelque chose au sujet d'un ylang-ylang. Les fleurs de l'ylang-ylang étaient difficiles à trouver et, lorsque nous lui en rapportions, notre mère nous récompensait par des tartes aux fruits en forme d'étoile.

— J'arrive ! m'écriai-je.

Je me retournai pour faire un signe d'adieu au petit valmur : il sursauta et s'élança à toute vitesse vers la cime du bois-de-rose. Un sentiment de malaise s'empara de moi. Je levai les yeux, cherchant un serpent-collier, principal prédateur des valmurs. Toute à mon inspection, je faillis trébucher sur un homme.

Il était assis par terre, sa jambe droite tendue, l'autre repliée près du corps. Il serrait sa cheville gauche dans sa main. Ses vêtements tachés de boue et de sueur étaient en loques. Des feuilles et des vrilles s'accrochaient à ses cheveux noirs.

C'est Mogkan ! Enfuis-toi ! hurla la partie adulte de ma conscience, mais l'autre moitié n'éprouvait aucune inquiétude.

— Dieu merci ! s'écria Mogkan. Je suis perdu. Je crois que je me suis cassé la cheville. Peux-tu m'aider ?

J'acquiesçai d'un mouvement de tête.

— Je vais chercher mon frère.

— Attends. Aide-moi d'abord à me relever.

— Pourquoi ?

— Pour voir si j'arrive à marcher. Si ma cheville est vraiment cassée, il faudra que tu ailles chercher davantage de gens pour m'aider.

Je savais qu'il mentait, mais je ne pouvais empêcher l'enfant en moi de m'approcher. Je lui tendis la main : il la prit puis m'attira brusquement vers lui. D'un geste souple et rapide, il me plaqua contre lui et étouffa mon cri avec un chiffon humide. Un arôme sucré envahit mes narines.

La jungle se mit à tourner autour de moi. *Reste conciente ! Ne t'endors pas !* m'intimai-je, mais l'obscurité se rapprocha à toute vitesse.

Je me débattais dans les bras de Mogkan, mais, au fond de moi, je connaissais la suite de l'histoire. Mogkan allait m'emmener en Ixia. Je serais élevée dans l'orphelinat du général Brazell, le père de Reyad, en attendant que j'atteigne ma maturité et qu'ils puissent tenter d'extraire la magie qui était en moi, comme on trait une vache. Tout cela pour que Mogkan puisse accroître ses pouvoirs magiques et aider Brazell à renverser le commandant Ambroise. Je la connaissais par cœur, cette histoire, mais elle ne me consolait pas.

Avant que l'obscurité ne se referme autour de moi, une dernière image se présenta à mes yeux d'enfant. Une image proprement terrifiante.

Le visage de Leif, caché dans les buissons.

La vision s'estompa. Je me tenais avec l'Homme-Lune au milieu d'une plaine obscure.

— C'est vrai ? demandai-je. Leif a vu mon enlèvement ?

— Oui.

— Pourquoi ne l'a-t-il pas dit à nos parents ?

Ils auraient pu venir à ma rescousse, suivre les traces de Mogkan et essayer de me récupérer... Puis, il aurait mieux valu qu'ils sachent ce qui m'était arrivé, plutôt que de rester dans le doute pendant des années !

Plus j'y pensais, plus mon ressentiment à l'égard de Leif grandissait. Il m'avait privée de mon enfance. Sans lui, j'aurais grandi chez moi, entourée de l'amour de mes parents. J'aurais appris la vie de la jungle avec mon père, j'aurais distillé des parfums avec ma mère. Je me serais balancée de liane et liane avec Nutty. J'aurais passé mon temps à rire et à m'amuser, au lieu d'apprendre par cœur le Code de comportement d'Ixia.

— Pourquoi ? demandai-je.

— C'est à lui que tu dois poser cette question.

— Il devait me haïr ! Il a été ravi de me voir enlevée. Voilà qui explique sa colère quand je suis revenue en Sitia.

— La haine et la colère font partie des émotions qui étranglent ton frère, mais ce ne sont pas les seules. Il faut que tu l'aides à s'en libérer avant qu'elles ne le tuent.

Je réfléchis à Leif. Il m'avait aidée à ramener Tula, mais il avait très bien pu mentir au sujet de ses motivations… tout comme il avait menti à nos parents pendant quatorze ans. Depuis mon arrivée en Sitia, quasiment toutes nos rencontres s'étaient mal passées. Et, à présent, le seul souvenir que je possédais de notre enfance commune faisait bouillir mon sang. Peut-être que si j'avais d'autres souvenirs…

— Pourquoi ai-je tout oublié de ma vie avant mon enlèvement ?

— Mogkan a utilisé sa magie pour effacer tous tes souvenirs, pour que tu croies à sa version des faits et que tu restes à l'orphelinat.

Sage précaution. Si j'avais su qu'une famille m'attendait quelque part, je me serais sauvée pour la retrouver.

— Veux-tu retrouver tes souvenirs perdus ?

— Oui !

— Promets-moi d'aider ton frère, et je te les rendrai.

Je réfléchis à sa proposition.

— Comment puis-je l'aider ?

— Tu trouveras le moyen.
— Vous êtes toujours aussi énigmatique ?
Il sourit.
— C'est la partie de mon travail que je préfère.
— Et si je refuse de l'aider ?
— C'est à toi de décider.
Agacée, je soufflai bruyamment.
— Pourquoi vous inquiéter pour lui ?
— Il y a quelque temps, ton frère a cherché refuge contre sa douleur dans les plaines d'Avibian. Il a tenté de se tuer. Sa détresse m'a attiré à lui. Je lui ai proposé mon aide, mais sa peur a été trop forte et il m'a repoussé. Sa douleur me lancine encore. Un travail inachevé. Une âme perdue. Mais il est encore temps de le sauver, et je suis décidé à le faire. Même si, pour cela, je dois marchander avec une Chasseuse d'âmes.

21.

— Une Chasseuse d'âmes ?

Un frisson remonta le long de mon dos.

— Pourquoi n'arrête-t-on pas de me répéter cela ces derniers temps ?

Autour de nous, les plaines étaient sombres, immenses, sans relief, comme la surface d'un lac gelé.

— Parce que tu en es une, dit le Tisseur d'histoires sur un ton détaché.

— Non. C'est faux.

Je me rappelai l'expression d'horreur et de répulsion sur le visage de Hayes, la première fois qu'il m'avait parlé de cela. Il avait aussi parlé de réveiller les morts, quelque chose dans ce genre.

— Regarde, dit l'Homme-Lune.

La surface lisse sous nos pieds devint transparente et, à travers elle, je vis Janco, mon ami ixien. Le visage blafard, il grimaçait de douleur, tandis que le sang jaillissait de l'épée logée dans son ventre. Il disparut, remplacé par l'image du Commandant gisant immobile sur son lit, le regard vide. Puis je me vis moi-même, brandissant mon épée au-dessus du corps du général Brazell. Mes yeux verts devinrent subitement plus intenses, comme si j'avais eu une épiphanie. L'instant d'après, Fisk m'apparut : il souriait en portant des paquets. Enfin, ce fut une image du corps brisé de Tula, dans son lit d'infirmerie. Les images s'estompèrent, le sol redevint sombre et opaque.

— Tu as déjà trouvé cinq âmes, dit l'Homme-Lune.

— Mais ils n'étaient pas...

— Pas morts ?

Je hochai la tête de haut en bas.

— Sais-tu ce qu'est un Chasseur d'âmes ?

— Quelqu'un qui ressuscite les morts ?

L'Homme-Lune leva un sourcil sans répondre.

— Non, je ne sais pas.

— Il va falloir que tu l'apprennes.

— Ce serait trop simple de me le dire maintenant, je parie. Strictement interdit par la Charte des Mystérieux Tisseurs d'histoires.

L'Homme-Lune m'adressa un grand sourire.

— Et le marché que je t'ai proposé, tu y as réfléchi ? Tes souvenirs d'enfance contre ton aide pour sauver Leif.

Le simple fait d'entendre son nom me faisait vibrer de colère. Les raisons de ma venue en Sitia avaient été très simples. D'abord, survivre, échapper à l'ordre d'exécution signé par le Commandant. Ensuite, apprendre à utiliser ma magie et rencontrer ma famille. Enfin, éventuellement, mais ce n'était pas une obligation, développer de l'affection pour ce monde inconnu et ses habitants.

Ma route semblait tracée d'avance... mais elle n'avait cessé de changer de sens et de s'embrouiller. A présent, je me sentais embourbée jusqu'au cou. Perdue.

— Ta voie est claire, dit l'Homme-Lune. Il faut simplement que tu la retrouves.

C'est bien connu : la meilleure façon de retrouver quelque chose, c'est de revenir à l'endroit où l'on se trouvait avant de le perdre. Dans mon cas, il fallait tout reprendre depuis le début.

— Je promets d'aider Leif, dis-je. En tout cas, je promets d'essayer.

Un flot de parfums, de bruits et de sensations submergea ma conscience tandis que mes souvenirs d'enfance reprenaient vie... Effluves de Fleur de Pomme mêlés à la senteur musquée de la terre. Rires d'enfants, joie pure de se balancer au bout d'une liane. Une dispute avec Leif au sujet de la dernière mangue restante. Une partie de cache-cache avec Leif et Nutty : tapis dans les branches, nous tendions une embuscade aux frères de Nutty. Branches de noisetier me cinglant les bras quand ses frères avaient découvert notre cachette et lancé une offensive contre nous. Bruit sourd de la boue tombant d'une pelle tandis que le chef de clan creusait la tombe de mon grand-père. Paroles d'une berceuse chantonnée par ma mère. Interminables leçons de mon père au sujet des différentes sortes de feuilles et de leurs propriétés médicinales... Toute la joie, la tristesse, la douleur, les peurs et les sensations fortes de l'enfance déferlèrent en moi. Avec le temps, je le savais, certains souvenirs s'estomperaient, mais d'autres resteraient avec moi pour toujours.

— Merci, dis-je.

Le Tisseur d'histoires inclina la tête. Il me tendit la main, et la plaine obscure disparut. Des formes jaillirent du sol ; le premier rayon de soleil éclaira l'horizon, et les couleurs revinrent.

Je clignai des yeux, désorientée. La clairière où j'avais

laissé Kiki et Leif s'était métamorphosée. De grandes tentes rondes se dressaient autour d'un feu énorme, tentes dont la toile était ornée de silhouettes d'animaux de couleur brune. Une foule de gens à la peau sombre grouillaient près des flammes rugissantes, faisant la cuisine ou bien s'occupant des enfants. Certains étaient complètement nus, d'autres portaient des vêtements en toile blanche : robes sans manches arrivant jusqu'aux genoux pour les femmes, ou bien, comme les hommes, pantalons assortis de longues tuniques.

Irys et Cahil étaient assis en tailleur près du feu, aux côtés d'une femme et de deux hommes âgés. Absorbés par leur discussion, ils ne remarquèrent pas mon arrivée. Ni Leif ni son cheval n'étaient en vue, mais Kiki se tenait à l'entrée d'une tente et se faisait brosser par une inconnue portant un pantalon court.

Je sursautai en m'apercevant que l'Homme-Lune ne se tenait plus à mon côté. D'ailleurs, il s'était volatilisé. Etait-il entré dans une tente ?

Ne voulant pas déranger Irys, je décidai d'aller saluer Kiki. Elle m'accueillit par un hennissement amical. La femme cessa de la brosser pour me fixer en silence.

Qui est-ce ? demandai-je à Kiki.
Maman.

— Cette jument vous appartient ? demanda la femme.

Ses cheveux châtains lui arrivaient aux épaules, et elle avait un drôle d'accent chantant, aux intonations marquées. Je réfléchis aux consignes qu'Irys nous avait données avant d'arriver chez les Sandseed, et décidai que j'étais autorisée à lui répondre.

— C'est plutôt moi qui lui appartient.

Elle rit doucement, et dit :

— C'est moi qui l'ai élevée, lui ai tout appris, et l'ai envoyée dans le monde. C'est un plaisir de la revoir.

Elle décocha un coup de pied à la selle qui traînait par terre.

— Elle n'a pas besoin de ça. Elle flottera sous vous comme un souffle de vent.

— La selle, c'est pour moi… et pour les bagages.

Nouveau rire dubitatif. Quand l'inconnue eut fini de brosser Kiki, la jument tourna son regard bleu vers elle, et le visage de la femme s'éclaira. Elle émit un petit cri et elle bondit sur le dos nu de la jument.

Amuse-toi bien, dis-je à Kiki pendant qu'elle filait à toute allure entre les hautes herbes.

— Elena, est-ce bien raisonnable ? demanda Cahil.

Il regarda Kiki s'éloigner et disparaître derrière une petite butte.

— Et si elle ne revenait pas ? continua-t-il.

— Ça m'est complètement égal.

Haussant les épaules, je lançai un regard au groupe qui se tenait près du feu. Irys et les trois Sandseed s'étaient levés, tout en poursuivant leur discussion. L'un des hommes eut un geste qui me semblait exprimer la colère.

— Ça t'est égal que cette femme vole Kiki ? répéta Cahil, abasourdi.

Au lieu d'essayer de lui expliquer ma relation avec Kiki, je me tournai vers lui et l'étudiai. Ses traits étaient tirés, son regard déterminé, et il lançait des coups d'œil autour de lui, comme s'il s'attendait à être attaqué.

— Que s'est-il passé ? demandai-je en indiquant Irys de la tête.

— La nuit dernière, nous avons planté le camp et nous

vous avons attendus, Leif et toi. Ne vous voyant pas arriver, je me suis fait du souci ; Irys, elle, semblait trouver ça drôle. Puis une bande de Sandseed a débarqué. Ce sont les chefs du clan. Ils voyagent de village en village pour régler les différends, apporter des nouvelles et des biens. C'est très pratique qu'ils soient tombés sur nous... mais je crois qu'ils nous cachent quelque chose.

L'expression renfrognée de Cahil me rappela mon frère.

— Où est Leif ?

— *Ils* disent qu'il est retourné au Fort. Pourquoi aurait-il fait ça ?

Parce qu'il avait peur, lui aussi, pensai-je. Mais je me contentai de dire :

— Sans doute pour faire parvenir les échantillons de terre rouge à Bain le plus vite possible.

Cahil ne parut pas convaincu. Avant que je n'aie pu l'interroger davantage, Irys s'approcha.

— Ils sont fâchés, dit-elle.

— Pourquoi ?

— Ils croient que nous les accusons d'avoir donné le curare à l'agresseur de Tula. Et les tentatives de Cahil pour les convertir à sa cause n'ont fait qu'attiser leur colère.

Irys jeta un regard noir à Cahil.

— Je croyais que tu voulais m'accompagner pour découvrir une autre culture. Cette obsession égoïste de lever une armée a compromis notre mission.

Cahil ne semblait éprouver aucun remords.

— Si le Conseil me soutenait, je n'aurais pas à lever une armée. Tu sais que...

— Silence !

Irys fendit l'air de sa main, et une onde de magie chatouilla ma peau. Cahil tenta de parler, mais aucun son ne sortit de sa bouche. Deux taches rouges fleurirent sur ses joues.

— En dépit de tous mes efforts de diplomatie, ils refusent de me parler. Cahil les a offensés. Ils n'acceptent de s'entretenir qu'avec toi, Elena.

— Devons-nous commencer à prévoir un plan de retraite ?

Irys se mit à rire.

— Nous pousserons Cahil en travers de leur chemin pour les ralentir.

Cahil lui lança un regard venimeux.

— Tu as un léger avantage sur moi, Elena, poursuivit Irys. J'ai beau être maîtresse magicienne et membre du Conseil, tu es leur lointaine parente. A leurs yeux, tu es bien plus importante que n'importe quelle maîtresse magicienne.

Irys secoua la tête, incrédule.

— Moi ? demandai-je. Je fais partie de leur famille ?

— Il y a cinq cents ans, un groupe de Sandseed a décidé de s'installer dans la jungle. Les Sandseed sont nomades par nature, et il n'est pas rare que des groupuscules s'éloignent pour mener leur propre vie. La plupart ne restent pas en communication avec la branche principale, mais les Zaltana l'ont fait. Essaie de découvrir des informations sur le curare en évitant de laisser entendre que les Sandseed sont à blâmer. Choisis tes mots avec soin.

Mon scepticisme dut se lire sur mes traits, car Irys ajouta :

— Tu n'as qu'à le prendre comme ta première leçon de diplomatie.

— Vu ton succès avec eux, je suis extrêmement confiante.

— Evite les sarcasmes.

— Et si tu restais avec moi ? Comme ça, chaque fois que je dirai une bêtise, tu pourras me réduire au silence, comme tu l'as fait pour Cahil.

— Hélas, dit Irys avec un sourire ironique, c'est impossible. On m'a demandé de partir, et d'emmener cet « insupportable jeune chiot » avec moi. Tu vas devoir te débrouiller seule. Je ne pourrai pas communiquer avec toi, à cause de la bulle de magie sandseed qui entoure le camp. Nous nous retrouverons à la limite des plaines d'Avibian, à la Pierre sanguine.

Irys me communiqua l'image d'un grand rocher strié de blanc, devant lequel Kiki et moi étions passées deux jours auparavant.

Cahil agita les bras et tapota sa gorge. Irys soupira.

— Seulement si tu promets de ne plus parler de ton armée jusqu'à la Citadelle.

Il hocha énergiquement la tête.

— Elena, je te laisse le libérer.

Encore une leçon. Avant d'ouvrir mon esprit à la magie, je calmai mes appréhensions au sujet de mon entretien avec les Anciens sandseed. Bientôt l'énergie magique vibrait tout autour de moi ; je distinguai un mince fil de pouvoir qui entourait la gorge de Cahil. Tirant ce fil à moi, je débloquai ses cordes vocales.

— Très bien, Elena, dit Irys.

Les oreilles de Cahil étaient encore rouge écarlate, mais il eut la sagesse de parler sur un ton égal.

— Si vous me permettez, dit-il, il est dangereux de laisser Elena seule ici.

— Je n'ai pas le choix, dit Irys. Je pourrais contraindre les Anciens à me dire ce qu'ils savent, mais ils considéreraient cela comme un acte de guerre, et tu n'aurais plus aucune chance de rassembler ton armée, Cahil, parce que nous serions occupés à empêcher les Sandseed de réclamer le prix du sang à tous les autres habitants de Sitia.

Elle se tourna vers moi.

— Bonne chance, Elena. Nous aurons beaucoup de choses à nous dire quand tu nous rattraperas. Cahil, va seller Topaze.

Irys s'éloigna à grands pas en sifflant son cheval.

Une expression obstinée s'installa sur le visage du jeune homme, et il croisa ses bras sur sa poitrine.

— Je ferais mieux de rester. Tu as besoin de quelqu'un pour surveiller tes arrières. C'est une tactique militaire de base : toujours avoir un coéquipier.

— Cahil, il y a tellement de magie dans l'air, ici, que les Sandseed pourraient fermer ma trachée et m'asphyxier sans que tu puisses y faire quoi que ce soit.

— Dans ce cas, viens avec nous.

— Et Tula ? Et les prochaines victimes du tueur ? Il faut que j'essaie de faire quelque chose.

— Mais c'est très risqué…

— La vie est très risquée, rétorquai-je. Chaque décision, chaque rencontre, chaque geste, chaque fois que tu sors du lit, le matin, tu prends un risque. Survivre, c'est accepter ce risque, accepter de sortir du lit et d'affronter les dangers.

— Ta vision du monde n'est pas très rassurante.

— Justement, elle n'est pas censée l'être.

Avant que Cahil n'ait pu m'embarquer dans d'autres considérations philosophiques, je le chassai d'un geste.

— Allez, vas-y avant qu'Irys ne s'énerve contre toi.

Je balayai l'air de ma main, imitant le geste de mon mentor.

— Ah non !

Cahil m'attrapa le poignet, puis garda un instant ma main dans la sienne.

— Si les Sandseed te font le moindre mal, c'est moi qui leur ferai payer le prix du sang. Fais attention à toi, Elena.

— Je te le promets, dis-je en retirant ma main.

Toutes mes appréhensions au sujet des Sandseed me revinrent brutalement tandis que je regardais Irys et Cahil s'éloigner à cheval. Me remémorant les instructions de dernière minute données par Irys, je regardai autour de moi. Que faire ?

Les Sandseed s'activaient dans leur village temporaire avec calme et efficacité. Un parfum de viande rôtie parvint à mes narines : j'étais affamée. Je me rendis compte que je n'avais pas mangé depuis la veille, quand nous nous étions arrêtés pour déjeuner. Posant mon sac près de la selle de Kiki, je cherchai quelque chose à manger, mais, dès que je me fus assise, la fatigue m'accabla. Les souvenirs d'enfance que je venais de retrouver défilaient dans ma tête à toute vitesse. Utilisant la selle comme oreiller, je m'allongeai à même le sol, sans prendre la peine d'étendre ma cape. C'était curieux : je me sentais parfaitement en sécurité, ici.

Hélas, je n'étais pas à l'abri des cauchemars. Fuyant devant une horde de serpents ondulants, je m'enfonçais dans la jungle. Ils s'enroulèrent autour de mes chevilles, m'attirèrent vers le sol, me paralysèrent, et leurs crochets s'enfoncèrent en moi, dégoulinants de curare.

Viens avec nous, sifflaient-ils.

— Cousine ? dit une voix hésitante.

Je m'éveillai en poussant un petit cri. Une femme menue aux grands yeux recula, alarmée. Ses cheveux châtains méchés de blond étaient retenus par une cordelette en cuir. Sa robe en toile blanche était maculée de taches.

— Les Anciens vont vous recevoir, maintenant.

Je levai les yeux vers le ciel, mais un front nuageux cachait le soleil.

— J'ai dormi longtemps ?

— Toute la journée, dit la femme en souriant. Suivez-moi, s'il vous plaît.

Je lançai un regard en direction de ma canne. J'avais très envie de la prendre, mais je savais que cela constituerait une offense impardonnable. Aussi l'abandonnai-je à contrecœur pour suivre la femme. Les questions se bousculaient en moi, mais j'avançai entre les tentes en silence, me mordant la langue. *Plus tard, plus tard*, me disais-je. La diplomatie, semblait-il, ne me venait pas encore naturellement.

Mon guide s'arrêta devant la plus grande tente. Sa toile était presque entièrement recouverte de silhouettes animales. Elle écarta un pan de tissu et me fit signe d'entrer. Je pénétrai dans la tente et attendis de m'habituer à la pénombre.

— Vous pouvez approcher, dit une voix d'homme à l'autre bout de la tente.

Je m'avançai lentement en regardant autour de moi. Des tapis sable et bruns, aux motifs géométriques complexes, couvraient le sol de la tente ronde. J'aperçus quelques matelas roulés et des coussins colorés sur la gauche. A droite, de plus gros coussins entouraient une table basse. Des chandeliers ornés de longs glands rouges étaient suspendus au plafond.

Au fond de la tente, deux hommes et une femme étaient installés en tailleur sur un tapis noir et or. Je reconnus l'un d'entre eux : l'Homme-Lune, qui me fixait en souriant. A présent, sa peau était peinte en jaune vif. Des rides plissaient le visage de l'homme près de lui, et les cheveux de la femme étaient traversés de gris. Tous deux étaient vêtus de robes rouges.

Je me figeai sur place. L'image de ma robe de prison rouge, loqueteuse et tachée de sang, flotta devant mes yeux. Depuis le jour où Valek m'avait offert le choix entre la potence et le poste de goûteur du Commandant, je n'avais plus jamais pensé à ce vêtement. Etait-ce le Tisseur d'histoires qui fouillait dans mes souvenirs ? Je le scrutai avec méfiance.

— Asseyez-vous, dit la femme en indiquant un petit tapis rond.

Je m'installai dans la même position que mes hôtes.

— Pour une Zaltana, dit le vieil homme, vous avez beaucoup voyagé. Vous êtes revenue jusqu'au pays de vos ancêtres pour leur demander conseil.

Son regard sombre et plein de sagesse me transperça jusqu'à l'âme.

— Je cherche à comprendre, dis-je.

— Vos avez pris une route difficile et tortueuse. Ce

voyage vous a tachée de sang, de douleur et de mort. A présent, il faut vous laver de cela.

L'homme hocha la tête en direction du Tisseur d'histoires. Celui-ci se pencha et sortit un cimeterre de sous le tapis. A la lumière des bougies, sa lame brillait d'une lueur froide.

22.

L'Homme-Lune s'avança vers moi et appuya la lame arrondie du cimeterre sur mon épaule gauche. Le tranchant se trouvait dangereusement près de mon cou.

— Es-tu prête à être lavée ? demanda-t-il.

Ma gorge se contracta, et je fus incapable de toute pensée rationnelle.

— Quoi ? Comment ? bégayai-je.

— Nous allons te laver du sang, de la douleur et de la mort que tu as connus. Nous prendrons ton sang et te causerons de la douleur. Tu expieras tes péchés par ta mort, puis tu seras accueillie au ciel.

L'un des mots qu'il venait de prononcer dissipa la confusion qui régnait en moi. Soudain, tout me parut clair. Je me levai en faisant très attention de ne pas heurter la lame, et reculai d'un pas. Le cimeterre resta suspendu en l'air.

— Je n'ai aucun péché à expier, ni aucun remords au sujet du passé. Je n'ai pas besoin d'être lavée.

Au diable la diplomatie ! Je me préparai à affronter leur outrage.

L'Homme-Lune eut un sourire en coin ; les deux autres

hochèrent la tête. Sous mon regard abasourdi, le Tisseur d'histoires rangea son arme et se rassit en tailleur.

— Bonne réponse, dit-il.

— Et si j'avais accepté ?

— Nous t'aurions renvoyée chez toi, après t'avoir donné quelques remarques énigmatiques à méditer.

L'Homme-Lune eut un petit rire.

— Je dois dire que je suis un peu déçu. J'ai passé tout l'après-midi à préparer les remarques.

— Asseyez-vous, répéta la femme. Que voulez-vous comprendre ?

Tout en me rasseyant, je choisis soigneusement mes mots.

— Un monstre s'en prend aux jeunes femmes de Sitia. A ce jour, il a assassiné dix victimes, et blessé une onzième. Je veux l'arrêter. Je cherche à comprendre qui il est, et d'où il vient.

— Pourquoi vous adresser à nous ?

— Il utilise comme arme une substance bien particulière. J'ai peur qu'il ne l'ait volée à un membre de votre clan.

— Ah, cette substance, dit le vieil homme. Une bénédiction et un fléau à la fois. Un paquet d'Esaü Liana Sandseed Zaltana est arrivé dans un de nos villages, près du plateau Davian. Peu de temps après, ce village a été attaqué par les Vermines du Davian.

Il cracha sur le sol en terre battu.

— De nombreuses choses ont été volées pendant l'attaque.

— Qui sont les Vermines ?

Les Anciens serrèrent les mâchoires. Un petit silence

s'installa. Enfin, l'Homme-Lune fronça les sourcils et reprit la parole.

— Ce sont de jeunes hommes et femmes qui se sont rebellés contre nos traditions. Ils ont rompu avec le clan et se sont installés sur le Plateau. Pour vivre sur le Plateau, il faut se battre. Les Vermines préfèrent nous voler plutôt que de travailler pour produire leur propre nourriture.

— Le monstre que je cherche peut-il se trouver parmi eux ?

— C'est possible. Ils ont détourné notre art du tissage magique à des fins néfastes. Au lieu de l'utiliser pour le bien de tous, ils cherchent à accroître leur pouvoir personnel et à s'enrichir. La plupart d'entre eux n'ont pas le don, mais ceux qui le possèdent sont extrêmement dangereux.

L'Homme-Lune arborait un air féroce. Je n'avais aucun mal à l'imaginer sur un champ de bataille, faisant tournoyer son cimeterre à bout de bras. Je formai une image de Ferde, l'agresseur de Tula, dans mon esprit.

— Appartient-il aux Vermines ? demandai-je.

La magie de l'Homme-Lune me traversa à toute vitesse. Il poussa un grognement profond, puis se tourna vers le vieil homme.

— Ils pratiquent l'ancien mal, dit-il. Nous devons les arrêter.

Une expression d'horreur traversa le visage de son interlocuteur.

— Nous allons essayer de nouveau de briser leur bouclier magique, dit l'Ancien. Nous les retrouverons.

Il se leva avec grâce et dignité, s'inclina vers moi, puis se tourna vers la femme.

— Venez, lui dit-il. Nous avons des plans à faire.

Ils quittèrent la tente ensemble, me laissant seule avec l'Homme-Lune.

— L'ancien mal ? répétai-je.

— Un très ancien rituel barbare, qui consiste à lier l'âme d'une victime à soi avant de la tuer. A la mort de la victime, son pouvoir intègre le corps du bourreau. Les marques rouges sur le corps du monstre sont liées à ce rituel.

L'Homme-Lune plissa le front, pensif. D'un coup, il écarquilla les yeux.

— Tu as dit que la dernière victime avait seulement été blessée. Où se trouve-t-elle, en ce moment ?

— Au Fort des magiciens.

— Sous surveillance ?

— Oui. Pourquoi ?

— Celui que tu cherches n'est pas sur le plateau Davian. Il est certainement entré dans le Fort pour guetter une nouvelle occasion de tuer sa victime. Il ne peut lier une nouvelle âme à lui avant d'avoir tué celle-là.

— Il faut que j'y retourne !

Je me levai d'un bond et me tournai vers la sortie. L'Homme-Lune posa la main sur mon épaule et me fit pivoter vers lui.

— N'oublie pas ta promesse.

— Je n'oublierai pas. D'abord Tula, ensuite Leif.

Il hocha la tête.

— Puis-je te demander une autre faveur ?

J'hésitai. Au moins, cette fois, il ne s'agissait pas d'une promesse.

— Demandez toujours.

— Quand tu auras terminé ton apprentissage avec

maîtresse Irys, voudras-tu revenir auprès de moi pour apprendre les arts magiques des Sandseed ? C'est ton héritage, et c'est dans ton sang.

La proposition était séduisante, mais comment savoir ce que me réservait l'avenir ? Au train où j'allais, je n'étais pas sûre d'arriver vivante à la fin de mon apprentissage. Et, si j'en croyais mon expérience passée, ma route avait tendance à prendre des directions complètement imprévisibles.

— J'essaierai.

— Bien. Pars, maintenant.

Il s'inclina devant moi, puis me chassa hors de la tente.

Dehors, une activité frénétique régnait. Des tentes démontées jonchaient le sol ; on se préparait à lever le camp. Le crépuscule tombait. Je cherchai mon sac et, à la place, trouvai Kiki. Elle était prête à partir : mes bagages étaient harnachés à la selle, et sa « maman » me tendait les rênes.

Comme je prenais les lanières de cuir dans mes mains, elle me dit :

— Ne vous asseyez pas sur la selle. Restez en suspension sur vos jambes et faites basculer le poids de votre corps vers l'avant. Elle volera jusqu'à la maison, vous verrez.

— Merci, dis-je en m'inclinant.

Elle sourit.

— Vous allez bien ensemble, toutes les deux. Ça fait plaisir.

Puis, après avoir tapoté une dernière fois le cou de Kiki, la femme s'éloigna pour aider ses compagnons à plier le camp.

Je montai sur Kiki et tentai de suivre les conseils de sa maîtresse. La lumière déclinait de plus en plus ; bientôt il ferait tout à fait nuit. Kiki tourna vers moi un œil bleu interrogateur.

Rattraper Topaze ? Silk ? demanda-t-elle.

Oui. Volons !

Kiki partit. Les longues herbes à mes pieds devinrent floues, puis disparurent dans l'obscurité. Je restai perchée au-dessus de la selle, comme me l'avait indiqué la cavalière sandseed, pendant que la plaine filait sous nos pieds. J'avais l'impression de voler, emportée par un souffle de vent.

Quand la lune atteignit son zénith, je sentis le pouvoir des Sandseed s'affaiblir puis disparaître. Libérée de leur bulle magique, je lançai mon esprit à la recherche d'Irys.

Je suis ici, dit-elle, et je vis, à travers ses yeux, un camp planté devant la Pierre sanguine.

Réveille Cahil, dis-je. *Nous devons rentrer au Fort, et en vitesse. La vie de Tula est menacée.*

Elle est bien gardée.

Il possède des pouvoirs très puissants.

Nous partons dès maintenant.

Tout de même, il fallait que j'essaie de prévenir quelqu'un. J'envoyai ma conscience vers le Fort, et touchai Hayes, qui sommeillait dans son bureau. Il sursauta, horrifié, et dressa immédiatement une barrière contre moi. Quant aux maîtres magiciens, leurs boucliers étaient aussi infranchissables que les tours dans lesquelles ils dormaient. Fatiguée par l'effort de me projeter aussi loin, je battis en retraite.

Kiki dépassa Irys et Cahil sur la route de la Citadelle,

au moment où le ciel commençait à s'éclaircir. Comment avait-elle pu faire un voyage de deux jours en une seule nuit ? Je n'eus pas le temps d'y réfléchir sérieusement.

Besoin de repos ? demandai-je en me retournant.

Cahil et Irys me firent signe de continuer sans eux.

Non.

Moi, en revanche, j'avais l'impression que mes jambes étaient en feu. Je leur envoyais des pensées bleues pour les refroidir, et elles s'engourdirent peu à peu.

Nous arrivions en vue des portes de la Citadelle quand tout désir de repos quitta mon corps. Un sentiment d'impuissance aussi subit qu'intense m'envahit et me terrifia. Je lançai de nouveau ma conscience vers le Fort, cherchant à prévenir quelqu'un, n'importe qui. Les gardes postés devant la porte de Tula n'avaient aucun pouvoir magique. Je pouvais lire dans les pensées des autres magiciens, mais aucun d'entre eux ne « m'entendait », moi. Désespérée, je continuai à chercher.

Dax ! Il était en plein milieu d'une leçon d'escrime ; armé d'une épée de bois, il s'entraînait à parer et à se fendre.

Tula ! hurlai-je dans son esprit. *Elle est en danger ! Vite, de l'aide !*

Surpris, il lâcha son épée, et encaissa un grand coup aux côtes de la part de son adversaire.

Elena ? C'est toi ?

Il pivota sur lui-même, cherchant mon visage parmi les gens qui l'entouraient.

Tula est en danger ! Va la retrouver. Maintenant.

Puis notre lien fut rompu. C'était comme si l'on avait tiré un rideau opaque entre nous.

Nous entrâmes dans la Citadelle et nous frayâmes un passage à travers les ruelles encombrées autour du marché. Les secondes s'écoulaient au ralenti. Il me semblait que toute la population était descendue dans la rue pour m'empêcher de passer.

La saison automnale s'était installée, l'air était vif et coupant. Un contraste total avec le feu qui brûlait en moi. J'avais envie de hurler pour faire dégager la foule qui nous paralysait. Sentant mon impatience, Kiki pressa le pas et obligea les traînards à s'écarter.

Quelques jurons s'élevèrent sur notre chemin. A l'entrée du Fort, Kiki dépassa sans s'arrêter une paire de gardes ahuris. Elle se dirigea droit vers l'infirmerie et monta même les marches jusqu'à la porte.

Je sautai alors à terre et me précipitai vers la chambre de Tula. Devant sa porte, deux hommes gisaient à terre, inertes. Je les enjambai et débouchai en trombe dans la pièce. Le claquement de porte ricocha contre les murs en marbre, mais n'éveilla pas Tula.

Ses yeux sans vie fixaient le plafond. Ses lèvres pâles étaient figées en une grimace d'horreur et de souffrance. Je cherchai son pouls : sa peau était glacée et rigide. Des marques bleu-noir entouraient son cou.

Etais-je arrivée trop tard ? Je plaçai ma main sur sa gorge, puisai du pouvoir, et l'examinai avec mon regard magique. Sa trachée était écrasée : on l'avait étranglée. A l'aide d'une petite bulle de pouvoir, je rouvris sa trachée et regonflai ses poumons. Puis je me concentrai sur son cœur, et lui demandai de battre de nouveau.

Le cœur de Tula vibra, ses poumons s'emplirent d'air,

mais ses yeux restaient sans vie. J'insistai encore : sa peau tiédit et rosit, sa poitrine se gonfla et s'abaissa. Mais, à l'instant où j'interrompis mes efforts, son sang se figea et elle cessa de respirer.

Ferde avait pris son âme. Il m'était impossible de la sauver.

Un bras se posa sur mon épaule.

— Tu ne peux plus rien pour elle, dit Irys.

Je me retournai. Derrière moi, agglutinés à l'entrée de la chambre, se trouvaient Cahil, Leif, Dax, Roze et Hayes. Je ne les avais même pas entendus entrer. Sous mes doigts, la peau de Tula refroidissait à toute vitesse. Horrifiée, je lâchai sa main sans vie.

Une fatigue écrasante s'abattit sur moi. Je me laissai tomber sur le sol, fermai les yeux et prit ma tête entre mes mains. Tula était morte, et c'était ma faute. Je n'aurais jamais dû la quitter.

Autour de moi, chacun s'agitait et parlait, mais je n'entendais rien. Des torrents de larmes couraient le long de mes joues. J'avais envie de me dissoudre, de devenir une flaque et d'être absorbée par la pierre. Une pierre, cela doit avoir la vie facile. Pas de promesses, pas de soucis, pas de sentiments.

Je posai ma joue contre le marbre lisse. Sa surface froide picota ma peau brûlante. Quand les bruits se furent estompés autour de moi, je rouvris les yeux... et vis un morceau de papier froissé sous le lit de Tula. Il avait dû tomber pendant que j'essayais de la réanimer. Je tendis la main, pensant trouver un message de la jeune fille.

Les mots écrits sur le papier dissipèrent brusquement les brumes de mon chagrin.

« Ambre est en ma possession, disait le message. Au lever de la pleine lune, je l'échangerai contre Elena Zaltana. Hissez le drapeau de Tula sur la tour de la Première Magicienne en signe d'accord, et je ne ferai aucun mal à Ambre. D'autres instructions suivront. »

23.

— Nous hisserons le drapeau de deuil de Tula, dit Irys, mais il est hors de question d'échanger Elena contre Ambre. Il reste deux semaines avant la pleine lune. Cela nous laisse amplement le temps de retrouver Ambre.

De nouveau, un brouhaha d'opinions contradictoires s'éleva au sein de la salle de réunion. Zitora étant revenue de la mission dont l'avait chargée le Conseil, les maîtres magiciens étaient au complet. Leif, la famille de Tula et le capitaine de la garde du Fort participaient également à la réunion.

A mon arrivée, Leif avait tenté de me poser des questions au sujet des Sandseed, mais j'avais coupé court à ses interrogations. Je ne pouvais le regarder sans me rappeler son visage d'enfant derrière les buissons, assistant sans réagir à mon enlèvement.

Depuis la découverte du message de rançon, j'avais l'impression de vivre un cauchemar éveillé. Une fois l'émotion générale retombée, on avait rapidement reconstitué le parcours du tueur.

Il s'était fait engager comme jardinier au sein du Fort. Malheureusement, ses collègues ne purent se mettre d'accord sur son apparence physique : les quatre portraits que Bain avait tracés d'après leurs descriptions n'avaient aucun point commun. En outre, personne ne se souvenait de son nom.

Celui que l'on continuait à appeler Ferde avait volé dix âmes, ce qui lui donnait un pouvoir comparable à celui d'un maître magicien. Il n'avait par conséquent eu aucun mal à passer inaperçu au sein du Fort, ni à embrouiller les souvenirs de ceux qu'il avait côtoyés.

Les gardes de Tula avaient été paralysés par de minuscules fléchettes trempées dans du curare. Ils ne se rappelaient que d'une seule chose : juste avant qu'on ne les attaque, un jardinier était venu livrer des plantes médicinales à Hayes.

— Il vivait parmi nous, et nous ne nous en sommes pas doutés un instant, dit Roze.

Sa voix puissante se fit entendre par-dessus toutes les autres.

— Pourquoi serions-nous capables de le retrouver maintenant ? poursuivit-elle.

Les parents de Tula laissèrent s'échapper un soupir déchirant. A leur arrivée, la veille, on avait dû leur annoncer la mort de Tula et l'enlèvement d'Ambre par l'assassin de sa sœur. Ils étaient en état de choc : à leurs traits tirés et à leur regard hanté, je voyais qu'ils vivaient, comme moi, un cauchemar éveillé.

— Donnez-lui Elena, dit Roze dans le silence qui s'était installé. Elle a réussi à réanimer Tula, elle est assez puissante pour affronter cet homme.

— Nous ne voulons pas mettre la vie d'autres personnes en danger, dit le père de Tula.

Il portait une tunique et un pantalon bruns tout simples. Ses grandes mains calleuses couvertes de cicatrices témoignaient d'une vie passée à travailler le verre en fusion.

— Non, Roze, dit Irys. Elena ne maîtrise pas encore pleinement ses pouvoirs. C'est probablement pour cela qu'il s'intéresse à elle. S'il parvient à absorber sa magie, il possédera une puissance inimaginable.

Bain intervint pour calmer le débat. Il avait, expliqua-t-il, traduit les symboles tatoués sur la peau du tueur, et était en mesure d'expliquer la nature de sa quête. Les explications de Bain faisaient écho à celles de l'Homme-Lune. En effet, d'après le maître magicien, Ferde se livrait à un ancien rituel efe, qui utilisait l'intimidation et la torture pour transformer une prisonnière en esclave volontaire. Une fois que la victime était totalement soumise, le tueur l'assassinait pour s'approprier le pouvoir magique contenu dans son âme. Ferde avait ciblé des filles âgées de quinze ou seize ans, car c'était à cet âge que les pouvoirs magiques commençaient à se manifester.

En écoutant l'exposé de Bain, un goût de bile me vint à la bouche. Les tactiques de Ferde rappelaient de manière écœurante celles utilisées par Mogkan et Reyad dans l'orphelinat du général Brazell. Bien que ces deux-là n'aient ni violé ni tué leurs trente-deux victimes, ils les avaient torturées jusqu'à ce que leurs âmes fuient leurs corps, les transformant en zombies. C'était tout aussi effroyable.

A présent, Ferde était fort de onze âmes. Selon les règles de l'ancienne magie, la douzième devait venir à lui de son plein gré. Pas question, donc, d'enlever sa dernière victime, la plus importante, celle dont la mort conférerait au magicien rebelle un pouvoir quasi illimité.

A la question de savoir comment Tula avait survécu

à la première agression de Ferde, on présuma que le magicien noir, sur le point d'être découvert, avait dû fuir avant de mener à terme son rituel sanglant.

— Je demande à ce qu'on place Elena sous protection constante, dit Irys. Si nous ne parvenons pas à retrouver Ferde, nous lui tendrons un piège près du lieu d'échange, et nous l'intercepterons.

Cette remarque suscita un nouveau débat échauffé. Apparemment, personne n'avait prévu de me demander mon avis, mais cela n'avait aucune importance. J'étais résolue soit à retrouver Ferde, soit à me présenter à son rendez-vous. Je n'avais pas réussi à protéger Tula, je n'allais pas permettre à cet homme de tuer sa sœur.

Comme la réunion se finissait, un messager du Conseil entra et tendit un parchemin à Roze. Celle-ci le parcourut des yeux, puis le tendit à Irys avec une expression de dégoût. Quand Irys eut pris connaissance du message, ses épaules s'affaissèrent un peu.

Quoi encore ? demandai-je.

Oh, des complications. Rien de grave, c'est seulement que cela arrive au mauvais moment. Tu auras au moins l'occasion de t'initier un peu à la diplomatie.

Comment ça ?

Une délégation ixienne est attendue dans six jours.

Déjà ? Il me semblait que le messager chargé de la réponse du Conseil venait à peine de partir.

Elena, cela fait cinq jours qu'il est parti. Il faut seulement deux jours pour arriver à la frontière ixienne et une demi-journée supplémentaire pour atteindre le Château du Commandant.

Cinq jours ? Il s'était passé tant de choses entre-temps, et, en même temps, tout était allé tellement vite... Voilà deux saisons et demie que je vivais en Sitia. La moitié d'une année s'était écoulée en un souffle. Mon désir de revoir Valek ne s'était pas atténué, et la visite de la délégation sitienne ne ferait sans doute que le raviver.

Comme nous quittions la salle de réunion, Zitora passa son bras sous le mien.

— J'ai besoin de ton aide, dit-elle.

Elle me conduisit hors du bâtiment administratif, en direction de sa tour personnelle.

— Mais j'ai besoin de…

— Tu as besoin de te reposer. Pas de retourner toute la Citadelle à la recherche d'Ambre.

— Je vais le faire quand même. Tu le sais bien.

— Oui, dit Zitora, mais pas ce soir.

— Tu as vraiment besoin de mon aide ?

La jeune magicienne me lança un sourire un peu triste.

— Oui. Pour composer le drapeau de deuil de Tula. Je n'ose pas demander à ses parents, ce serait trop douloureux pour eux.

Nous pénétrâmes dans la tour de Zitora, montâmes deux étages et entrâmes dans son atelier, une salle spacieuse meublée de fauteuils confortables et de tables jonchées de matériel de couture et de peinture.

— Mes talents de couturière sont assez limités, dit Zitora.

Elle entreprit de déblayer une table et d'y empiler différents tissus et bobines de fil.

— Ce n'est pas faute d'entraînement, ajouta-t-elle. Je sais coudre et broder, mais je préfère vraiment la peinture. Ces derniers temps, j'ai commencé à faire des essais de peinture sur soie.

Apparemment satisfaite de l'éventail de tissus qu'elle

avait rassemblé, Zitora fouilla dans un nouveau tas et en sortit un drap de soie blanche. Elle mesura puis découpa un rectangle d'un mètre sur deux.

— Le fond sera blanc pour signifier la pureté et l'innocence de Tula, dit-elle. Mais que puis-je mettre au premier plan ?

Voyant ma confusion, elle s'expliqua.

— Le drapeau de deuil honore la mémoire du disparu. Il le représente. Nous l'ornons de toutes les choses qui caractérisaient le mort, et nous le hissons bien haut pour libérer son âme dans le ciel. As-tu une idée de ce qui pourrait représenter Tula ?

Je ne pus m'empêcher de penser à Ferde. Un serpent venimeux, des flammes de douleur écarlates et un flacon de curare me vinrent à l'esprit. Je fis la grimace : ce n'était pas un simple drapeau qui allait libérer l'âme de Tula. Elle était emprisonnée dans la noirceur de Ferde, et c'était ma faute.

— Il est rusé comme un renard, dit Zitora comme si elle avait lu dans mes pensées. Assez effronté pour vivre dans le Fort, assez habile pour tuer sous notre toit, et assez malin pour te faire culpabiliser à sa place. Un coup de maître, assurément.

— Tu me rappelles un certain Tisseur d'histoires que j'ai rencontré récemment.

— Je le prends comme un compliment, dit la jeune femme en dépliant des morceaux de soie colorée sur la table. Voyons voir... Elena, si tu avais écouté Irys et que tu étais restée auprès de Tula, il vous aurait tuées toutes les deux.

— Mais j'avais recouvré mes forces, protestai-je.

— Seulement parce que tu voulais rattraper Irys.

— Je n'aurais jamais suivi Ferde de mon plein gré.

— Vraiment ? Et s'il avait promis en échange de ne pas tuer Tula ?

J'ouvris la bouche, puis la refermai. Zitora avait raison.

— Une fois que tu aurais accepté de le suivre, tu serais devenue sa victime volontaire. Tout ce que tu aurais pu faire par la suite n'aurait pas compté. Et il aurait tué Tula de toute façon.

Zitora aligna les carrés de soie le long de la table.

— Si tu étais restée au Fort, nous vous aurions perdues toutes les deux, et nous n'aurions pas disposé des informations que tu as obtenues auprès des Sandseed.

— Tu essaies de me remonter le moral, c'est ça ?

Zitora sourit.

— Maintenant, dis-moi ce que nous allons mettre sur le drapeau de Tula.

La réponse me vint instantanément.

— Du chèvrefeuille, une goutte de rosée sur un brin d'herbe et des animaux de verre.

Ambre m'avait longuement parlé des animaux soufflés par Tula. La plupart avaient été vendus ou donnés, mais Tula en gardait une petite collection près de son lit. L'intolérable pensée de ce que nous mettrions sur le drapeau d'Ambre me traversa l'esprit, mais je la repoussai de toutes mes forces. Je n'allais pas permettre à Ferde de tuer Ambre.

Zitora dessina des silhouettes dans la soie, je les découpai, et nous les disposâmes toutes deux sur le drapeau blanc. Bientôt des branches de chèvrefeuille ornaient le pourtour du rectangle, et un brin d'herbe s'élevait au milieu, entouré d'un cercle de petites silhouettes animales.

— C'est magnifique, dit Zitora, les yeux brillants de larmes. Et maintenant, place à la partie pénible : coudre les formes sur le drapeau !

Etant parfaitement ignorante en matière de couture, je me contentai d'enfiler des aiguilles que je passais à Zitora. Au bout d'un moment, elle me renvoya dans ma chambre avec l'ordre de me reposer.

— N'oublie pas le marché que nous avons passé ! lança-t-elle tandis que je passais la porte.

— Je n'oublierai pas.

A présent qu'elle était revenue au Fort, je pouvais commencer à lui apprendre quelques rudiments d'auto-défense. Préoccupée par cette idée, je ne remarquai pas tout de suite les deux gardes qui m'attendaient devant la porte de la tour.

— Que voulez-vous ? demandai-je en dégainant ma canne.

— Ordre de la Quatrième Magicienne, dit le plus grand des deux. Nous ne devons pas vous quitter des yeux.

Je soufflai, exaspérée.

— Retournez à vos baraquements. Je suis capable de me défendre toute seule.

Les deux hommes sourirent.

— Elle nous avait prévenus que vous diriez ça, dit l'autre homme. Nous suivons ses ordres, pas les vôtres. Si nous échouons dans cette mission, nous passerons le reste de notre vie à récurer des pots de chambre.

— Je pourrais vous rendre la vie très désagréable.

Ils ne se déridèrent pas.

— Rien n'est plus désagréable que de récurer des pots de chambre, dit le plus grand.

Je poussai un soupir. Difficile de leur fausser compagnie pour partir à la recherche d'Ambre… C'était sans doute ce qu'avait prévu Irys. Elle se doutait que je me mettrais en chasse dès que possible.

— Vous avez intérêt à vous rendre invisibles, grognai-je.

Leur tournant le dos, je me dirigeai vers l'aile des apprentis. Un silence lugubre régnait, et les bâtiments assombris semblaient être en deuil. La cérémonie d'ascension du drapeau de Tula était prévue pour l'aube.

Ensuite, la vie continuerait. Le matin, je prendrais ma leçon avec Irys. Et le soir, j'aurais ma leçon d'équitation avec Cahil — il me l'avait déjà rappelée. Tout se passerait comme si la vie d'Ambre n'était pas en danger.

Mes gardes fouillèrent mes appartements avant de m'autoriser à y entrer. A mon grand soulagement, ils ne restèrent pas à l'intérieur, mais se postèrent dans le couloir, devant ma porte. Irys avait dû les mettre en garde, toutefois, contre une éventuelle « évasion » de ma part : quand je passai la tête par la fenêtre, je trouvai un garde posté en dessous. Je refermai la fenêtre et verrouillai les volets. Toutes les issues étaient gardées. Cela ne passerait pas inaperçu : j'imaginais déjà le sourire narquois de Dax, lorsqu'il me rapporterait les ragots et les rumeurs au sujet de mes nouveaux gardiens.

Agacée, je me laissai tomber sur mon lit. Erreur fatale : la douceur de mon oreiller m'attira irrésistiblement. Je m'allongeai de tout mon long ; je ne me reposerais qu'un court instant, me promis-je, le temps de m'éclaircir les idées et de trouver un moyen de semer mes deux ombres.

★
★ ★

Au final, au cours des cinq jours qui suivirent, je ne réussis à leur échapper qu'une seule fois.

Le lendemain du jour où j'avais aidé Zitora à coudre le drapeau de Tula, je me tenais à côté d'Irys pour la cérémonie d'ascension.

Le corps de Tula était entouré de bandes de lin blanc et couvert de son drapeau. Le chef du clan Cowan prononça quelques paroles aimables à son sujet, pendant que les parents de la jeune fille sanglotaient. Les quatre maîtres magiciens étaient présents. Zitora inonda son mouchoir, mais moi je réprimai mes émotions, me concentrai sur Ambre et renouvelai mon vœu de la retrouver.

Tula serait enterrée dans le cimetière de sa famille, près de son village natal. Mais, selon les croyances sitiennes, cette cérémonie d'ascension transférait son esprit dans son drapeau de deuil. Les gens autour de moi croyaient que, lorsque ce pavillon de soie blanche volerait au-dessus de la tour de Roze, l'esprit de Tula serait libéré.

Moi, je savais que c'était faux. L'esprit de Tula était piégé dans celui de Ferde, et ne serait libéré qu'à la mort du tueur. Pour moi, l'ascension du drapeau de Tula signifiait seulement que nous consentions à l'échange proposé par Ferde, et que j'étais décidée à le retrouver et à l'arrêter par tous les moyens.

Après la cérémonie, je conduisis mes gardes vers les bains. Les vestiaires et les bassins grouillaient d'étudiants se préparant pour les cours et, ignorant les regards méfiants de certains, je réussis à soudoyer quelques novices pour faire diversion près de la porte de derrière.

La ruse fonctionna. Je me précipitai hors des bains et quittai le Fort sans me faire repérer par les soldats de la porte. Chargés de surveiller les gens qui entraient dans le Fort, ils ne prêtaient, en temps normal, que peu d'attention à ceux qui en sortaient.

J'étais libre. Premier objectif : retrouver Fisk et ses amis. Le marché commençait tout juste à s'éveiller. Seuls quelques clients erraient entre les étals. Dans un coin, Fisk jouait aux dés avec un groupe d'enfants.

Quand il m'aperçut, il vint à moi en courant. Un grand sourire éclairait son visage.

— Jolie Elena, en quoi puis-je t'être utile aujourd'hui ?

Les autres enfants s'attroupèrent autour de moi, attendant mes instructions. Tous étaient propres et soignés. C'étaient eux, à présent, qui rapportaient de l'argent à leurs familles. Dès que j'en aurai fini avec Ferde, me promis-je, je chercherai un moyen de mieux les aider. Pour l'heure, je pensai tout de même à leur signaler qu'on cherchait un jardinier pour le Fort ; une fillette partit en courant prévenir son père.

— J'ai besoin de guides, dis-je à Fisk. Montrez-moi tous les raccourcis et tous les coins perdus de la Citadelle.

Suivant les enfants à travers d'étroites ruelles et des quartiers oubliés, je les interrogeai au sujet des habitants. Y avait-il des nouveaux venus ? Des gens qui se comportaient bizarrement ? Avaient-ils remarqué une jeune fille effrayée en compagnie d'un homme plus âgé ? Les enfants se répandirent en anecdotes truculentes, mais rien qui me fût vraiment utile. En avançant, je fouillai les maisons à l'aide de mon pouvoir, cherchant Ambre, des bribes de magie, ou tout autre indice susceptible de m'aider à la retrouver.

Toute la journée, nous fouillâmes la Citadelle, ne nous

arrêtant que lorsque la faim m'empêcha de continuer. Fisk me montra alors le meilleur rôtisseur du marché. Tandis que je mordais à pleines dents dans un morceau de bœuf cuit à point, je résolus de poursuivre mes recherches jusqu'à une heure tardive de la nuit, puis de chercher un endroit pour dormir.

Mais mes plans n'étaient pas destinés à se réaliser. L'instant d'après, je tombai dans une embuscade. Dissimulée derrière son bouclier magique, Irys me prit totalement au dépourvu. Tandis que les deux gardes m'agrippaient par les bras, elle prit le contrôle de mon corps, écartant le bouclier mental que je croyais inattaquable. Attaquées de plein fouet par l'écrasant pouvoir de la maîtresse magicienne, mes défenses furent pulvérisées. Incapable de bouger ou de parler, je regardai fixement mon mentor, éberluée.

J'avais manqué ma leçon du matin avec Irys, et bloqué ses efforts pour me retrouver, mais, je ne sais pourquoi, j'avais cru qu'elle se montrerait compréhensive. Je n'étais nullement préparée à la violence de sa colère.

Mes gardes du corps, l'air abattu et nerveux, se collaient à moi.

Tu ne quitteras plus le Fort, Elena. Tu ne sèmeras plus tes gardes. Sinon, je te jette dans un cachot. Compris ?

Oui. Je...

Je te surveille, Elena. Fais bien attention.

Mais...

Une douleur aiguë traversa ma tête : Irys venait de briser notre lien mental. Sa magie continua pourtant à paralyser mon corps.

— Ramenez-la au Fort, dit Irys aux gardes, et enfermez-la dans sa chambre. Qu'elle ne sorte que pour les leçons et les repas. Ne la perdez pas de vue une deuxième fois.

Les gardes tressaillirent sous son regard sévère. Le plus grand des deux me souleva et me jeta par-dessus son épaule. Je dus subir l'humiliation d'être portée comme un sac à travers la Citadelle, le Fort et les bâtiments de l'école. Nous arrivâmes enfin à mes appartements, où l'on me jeta sur mon lit.

Irys ne relâcha pas son contrôle sur mon corps avant le lendemain matin. Une fois libérée, je sentais toujours son anneau de pouvoir autour de mon cou. A ce stade, j'étais prête à étriper la première personne qui croiserait mon chemin. Mais on m'évitait comme si j'étais atteinte d'une maladie dangereuse, et j'en fus réduite à décharger ma colère sur mes malheureux gardes.

Trois jours plus tard, je me tenais à côté d'Irys dans la grande salle du Conseil, attendant l'arrivée de la délégation ixienne. Irys avait utilisé le temps imparti à ma leçon pour me sermonner sur les protocoles sitiens et la diplomatie. Elle ne m'avait pas laissée dire un mot. La frustration d'être tenue dans l'ombre au sujet d'Ambre m'étranglait presque ; apparemment, on n'avait pas encore retrouvé la jeune fille.

La grande salle était décorée d'étendards de soie aux couleurs des onze clans de Sitia, et de chacun des maîtres magiciens. Tendus au plafond, ces drapeaux colorés retombaient le long de trois étages en marbre et frôlaient le sol. De hautes fenêtres étroites laissaient entrer des rais de soleil dorés qui zébraient la pièce. Les élus du Conseil avaient revêtu leur tenue de soie officielle :

Irys et les autres Maîtres portaient leur masque et leur costume de cérémonie.

Je connaissais le masque d'aigle d'Irys, qu'elle avait porté lors de sa visite au Château du Commandant, en Ixia. Roze Featherstone, Première Magicienne, arborait un masque bleu en forme de dragon ; Bain Bloodgood, Deuxième Magicien, un masque en peau de guépard. Quant à Zitora, Troisième Magicienne, elle portait un masque de licorne blanche.

Fisk m'avait expliqué que ces animaux guidaient les magiciens à travers le royaume des morts, et les conseillaient tout au long de leur vie. Ils les trouvaient au cours de l'épreuve pour devenir maîtres magiciens, épreuve qui, d'après les bribes d'information que j'avais obtenues, semblait être un véritable calvaire.

Cahil avait revêtu la même tunique bleu nuit aux passementeries argentées qu'il avait portée à la fête des Nouveaux Commencements. Le bleu mettait en valeur ses cheveux blonds et, en dépit de sa mine renfrognée, lui donnait un air majestueux. Il était présent pour évaluer son ennemi, mais je savais qu'il avait dû jurer de se tenir tranquille et de garder la bouche fermée, sous peine d'être exclu de la cérémonie.

Je tiraillai sur les manches de mon uniforme d'apprentie, une robe de toile jaune très simple qui m'arrivait aux chevilles, révélant les sandales prêtées par Zitora. Nerveuse, je passai la main sur ma nuque et rajustai mon col.

Qu'y a-t-il ? demanda Irys.

Elle se tenait très droite et vibrait de désapprobation.

C'était la première fois, depuis mon assignation à

résidence, qu'elle communiquait mentalement avec moi. J'avais bien envie de l'ignorer. La punition qu'elle m'avait infligée continuait à me faire bouillir le sang. Encore maintenant, un fil de sa magie s'enroulait autour de mon cou comme un licol. Elle ne plaisantait pas, quand elle avait promis de me surveiller. Mais il aurait été trop épuisant pour moi de repousser sa magie, et je n'avais pas le courage de la provoquer de nouveau.

Ta bride me fait mal, dis-je froidement.

Tant mieux. Peut-être que tu vas enfin apprendre à écouter et à réfléchir avant d'agir. A faire confiance au jugement des autres.

J'ai appris quelque chose, en tout cas. Le commandant Ambroise n'a pas le monopole des méthodes cruelles.

Oh, Elena...

La sévérité d'Irys s'évapora en même temps que la bride magique autour de mon cou.

Je ne sais plus quoi faire. Pour toi, il n'y a que l'action qui compte. Tu as une volonté de fer et l'habitude de foncer dans le tas. Jusqu'ici, tu as eu de la chance, mais, si le meurtrier de Tula absorbe ton pouvoir, on ne pourra plus l'arrêter. Sitia lui appartiendra. Il ne s'agit pas que de toi et de ta soif de vengeance ; cela nous concerne tous. Aussi devons-nous réfléchir, peser le pour et le contre avant de passer à l'action. C'est la manière sitienne.

Elle secoua la tête et soupira.

J'ai sans doute eu tort d'oublier que tu es une adulte. Une fois que tu maîtriseras tes pouvoirs, et que nous aurons arrêté le tueur, tu seras libre de faire ce qui te plaira, d'aller où tu voudras. J'avais espéré que tu t'intégrerais à nos efforts pour faire de Sitia un lieu de paix et de prospérité. Mais ton caractère imprévisible ne fait que mettre notre communauté en danger.

Les paroles d'Irys me firent oublier ma colère. Etre libre de faire ce que je voulais… voilà une idée qui m'était totalement étrangère. C'était la première fois de ma vie que l'on me proposait quelque chose de ce genre.

Je m'imaginai voyager à travers Sitia, en compagnie de Kiki, détachée de tout, sans soucis, sans promesses à tenir, ni obligations… Vagabondant d'un village à un autre, je découvrirais la culture sitienne, explorerais la jungle avec mon père pour apprendre les propriétés médicinales de telle ou telle feuille, me glisserais en Ixia pour retrouver Valek. Décidément, la proposition d'Irys était très séduisante.

Et il se pourrait bien que je l'accepte, mais pas avant d'avoir capturé Ferde et tenu la promesse que j'avais faite à l'Homme-Lune.

En attendant, j'allais faire davantage d'efforts pour m'intégrer au sein de la communauté sitienne. Notamment en m'adaptant à leurs méthodes.

Irys, dis-je, *j'aimerais vous aider à retrouver Ambre.*

Percevant mes intentions, elle se tourna vers moi et me fixa du regard.

Après la cérémonie d'accueil des Ixiens, une réunion est prévue à ce sujet. Tu es la bienvenue.

Je lissai les manches de ma robe pendant que les trompettes annonçaient l'arrivée de la délégation du Nord. Le silence tomba sur l'assemblée tandis qu'un cortège imposant entrait dans la salle et défilait vers l'estrade.

A la tête du cortège s'avançait l'ambassadrice. La coupe ajustée de son uniforme lui donnait un air prestigieux. Deux diamants scintillaient à son col, témoins d'une confiance exceptionnelle de la part du Commandant.

Ses longs cheveux lisses tendaient vers le gris, mais ses yeux en forme d'amande rayonnaient d'une vitalité puissante.

Je la reconnus. Mon sang ne fit qu'un tour.

24.

Je balayai rapidement du regard le reste de la délégation, cherchant celui qui devait nécessairement s'y trouver. Juste derrière l'ambassadrice venait son aide de camp, vêtu d'un uniforme semblable, à la différence près que les diamants fixés sur son col étaient cousus en fil rouge. Son visage placide et quelconque ne retint pas mon attention.

Derrière eux s'étirait toute une file de soldats. Certains me paraissaient familiers, mais mon regard ne s'arrêta que sur deux capitaines au milieu du cortège. Une bouffée de joie m'envahit. Les muscles massifs d'Ari tendaient au maximum les coutures de son uniforme. Illuminées par le soleil qui filtrait des hautes fenêtres, ses boucles blondes paraissaient presque blanches. Il demeura impassible, mais l'effort qu'il faisait pour réprimer un sourire fit naître deux taches rouges sur ses joues.

Près de lui, Janco arborait un air nonchalant. Il avait nettement meilleure mine que le jour où je lui avais fait mes adieux, à la veille de mon départ d'Ixia. Ce jour-là, son visage était pâle et déformé par la douleur, et il n'avait pu se tenir debout. Il faut dire qu'il venait de défendre Irys contre les hommes de Mogkan. A présent, son teint était hâlé et son corps souple avait recouvré toute sa grâce athlétique. Il me fixa sans ciller, mais une lueur de joie malicieuse scintillait dans ses yeux.

Malgré le bonheur que j'éprouvais à revoir mes amis, je continuai à chercher. La main crispée autour de mon pendentif en forme de papillon, je scrutai l'un après l'autre les visages des soldats. Il était forcément parmi eux. Puisque l'ambassadrice n'était autre que le Commandant, Valek ne pouvait être loin.

Evidemment, Valek n'était pas dans la confidence du commandant Ambroise. J'étais la seule à connaître son secret, ce qu'il appelait « sa mutation » : doté d'une âme d'homme, il était né dans un corps de femme. Ne sachant pas que l'ambassadrice était le Commandant, Valek se trouvait sans doute aux côtés d'un double du Commandant en Ixia.

Sauf si Ambroise avait chargé son bras droit d'une autre mission... ou si Valek n'avait pas récupéré depuis qu'il m'avait transmis ses forces. Une fois affaibli, avait-il été blessé ? Tué ? D'effrayants scénarios se succédèrent dans ma tête tandis que la délégation et ses hôtes sitiens échangeaient les formalités d'usage.

Si seulement cela pouvait aller plus vite ! J'avais un besoin de plus en plus impérieux d'interroger Ari et Janco.

Entièrement préoccupée par Valek, je me rendis compte que je fixais distraitement l'aide de camp de l'ambassadrice. Ses cheveux noirs retombaient mollement sur ses oreilles. Un gros nez mou surmontait une bouche sans couleur et un menton fuyant. L'air profondément ennuyé, il balayait du regard les conseillers et magiciens réunis dans la salle. Pas une lueur d'intelligence ne brillait dans ses yeux bleus.

Nos regards se croisèrent un instant. Un éclair bleu saphir m'atteignit droit au cœur. Satané Valek ! J'avais envie de l'embrasser et de le frapper en même temps.

Son expression ne changea pas d'un iota. Rien n'indiquait qu'il m'avait vue ou reconnue ; son regard bleu se reporta sur les conseillers. Le reste de la réunion fut un supplice. Finalement, n'y tenant plus, je tentai d'établir un lien mental avec Valek… et me heurtai à une barrière plus puissante que celles des maîtres magiciens. Valek me lança un coup d'œil oblique : il avait dû sentir ma magie.

Quand les discours et les présentations furent terminés, on servit quelques rafraîchissements. Chacun se leva, et de petits groupes se formèrent.

Je me dirigeai tout droit vers Ari et Janco, qui se tenaient près du Commandant, raides comme des piquets, mais Bavol Cacao, chef des Zaltana, m'intercepta.

— J'ai un message pour toi, Elena, de la part de ton père.

Il me tendit un petit parchemin roulé. Je le remerciai ; c'était seulement la deuxième fois que nous nous parlions depuis son arrivée à la Citadelle. La première fois, il m'avait remis les vêtements que Nutty m'avait cousus. A présent, bien que mourant d'envie de parler à mes amis, je demandai à Bavol des nouvelles du clan.

— Bah… Les petits tracas habituels. On essaie de combattre un champignon qui ronge le bois de quelques habitations.

Il sourit.

— Nul doute qu'Esaü en viendra à bout. Maintenant,

Elena, si tu veux bien m'excuser, je dois vérifier que les appartements de l'ambassadrice sont prêts.

— A quoi ressemblent-ils ? demandai-je.

— Eh bien... c'est la suite la plus luxueuse de la Citadelle. Elle a tout le confort moderne. Pourquoi ?

— L'ambassadrice n'aime pas tellement l'opulence. Peut-être pouvez-vous épurer la décoration ? Elle préfère l'élégance simple.

Bavol réfléchit.

— C'est la cousine du commandant Ambroise. L'as-tu déjà rencontrée ?

— Non. Mais je sais que la plupart des Ixiens sont comme le Commandant : ils n'aiment pas du tout l'extravagance.

— C'est noté. Je vais voir ce que je peux faire, dit Bavol en se pressant vers la sortie.

Je brisai le sceau de cire sur le rouleau et le dépliai. Après l'avoir lu, je fermai les yeux un instant. Dans ma tête, je vis la ligne de mon destin s'entortiller pour former un nœud inextricable. Esaü et Perle venaient me rendre visite. Ils étaient déjà en route pour la Citadelle, et prévoyaient d'arriver cinq jours avant la pleine lune.

Décidément, tout le monde arrivait au pire moment. Si j'avais reçu un message des enfers m'annonçant l'arrivée imminente de Reyad et de Mogkan, je n'aurais pas été étonnée.

Je rangeai le message en secouant la tête. Le cours des événements échappait à mon contrôle. Décidant de ne me soucier de mes parents qu'une fois qu'ils seraient là, je me dirigeai vers le groupe des Ixiens. L'ambassadrice bavardait avec Bain Bloodgood.

Elle tourna vers moi ses yeux dorés, et Bain s'interrompit pour nous présenter.

— Madame Signe, je vous présente l'apprentie Elena Liana Zaltana.

Je pris la main fraîche de l'ambassadrice et la serrai, comme c'était la coutume en Ixia, puis saluai en m'inclinant à la mode sitienne. Elle s'inclina à son tour.

— Mon cousin m'a beaucoup parlé de vous, dit-elle. Comment se déroule votre apprentissage ?

— Très bien, merci. Pourrez-vous transmettre mes amitiés au commandant Ambroise ?

— Entendu.

Signe se tourna vers son aide de camp.

— Elena, voici le conseiller Ilom, mon assistant.

Veillant à garder une expression neutre, je serrai la main molle du conseiller. Il marmonna quelques banalités, puis m'ignora, semblant me juger indigne de son attention. Je savais que Valek jouait la comédie, pourtant son mépris à mon égard me troublait. Ses sentiments pour moi avaient-ils changé ?

Je n'eus pas le temps de réfléchir longtemps à cette question. Bientôt Bain s'éloigna pour présenter l'ambassadrice et Ilom à un autre conseiller, et Ari m'enveloppa dans une étreinte étouffante.

— J'adore ta robe, dit Janco.

— C'est toujours mieux que ton uniforme froissé, répliquai-je. Et ces poils blancs dans ta barbiche ?

Janco se passa la main sur le menton.

— Un petit souvenir laissé par une épée, dit-il. La cicatrice est de toute beauté, aussi. Attends, je vais te montrer…

Et, l'air ravi, il sortit sa chemise de son pantalon.

— Janco, dit Ari sur un ton d'avertissement, nous ne sommes pas censés fraterniser avec les Sitiens.

— Mais... elle n'est pas sitienne. Pas vrai, Elena ?

La voix de Janco se chargea d'horreur feinte.

— Ne me dis pas que tu es passée à l'ennemi, je t'en supplie. Parce que, si c'est le cas, je ne pourrai pas te donner ton cadeau.

Je sortis mon cran d'arrêt et montrai l'inscription à Janco.

— Et ça, alors ? *Sièges endurés, batailles livrées, amis à jamais*, ça ne tient plus, si je deviens sitienne ?

Janco se frotta la barbiche d'un air dubitatif.

— Bien sûr que si, dit Ari. Tu pourrais te transformer en chèvre, Elena, que ça tiendrait encore.

— Seulement si elle nous donne du fromage, dit Janco.

Ari leva ses yeux bleus au plafond.

— Donne-lui le cadeau, Janco.

— C'est de la part de Valek, dit l'intéressé en fouillant dans son sac. Il était malheureux de ne pas pouvoir venir...

— Ç'aurait été du suicide, dit Ari. Si les Sitiens mettent la main sur lui, ils l'exécuteront sur-le-champ.

Prise d'angoisse, je parcourus l'assemblée du regard. D'autres que moi avaient-ils reconnu Valek ? Chacun semblait en grande conversation, sauf Cahil. A l'écart de tous, il observait les Ixiens. En croisant mon regard, il fronça les sourcils.

Un grognement triomphant de Janco me ramena à l'instant présent. Quand je vis ce qu'il tenait à la main, toutes mes inquiétudes au sujet de Cahil furent oubliées. Un serpent de pierre noire, orné d'éclats d'argent, s'entortillait autour de sa paume. Les écailles gravées dans le dos du serpent dessinaient des diamants, et, dans ses yeux, deux minuscules saphirs brillaient. Une sculpture de Valek.

— C'est un bracelet, dit Janco.

Il prit mon bras et glissa le serpent à mon poignet.

— Il était trop petit pour moi, dit-il en plaisantant, alors j'ai conseillé à Valek de te l'offrir. Ça tombe bien, on dirait qu'il te va parfaitement.

Tout en m'émerveillant de ce cadeau, j'étais en proie à un sentiment d'appréhension croissant. Pourquoi Valek avait-il choisi de m'offrir un serpent ?

— Depuis ton départ, dit Ari, ça a été le calme plat. Bien que nous ne fassions toujours pas partie de son corps d'élite, Valek a sculpté un renard pour Janco et un cheval pour moi. Nous n'avions jamais possédé quelque chose d'aussi beau.

Nous bavardâmes quelque temps, puis mes deux amis durent escorter l'ambassadrice jusqu'à ses appartements. Ils allaient se relayer pour protéger Signe et Ilom, m'expliquèrent-ils, et trouveraient sûrement le temps de me revoir. Je proposai de leur montrer la Citadelle, peut-être même le Fort des magiciens.

Irys me rejoignit à la sortie de la réception et nous partîmes toutes les deux dans les rues de la Citadelle, vers le bâtiment où devait se tenir la réunion au sujet d'Ambre. Mes inoxydables gardes du corps nous emboîtèrent le pas.

— Janco a une mine superbe, dit Irys. C'était une blessure grave, mais il a récupéré à toute vitesse. Cela fait vraiment plaisir.

D'un coup, je me rappelai quelque chose que le Tisseur

d'histoires m'avait dit, et que, dans l'agitation, j'avais rangé dans un coin de mon esprit.

— Irys, qu'est-ce qu'un Chasseur d'âmes ? Mon...

Ne prononce pas ces mots à haute voix, dit la voix d'Irys dans ma tête. *Personne, à part moi, ne doit les entendre.*

Pourquoi pas ? De quoi ont-ils peur ?

J'entortillai nerveusement le bracelet de Valek autour de mon bras. Irys soupira.

Notre histoire est pleine de magiciens bons et courageux, ceux qui ont réuni les clans et fait la paix en Sitia. Malheureusement, dans les histoires qu'on raconte aux enfants, et dans les tavernes, au coin du feu, il n'est jamais question d'eux. On préfère chuchoter des horreurs au sujet des quelques magiciens maléfiques qui ont existé. Après Mogkan, c'est au tour de ce monstre qui a enlevé Ambre d'enflammer les imaginations. Ce n'est pas le moment de faire courir des rumeurs au sujet d'une Chasseuse d'âmes.

Irys triturait les plumes marron du masque d'aigle qu'elle portait à la main.

Il y a cent cinquante ans, un Chasseur d'âmes est venu au monde. On l'a d'abord fêté comme un cadeau du ciel. Il possédait des pouvoirs immenses : il guérissait non seulement les blessures du corps, mais aussi celles de l'âme. Un jour, il s'est rendu compte qu'il pouvait rattraper les âmes lorsqu'elles flottaient vers le ciel, et ranimer les morts.

Puis quelque chose est arrivé. Nous ne savons pas exactement quoi, mais il est devenu aigri. Au lieu d'aider les gens, il s'est mis à les utiliser. Il ressuscitait des morts sans âme, des créatures sans émotions ni volonté propre, qui n'avaient aucun scrupule à suivre ses ordres. Ce genre d'aberration est évidemment interdit par le Code éthique. A la tête de cette armée de zombies, il a régné sur Sitia pendant une longue et sombre période, avant que les maîtres magiciens ne l'arrêtent enfin.

Avant que je n'aie pu dire un mot, Irys poursuivit.

Elena, tu possèdes toutes les capacités d'une Chasseuse d'âmes. Quand tu as ranimé le corps mort de Tula, que tu l'as fait respirer, tu m'as choquée, et tu as effrayé Roze. C'est pour cela que j'ai été si sévère quand tu as faussé compagnie à tes gardes. Il me fallait prouver à Roze que j'étais capable de te contrôler. Mais, aujourd'hui, j'ai compris que j'avais eu tort. C'est sans doute le même genre de réaction de panique qui a fait basculer le dernier Chasseur d'âmes dans la folie. Avant de décider quoi que ce soit, nous devons découvrir l'étendue de tes pouvoirs. Qui sait ? Peut-être es-tu une maîtresse magicienne.

— J'en doute, dis-je en riant.

Irys n'avait eu aucun mal à me piéger et à briser mes défenses mentales. Quant aux affirmations de l'Homme-Lune selon lesquelles je serais une Chasseuse d'âmes, elles me paraissaient également douteuses. Après tout, j'avais réussi à mouvoir le corps de Tula, mais pas à ranimer son corps sans âme.

Nous avançâmes en silence vers l'entrée du Fort. Au pied des murailles, un petit mendiant enveloppé dans une cape crasseuse secouait une tasse vide. Agacée par les gens qui faisaient mine de ne pas le voir, je m'avançai pour lui donner une pièce. Le mendiant leva la tête ; avant qu'il ne cache de nouveau sa figure, je reconnus le sourire radieux de Fisk.

— Nous avons des nouvelles de celui que tu cherches ! Rendez-vous au marché, demain matin.

— Eh, toi ! Fiche la paix à cette dame ! grogna un garde près de la porte.

Je fis volte-face et décochai au soldat un regard furieux. Le temps de me retourner, Fisk avait disparu.

Je réfléchis à son message. D'instinct, j'avais envie de plaquer mes gardes dès le lendemain matin et de me rendre seule au marché : une réaction ixienne. Mais je décidai d'essayer la manière sitienne en consultant les autres au sujet d'Ambre.

Dans la salle de réunion, Leif était penché sur une carte. Il m'accueillit avec une expression de surprise bienveillante, mais une rage incontrôlable monta en moi, et je ne pus soutenir son regard. Bien que j'eusse promis à l'Homme-Lune d'aider mon frère, j'avais plutôt envie de le secouer de toutes mes forces en exigeant des explications.

Irys brisa le silence en m'exposant les opérations menées jusqu'ici par la cellule de recherches. On avait quadrillé la Citadelle et assigné un magicien à chaque quartier. Le conseiller Haroun, représentant des Sandseed, avait réuni des membres de son clan et passé au crible les régions limitrophes des plaines autour de la Citadelle. Ils n'avaient trouvé aucun indice.

— Il n'y a qu'à charger des gardes de fouiller tous les bâtiments de la Citadelle, dit Roze en faisant une entrée majestueuse.

Bain entra sur ses talons.

— Ce qui entraînera la mort immédiate d'Ambre, dis-je.

Roze me toisa avec mépris, puis lança à Irys un regard venimeux.

— Qui vous a invitée, vous ?

— Elle a raison, Roze, dit Irys. La nouvelle se répandrait comme une traînée de poudre. Le tueur serait rapidement mis au courant.

— Quelqu'un a une meilleure idée ?

Un silence suivit cette question.

— Moi, dis-je, j'en ai une.

Tous les regards se tournèrent vers moi. Celui de Roze me glaça le sang.

— J'ai des amis dans la Citadelle qui peuvent obtenir des renseignements sans se faire remarquer. D'ailleurs, il semble qu'ils aient déjà trouvé quelque chose. J'ai rendez-vous avec eux demain matin au marché.

A travers le tissu de ma manche, je fis tourner le serpent de Valek en attendant la réponse des Maîtres.

— Hors de question, dit Roze. Cela pourrait être un piège.

— Parce qu'à présent vous vous inquiétez pour moi ? rétorquai-je. Comme c'est touchant. Je me demande, toutefois, si ce n'est pas plutôt de la jalousie.

— Mesdames, je vous en prie, dit Bain. Concentrons-nous sur le problème qui nous occupe. Elena, faites-vous confiance à votre informateur ?

— Oui.

— Il n'y aurait rien de remarquable à ce qu'Elena se rende au marché demain matin, dit Irys. Ses gardes du corps l'accompagneront.

— Non, ils effrayeraient mon informateur, dis-je. Par ailleurs, il risque de vouloir m'amener quelque part, et j'aurai besoin de me déplacer rapidement.

— Mais tu auras besoin de protection. Nous pourrions déguiser tes gardes.

— Ce n'est pas le genre de protection dont je vais avoir besoin. Je suis capable de me défendre contre une attaque physique. C'est plutôt une attaque magique qui m'inquiète.

Dans cette mission, Irys serait une alliée précieuse, pensai-je. Percevant mes pensées, elle hocha la tête, et nous établîmes un plan pour le lendemain.

Après la réunion, je me rendis au réfectoire, où je déjeunai sur le pouce et volai quelques pommes pour Kiki et Topaze. Mes gardes continuaient à me suivre ; je m'étais habituée à leur présence avec une facilité surprenante. Au moins, je n'avais plus à craindre d'attaques surprises de la part de Goel. Dans les circonstances, c'était une aubaine, car j'étais préoccupée par mille autres problèmes.

Depuis mon assignation à résidence, je n'étais pas remontée à cheval. A présent, même s'il m'était encore interdit de quitter le Fort, je pouvais reprendre mon entraînement. Depuis que la mère de Kiki s'était moquée de ma selle, j'avais résolu d'apprendre à monter à cru. Cela me paraissait en outre un talent utile : en cas d'urgence, je pourrais sauter sur la jument sans la seller.

Puis, j'avais besoin de me changer les idées. Des fantasmes coupables, consistant par exemple à semer mes gardes et à me glisser dans l'aile des invités pour rendre visite à un certain conseiller, ne cessaient de me traverser l'esprit. Il s'agissait de réprimer ces pulsions, sous peine de mettre la vie de Valek en danger. Retroussant ma manche, je contemplai mon bracelet. Il luisait sous le soleil de fin d'après-midi ; lorsque je passai mon doigt sur le bijou, sa surface m'évoqua le contact d'un serpent vivant. C'était presque effrayant. La position de l'animal, toutefois, semblait moins agressive que protectrice.

De nouveau, je m'étonnai de son choix. Savait-il, d'une manière ou d'une autre, que je souffrais de cauchemars récurrents mettant en scène des serpents ? Et, dans ce cas, pourquoi m'en offrait-il un ? N'aurait-il pas mieux fait de m'offrir par exemple une mangouste ?

Kiki m'attendait près de la clôture. Elle hennit en m'apercevant, et je lui donnai sa pomme avant de sauter par-dessus la barrière. Mes gardes se postèrent en vue, mais à bonne distance. Petit à petit, ils apprenaient.

J'examinai Kiki pendant qu'elle finissait sa pomme. Elle avait des orties emmêlées aux poils de sa queue, et de la boue séchée sur le ventre et les sabots.

— Personne ne t'a pansée ? demandai-je avec impatience.

— Personne n'a réussi à s'en approcher, dit Cahil.

Par-dessus la clôture, il me tendit un seau rempli de brosses et de peignes.

— Apparemment, tu es la seule à détenir ce privilège.

— Merci, dis-je à Cahil.

Je pris une étrille et entrepris de détacher la boue collée au ventre de la jument.

Cahil s'appuya sur la clôture.

— Je t'ai vue discuter avec des gens du Nord, ce matin. Tu les connais ?

Je lançai un coup d'œil au jeune homme. Son visage était tendu, sérieux. Son arrivée avec le matériel n'avait pas été un hasard, pensai-je. Il m'avait attendue pour essayer de me soutirer des informations.

Choisissant mes mots avec soin, je dis :

— Deux gardes de la délégation sont des amis.

— Ceux qui t'ont appris à te battre ? demanda Cahil sur un ton faussement désinvolte.

— Oui.

— A quelle division appartiennent-ils ?

Je cessai de brosser Kiki et le dévisageai.

— Cahil, que veux-tu vraiment savoir ?

Il rougit, et marmonna une réponse inaudible.

— Tu ne comptes pas t'en prendre à la délégation, j'espère ? Saboter les réunions, par exemple ? Ou bien as-tu prévu de leur tendre un piège sur le chemin du retour en Ixia ?

Cahil ouvrit la bouche, mais aucun son n'en sortit.

— Ce serait très imprudent, continuai-je. Tu risques de retourner les deux pays contre toi, et surtout...

— Surtout ?

— L'ambassadrice est entourée des hommes d'élite du Commandant. S'en prendre à elle équivaudrait à une tentative de suicide.

— Comme tu es prévenante, aujourd'hui, Elena, dit Cahil sur un ton sarcastique. C'est très gentil à toi de te soucier de mes hommes... à moins, bien sûr, que tu ne cherches à protéger tes amis du Nord. Ou devrais-je dire ton âme sœur ?

Il bluffait forcément. Je le défiai.

— De quoi parles-tu, Cahil ?

— Je t'ai vue, quand la délégation est arrivée. Ton visage est resté impassible, mais ta main est allée tout droit vers le pendentif que tu portes sous ta robe. Celui qui te l'a offert est ici, j'en suis sûr. D'ailleurs, il t'a offert un nouveau cadeau.

Je me retournai vers Kiki et recommençai à la brosser.

— Puisque tu es si bien informé, pourquoi venir m'interroger ?

— Qui est-ce ?

Je ne répondis pas. Cahil poursuivit :

— C'est l'homme à l'oreille déchirée. Celui qui t'a donné le serpent.

Je ne pus m'empêcher de rire, tant Cahil avait l'air satisfait.

— Janco ? demandai-je. Il est comme un frère pour moi. Il était chargé de me remettre le cadeau, voilà tout.

— Je ne te crois pas.

Haussant les épaules, je tendis une brosse en fer à Cahil.

— Tiens, essaie de démêler les mauvaises herbes de sa queue.

Le voyant hésiter, j'ajoutai :

— Ne t'inquiète pas, elle se tiendra tranquille.

Nous travaillâmes quelque temps en silence. Au bout d'un moment, Cahil n'y tint plus.

— Tu es plus heureuse depuis l'arrivée de tes amis du Nord.

— Ils me manquaient beaucoup.

— Aimerais-tu revenir en Ixia ?

— Oui. Mais c'est impossible, car je suis une magicienne.

Et il existait un ordre d'exécution à mon encontre… mais je jugeai plus prudent de ne pas en parler à Cahil.

— Rien n'est impossible, dit Cahil.

Il finit de démêler la queue de Kiki et attaqua sa crinière.

— Quand j'aurai repris le contrôle d'Ixia et libéré son peuple, il y aura une place pour toi à mes côtés, si tu l'acceptes.

Evitant de répondre à sa question implicite, je lui lançai un regard dubitatif et dis :

— Crois-tu vraiment que le Conseil va te soutenir, maintenant qu'il a pactisé avec la délégation du Nord ?

— Toute ma vie, dit Cahil sur un ton de passion mystique, on m'a répété qu'un jour je régnerai sur Ixia. Toute mon éducation a été fondée là-dessus. Le Conseil lui-même m'a encouragé à m'entraîner, à me préparer, à établir des plans en attendant le moment de passer à l'attaque.

L'intensité du regard bleu de Cahil me fit esquisser un mouvement de recul.

— Et puis un beau jour, cracha-t-il, le Nord accepte la proposition de traité commercial, et tout à coup, le Commandant est le meilleur ami du Conseil, et ma raison d'être n'intéresse plus personne. Ce que le Conseil n'a pas compris, c'est que le Commandant joue double jeu. Mais, le jour où il abattra ses cartes, je serai là. J'ai de nombreux partisans fidèles qui ne sont pas heureux, eux non plus, de cette alliance avec le Nord.

— Si tu comptes t'opposer aux forces du Commandant, tu auras besoin d'une armée professionnelle, dis-je. Et si Valek...

— Que sais-tu de Valek ?

Cahil attrapa mon bras et serra mon bracelet jusqu'à ce qu'il s'enfonce dans ma chair. Je grimaçai de douleur.

Kiki dressa une oreille. *Coup de pied ?* demanda-t-elle.

Non. Pas pour l'instant.

— Si Valek découvre ce que tu complotes, il t'arrêtera avant que tu n'aies pu rallier ton armée.

— Crois-tu vraiment qu'il puisse m'arrêter ? demanda-t-il.

— Oui.

Je m'arrachai à la main de Cahil, mais il me rattrapa par le poignet et, de sa main libre, remonta la manche de ma robe, découvrant le serpent qui entourait mon bras. Puis il tira sur mon col pour l'ouvrir. Le pendentif de pierre noire, en forme de papillon, se balança au bout de sa lanière. Les petites taches argentées qui parsemaient ses ailes scintillèrent au soleil, semblables à celles qui ornaient le serpent.

— Tu es bien placée pour le savoir, dit Cahil en me relâchant.

Une expression de stupeur marquait son visage. Il venait de comprendre. Je chancelai.

— En tant que goûteur du Commandant, tu devais le voir très souvent, ce Valek. C'est forcément lui qui t'a appris à reconnaître les poisons et les techniques d'assassinat.

Le jeune homme me regardait avec dégoût.

— D'après Marrok, chaque fois qu'un membre de la famille royale était assassiné, l'assassin laissait derrière lui une petite statuette noire pailletée d'argent. C'était sa carte de visite. Après la prise du pouvoir par le Commandant, on a appris que cet assassin s'appelait Valek.

Je me remis à brosser la jument.

— Tu ne crois pas que c'est un peu rapide, Cahil ? Tu t'appuies sur une histoire qu'on t'a racontée, enfant, pour t'endormir, et qui a dû s'enjoliver au fil des années.

Des tas de gens sculptent des objets dans cette pierre. Réfléchis à cela avant de tirer des conclusions hâtives.

Les yeux baissés, je rangeai les brosses et le reste du matériel dans le seau, puis ramenai Kiki à son box. Le temps de remplir son seau d'eau et de revenir, Cahil avait disparu.

Mes gardes me suivirent jusqu'aux bains, et m'attendirent pendant que je me lavais de la poussière et des poils de chevaux. Quand nous arrivâmes devant ma porte, le soleil s'était déjà couché. J'attendis dehors, frissonnant dans la nuit, pendant que l'un des hommes fouillait mes appartements. Il me fit enfin signe d'entrer. Une fois seule, je fermai les volets et tirai les verrous, puis allumai un feu dans la cheminée.

— C'est mieux, dit une voix qui embrasa mon âme.

Je fis volte-face. Affalé sur une chaise, Valek avait calé ses pieds bottés sur la table du séjour.

25.

Tenant à la main la figurine de valmur que je lui avais achetée plusieurs mois auparavant, Valek l'admirait à la lumière du feu. Il portait une chemise et un pantalon noirs très simples, moins moulants que sa combinaison noire d'espion, mais suffisamment ajustés pour ne pas gêner ses mouvements.

— Comment as-tu…

— Bluffé tes gardes ? Ils ne sont pas très forts. Ils ont oublié de vérifier le plafond.

Un grand sourire satisfait adoucit le visage anguleux de Valek. D'un coup, je me rendis compte qu'il ne portait plus son déguisement.

— C'est très dangereux, Valek.

— Je le sais, mon amour. Je n'aurais jamais dû m'enticher de toi.

— Non, Valek, je veux dire ta présence ici. Tu es en plein milieu du Fort des magiciens, et il y a deux gardes devant ma porte !

— Ce n'est dangereux que s'ils se rendent compte que je suis là. Pour l'instant, je ne suis que l'humble assistant de l'ambassadrice.

D'un mouvement fluide, Valek sauta sur ses pieds.

L'étoffe noire de ses vêtements épousait ses formes. Il tendit les bras à l'horizontale et tenta de prendre l'air innocent.

— Tu vois, je ne suis même pas armé.

— Menteur ! Veux-tu que je devine combien d'armes tu portes sur toi, ou bien dois-je te fouiller au corps ?

— La deuxième solution est le seul moyen d'en avoir le cœur net, dit Valek avec délectation.

Je fis trois pas et me trouvai dans ses bras… c'est-à-dire chez moi. Dans un endroit sans confusion, sans soucis ni problèmes. Juste le parfum de Valek, mélange enivrant de musc et d'épices.

Sur le trajet jusqu'au lit, je trouvai deux couteaux sanglés aux avant-bras de Valek, des fléchettes coincées dans sa ceinture, un cran d'arrêt sur sa cuisse droite et une courte épée dans sa botte. Je savais que d'autres armes étaient dissimulées dans ses vêtements, mais, au contact de sa peau, je perdis tout intérêt pour le jeu. Nous ne pensâmes plus qu'à refaire connaissance. Son corps près du mien comblait tous les vides dans mon âme. J'étais chez moi de nouveau.

Nous ne trouvâmes le temps de parler qu'à une heure tardive de la nuit. Etendue près de Valek sous les couvertures, je le remerciai à voix basse pour son cadeau, et lui parlai de Tula, d'Ambre, et des raisons pour lesquelles j'avais des gardes du corps.

— Et c'est moi qui suis censé être en danger ? dit Valek sur un ton ironique. Je suis arrivé au bon moment, il me semble. Tu vas avoir besoin d'un coéquipier capable de résister à la magie.

De fait, la résistance de Valek à l'égard de la magie pouvait être ajoutée à la liste de ses armes cachées. Pour la première fois depuis qu'Ambre avait été capturée, j'eus de nouveau espoir de la sortir intacte des griffes du tueur.

— Comment peux-tu me servir de coéquipier ? protestai-je néanmoins. Tu es censé rester avec l'ambassadrice.

— Ne t'inquiète pas pour ça. J'ai tout prévu. Ce n'est pas la première fois que je m'introduis en Sitia, et ce ne sera pas la dernière. En tant que chef de la sécurité, la surveillance de nos voisins a toujours fait partie de mes responsabilités. Cela m'amuse beaucoup.

— Jusqu'au jour où te tu feras attraper.

Mon humeur s'assombrit, mais Valek, pour sa part, ne parut nullement affecté.

— C'est une possibilité, en effet… Ça fait sans doute partie du charme.

Il se blottit contre mon cou et poussa un soupir de regret.

— Il faut que je parte. Il va bientôt faire jour.

Il roula hors du lit et commença à s'habiller.

— Et puis, ajouta-t-il, je ne veux pas que ton petit ami me trouve ici.

— Quoi ?

Je me redressai dans le lit.

— Le petit blond qui se languit d'amour pour toi. Il ne te quitte pas des yeux.

— Cahil ? dis-je en riant. Il croyait que Janco était l'homme de ma vie. Tu te trompes de cible, tu sais : tu ferais mieux d'être jaloux de ma jument. C'est elle qui a volé mon…

Je m'interrompis. Valek s'était figé, et toute trace d'humour avait quitté son visage.

— Comment s'appelle-t-il ?
— *Elle* s'appelle Kiki.
— Pas la jument, dit Valek en secouant la tête. Le blondinet.
— Cahil.
— Cahil Ixia ? Le neveu du roi ? Il est vivant ?
Valek avait l'air désorienté.
— Je croyais que tu le savais, dis-je.

Je m'étais imaginé que Valek avait laissé Cahil en vie, le jugeant inoffensif. Mais à présent je me rappelai ce qu'avait dit Cahil : Valek avait oublié de compter les corps de la famille royale. Horrifiée, je me rendis compte que je venais de faire une énorme erreur.

— Ne le tue pas, Valek.
— Il représente une menace pour le Commandant.

Un masque inexpressif s'installa sur le visage de Valek, et ses traits prirent l'aspect de la pierre. Inflexibles, intransigeants.

— C'est mon ami.

Valek leva vers moi un regard de tueur.

— A la seconde où il devient plus qu'une menace potentielle, il est mort.

Valek avait juré de protéger le Commandant, et seul son amour pour moi le retenait d'assassiner Cahil sur-le-champ. Sa fidélité envers son chef était absolue. Si le Commandant lui avait donné l'ordre direct de me tuer, Valek l'aurait fait sans hésiter.

— Heureusement que le Commandant est en sécurité en Ixia, dit Valek.

Son visage s'adoucit, puis il se mit à rire.

— Il est en vacances, dit-il. C'est la seule personne

que je connaisse qui se détend en chassant des araignées des sables.

— Il ne risque pas de se faire piquer ? demandai-je, horrifiée.

Le simple fait de penser à ces araignées monstrueuses me donnait la chair de poule. Elles avaient la taille d'un petit chien, se déplaçaient à toute vitesse, et leur venin était mortel... Puis je me rappelai qu'en réalité le Commandant se trouvait dans l'aile des invités du Fort des magiciens.

— Tu penses ! Je n'ai toujours pas réussi à battre le Commandant dans un combat au couteau. Il est parfaitement capable de se défendre face à une araignée des sables. Un survivant de l'ancienne famille royale, en revanche, c'est une autre histoire. Je vais tenir ce Cahil à l'œil.

Ce n'était qu'une question de temps avant que Valek ne découvre les desseins de Cahil. Que ferais-je alors ? Quelque chose que Cahil m'avait dit me revint subitement à l'esprit.

— Valek, est-ce que tu laissais des statuettes d'animaux derrière toi, quand tu assassinais des gens ?

— Toi, tu as écouté les rumeurs sitiennes.

Je hochai la tête.

— Mais je ne crois pas tout ce qu'on me dit.

— Tant mieux. Néanmoins, je dois admettre qu'au moins l'une d'entre elles est fondée. J'étais jeune, bête et prétentieux ; cela me plaisait d'être connu sous le nom d'Artiste de la Mort. J'ai même commencé à déposer une sculpture avant de commencer une mission, pour que ma victime la trouve.

Valek secoua la tête.

— Ces bêtises ont failli me faire tuer, et j'ai arrêté.

Il m'embrassa, et je me cramponnai à lui. L'espace d'un instant, j'eus envie de m'enfuir avec lui, d'oublier ces histoires de magiciens voleurs d'âmes et d'aristocrates déchus. Mais tel n'était pas notre lot. Notre destin à nous, c'était de côtoyer les prisonniers, les assassins et les comploteurs. Sans eux, nous nous serions probablement ennuyés. Pourtant, je ne pouvais m'empêcher de rêver à une vie tranquille, sans dangers ni soucis.

Avec réticence, je laissai Valek partir. Il inclina la tête en direction de la porte ; je l'ouvris et me chargeai de distraire le garde. Quand je rentrai dans le séjour, je ne trouvai qu'une obscurité froide et oppressante. Valek était parti.

Quelques heures plus tard, je partis avec Irys en direction du marché. Le ciel couvert et maussade reflétait parfaitement mon humeur. Je resserrai ma cape autour de mes épaules ; c'était la première fois qu'il faisait assez froid pour la porter.

Le marché était bondé. Chacun s'empressait de faire ses emplettes avant que les nuages qui assombrissaient l'horizon n'éclatent en orage.

Je fis quelques achats sans importance avant de sentir un tiraillement familier sur ma main. Fisk se tenait à mon côté, et me lançait un grand sourire. Son visage n'était plus creusé par la faim ; au loin, la bande d'enfants sous ses ordres s'activait pour transporter les paquets des acheteurs.

— Tu cherches toujours un étranger accompagné d'une jeune fille ? me demanda Fisk.

— Oui. Tu les as vus ?

Fisk sourit de plus belle, et tendit la main.

— Les renseignements, ça vaut cher.

— Je vois que tu diversifies tes activités. Très malin de ta part, dis-je en lui tendant une pièce en cuivre. Mais fais bien attention à toi, Fisk. Certains n'aiment pas qu'on fouille dans leurs affaires.

Il acquiesça d'un hochement de tête. Ses yeux marron clair brillaient d'une sagesse étonnante, pour un enfant de son âge. Je réprimai un soupir. En Ixia, l'intelligence de Fisk serait reconnue et stimulée ; il deviendrait conseiller ou officier de rang. Ici, en Sitia, il avait grandi dans la rue, et dû mendier pour manger. A présent, toutefois, les choses semblaient s'améliorer pour lui.

— Qu'as-tu appris ? demandai-je en souriant.

— Viens ! dit-il en tirant sur ma main.

Irys, qui nous écoutait en silence, dit :

— Est-ce que je peux vous accompagner ?

Fisk baissa la tête et regarda fixement le sol.

— Si vous y tenez, Quatrième Magicienne.

Un sourire narquois flotta sur les lèvres d'Irys.

— C'était bien la peine de me déguiser, dit-elle.

Fisk leva les yeux vers elle.

— Seuls les mendiants qui travaillent près du bâtiment du Conseil seraient capables de vous repérer, Quatrième Magicienne. Nous n'avons pas grand-chose à faire, à part regarder. C'est à qui reconnaîtra le premier un maître magicien.

Irys fixa sur le garçon un regard pensif. Il gigota, mal à l'aise, puis, n'y tenant plus, détourna les yeux.

— Venez, dit-il, suivez-moi.

Tandis que nous nous enfoncions à travers des ruelles

sombres et des cours désertes, je me demandai si Valek nous suivait. Les habitants vaquaient à leurs occupations, et parurent à peine remarquer notre passage.

Fisk s'arrêta à l'entrée d'une vaste esplanade. Une immense statue en jade, représentant une tortue à la carapace ornée de motifs décoratifs, occupait le centre de la place. L'animal en pierre vert foncé crachait un jet d'eau qui s'abîmait dans un bassin.

Tendant le doigt vers un bâtiment à l'autre bout de la place, Fisk dit :

— Au deuxième étage vit un homme dont les mains sont couvertes de dessins rouges. Il est nouveau, personne ne le connaît. Il porte une cape qui dissimule son visage. Mon frère a vu une jeune fille entrer en portant des paquets.

Je regardai Irys.

Ce quartier a-t-il été fouillé par un magicien ? demandai-je.

Oui, mais pas par un Maître.

Irys projeta son esprit vers l'autre bout de la place, et je l'accompagnai en pensée. Au premier étage, une jeune femme allaitait un bébé. Quand il aurait bien mangé, pensait-elle, il faudrait qu'il fasse la sieste. Au troisième étage, une femme se demandait s'il allait pleuvoir. Nous ne perçûmes rien au deuxième étage, mais le pouvoir de Ferde était égal à celui d'Irys. Il ne serait pas facile à détecter.

Je pourrais insister, mais il nous repérerait, dit Irys. Je vais plutôt revenir avec des renforts.

Qui ?

Roze et Bain. A nous trois, nous devrions être capables

de le maîtriser. Une fois qu'il sera inconscient, nous le transporterons à la prison du Fort.

Et quand il se réveillera ? Ne pourra-t-il utiliser ses pouvoirs pour s'échapper ?

Les cellules de la prison sont pourvues d'une boucle de pouvoir. Si un prisonnier essaie d'utiliser de la magie, la boucle absorbe son pouvoir et l'utilise pour rendre la cellule plus hermétique, jusqu'à ce que le magicien soit épuisé.

Fisk, qui nous observait avec fascination, finit par s'éclaircir la gorge.

— L'homme que vous cherchez est-il ici ? demanda-t-il.

— La jeune fille dont ton frère a parlé ne pourrait-elle être la maman du bébé ? demanda Irys.

Le garçon secoua la tête.

— Non, elle, c'est Ruby. Parfois elle m'embauche pour garder Jatee.

Je lui fis un grand sourire.

— Décidément, les affaires sont florissantes.

— J'ai acheté une nouvelle robe pour ma mère, dit-il avec fierté.

La pluie commença à tomber tandis que nous retournions vers le marché. Fisk nous salua de la main avant de rejoindre ses amis et de disparaître. Le marché se vidait, les vendeurs rangeaient leurs étalages à toute vitesse. Une femme particulièrement pressée me heurta de plein fouet, et me lança des excuses sans même se retourner. Des grondements de tonnerre ricochaient contre les murailles de la Citadelle.

Je vais chercher Roze et Bain, dit Irys. Retourne au Fort, Elena.

Je veux être là quand vous entrerez dans l'immeuble.

Non. Tu restes au Fort. Il te veut. Si les choses tournent mal et qu'il menace de s'en prendre à Ambre, tu sais que tu te rendras. C'est trop dangereux.

Je voulus protester, mais Irys avait raison. Et, si je la suivais en dépit de ses ordres, elle ne me ferait plus jamais confiance.

Mon mentor s'éloigna vers le bâtiment du Conseil pour y retrouver Roze, laquelle avait rendez-vous avec l'ambassadrice ixienne. Une réunion que j'aurais adoré espionner : l'arrogante maîtresse magicienne contre le puissant Commandant.

La pluie se mit à tomber à torrents, trempant ma cape. Enfouissant mes mains froides et mouillées dans mes poches, je trouvai un morceau de papier. Je ne me souvenais pas de l'y avoir mis ; je n'avais pas porté ma cape depuis mon arrivée en Sitia, même si je l'avais utilisée comme couverture dans les plaines d'Avibian. Le papier comportait peut-être un message énigmatique du Tisseur d'histoires... Cette idée me fit rire ; cela lui ressemblait d'avoir laissé un rébus dans ma poche. Avant de résoudre ce mystère, toutefois, je devais m'abriter de la pluie.

Mes gardes m'attendaient à l'entrée du Fort. Ils me suivirent vers mes appartements et les fouillèrent à fond. Quand ils eurent terminé, je leur proposai d'entrer, mais ils déclinèrent mon invitation ; c'était apparemment interdit par le règlement.

Après avoir allumé une bonne flambée, j'étendis ma cape trempée et sortis le papier froissé de la poche. C'était bien un message à mon intention. Mes mains se glacèrent à mesure que je le déchiffrais, et le feu de la cheminée ne réussit pas à les réchauffer.

— Que dit le message ? demanda Valek en se découpant dans l'embrasure de la porte.

J'avais cessé depuis longtemps de m'émerveiller de son habileté. Trempé des pieds à la tête, il avait dû entrer par la fenêtre de ma chambre sans se faire repérer par les gardes.

Il me prit le papier des mains.

— Elle avait un savoir-faire rudimentaire ; sans doute une voleuse à la tire qu'on a embauchée pour te remettre le message. As-tu pu voir son visage ?

Trop tard, je fis le lien entre la femme qui m'avait bousculée, au marché, et le papier apparu dans ma poche.

— Non. Son visage était caché par sa capuche.

Valek haussa les épaules, mais, après avoir lu le message, il me décocha un regard perçant.

— Les choses prennent une tournure intéressante.

C'était bien Valek, ça : lui seul était capable de considérer ce genre de situation comme « intéressant ». Quant à moi, je me trouvais de nouveau face à un dilemme.

— Il semble que le tueur ait une longueur d'avance sur les magiciens, dit Valek. Il sait qu'ils ne consentiront pas à t'échanger contre Ambre, alors il a décidé de prendre les choses en main. Quelle importance accordes-tu à la vie d'Ambre ?

Comme à son habitude, Valek allait droit au cœur du problème. Le message de Ferde prévoyait une nouvelle date et un nouveau lieu pour faire l'échange. Trois soirs avant la pleine lune, c'est-à-dire dans quatre nuits. Sans doute le tueur avait-il besoin de temps pour me préparer au rite efe. Je frissonnai en chassant de mon esprit des visions sordides de viol et de torture.

Je ne pouvais révéler le contenu du message à Irys et aux autres magiciens. Je savais comment ils réagiraient : ils tenteraient de poser un piège à Ferde, mais ils ne me laisseraient pas m'approcher du lieu de rendez-vous, et le piège ne fonctionnerait pas.

Je pouvais aussi me présenter seule au rendez-vous, sans rien dire à Irys. La mise en garde de cette dernière me revint à l'esprit : si Ferde s'emparait de mon pouvoir, il serait en mesure de prendre le contrôle de Sitia.

Devais-je laisser mourir Ambre pour sauver Sitia ? Je m'étais pourtant promis de l'arracher aux mains de son ravisseur. En outre, une fois Ambre morte, rien n'empêcherait Ferde de tendre un piège à une autre magicienne tout aussi puissante que moi.

Ce nouveau dilemme, j'allais devoir l'enfouir au plus profond de moi. Jusqu'ici, fidèle à sa promesse, Irys s'était abstenue de fouiller dans mes pensées, mais, si le destin de Sitia était en jeu, elle serait capable de revenir sur sa parole.

Mon regard se posa sur Valek, imperméable à la magie et indétectable par elle.

— La vie d'Ambre est importante, dis-je pour répondre à sa question. Mais il est encore plus crucial d'arrêter le tueur.

— Je suis à ta disposition, mon amour.

26.

Valek et moi échafaudâmes quelques plans préparatoires pour délivrer Ambre. Quand il me quitta pour retrouver la délégation ixienne, j'étais chargée d'une détermination renouvelée. Le lendemain, je mis à profit mon temps libre pour m'entraîner à contrôler ma magie, et pour faire des exercices physiques en prévision de ma rencontre avec Ferde.

Irys, Roze et Bain avaient fait une descente dans l'appartement où, selon Fisk, l'homme aux mains rouges avait élu domicile. L'endroit était vide, et les affaires éparpillées sur le sol indiquaient que ses habitants étaient partis à la hâte. Soit quelqu'un avait prévenu Ferde, soit il avait senti l'approche des maîtres magiciens. En tous les cas, on se trouvait dans une impasse. Les plans que Valek et moi avions élaborés n'en prenaient que plus d'importance.

L'après-midi, j'entamai enfin les leçons de combat que j'avais promis depuis longtemps de donner à Zitora. Ces leçons, raisonnai-je, m'entraîneraient, moi aussi. L'orage de la veille avait laissé de grosses flaques dans la cour, qui ne cessaient de nous éclabousser tandis que nous répétions les mouvements de base de l'autodéfense.

Zitora se révéla une élève douée, qui assimilait rapidement gestes et idées.

— Je me sers de ton pouce pour libérer mon poing ? demanda-t-elle.

— Oui. C'est le point faible.

Je poussai un grognement tandis qu'elle arrachait sa main à mon étreinte.

— Parfait. Maintenant, je vais te montrer comment faire pivoter ta main pour attraper le bras de ton adversaire et le casser.

Les yeux de Zitora s'illuminèrent. Je ne pus m'empêcher de rire.

— Tout le monde te croit si douce et si gentille ! J'ai presque pitié de celui qui essaiera d'en profiter... mais pas tout à fait.

Nous travaillâmes jusqu'à ce que ses mouvements deviennent instinctifs.

— Un bon début, dis-je enfin. Ces prises t'aideront à te défendre contre quelqu'un qui a plus de force que toi, mais, s'il s'agit d'un adversaire très expérimenté, tu devras utiliser des tactiques différentes.

Zitora écarquilla les yeux.

— Tu veux dire que je pourrais me défendre contre quelqu'un comme *lui* ?

Son regard était fixé sur un point derrière mon épaule. Je me retournai : Ari entrait dans le pré. Vêtu de sa chemise d'entraînement sans manches et d'un pantalon court, il exhibait son physique puissant. Derrière lui venait Janco, moins massif en apparence, mais tout aussi dangereux, je le savais, en raison de sa rapidité. Mes deux amis arboraient des cannes et de grands sourires.

Mes gardes du corps prirent l'air inquiet et indécis ; je les rassurai d'un geste de la main.

— Oui, dis-je à Zitora. Bien entraînée, tu pourrais lui échapper. Tu ne le battrais pas dans un duel, mais l'autodéfense ne sert pas à ça. Rappelle-toi ce que je t'ai dit. Cogne et...

— ... tire-toi ! finit Janco. Cours comme un lapin poursuivi par un loup. Je vois que tu apportes la bonne parole en Sitia, Elena, ça fait plaisir.

Janco se tourna vers Zitora et, sur un ton de conspirateur, dit :

— Elle a été formée par les meilleurs instructeurs d'Ixia tout entière.

Zitora prit l'air impressionné.

— Une autre règle importante de l'autodéfense, ajouta Ari, c'est de ne pas croire tout ce qu'on vous raconte.

— Comment êtes-vous entrés dans le Fort ? demandai-je.

Ari haussa ses épaules massives.

— Le garde a demandé nos noms et le motif de notre visite, puis il est allé consulter quelqu'un dans le poste de garde. Quand il est ressorti, il nous a expliqué comment te trouver.

Un magicien devait être posté à l'entrée du Fort pour communiquer avec les autres magiciens, compris-je. Bon à savoir.

— Peut-on se joindre à vous ? demanda Janco. J'ai appris des nouvelles prises terribles !

— Nous étions sur le point d'arrêter, dis-je.

Zitora s'épongea le visage avec une serviette.

— Il faut que j'aille me débarbouiller avant la réunion du Conseil, dit-elle.

Elle partit à toute allure en nous saluant de la main.

— Tu es vraiment trop fatiguée pour un combat ? demanda Janco. Je veux que tu sois en pleine forme quand je te battrai.

Il me décocha un sourire innocent.

— Il a besoin d'exercice, expliqua Ari. Le pauvre a passé toute la matinée à veiller sur l'ambassadrice Signe et le conseiller Ilom pendant qu'ils assistaient à des réunions interminables.

— C'était à crever d'ennui, confirma Janco.

Ainsi, ni Ari ni Janco n'avaient reconnu Valek sous son déguisement de conseiller. Cela me rassura un peu.

— Même endormie, je te battrais encore, affirmai-je fièrement à Janco.

Celui-ci fit tournoyer sa canne, recula d'un pas et se mit en garde. Je ramassai mon arme et basculai en mode de concentration intense. Puis j'attaquai.

— Tu gardes la forme, ça fait plaisir, haleta Janco.

Il battit en retraite de quelques pas, puis rattaqua de plus belle.

— Elle est forte et vive, mais peut-elle me suivre ? chantonna-t-il.

Je souris en me rendant compte à quel point ses rimes bancales m'avaient manqué. Une fraction de seconde avant son attaque, je sus qu'il allait tenter de remonter ma garde pour me frapper aux côtes. Mon refus de mordre à l'hameçon déconcerta Janco. En riant, je le repoussai en arrière, lui fauchai les chevilles d'un grand coup de canne, et reculai précipitamment pour éviter d'être éclaboussée par son atterrissage dans une grosse flaque.

S'essuyant les yeux du revers de la main, Janco dit :

— Eh bien, Ari... Dire que tu te faisais du souci pour elle !

— Elle a trouvé une nouvelle astuce, depuis son arrivée en Sitia, dit Cahil.

Accoudé à la barrière du pré, il devait nous observer depuis le début du combat. A présent, il sauta par-dessus la clôture et s'avança vers nous. Ari se mit en garde. Cahil portait une tunique couleur sable et un pantalon marron, et il était armé de sa grande épée.

Je fis les présentations, mais, au lieu de se détendre, Ari fixa sur Cahil un regard plein de méfiance. J'espérais que mes deux amis n'avaient pas reconnu le nom de Cahil. La famille de l'ancien roi n'était pas mentionnée dans les livres d'histoire écrits par le Commandant, et, si les plus anciens citoyens se souvenaient de quelque chose, ils n'en parlaient jamais.

— Quelle astuce ? demanda Janco.

— Une astuce magique, dit Cahil. Elle a anticipé tous vos mouvements en lisant dans vos pensées. Assez sournois, comme façon de faire, vous ne trouvez pas ?

— Je n'ai pas lu dans ses pensées, m'interposai-je. J'ai gardé l'esprit ouvert et j'ai deviné ses intentions.

— Je ne vois pas la différence, répliqua Cahil. Leif avait raison, quand il t'a accusée d'avoir utilisé ta magie pour me battre. Tu n'es pas seulement sournoise, tu es aussi une menteuse.

Je posai la main sur le bras d'Ari pour l'empêcher d'étrangler Cahil.

— Cahil, je n'avais pas besoin de lire dans tes pensées, quand nous nous sommes battus dans la forêt. La vérité, c'est que tu es moins doué qu'Ari et Janco. Ce sont eux qui m'ont aidée à trouver ma zone de concentration, sinon je n'aurais jamais pu les battre. Je ne connais qu'une seule personne capable de les vaincre sans aide spéciale.

— Une seule ? dit Janco d'un air pensif.

Il gratta la cicatrice sur son oreille droite.

— Valek, dit Ari.

— Ah, bien sûr, dit Cahil. Le tristement célèbre Valek. Tenu en haute estime par sa maîtresse… ou dois-je plutôt dire sa *maîtresse espionne* ?

— Je crois que vous devez surtout partir, grogna Ari. Le plus vite possible.

— Je suis chez moi, ici dit Cahil. Grâce à Valek. Vous n'avez qu'à partir, vous.

Il s'adressa à Ari, mais ne me quitta pas des yeux. Janco s'interposa entre nous.

— Récapitulons, dit-il. Elena vous a battu, donc vous voulez votre revanche, mais vous avez peur qu'elle n'utilise sa magie pour vous battre de nouveau. Un dilemme intéressant.

Il caressa pensivement sa barbiche.

— Voici ce que je propose. Puisque j'ai appris à Elena tout ce qu'elle sait et que, par bonheur, je ne possède pas le moindre pouvoir magique, pourquoi ne pas vous battre contre moi ? Votre épée contre ma canne de bois.

— Alors, comme ça, c'est *toi* qui a tout appris à Elena ? demanda Ari.

Janco balaya l'air d'un geste évasif.

— Des détails, Ari, des détails. Moi, je te parle d'une vue d'ensemble.

Cahil accepta la proposition de Janco. L'air confiant, il se mit en garde puis attaqua. La canne de Janco devint floue ; en trois mouvements rapides, il désarma son adversaire. Puis il lui conseilla d'utiliser une épée moins lourde, ce qui n'améliora pas l'humeur de Cahil.

— Elle vous a aidé, dit-il à Janco. Je n'aurais jamais dû faire confiance à une bande d'escrocs du Nord.

Après m'avoir jeté un regard qui me promettait des ennuis à venir, il s'éloigna à pas furieux. Je haussai les épaules. Je n'allais pas permettre à Cahil de gâcher le temps qui me restait avec mes amis. Défiant Janco, je fis tournoyer ma canne vers lui. Il la para facilement, et contra par une de ses célèbres attaques éclairs.

Nous travaillâmes tous les trois pendant un long moment. Même en mode de concentration intense, je ne parvins pas à repousser toutes les attaques d'Ari, lequel me battit à deux reprises.

— J'essaie de ne pas projeter mes intentions, dit-il en souriant après m'avoir envoyée voler dans une flaque de boue.

Le jour déclinait rapidement. Epuisée, couverte de boue et de sueur, je m'étonnais de ne pas attirer les mouches. C'était l'heure d'un bon bain chaud.

Avant de partir, Ari posa une grosse main sur mon épaule.

— Fais très attention à toi, Elena. Je n'aime pas la manière dont ce Cahil te regarde.

— Je fais toujours attention, Ari.

Saluant mes amis de la main, je pris le chemin des bains.

La saison fraîchissante touchait à sa fin. La constellation de la Reine des Glaces scintillait dans la nuit claire. La température chutait à toute vitesse ; demain matin, les flaques de boue seraient transformées en glace. Et, dans six jours, ce serait la pleine lune.

Mes pensées se tournèrent vers Cahil. Comme notre relation avait changé, depuis l'époque où il m'avait prise pour une espionne du Nord ! Nous avions fait un grand cercle, pour finalement revenir au point de départ. Je cherchai mon bracelet en forme de serpent sous ma manche et le fis tourner autour de mon bras.

Autour de moi, les bâtiments de l'école étaient vides et silencieux. Mais, au fait, où étaient passés mes gardes du corps ? J'étais tellement habituée à leur présence que je ne m'étais pas rendu compte qu'ils ne me suivaient plus.

Dégainant ma canne, je balayai les environs du regard. Personne. Je puisai du pouvoir afin de projeter ma conscience, mais, à cet instant, un insecte me piqua au cou. Distraite, je l'écrasai du revers de la main… et trouvai une minuscule fléchette. Une goutte de sang perlait à sa pointe métallique.

J'avais menti à Ari. Je n'avais pas fait attention. J'avais compté sur mes gardes pour me protéger. Des centaines d'excuses possibles me vinrent à l'esprit tandis que le monde se mettait à tourner autour de moi, mais je savais, au fond, que j'étais la seule responsable. Malheureusement, cet éclair de lucidité n'empêcha pas l'obscurité de m'engloutir.

27.

Une vive douleur et un engourdissement brûlant à l'épaule me tirèrent du sommeil. J'avais un mauvais goût dans la bouche. Je regardai autour de moi, et ne reconnus rien. Où étais-je ? Par ailleurs, comment tenais-je debout ? Eh bien, je ne tenais pas debout. Je pendais au plafond. Mes poignets étaient entourés de menottes pendant d'une longue chaîne fixée à une poutre. Mes pieds touchaient tout juste le sol : quand je fis basculer mon poids vers mes jambes, la douleur s'atténua un peu dans mes épaules.

Des pelles rouillées et des binettes incrustées de boue s'alignaient contre les murs de bois. Des toiles d'araignées s'étendaient sur des faux émoussées. Tout était recouvert de poussière. Filtrant par des trous et des interstices, de minces rayons de soleil éclairaient ce qui ressemblait à une remise abandonnée.

Une voix s'éleva derrière moi, dissipant instantanément toute confusion.

— On va pouvoir commencer, maintenant, dit Goel sur un ton satisfait. Regarde ce que je t'ai préparé.

Tout mon corps se hérissa, mais je me forçai à prendre un air impassible avant de me retourner. Un sourire radieux éclaira le visage de Goel tandis qu'il m'indiquait une table sur sa droite. Des armes et des instruments de torture en tout genre s'alignaient sur toute la surface. A gauche se trouvait un chariot vide, à l'exception d'un grand sac en toile de jute. La remise était plus vaste que je ne l'avais d'abord cru : la porte se dressait à dix pas de moi. Une distance absolument infranchissable, vu les circonstances.

Goel suivit mon regard.

— Fermée à clé, dit-il. De toute façon, personne ne viendra nous déranger, ici. On est trop loin du Fort.

Il se pencha sur ses affaires et sélectionna un petit fouet en cuir muni de pointes métalliques.

Le Fort ! Tirant un fil de pouvoir à moi, je projetai un appel au secours.

Irys !

— Ça va mieux, les côtes ? demandai-je à Goel pour gagner du temps.

Il fronça les sourcils et se frotta la poitrine d'une main.

— Cette maudite jument fera un bon ragoût, dit-il, se léchant les babines. Mais d'abord, commençons par le commencement.

Il fit un pas vers moi.

Elena ! s'exclama Irys dans ma tête. *Tu es vivante, grâce au ciel. Où es-tu ?*

Dans une vieille remise.

Goel leva le fouet. Je lui décochai un vigoureux coup de pied au ventre ; il se plia en deux et recula précipitamment, plus surpris que blessé.

— Au temps pour moi, dit-il en reculant vers sa table.

Mais pas de soucis, mon vieux. On va vite arranger ça.

Il ramassa une fléchette et en trempa la pointe dans une fiole.

La potion qui m'avait endormie, sans doute. Je réfléchis à toute vitesse.

J'ai besoin d'en savoir plus, dit Irys. *Es-tu prisonnière de Ferde ?*

Pas de Ferde. De Goel.

Goel ?

Pas le temps. Je t'expliquerai.

Goel chargea la fléchette dans une pipe en terre, la porta à sa bouche et me visa en fermant un œil. J'éclatai de rire. La pipe tremblota, et Goel me dévisagea, l'air confus.

— Je n'y crois pas, dis-je.

— Quoi donc ?

Il abaissa la pipe.

— Je te fais peur. Ou, plutôt, *je t'inspire de la terreur.*

Je ris de nouveau.

— Tu es incapable de gagner un combat loyal contre moi, alors tu es obligé de me piéger et de me droguer. Et même maintenant, alors que je suis enchaînée, tu continues à avoir peur de moi.

— J'ai pas peur de toi !

Goel posa sa pipe, prit une paire de menottes et se rua vers mes pieds. Je me débattis, mais il était beaucoup plus lourd que moi. Il finit par m'attacher les chevilles, puis il planta un piquet qui fixa au sol la chaîne qui les reliait. Je ne pouvais plus donner de coups de pied, mais j'étais pleinement éveillée, et j'avais encore une arme. Mon pouvoir magique.

Les idées défilèrent à toute vitesse dans ma tête. Je pouvais essayer de paralyser les muscles de son corps, mais je ne savais pas comment m'y prendre. En attendant, Goel était retourné vers sa table, et choisissait un nouveau fouet plus long, en lanières de cuir tressées et agrémentées de petites boules métalliques.

De nouveau, il leva le bras et abattit le fouet vers moi. Je projetai une foule d'images confuses dans son esprit : il perdit l'équilibre et s'abattit sur le sol.

— Euh ? articula-t-il en redressant la tête, complètement désorienté.

Tandis qu'il se relevait, je crus discerner un petit mouvement au niveau de la porte. Le verrou glissa, la poignée tourna. Deux silhouettes se découpèrent dans l'entrée, leurs épées pointées sur Goel. Ari et Janco.

— Elena, tu es blessée ? demanda Ari sans quitter Goel des yeux.

Janco s'avança vers moi et inspecta mes chaînes.

— Les clés ? demanda-t-il.

Goel plissa les lèvres.

— Bon, dit Janco. Il va falloir utiliser la méthode lente.

Il sortit de sa poche sa trousse de pinces à crocheter.

L'immense soulagement de voir mes amis apparaître laissait maintenant place en moi à la raison. Si Ari et Janco me délivraient, je n'en aurais jamais fini avec Goel. Même s'il était arrêté et condamné pour mon enlèvement, le soldat mijoterait sa vengeance jusqu'à sa sortie de prison. Dans de longues années, je pourrais me retrouver dans la même situation qu'aujourd'hui. Il fallait que je résolve ce problème moi-même. Goel devait comprendre qu'il ne pouvait pas l'emporter sur moi.

Je fis non de la tête à Janco.

— Je maîtrise la situation, dis-je. Retournez au Fort, tous les deux. Nous nous retrouverons là-bas.

Janco me fixa du regard, ébahi. Ari, en revanche, parut me faire confiance.

— Viens, Janco, elle n'a pas besoin de nous, dit-il en rangeant son épée dans son fourreau.

Janco se remit de sa surprise et me lança un sourire espiègle.

— Je te parie une pièce de cuivre qu'elle se libère en moins de cinq minutes, dit-il à son coéquipier.

— Une pièce d'argent qu'il lui en faudra dix, rétorqua Ari.

— Et moi, je vous parie une pièce d'or à tous les deux qu'elle va le tuer, dit une voix derrière eux.

Mes deux amis se retournèrent. Valek, toujours déguisé en Ilom, sortit de l'ombre.

— C'est la seule façon de régler le problème. Pas vrai, mon cœur ?

— Je ne vais tuer personne, dis-je. Laissez-moi m'occuper de lui.

— Cet homme est à moi. C'est moi qui vais m'en occuper, dit Cahil depuis la porte.

Valek fit volte-face, mais Cahil se contenta de le fixer en silence avant de s'avancer vers nous.

— Libère-la, Goel, ordonna-t-il.

Valek disparut de ma vue. Décidément, la remise me semblait rétrécir à vue d'œil. Je n'aurais pas été étonnée de voir débarquer Irys et tous les autres maîtres magiciens. Nous aurions pu organiser une petite sauterie.

Au fil des arrivées, l'expression de Goel était passée

de l'ébahissement à l'horreur, pour se figer à présent sur une détermination obstinée.

— Pas question, dit-il à Cahil.

— Goel, tu avais raison à son sujet. Mais ce n'est pas le moment de lui régler son compte. Surtout en présence de ses deux suppôts. Relâche-la.

— Tu n'as pas d'ordres à me donner. Les autres peuvent faire semblant de t'obéir, moi, je m'en fiche.

— Tu contestes mon autorité ? lança Cahil.

— T'as aucune autorité sur moi, grogna Goel.

Cahil rougit vivement et se mit à postillonner.

— Co-comment oses-tu…

— Messieurs ! m'écriai-je. Vous réglerez vos différends plus tard. Pour l'instant, dehors ! J'ai terriblement mal aux bras.

Janco sortit de la remise en traînant Cahil derrière lui. Ari le suivit et referma la porte. Goel cligna des yeux dans la remise subitement redevenue sombre.

— Où en étions-nous ? dis-je pour l'encourager.

— Mais…

Il fit un signe en direction de la porte.

— Ne t'occupe pas d'eux. C'est moi qui représente le plus grand danger pour toi.

Cette remarqua lui arracha une grimace incrédule.

— T'es pas vraiment en position de te vanter, dit-il.

— Et toi, tu n'as toujours pas compris ce que c'est que d'affronter une *magicienne*.

La grimace disparut de ses lèvres.

— Tu me prends pour une fille normale qui a besoin d'une bonne leçon, dis-je. Tu aimerais que j'aie peur de toi. Mais c'est toi qui as besoin d'une leçon.

Je rassemblai mon pouvoir et projetai ma conscience vers celle de Goel.

Le mot « magicien » n'avait soulevé qu'un léger doute dans l'esprit de Goel. *Après tout*, se disait-il, *si c'était une vraie magicienne, elle n'aurait pas été si facile à attraper.*

Un moment de faiblesse, rétorquai-je.

Ne possédant pas de pouvoirs magiques, Goel ne pouvait entendre mes pensées, mais j'espérais néanmoins pouvoir le contrôler. Je fermai les yeux et tentai d'entrer en lui. Si je pouvais le faire avec Topaze, raisonnai-je, pourquoi pas avec Goel ?

Quand je me glissai dans son esprit, le soldat sursauta comme s'il venait d'être foudroyé. J'étais satisfaite d'avoir réussi, mais les pensées visqueuses de Goel me firent sérieusement regretter l'esprit pur et limpide de ma jument.

Quand je dirigeai le regard de Goel vers mon propre corps, je compris pourquoi il me respectait aussi peu. Mes cheveux retombaient en touffes emmêlées. Mes paupières gonflées, mon visage strié de boue et mes vêtements sales me donnaient une apparence pitoyable. Une pauvre fille sans défenses, qui avait grand besoin d'un bain.

Je sentis Goel paniquer : il venait de se rendre compte qu'il ne contrôlait plus son corps. Néanmoins, il pouvait encore penser, voir et sentir. Je m'émerveillai de sa force physique, mais j'éprouvais quelques difficultés à mouvoir son corps. Les proportions étaient bizarres, et je devais me concentrer pour garder l'équilibre.

Il tenta de reprendre le contrôle, mais j'écrasai sans mal ses faibles efforts. Je cherchai la clé de mes menottes, et la trouvai dans sa besace, sous la table. Puis je détachai mes pieds. Soutenant mes jambes ballantes à l'aide du bras de Goel, je libérai mes poignets et rattrapai mon corps avant qu'il ne tombe.

Il était léger comme un oreiller en plume, et pourtant mes côtes se soulevaient, mon cœur battait. Je le portai jusqu'à l'entrée et le déposai délicatement sur le sol. Avec le pouce de Goel, je soulevai l'une de mes paupières. Mon corps était intact, mais il lui manquait l'étincelle de vie. Troublée, je me redressai et reculai.

Un sentiment d'impuissance totale envahit Goel. Je laissai ce sentiment s'installer et durer. Puis, ramassant un couteau sur la table, je pratiquai une mince entaille à l'intérieur de son avant-bras. Je sentis sa douleur, mais seulement de très loin. Appuyant la pointe du couteau contre sa poitrine, je me demandai distraitement ce qui arriverait si je le plongeais dans son cœur. Serions-nous tous deux morts ?

Une question intéressante, sur laquelle je me pencherais plus tard. Pour l'heure, je débarrassai Goel de ses bottes, passai les menottes autour de ses chevilles, raccourcis la chaîne qui pendait à la poutre et y attachai ses poignets. Je savourai un instant le mélange de peur, d'inconfort et de dépit qui envahissait son esprit, puis me projetai de nouveau dans mon propre corps.

Quand j'ouvris les yeux, la remise tournait autour de moi. Une immense fatigue alourdissait tous mes membres. Je me redressai péniblement et réussis à lancer un sourire triomphant à Goel. Ce n'était pas avec Irys et les autres maîtres magiciens, pensai-je, que j'aurais appris ce petit tour de passe-passe. D'ailleurs, qu'avais-je fait, au juste ? Avais-je transféré mes pouvoirs magiques ? Ma volonté ? Mon âme ? Au fond, je préférais ne pas y penser. Prendre le contrôle du corps d'autrui devait être strictement interdit par le Code éthique. Mais, en m'enlevant, Goel était devenu un criminel, et ne bénéficiait plus de la protection du Code éthique. Je faillis rire : j'étais presque reconnaissante envers cette vieille brute. Grâce à lui, j'avais appris une nouvelle utilisation défensive de mes pouvoirs magiques.

Ari et Janco m'attendaient dans le champ envahi de mauvaises herbes qui entourait la remise. Je vis une clôture décrépite et une grange écroulée : nous devions nous trouver dans une ferme abandonnée à l'extérieur de la Citadelle. Ni Valek ni Cahil ne m'avaient attendue.

En me voyant apparaître, Ari se mit à sourire et Janco fit claquer une pièce d'argent dans la paume de son coéquipier.

— Ton problème ? demanda Ari.

— Je l'ai laissé en suspens.

— Tu en as mis du temps ! se plaignit Janco.

— Je tenais à bien faire passer le message. Où sont Cahil et, euh, le conseiller Ilom ?

— A ta place, je ne m'en ferais pas pour Ilom, dit Janco d'un air candide. C'est un adulte doué de capacités surprenantes. Ce vieux croûton a surgi de nulle part, a fait une parfaite imitation de la voix de Valek, et a disparu comme par magie. Un génie, quoi ! J'aurais dû me douter qu'il viendrait. Valek n'aime pas rater une occasion de s'amuser.

Le sourire d'Ari disparut.

— Il va se faire attraper, dit-il. Cahil est parti tout droit vers la Citadelle, sans doute pour dénoncer Valek au Conseil.

— C'était un déguisement génial, en tout cas, dit Janco. Même nous, nous sommes tombés dans le panneau.

— Cahil se doutait déjà que Valek était ici, dis-je.

Oui, mais, à présent, il en avait la certitude. Je frissonnai dans l'air froid du matin.

— Je suis sûre que Valek va s'en sortir, dis-je.

Mais j'avais beau chercher, je ne voyais pas comment. Sans doute étais-je trop fatiguée pour réfléchir.

Ari s'éloigna vers le mur de la remise et ramassa un objet au sol. Mon sac à dos.

— Je l'ai pris tout à l'heure, dit-il. Je pensais que ça pourrait t'être utile.

Ma cape se trouvait à l'intérieur. Je m'enveloppai dans son étoffe douce et chaude, et tentai de hisser le sac sur mes épaules. Ari me le reprit des mains.

— En avant, dit-il.

Janco et lui marchaient devant. Nous traversâmes des terres en jachère et passâmes une deuxième ferme abandonnée.

— Où sommes-nous ? demandai-je.

— A trois kilomètres environ de la Citadelle, dit Ari.

A la seule idée de marcher pendant trois kilomètres, mes jambes ployèrent sous moi.

— Comment m'avez-vous retrouvée ? demandai-je.

— Hier soir, nous avons suivi tes gardes du corps pour voir s'ils faisaient correctement leur travail. Le temps de nous apercevoir qu'il avaient été attaqués, tu avais disparu.

Janco eut un sourire coquin.

— Les magiciens sont devenus fous. Ils ont lancé je ne sais pas combien d'équipes de secours à ta recherche.

Il secoua la tête, incrédule.

— On se demande bien ce qu'ils espéraient trouver, dans l'obscurité. Nous avons attendu l'aube en priant pour qu'ils ne brouillent pas les traces. Une fois le soleil levé, ça a été un jeu d'enfant de te retrouver. Goel a utilisé un chariot pour t'amener jusqu'ici.

Je me rappelai le grand sac en toile de jute posé dans le chariot de la remise.

— Cahil a dû nous suivre, je suppose, dit Janco

Il se gratta l'oreille, puis ajouta :

— Evidemment, tu n'avais pas besoin de notre aide. Maintenant, je vais être obligé de tabasser un soldat au hasard pour remonter dans ma propre estime.

Au loin, on apercevait maintenant l'entrée est de la Citadelle. Je remarquai de l'agitation au niveau du portail ; un cheval s'était échappé et donnait du fil à retordre aux gardes. Kiki, bien sûr.

A notre approche, la jument se calma rapidement.

Dame-Lavande fatiguée. Besoin d'être ramenée à la maison.

Comment m'as-tu retrouvée ?

Suivi l'odeur d'Homme Fort et d'Homme-Lapin.

D'évidence, elle parlait d'Ari et de Janco. Je m'excusai auprès des gardes pour les ennuis que Kiki leur avait causés, puis Ari m'aida à grimper en selle et me tendit mon sac à dos.

— Nous nous reverrons plus tard, me promit-il.

Avant de partir vers la Citadelle, je remerciai chaleureusement mes deux amis.

— Merci pour quoi ? grommela Janco. Nous n'avons rien fait.

— Merci d'avoir suivi mes gardes du corps. La prochaine fois, j'aurai peut-être besoin de vous.

— Il vaudrait mieux qu'il n'y ait pas de prochaine fois, dit Ari sur un ton sévère.

— Elena, je suis ému, dit Janco en faisant mine de s'essuyer les yeux. Allez, pars, maintenant, avant que je ne me mette à pleurer.

— Tu vas t'en remettre, dis-je. Ton amour-propre en a pris un coup, voilà tout.

Je leur fis adieu de la main et demandai à Kiki de me ramener. En route, je retrouvai mon lien avec Irys et la mis au courant de ce qui était arrivé. Elle promit d'envoyer des gardes pour arrêter Goel.

Si je n'arrive pas jusqu'à ma chambre, c'est que je me suis endormie dans l'écurie, dis-je en bâillant.

Je sentis Irys tiquer.

Qu'y a-t-il ? demandai-je.

Tes parents viennent d'arriver.

Oh, non !

Oh, si. Esaü est avec moi, mais, quand ta mère a appris que tu avais disparu, elle est montée dans un arbre et a refusé d'en descendre. Elle ne veut écouter personne, il faut que tu ailles lui parler.

Entendu, dis-je en soupirant. *Où est-elle ?*

Ma mère se trouvait dans un grand chêne près de l'enclos des chevaux. Kiki me déposa au pied de l'arbre. Quelques feuilles brunes et dorées s'accrochaient encore à ses branches dénudées. Au sommet de l'arbre, je vis un éclat de vert : la cape de ma mère.

— Je suis là, maman, lançai-je à haute voix. Je vais bien. Tu peux descendre, maintenant.

— Elena ! Grâce au ciel ! Monte vite avec moi. Ici, au moins, on est en sécurité.

Ce ne serait pas une mince affaire, apparemment, de faire redescendre Perle. Résignée, j'ôtai ma cape et mon sac et les laissai tomber à terre. Debout sur le dos de Kiki, je dus m'étirer au maximum pour attraper la première branche. Ma mère avait une technique d'escalade impressionnante.

Tandis que Kiki s'éloignait pour paître, je me hissai en direction de la cime et de ma mère. Je m'installai sur une branche en dessous d'elle ; la seconde d'après, elle apparut à mes côtés et m'étreignit de toutes ses forces. Puis elle se mit à sangloter convulsivement, et je dus m'agripper à l'arbre pour nous empêcher de tomber toutes les deux.

J'attendis qu'elle se calme avant de la repousser avec douceur. Elle s'assit près de moi et posa sa tête sur mon épaule. Son visage était maculé de poussière ; ses larmes s'étaient mêlées à la boue séchée sur mes vêtements. Je lui proposai un coin de ma chemise, mais, secouant la tête, elle sortit un mouchoir de sous sa cape. Je regardai mieux cette cape verte : elle avait de très nombreuses poches, et sa coupe cintrée la rendait légère et fluide. Elle ne ferait pas une bonne couverture, mais elle était idéale pour se tenir au chaud tout en voyageant dans les arbres.

— C'est un modèle de Nutty ? demandai-je en caressant l'étoffe.

— Oui. Comme je n'avais pas quitté la jungle depuis quatorze ans…

Elle me fit un sourire penaud.

— J'avais peur d'avoir froid.

— Je suis contente que vous soyez venus, tous les deux, dis-je.

Le sourire de ma mère disparut, et une étincelle de terreur s'alluma dans ses yeux. Elle prit quelques profondes inspirations, et dit :

— Ton père m'a donné de l'Eladine pour que je reste calme pendant le voyage. Tout allait très bien, jusqu'à ce que...

— Vous n'êtes pas arrivés au bon moment, concédai-je. Mais, regarde, je n'ai rien !

Je tendis les bras devant moi. Mauvaise idée. Ma mère hoqueta en voyant les contusions sanguinolentes autour de mes poignets. Je tirai sur mes manches pour les dissimuler.

— Des égratignures, dis-je rapidement.

— Que s'est-il passé ? Dis-moi toute la vérité !

Je lui racontai une version légèrement expurgée des faits.

— Il ne m'ennuiera plus, terminai-je.

— En effet, parce que tu vas rentrer avec nous à la maison ! s'exclama Perle.

Après ce qui s'était passé ce matin, j'avais à moitié envie d'accepter.

— Que ferais-je, là-bas ? demandai-je.

— Tu aideras ton père à ramasser ses échantillons, ou tu m'aideras à faire mes parfums. L'idée de te perdre de nouveau m'est insoutenable.

— Pourtant, il va falloir t'y habituer, mère. Je ne vais pas m'enfuir et me cacher chaque fois qu'une situation difficile ou dangereuse se présente. J'ai pris certains engagements, auprès d'autres et de moi-même, et je dois les tenir. Si je m'enfuyais maintenant, je ne pourrais plus me regarder dans une glace.

Un souffle d'air fit bruisser les feuilles et glaça ma peau moite de sueur. Ma mère resserra sa cape autour de ses épaules. Je la sentais en proie à des émotions inextricables. Loin de chez elle, en terrain hostile, elle devait faire face à l'idée que sa fille se mettait volontairement en danger pour aider les autres, et pouvait disparaître à tout moment. Perle tentait de réprimer sa peur, mais elle ne désirait rien d'autre qu'être entourée de sa famille, dans la sécurité de son village natal.

Une idée me vint.

— Ta cape me fait penser à la jungle, dis-je.

— Vraiment ? dit-elle en baissant les yeux.

— Elle a la même couleur que le dessous d'une feuille d'ylang-ylang. Te rappelles-tu la fois où nous avons été prises dans un orage, au retour du marché, et où nous nous sommes réfugiées sous une grosse feuille d'ylang-ylang ?

— Tu t'en souviens ! s'exclama ma mère, rayonnante.

Je hochai la tête.

— J'ai retrouvé mes souvenirs d'enfance, dis-je. Mais cela ne me serait jamais arrivé si je n'avais pas pris le risque de suivre Irys dans les plaines d'Avibian.

— Tu es allée dans les plaines !

Sur le visage de ma mère, l'inquiétude laissait progressivement place à une sorte d'admiration.

— Tu n'as vraiment peur de rien, Elena.

— Je pourrais te citer au moins cinq choses, pendant ce voyage, qui m'ont fait extrêmement peur.

Entre autres, pensai-je, la possibilité de me faire décapiter par l'Homme-Lune et son cimeterre. Mais j'eus la sagesse de passer cet épisode sous silence.

— Dans ce cas, dit-elle, pourquoi y es-tu allée ?

— Parce que nous avions absolument besoin de renseignements, et que moi seule pouvais les obtenir. Je ne pouvais pas laisser ma peur m'en empêcher.

Ma mère médita cette réponse en silence.

— Cette cape peut te protéger contre autre chose que le froid, dis-je. Si tu remplis tes poches d'objets spéciaux de la maison, tu pourras t'entourer de la jungle dès que tu te sentiras anxieuse ou dépassée par les événements.

— Je n'avais pas pensé à ça.

— D'ailleurs, j'ai quelque chose que tu peux mettre tout de suite dans ta poche, et qui te fera penser à moi. Viens.

Sans attendre de voir si elle me suivait, je descendis de l'arbre. Je me suspendis à bout de bras à la dernière branche, puis me laissai tomber à terre.

Tandis que je fouillais dans mon sac à dos, j'entendis un bruissement : ma mère se laissait descendre le long du tronc. Dans une poche de mon sac, je retrouvai mon amulette en forme de flamme. Dans les circonstances présentes, elle serait sans doute plus en sécurité entre les mains de ma mère.

— J'ai remporté cette amulette à une période de ma vie où la peur était mon compagnon de tous les instants.

C'était le premier prix d'un concours de gymnastique qui avait eu lieu pendant l'annuelle Fête du Feu, en Ixia. Les moments qui avaient suivi ce concours avaient été les pires de ma vie, mais, si cela avait été à refaire, je l'aurais refait, même en sachant ce qui allait suivre.

Je tendis l'amulette à ma mère.

— C'est l'un des quatre objets qui me sont les plus chers. Je te l'offre.

Elle examina l'amulette.

— Quels sont les trois autres ?

— Mon papillon et mon serpent.

Je sortis mon pendentif de sous ma tunique, puis lui montrai mon bracelet.

— Quelqu'un les a sculptés pour toi ?

— Oui. Un ami.

Elle leva un sourcil, mais se contenta de demander :

— Et le dernier ?

Je fouillai dans mon sac, me demandant si ma mère serait scandalisée qu'une arme me fût chère. Bah ! Etant tout sauf une fille idéale, je pariai qu'elle ne s'en étonnerait pas. Je lui montrai donc mon cran d'arrêt en lui expliquant la signification des symboles argentés gravés sur le manche.

— Encore un cadeau du même ami ? demanda-t-elle.

Je me mis à rire, puis lui expliquai mes rapports avec Ari et Janco.

— Ce sont plutôt des grands frères que des amis.

Le sourire de ma mère me fit l'effet d'un rayon de soleil après l'orage.

— Je suis contente de savoir qu'il y a des gens en Ixia qui tiennent à toi.

Elle fit disparaître l'amulette dans l'une de ses poches.

— Le feu représente la force. Je la garderai toujours sur moi.

Après m'avoir serrée fort dans ses bras, Perle se dégagea.

— Tu es gelée, annonça-t-elle. Mets ta cape. Nous rentrons.

— Oui, mère.

Esaü et Irys nous attendaient dans l'aile des invités, dans la partie ouest du Fort. Je me prêtai à l'étreinte suffocante de mon père, mais refusai son invitation à dîner. Mon désir de me laver et de me reposer éclipsait tout le reste, même la faim. Je dus promettre à mes parents de passer la plus grande partie du lendemain avec eux, avant qu'ils ne consentent à me laisser partir.

Irys m'accompagna jusqu'aux bains. Des ombres mauves cernaient ses yeux ; elle avait l'air aussi fatiguée que moi, et d'humeur pensive.

— As-tu utilisé de la magie sur ta mère ? demanda-t-elle.

— Je ne crois pas. Pourquoi ?

— Elle semble apaisée. Peut-être l'as-tu fait instinctivement.

— Mais ce n'est pas bien. Normalement, je devrais maîtriser tout ce que je fais, non ?

— Je commence à me demander si ces règles s'appliquent à ton cas, Elena. Tes pouvoirs magiques semblent s'être développés de manière très particulière. C'est peut-être ton éducation, ou l'âge avancé où tu as commencé à diriger ta magie. Ne t'inquiète pas, ajouta-t-elle en voyant mon air affolé. Je crois que c'est tout à ton avantage, en fin de compte.

Nous nous séparâmes devant les bains. Après m'être longuement trempée dans l'eau chaude, je me traînai jusqu'à mes appartements. Avant de m'endormir, j'eus une subite révélation : Irys ne m'avait pas affecté de nouveaux gardes du corps. Elle me faisait confiance.

Il ne me sembla avoir dormi que quelques instants quand l'appel mental d'Irys retentit en moi. Je clignai des yeux, essayant de prendre mes repères. Il faisait grand soleil.

Quelle heure est-il ?
Milieu de matinée.
Quoi ?
J'avais dormi presque une journée entière.
Pourquoi m'as-tu réveillée, Irys ?
Le Conseil se réunit en urgence, et ta présence est requise.
En urgence ?
Goel a été assassiné, et Cahil accuse le conseiller Ilom de n'être autre que Valek.

28.

Goel assassiné ? Valek démasqué ? J'étais trop endormie pour être sûre d'avoir compris, et Irys avait détourné son attention avant que je n'aie pu la faire répéter. Je m'habillai en quatrième vitesse et courus jusqu'au bâtiment du Conseil.

Valek avait-il tué Goel ? Si oui, et à supposer qu'il ait vraiment été arrêté, les Sitiens disposaient à présent d'un motif supplémentaire pour l'exécuter. Et moi ? Devais-je feindre la surprise, ou bien admettre que j'avais été au courant de sa présence dès le départ ? Allait-on m'accuser de complicité dans le meurtre de Goel ? Me soupçonnait-on déjà ?

Une foule de questions sans réponse se bousculaient en moi. Devant les marches du Conseil, je lissai mes cheveux et mes vêtements. J'avais choisi une des tenues neuves que Nutty m'avait envoyées par l'intermédiaire de Bavol Cacao. Avant de gravir les marches, je jetai un coup d'œil furtif autour de moi, pour être certaine que personne ne me suivait. Irys m'avait fait confiance pour assurer ma propre sécurité, je ne voulais pas la décevoir.

Dans la grande salle de réunion, un brouhaha assourdissant régnait. S'y trouvaient tous les membres du

Conseil, quatre maîtres magiciens, quelques gardes du Fort… et Cahil. Les joues en feu, le visage déformé par la colère, ce dernier gesticulait violemment en direction du représentant des Sandseed.

Roze Featherstone, Première Magicienne de Sitia, frappa la table de son marteau pour restaurer l'ordre. Les conversations cessèrent tandis que les Conseillers prenaient place autour d'une grande table en U. Roze et les trois autres Maîtres s'installèrent en bout de table, les représentants des clans sur les côtés. Six d'un côté, cinq de l'autre ; il restait une place vide, où vint s'installer Cahil. Une estrade de bois avait été montée au milieu du U. Pour ma part, je me tenais le long du mur, près du capitaine de la garde et de ses hommes, et tentais de me fondre dans le décor.

— Nous sommes réunis aujourd'hui au sujet de la mort du lieutenant Goel Ixia, annonça Roze.

Je lançai un regard interrogateur à Irys.

Ixia est le nom de clan donné à tous les réfugiés du Nord, dit Irys dans ma tête. *Cahil est considéré comme leur chef de clan. C'est un titre honoraire : il n'a pas de terres, ni de voix au Conseil.*

Voilà qui expliquait le ressentiment de Cahil à l'égard du Conseil, et son agacement croissant devant le refus de celui-ci de soutenir sa campagne contre le Commandant.

— Le corps du lieutenant Ixia a été retrouvé dans un pré en jachère à l'est de la Citadelle, sur les terres des Featherstone, dit Roze. Selon les guérisseurs, sa mort est due à un coup d'épée au cœur.

Un murmure parcourut les membres du Conseil, mais, d'un regard glacial, Roze leur imposa le silence.

— L'arme n'a pas été retrouvée sur les lieux du crime, mais nous continuons à fouiller les alentours. Selon la Quatrième Magicienne, Elena Liana Zaltana est la dernière personne à avoir vu la victime vivante. Je l'appelle à la barre des témoins.

Seize regards hostiles, inquiets ou curieux se posèrent sur moi.

N'aie pas peur, dit Irys. *Raconte-leur ce qui s'est passé.*

Je m'avançai vers la table et montai sur l'estrade de bois.

— Expliquez-vous, m'ordonna Roze.

Je racontai mon enlèvement et mon évasion. Quand j'en arrivai au moment où j'avais pris contrôle du corps de Goel, un murmure de stupéfaction parcourut l'assemblée. Bientôt l'on chuchotait des protestations au sujet du Code éthique.

Irys se leva.

— Rien n'interdit d'utiliser la magie en cas de légitime défense, dit-elle. Au contraire, Elena mérite d'être félicitée pour s'être évadée sans faire de mal à Goel.

Les questions fusèrent de toutes parts. Les membres du Conseil m'interrogèrent longtemps au sujet des motivations de Goel. Il fallut appeler à la barre mes gardes du corps, lesquels confirmèrent qu'ils avaient été drogués, pour que les questions cessent enfin.

— Vous avez laissé Goel enchaîné dans la remise, et vous ne l'avez pas revu ? demanda Roze.

— Oui.

— Elle dit la vérité.

A l'expression amère de la Première Magicienne, je compris combien cette affirmation lui coûtait.

— Nous reprendrons plus tard l'enquête au sujet du lieutenant Goel. Elena, vous pouvez vous asseoir.

Roze m'indiqua un banc placé derrière les sièges des maîtres magiciens.

— Venons-en, poursuivit-elle, à la deuxième affaire du jour. J'appelle Cahil Ixia à la barre des témoins.

En m'éloignant vers ma place, je croisai Cahil. Ses yeux bleus luisaient d'une farouche détermination, et il refusa de soutenir mon regard. Installée sur un coin de banc, je me préparai au pire. Mais cela n'empêcha pas, le moment venu, mon cœur de se contracter de terreur.

— ... Et pour aggraver les choses, finit Cahil, l'âme sœur et la maîtresse espionne de Valek n'est autre qu'Elena Zaltana.

Un terrible brouhaha éclata. Roze martela la table sans aucun résultat. Puis elle ordonna à tous de se taire, et je sentis la force de sa magie déferler sur la salle. Elle n'imposa le silence à l'assistance qu'un instant, mais cela suffit à rétablir son autorité.

— Cahil, avez-vous des preuves de ce que vous affirmez ? demanda Roze.

L'intéressé fit signe à un garde à l'autre bout de la salle. Celui-ci ouvrit une porte dans le mur du fond : le capitaine Marrok et quatre hommes de Cahil entrèrent en traînant derrière eux le conseiller Ilom. Les bras du conseiller étaient menottés derrière son dos, et les quatre gardes le tenaient en joue. L'ambassadrice Signe et une poignée de soldats ixiens entrèrent à la suite de ce triste cortège.

Je tentai d'attirer l'attention de Valek, mais il fixait les membres du Conseil avec une moue exaspérée.

L'ambassadrice Signe prit la parole.

— J'exige des explications, dit-elle. Cette arrestation constitue un acte de guerre.

— Cahil, dit Roze, je vous avais dit de relâcher le conseiller jusqu'à ce que cette affaire soit réglée.

Les yeux ambre de la magicienne étincelaient de colère.

— Pour qu'il s'échappe et qu'on ne le revoie plus ? demanda Cahil. Hors de question. Je préfère le démasquer ici, devant tout le monde.

Cahil s'avança d'un pas décidé vers Ilom et agrippa ses cheveux.

Je frémis de peur, mais les cheveux du conseiller restèrent fermement accrochés à sa tête et il poussa un cri de douleur. Sans se laisser démonter, Cahil tira sur le nez de Valek, puis tenta de décrocher son double menton. Ilom glapit de nouveau ; du sang perlait des griffures sur son cou. Confondu, Cahil chancela. Sa main se tendit convulsivement vers le visage d'Ilom, mais Marrok attrapa le jeune homme et l'immobilisa. Cahil fixait Ilom du regard, bouche bée.

— Libérez immédiatement le conseiller Ilom, dit Roze.

On ôta les menottes au conseiller tandis que Cahil, écarlate de rage, se faisait escorter hors de la salle en compagnie de ses hommes. Roze clôtura la réunion et s'empressa de présenter ses excuses à l'ambassadrice et au conseiller Ilom.

De ma place sur le banc, je vis la colère de Signe et la moue d'Ilom laisser place à des expressions plus civiles sous l'effet des paroles de Roze. Je ne bougeais pas : je ne voulais surtout pas attirer l'attention sur moi. Pourvu que, dans la confusion, les accusations que Cahil avait portées contre moi aient été oubliées !

Ma stupeur au sujet du conseiller Ilom avait été aussi grande que celle de Cahil. J'avais beau connaître Valek et ses ruses, il continuait à m'étonner. Je balayai du regard les gardes ixiens : de fait, un soldat aux yeux bleus arborait un air de profonde satisfaction. Je pariai qu'Ilom se déguisait en garde quand Valek jouait les conseillers, et qu'ils inversaient les rôles quand Valek avait besoin de circuler discrètement en Sitia.

Finalement, les membres du Conseil et toute la délégation ixienne défilèrent vers la sortie. Irys vint s'asseoir sur mon banc.

Dis à Valek de partir, dit-elle. *C'est trop dangereux.*

Tu savais.

Evidemment. Je m'attendais à ce qu'il fasse partie de la délégation.

Cela ne t'ennuie pas qu'il soit là ? Il pourrait espionner Sitia.

Il est là pour te voir. Je suis heureuse que vous ayez eu quelques moments ensemble.

Mais... si c'est lui qui a tué Goel ?

Goel mettait ta vie en danger. J'aurais préféré l'arrêter, mais je ne suis pas accablée par sa disparition.

— Maintenant, dit Irys à haute voix, tu devrais aller déjeuner. Je te trouve un peu pâle.

— J'étais orpheline, dis-je, et voilà que j'ai deux mères poules sur le dos.

Irys se mit à rire.

— Il y a des gens qui ont besoin d'être davantage maternés que les autres, dit-elle.

Elle tapota mon genou et partit retrouver Bain.

J'essayai de me faufiler vers la sortie, mais, voyant Bavol Zaltana se diriger vers moi, j'attendis qu'il me rejoigne.

— L'ambassadrice Signe demande à s'entretenir avec toi, Elena.

— Quand ?

— Tout de suite.

Bavol me conduisit hors de la salle.

— Nous avons prêté des bureaux à l'ambassadrice pour la durée de son séjour, m'expliqua-t-il pendant que nous traversions le Conseil.

Ce vaste bâtiment abritait tous les services du gouvernement. Bureaux et salles de réunion bourdonnaient d'activité. Les documents officiels étaient archivés dans une vaste salle au sous-sol, même si chacun des clans conservait ses archives locales dans sa capitale.

Sauf les Sandseed, évidemment, dont la capitale était itinérante. Leurs archives les accompagnaient-elles dans tous leurs déplacements ? Me rappelant l'exposé d'Irys à leur sujet, je supposai qu'elles se transmettaient, comme leur savoir, par l'intermédiaire des Tisseurs d'histoires. En imaginant l'Homme-Lune, nu et peint en indigo, rangé parmi les archives de la salle souterraine, je ne pus m'empêcher de sourire.

Bavol me lança un regard interrogateur.

— Je pensais à la salle des archives, dis-je. Je me demandais comment faisaient les Sandseed pour rapporter des informations au Conseil.

— C'est toute une histoire, dit Bavol en souriant. Mais nous nous prêtons à leurs manières… inhabituelles. Deux fois par an, un Tisseur d'histoires se présente devant le Conseil et récite les événements récents à un scribe qui les retranscrit. Cela fonctionne, et cela maintient la paix en Sitia. Nous y sommes.

Bavol indiqua une porte entrouverte.

— A plus tard, Elena.

Ainsi, la convocation de l'ambassadrice ne s'étendait pas au chef de notre clan. J'entrai dans une antichambre meublée d'un simple bureau, derrière lequel se tenait le conseiller Ilom. Les griffures sur son menton ne saignaient plus. Au fond de la pièce, deux hommes montaient la garde devant une porte fermée.

Ilom se leva et alla frapper à la porte. J'entendis une réponse estompée, puis le conseiller ouvrit la porte et passa la tête dans l'autre pièce.

— Elle est arrivée, dit-il.

J'entrai dans une pièce plus grande, mais meublée tout aussi simplement, et dénuée de toute ornementation. Deux gardes se tenaient derrière l'ambassadrice : elle les renvoya dès mon arrivée. Ni l'un ni l'autre ne ressemblait à Valek. Je me demandais bien où il était passé. Quant à Janco et Ari, ils ne devaient pas être de service.

— Vous avez mis le Fort en émoi, hier soir, dit Signe quand nous fûmes seules.

Elle fixa sur moi un regard intimidant. Je m'émerveillai de son apparence : elle possédait les même traits délicats que le Commandant, mais ses cheveux longs et un léger maquillage au khôl la transformaient en une femme belle et sans âge.

— J'espère que votre repos n'en a pas été troublé, dis-je sur le ton de la courtoisie diplomatique.

Elle balaya l'air de sa main.

— Nous sommes seules. Vous pouvez parler librement.

Je secouai la tête de droite à gauche.

— Les maîtres magiciens ont l'ouïe très fine.

Roze, par exemple, considérait sans doute qu'il en allait de son devoir patriotique d'écouter aux portes de l'ambassadrice.

Signe fit un geste de compréhension.

— Apparemment, le soi-disant successeur du trône d'Ixia a eu de mauvais renseignements. Comment est-ce arrivé ?

— Des problèmes de communication entre plusieurs parties.

— Il n'y aura plus d'accusations erronées ?

Son regard me transperça comme si elle avait plaqué une lame contre ma gorge. Elle s'interrogeait, compris-je, sur ma propre discrétion.

— Non.

Ouvrant la main, je lui montrai la cicatrice qu'elle y avait laissée, le jour où j'avais juré de ne révéler son secret à personne, pas même à Valek.

Ce qui me rappelait quelque chose : le conseil d'Irys au sujet de Valek. Je sortis mon pendentif en forme de papillon et le montrai au Commandant.

— Les rumeurs, toutefois, ont tendance à faire long feu. Il vaudrait mieux s'assurer qu'elles ne s'enflamment pas de nouveau.

Signe, raisonnai-je, était forcément au courant de la présence de Valek en Sitia.

— Je tiendrai compte de votre avis, dit-elle. Pour l'heure, j'aimerais m'entretenir avec vous d'une deuxième affaire.

Elle sortit une feuille de parchemin de sa mallette en cuir noir.

— Le Commandant m'a confié un message à votre intention. Après avoir mûrement réfléchi à votre dernier entretien, il a conclu que vos conseils étaient bien fondés, et il vous en remercie.

Signe roula le parchemin et me le tendit.

— Une invitation officielle à nous rendre visite en Ixia, une fois que vous aurez complété votre formation magique. Nous prévoyons de repartir dans une semaine ; vous devrez me donner votre réponse avant cette date.

Comprenant que j'étais congédiée, je m'inclinai devant l'ambassadrice et quittai son bureau. Sur le chemin du Fort, je réfléchis, troublée, à ce qui venait de se passer. Le Commandant avait signé mon ordre d'exécution ; une visite en Ixia équivalait à un suicide.

Arrivée dans ma chambre, j'allumai un grand feu avant de lire le message du Commandant. Une fois que j'eus déroulé le parchemin, je restai longtemps devant la cheminée, le regard perdu dans les flammes. Je tenais mon ordre d'exécution entre mes mains. Mais le jeter dans le feu ne serait pas un acte simple. Un bref message était écrit au dos du document.

Je prouvais ma loyauté à l'égard d'Ixia, et l'ordre d'exécution était annulé. Je démontrais aux généraux ixiens les avantages d'avoir un magicien au service du gouvernement, et un poste de conseillère m'était attribué. Je faisais ces choses, et je rentrais en Ixia pour toujours. Avec mes amis. Avec Valek.

Sans le savoir, Cahil avait entrevu mon avenir, quand il m'avait accusée d'être la maîtresse espionne d'Ixia.

29.

Je laissai mon regard vaguer sur le feu. Désirs, émotions et liens de fidélité contradictoires s'affrontaient en moi, crépitant et grésillant comme les flammes. Incapable de prendre une décision, je roulai l'ordre d'exécution et le cachai dans mon sac à dos. Mieux valait y réfléchir plus tard.

Me rappelant subitement la promesse faite à mes parents, je pris le chemin du réfectoire, où j'espérais les trouver. En route, je tombai sur Dax.

— Elena ! dit-il en réglant son pas sur le mien. Où étais-tu passée ?

— Je parie que tu meurs d'envie de me raconter les dernières rumeurs à mon sujet. Pas vrai ?

— J'ai ma propre vie, tu sais, s'offusqua-t-il. Je n'ai pas toujours le temps de m'occuper des rumeurs.

Je le regardai en silence.

— Bon, d'accord, soupira-t-il, tu as raison. Je m'ennuie à mourir. Le Deuxième Magicien est occupé à jouer les détectives, et Gelsi est plongée jusqu'au cou dans je ne sais quel projet, et nous ne nous voyons plus.

Dax marqua un silence théâtral.

— Ma vie est si ennuyeuse, Elena, que je vis par procuration à travers tes fantastiques aventures.

— Celles rapportées par la rumeur, tu veux dire.

— De véritables légendes ! dit Dax en riant. Mais où vas-tu de ce pas, dame Elena ? Tuer un dragon, je parie. Puis-je t'accompagner ? Je serai ton fidèle écuyer, je polirai tous les soirs ta canne magique avec l'étoffe de ma chemise…

— Je suis ravie que mes problèmes t'amusent, dis-je sur un ton un peu sec. Je vais à la rencontre de… euh… du roi de la Jungle et de sa reine. Nous allons livrer un assaut contre la méchante Vermine des Arbres qui s'est infiltrée dans le Fort.

Les yeux de Dax s'éclairèrent.

— J'ai entendu parler des exploits de la reine des arbres, ce matin.

La plaisanterie tournait au vinaigre : je n'avais pas envie d'entendre les ragots des étudiants au sujet de ma mère. Avant que Dax n'ait pu me faire part de détails supplémentaires, je coupai court à la conversation en l'invitant à déjeuner.

Dans le réfectoire, nous retrouvâmes mes parents et nous installâmes avec eux. Rapidement, la présence de mon camarade se révéla être une aubaine. La conversation tourna autour de l'école, des chevaux, et d'autres sujets anodins, ne laissant à mes parents aucune possibilité de m'interroger sur la réunion du Conseil. A la fin du repas, ma mère proposa à Dax de lui distiller un parfum personnel ; je sus alors qu'elle était heureuse que j'aie trouvé un ami sitien.

Après avoir quitté Dax, je raccompagnai mes parents jusqu'à l'aile des invités. Pendant que Perle préparait du thé dans la cuisine exiguë, j'interrogeai mon père au sujet du curare. La veille, craignant que je n'aie été enlevée par Ferde, Irys avait rapidement mis Esaü au courant de la situation.

Il se passa une grande main calleuse sur le visage.

— Je n'ai jamais imaginé que l'on utiliserait le curare de cette manière, dit-il en secouant la tête. Quand je découvre une nouvelle substance, je fais toute une batterie d'expériences pour en connaître les effets secondaires, et prévoir les usages et les abus auxquels elle pourrait donner lieu. Puis je pèse le pour et le contre. Certaines découvertes passent à la trappe ; dans d'autres cas, les bienfaits de la substance surpassent les risques.

Esaü s'interrompit brusquement lorsque Perle entra, apportant du thé sur un plateau. Mon père me lança un regard d'avertissement ; j'en déduisis que ma mère n'était pas au courant de l'utilisation macabre du curare faite par Ferde.

Perle servit le thé et s'assit tout près de moi sur le canapé.

— Que s'est-il passé à la réunion du Conseil ? demanda-t-elle.

Je lui donnai une version édulcorée des accusations portées par Cahil à l'encontre du conseiller Ilom. En entendant le nom de Valek, Perle eut un geste d'effroi, mais, quand je lui dis que Cahil s'était trompé, elle se détendit. Omettant de parler des accusations de Cahil au sujet de ma relation avec Valek, je passai rapidement au meurtre de Goel.

— Tant mieux, dit Perle. Ça m'évite d'avoir à lui lancer une malédiction.

— Mère ! m'exclamai-je. Es-tu vraiment capable de faire ce genre de choses ?

— Les parfums ne sont pas les seules choses que je sais concocter.

Je glissai un regard vers Esaü. Il acquiesça de la tête.

— Heureusement que Reyad et Mogkan sont déjà morts, dit-il. Quand elle est en colère, ta mère peut faire preuve d'une grande imagination.

Quelles nouvelles surprises allais-je découvrir au sujet de ma famille ? Changeant de sujet, je leur posai des questions sur leur voyage, puis leur demandai des nouvelles du clan.

Nous passâmes ensemble une journée paisible et ne nous séparâmes qu'à une heure tardive. Esaü proposa alors de me raccompagner jusqu'à mes appartements. Je commençai par refuser, puis, voyant mon père insister et Perle froncer les sourcils, et me rappelant la mise en garde d'Esaü au sujet de ses colères, je décidai d'accepter.

Une ambiance froide et silencieuse entourait les bâtiments de l'école. Les arbres couverts de gelée blanche luisaient sous le ciel étoilé. Plus que quatre jours avant la pleine lune. Je fis nerveusement tourner le bracelet de Valek autour de mon poignet.

A mi-chemin, Esaü dit subitement :

— Il y a une autre chose que je dois te dire au sujet du curare.

— Encore autre chose ?

— Si j'ai envoyé une livraison de curare aux Sandseed avant d'avoir fini toutes mes expériences, c'est à cause de l'ortie arbustive. Cette plante indigène des plaines d'Avibian provoque des piqûres extrêmement douloureuses, qui durent plusieurs jours. Ce sont les enfants qui en souffrent le plus. A faibles doses, le curare est un excellent moyen d'apaiser la douleur. Il ne m'est jamais venu à l'esprit que quelqu'un l'utiliserait à fortes doses pour paralyser le corps entier.

Esaü fronça les sourcils et repoussa en arrière ses longs cheveux gris.

— Après avoir envoyé le curare aux Sandseed, j'ai découvert un effet secondaire qui, sur le moment, m'a paru sans importance. Mais maintenant…

Esaü s'interrompit et se tourna vers moi.

— A fortes doses, le curare a également la propriété de paralyser les facultés magiques.

Je sentis le sang refluer de mon visage. Ainsi, le curare pouvait rendre impuissant même un maître magicien. Mon rendez-vous secret avec Ferde était fixé au lendemain soir. Depuis que j'avais pris le contrôle du corps de Goel, j'avais prévu d'en faire autant avec Ferde. Même si j'étais physiquement paralysée, avais-je raisonné, je pourrais tout de même utiliser ma magie. A présent, je devais trouver un nouveau plan.

Mon inquiétude dut se lire sur mon visage, car mon père ajouta :

— Il existe une sorte d'antidote. Il n'annule pas complètement les effets du curare, mais il réactive les pouvoirs magiques, et redonne une partie des sensations. Malheureusement, il présente également un certain nombre de problèmes.

Esaü secoua la tête d'un air contrarié.

— Je n'ai pas eu le temps de faire toutes les expériences.

— De quoi s'agit-il ?

— Du Theobroma.

Voilà qui expliquait les problèmes. La consommation de cette friandise marron ouvrait l'esprit à toutes les influences magiques. Mes défenses mentales ne me seraient plus d'aucune utilité, même face à un magicien moins puissant que moi.

— Combien de Theobroma faut-il consommer pour annuler les effets du curare ?

— Beaucoup. Evidemment, je pourrais le concentrer.

Un souffle d'air froid me fit frissonner, et je resserrai ma cape autour de mes épaules.

— Cela aurait moins bon goût, mais la quantité s'en trouverait fortement réduite.

— Peux-tu le faire pour demain soir ?

Esaü me regarda, et ses doux yeux bruns se teintèrent d'inquiétude.

— Elena, prévois-tu de faire quelque chose dont je ne peux pas parler à ta mère ?

— Oui.

— C'est important ?

— Très.

Mon père parut réfléchir. Quand nous arrivâmes devant ma porte, il me serra subitement dans ses bras.

— Sais-tu ce que tu fais ?

— J'ai un plan.

— Elena, tu as réussi à rentrer à la maison alors que toutes les chances étaient contre toi. Je te fais confiance pour l'emporter, cette fois encore. Tu auras l'antidote avant demain midi.

Il monta la garde dans l'embrasure de la porte pendant que je fouillais l'appartement. Une fois rassuré quant à ma sécurité, il me souhaita bonne nuit et repartit vers l'aile des invités.

Etendue dans mon lit, je méditais les informations qu'Esaü venait de me donner, quand j'entendis le volet grincer. Je me rassis subitement et attrapai mon cran d'arrêt sous l'oreiller. Valek entra par la fenêtre et, sans un bruit, se laissa tomber sur le lit. Il referma la fenêtre et les volets, puis se glissa avec moi sous les couvertures.

— Il faut que tu partes, dis-je. Trop de gens sont au courant de ta présence en Sitia.

— Pas avant d'avoir trouvé le tueur. De toute façon, le Commandant m'a chargé de protéger l'ambassadrice. Partir maintenant constituerait une faute grave.

— Et si l'ambassadrice t'ordonne de rentrer ? demandai-je en me tournant vers lui pour le regarder dans les yeux.

— Les ordres du Commandant annulent tous les autres.

— Valek, est-ce toi qui as...

Il coupa court à ma question par un baiser. Il y avait beaucoup de choses dont je devais lui parler, notamment la mort de Goel et l'offre que m'avait faite le Commandant. Mais une fois étendue contre lui, enveloppée dans son parfum musqué, j'en oubliai toute pensée de meurtre et de complot. Je tirai sur sa chemise ; il me sourit avec délectation. Nous n'avions que peu de temps ensemble, je ne voulais pas gaspiller la nuit à parler.

Quand je m'éveillai, dans la semi-pénombre de l'aube, Valek avait disparu. Mais j'étais pleine d'énergie de nouveau. Mon rendez-vous avec Ferde était programmé pour minuit. Tout au long de la journée, je passai mon plan en revue et réglai les derniers problèmes.

Ce matin-là, Irys voulut que j'essaie de nouveau de déplacer des objets, un talent que je ne maîtrisais toujours pas. Je lui demandai si nous pouvions plutôt travailler sur mes défenses mentales. Si je devais utiliser l'antidote d'Esaü, je voulais être capable de dresser autour de moi un rempart solide, capable de bloquer l'influence de Ferde en dépit du Theobroma.

Avant de me congédier, Irys demanda :

— T'es-tu remise de ta rencontre avec Goel, Elena ?

— Je suis encore un peu fatiguée. Pourquoi ?

Elle me sourit d'un air malicieux.

— Depuis le début de la semaine, tu n'as pas cessé de me harceler au sujet d'Ambre. Et aujourd'hui plus rien !

— Je te faisais confiance pour me dire s'il y avait du nouveau.

— Il y a du nouveau, en effet ! s'exclama Irys : tu me fais confiance ! C'est une journée à marquer d'une pierre blanche.

Son expression amusée disparut.

— A part ça, dit-elle, rien. Nous pensons qu'ils ne se trouvent plus dans la Citadelle ni dans les plaines alentour, aussi avons-nous élargi nos recherches.

Mon cœur se serra de culpabilité tandis que je partais retrouver mon père. J'avais eu l'intention de travailler avec Irys et les autres, et voilà que je partais à la rencontre de Ferde, avec Valek pour seul renfort. Certes, Valek équivalait à quatre hommes armés... mais une véritable Sitienne aurait présenté toutes ces informations au Conseil, tandis que moi, je n'avais même pas confié nos plans à Irys.

Pourquoi ne lui faisais-je pas confiance ? Parce qu'elle ne me permettrait jamais d'aller au rendez-vous avec Ferde. Et que le projet d'embuscade proposé par les maîtres magiciens était, je le savais, condamné d'avance. Au fond, Irys était persuadée qu'on retrouverait tôt ou tard le meurtrier ; pour elle, la vie d'Ambre n'était qu'un sacrifice regrettable mais négligeable, par rapport au destin de Sitia. Pour moi, au contraire, la seule manière d'arrêter Ferde était de risquer le tout pour le tout. Prévoir les risques et s'efforcer de les minimaliser me semblait être la clé du problème.

Irys ne me croyait pas capable d'arrêter Ferde, mais j'avais bien empêché Roze, maîtresse magicienne de Sitia, de pénétrer dans mon âme. J'avais guéri les blessures de Tula et l'avais ramenée à la vie. J'avais pris le contrôle du corps de Goel, et, bientôt, je posséderais un antidote au curare.

La confiance, c'était réciproque. La loyauté aussi. Eprouvais-je de la loyauté envers Irys ? Certainement. Et envers Sitia ? Difficile à dire.

Même si Valek et moi réussissions à délivrer Ambre et à capturer Ferde, Irys ne voudrait plus de moi comme élève. Cette dure réalité m'amena à considérer mon avenir, et l'offre du Commandant.

Une fois qu'Irys aurait mis fin à notre relation, je n'aurais plus aucune obligation envers Sitia. Je pourrais informer le Commandant des ambitions de Cahil, lui parler de ses efforts pour lever une armée et renverser le pouvoir ixien. Ce traître n'avait pas hésité, pour sa part, à informer le Conseil de mes liens avec Valek.

Mon père m'attendait à l'entrée de l'aile des invités. Il

avait concentré du Theobroma en un gros comprimé qui avait la taille et la forme d'un œuf de rouge-gorge.

— Je l'ai enrobé de gélatine pour l'empêcher de fondre, m'expliqua Esaü.

— De fondre ? répétai-je, perplexe.

— Comment vas-tu le mettre dans ta bouche, une fois que tu seras paralysée par le curare ?

J'écarquillai les yeux, comprenant subitement où il voulait en venir.

— Mets ce comprimé dans ta bouche, entre tes dents. Si on t'injecte du curare, mords-le à pleines dents, et essaie d'en avaler le plus possible avant que les muscles de ta mâchoire ne se figent. Avec un peu de chance, le reste de la dose fondra et s'écoulera au fond de ta gorge.

Ce cadeau d'Esaü me rendit plus confiante pour la rencontre prévue le soir même, et il me donna une idée. J'empruntai quelques autres articles à mon père.

Je passai le reste de l'après-midi à m'entraîner avec Zitora. Après avoir dîné en compagnie de mes parents, je partis vers l'écurie. Ces activités ordinaires me parurent chargées de sens, comme si je les faisais pour la dernière fois. C'était sans doute vrai : à partir de ce soir, ma vie allait radicalement changer.

Dame-Lavande triste, dit Kiki.

Un peu, dis-je en sortant la jument de son box pour la panser.

En général, je lui parlais tout en faisant sa toilette, mais, aujourd'hui, je restai silencieuse.

Kiki vient avec Dame-Lavande.

Etonnée, je cessai de brosser la jument. Jusque-là, j'avais cru que mon lien avec Kiki ne servait à transmettre que des émotions et des messages simples. Elle discernait mes humeurs, et possédait un instinct de protection à mon égard (comme le prouvait son comportement lors de mon enlèvement par Goel), mais je ne l'avais pas crue capable de déduction.

Si je t'emmène, cela attirera l'attention.

Amène-moi à distance d'odeur. Tu as besoin de moi.

Tout en rangeant les brosses et le reste du matériel, je méditai cette affirmation. Cahil ne s'était pas manifesté pour ma leçon ; cela ne m'étonnait guère. Je n'avais plus qu'à m'entraîner toute seule. Mais comment monter sur le dos de Kiki sans selle, et sans personne pour m'aider ?

Attraper crinière. Sauter. Tirer.

Kiki, tu es une mine de bons conseils, ce soir.

Kiki maligne, confirma-t-elle.

Tandis que nous faisions le tour du pré, je décidai d'accepter l'offre de la jument. Je n'aurais qu'à la laisser paître dans les plaines. Le rendez-vous était fixé à la Pierre sanguine, le seul point de repère que je connaisse dans les plaines. Comment Ferde pouvait-il le savoir ? Cette question me fit frémir.

L'image et les pensées de Ferde continuaient à hanter mes cauchemars, au point que je me demandais parfois si je n'avais pas établi un lien involontaire avec lui. Son désir de me posséder me terrorisait. A présent, je ne fuyais plus devant les serpents de mes rêves : je m'abandonnais à l'oubli que leur piqûre me procurait. En rêve, je me comportais d'une façon aussi inquiétante que le tueur.

Kiki passa à un trot brusque : je me concentrai sur l'équilibre et oubliai le reste. Quand mes jambes et mon dos commencèrent à me faire souffrir, la jument me ramena à l'écurie.

Après l'avoir rapidement bouchonnée, je l'enfermai dans son box.

A plus tard, dis-je en me pressant vers ma chambre.

Le soir tombait déjà, et la confiance que j'éprouvais depuis le matin laissa place à l'appréhension.

Confiance, dit Kiki. *Confiance égale bonbons menthe.*

Je ne pus m'empêcher de rire. Kiki percevait le monde à travers son estomac. Pour elle, la comparaison avec un bonbon à la menthe était la plus grande des distinctions.

Valek m'attendait dans mes appartements, le visage figé en un masque inexpressif. Une lueur glaciale brillait dans ses yeux : je reconnus son regard d'assassin.

— Tiens.

Il me tendit un pull à col roulé et un pantalon noir.

— Ils sont taillés dans une étoffe spéciale qui résiste aux fléchettes. Du moins, aux fléchettes lancées par une pipette ; si on t'en enfonce une à bout portant, cela ne fonctionnera pas.

— C'est incroyable, dis-je en le remerciant.

Au moins, on ne me prendrait pas par surprise. Avec un peu de chance, j'aurais le dessus avant que Ferde n'ait pu s'approcher suffisamment pour me piquer.

Ma nouvelle tenue flottait sur mon corps menu. Je remontai mes manches et passai une ceinture pour empêcher mon pantalon de tomber.

Valek eut un petit sourire.

— Ces vêtements étaient à moi… Je ne suis pas le meilleur couturier du monde.

Je fis mon sac avec soin, n'emportant que le strict nécessaire. Le Theobroma, les articles qu'Esaü m'avait donnés, ma corde et mon grappin, une pomme, et ma canne. Ferde n'avait pas précisé que je devais venir sans arme. Mes crochets étaient piqués dans mon chignon, mon cran d'arrêt sanglé sur ma cuisse, facilement accessible par une fente pratiquée dans ma poche droite.

Valek avait tout prévu. Il n'était peut-être pas le meilleur couturier du monde, mais, en ce qui concernait l'art du combat, il était inégalable. Nous révisâmes notre plan, et je lui parlai de Kiki.

— Passer les portes du Fort et de la Citadelle sans se faire repérer, c'est déjà assez délicat sans être accompagné d'un gros animal, dit Valek.

— Je me débrouillerai. Fais-moi confiance.

Il m'adressa un regard neutre et sans émotion.

— Je vais amener Kiki jusqu'aux plaines et te laisser le temps de sortir de la Citadelle avant de me diriger vers le point de rendez-vous. Dès qu'Ambre sera hors de danger et que Ferde se sera montré, tu pourras entrer en scène.

— J'y serai, dit Valek.

Je m'entourai de ma cape et le quittai. Il était 20 heures. Autour des bâtiments de l'école, quelques personnes circulaient encore : étudiants se pressant le long des chemins éclairés par des torches, professeurs se rendant à un cours du soir, amis ou amoureux allant à un rendez-vous. J'étais une étrangère ici, me dis-je subitement. Une ombre qui observait les autres de loin, avec envie ; qui aurait voulu n'avoir comme seuls soucis que les épreuves d'histoire sitienne de Bain Bloodgood.

Kiki m'attendait patiemment dans son box. J'ouvris la porte, la fis sortir... et m'aperçus qu'il était impossible de monter en selle lorsqu'on portait une cape et un sac à dos. J'approchai un tabouret.

Manque d'entraînement, dit Kiki. *Pas de tabourets dans la nature.*

Je m'entraînerai plus tard, promis-je.

Comme nous avancions vers la porte du Fort, Kiki se retourna pour jeter un coup d'œil en direction de la tour d'Irys.

Dame Magique.

Je m'efforçai de réprimer la culpabilité que j'éprouvais à l'égard d'Irys.

Elle ne va pas être contente, reconnus-je.

Très très fâchée. Donner bonbons menthe.

Je me mis à rire. Des bonbons à la menthe n'allaient certainement pas suffire à la faire décolérer.

Bonbons sucrés des deux côtés, dit Kiki.

Ah, voilà que ma jument aussi se mettait à parler par énigmes !

Kiki, tu ne serais pas la fille de l'Homme-Lune, par hasard ?

Homme-Lune très malin aussi.

Je méditai cet échange, essayant d'en déchiffrer le sens. Un peu avant la porte du Fort, je tirai un fil de magie et le projetai au-devant de nous. Deux gardes surveillaient les allées et venues. L'un d'eux s'ennuyait, et attendait la relève avec impatience ; l'autre songeait au repas qu'il prendrait après le travail. Près d'eux, un magicien sommeillait sur un tabouret. Je le plongeai dans un sommeil plus profond, et encourageai les gardes à se concentrer sur leurs désirs, plutôt que sur la jument et sa cavalière qui passaient la porte. Tandis que l'un levait les yeux vers l'Etoile du Sud pour savoir l'heure, l'autre fouillait dans le corps de garde à la recherche d'un en-cas.

Ni l'un ni l'autre ne nous vit passer, et nous disparûmes dans l'obscurité.

Kiki traversa la Citadelle sans un bruit. Les chevaux des Sandseed avaient une aversion bien connue pour les fers, à tel point que les forgerons refusaient de s'en approcher. La porte de la Citadelle était gardée par quatre hommes. De nouveau, je réussis à les distraire le temps de notre passage. Une fois hors de vue, Kiki partit au galop en direction des plaines d'Avibian, et ne ralentit que lorsque la Citadelle et la route eurent toutes deux disparu.

Je ruminais toujours les propos de Kiki au sujet des bonbons. Pour que le plan de ce soir fonctionne, Valek et moi devions tous deux jouer nôtre rôle. Mais la jument avait également parlé de donner des bonbons à Irys. *Confiance égale bonbons,* me répétai-je dans ma tête. Si ce n'était pas à Valek que je devais faire confiance, mais à Irys ?

La réponse s'imposa à moi comme une évidence. J'étais à la fois fière d'avoir décrypté le conseil de Kiki, et humiliée qu'une jument ait plus de bon sens que moi.

Irys, appelai-je.

Elena ? Que se passe-t-il ?

Je pris une profonde inspiration, rassemblai mon courage et lui exposai mon plan. Un long silence suivit ma confession.

Tu en mourras, dit-elle enfin. *Tu n'es plus mon élève. Je vais lier mes forces à celles des autres maîtres magiciens, et nous t'arrêterons avant que tu n'arrives au rendez-vous.*

Sa réaction ne me surprenait pas. C'était précisément ce que j'avais redouté dès le départ, et qui m'avait empêchée de lui parler de l'échange.

Irys, tu m'as déjà dit un jour que j'allais mourir. Tu t'en souviens ? C'était en Ixia, dans la forêt des Serpents.

Elle hésita, puis dit : *Oui.*

Je me trouvais alors dans une situation impossible. Mes pouvoirs magiques étaient incontrôlés, tu menaçais de me tuer, et j'avais été empoisonnée par Valek. A ce moment-là, tous les choix possibles semblaient mener vers ma mort. Pourtant, quand je t'ai demandé de me laisser du temps, tu as accepté. Tu me connaissais à peine, mais tu m'as fait confiance pour trouver une solution. Je ne connais pas les manières sitiennes, mais j'ai une longue expérience en matière de situations impossibles. Réfléchis à cela avant d'appeler les autres.

De nouveau, il y eut un long et pénible silence. Je brisai mon lien avec Irys pour porter mon attention sur ma mission. Kiki s'arrêta plus d'un kilomètre avant la Pierre sanguine. Je détectai déjà des traces subtiles de la magie sandseed. Ce n'était pas un bouclier à toute épreuve, comme celui qui entourait leur camp, plutôt une fine toile destinée à piéger les intrus ignorants. Un magicien pourvu d'une protection mentale adéquate pouvait éviter d'être détecté, mais, si le clan concentrait un tant soit peu son pouvoir, il sentirait la présence du magicien, et la toile magique attaquerait l'intrus. Je poussai un soupir de soulagement : l'immunité de Valek à la magie le rendrait indétectable par les magiciens des plaines.

Je me laissai glisser du dos de Kiki.

Reste hors de vue, lui dis-je avant de partir.

Reste sous le vent. Ton odeur plus forte, me conseilla à son tour la jument.

Je me cachai dans les hautes herbes pour laisser à Valek le temps de me rattraper. Kiki n'avait mis qu'une heure pour arriver jusqu'ici, mais il faudrait une heure supplémentaire à mon complice pour prendre position. Quand j'estimai que j'avais suffisamment attendu, je partis à pied vers la Pierre sanguine. Valek s'approcherait du lieu d'échange depuis la direction opposée.

Lapin, dit Kiki dans ma tête. *Bien.*

Je souris ; elle avait dû faire sortir un lapin de son terrier. La lune éclairait les longues tiges d'herbe autour de moi. Quand la brise soufflait, mon ombre ondulait sur les herbes mouvantes.

La voix d'Irys retentit dans mon esprit.

Tu vas devoir te débrouiller seule.

Puis elle brisa le lien qui nous reliait. Ma tête s'emplit d'un silence étourdissant.

Mon cœur se contracta : j'étais sur le point de céder à la panique. Je réussis toutefois à retrouver mon calme, en me rappelant que Valek et Kiki veillaient tous deux sur moi.

Arrivée à proximité du lieu de rendez-vous, je m'arrêtai, ôtai ma cape et la cachai dans une touffe d'herbe. Sortant la dose de Theobroma de mon sac, je la calai entre mes molaires. C'était assez gênant ; pourvu que je ne croque pas le comprimé par accident !

Je continuai ma route. Bientôt la silhouette sombre de la Pierre sanguine se dressa devant moi. Des rayons de lune filtrèrent entre les nuages tandis que je scrutais la nuit, cherchant les silhouettes d'Ambre et de Ferde.

Un brusque soulagement déferla sur moi : Ambre était sortie de derrière la Pierre sanguine et courait vers moi. Quand elle dépassa l'ombre de la pierre, je vis que son visage était déformé par la terreur. Ses yeux étaient gonflés, sa peau était abîmée par les larmes. Je balayai les alentours à l'aide de ma magie, cherchant Ferde.

Ambre se jeta dans mes bras en sanglotant. Trop facile. Avant de la relâcher, il aurait dû me faire promettre de le suivre. La jeune fille me serrait si fort qu'elle me pinça le bras. Ferde n'était toujours pas en vue. Je pris la main d'Ambre pour la ramener à la Citadelle.

— Je suis tellement désolée, Elena ! s'écria-t-elle.

Puis elle s'enfuit en courant.

Je fis volte-face, m'attendant à trouver Ferde derrière moi. Personne. Perplexe, je me préparai à suivre Ambre, mais mes pieds refusèrent de m'obéir. Chancelante, je m'écroulai sur le sol tandis que les sensations quittaient mon corps.

30.

La paralysie s'étendit à une allure vertigineuse. Une seconde seulement s'écoula entre l'instant où je compris que j'avais été empoisonnée au curare et celui où mes muscles se figèrent. Une seconde pour mordre la dose de Theobroma, et en avaler quelques miettes, avant que ma mâchoire ne fût paralysée.

Etendue sur le côté, je vis Ambre au loin, éclairée par le clair de lune. Elle courait en direction de la Citadelle. Elle m'avait piquée, s'était excusée et avait pris la fuite. Ce triste état de choses était entièrement ma faute. Je m'étais ridiculement surestimée : en me concentrant sur la menace représentée par Ferde et son curare, je n'avais pas envisagé un instant qu'Ambre pût m'attaquer.

Le curare semblait atténuer non seulement les sensations, mais aussi les émotions : au lieu d'une terreur sans nom, je n'éprouvais qu'une angoisse sourde et un léger agacement.

Derrière moi, des pas crissèrent sur le sol sableux. Je retins mon souffle en attendant l'intervention de Valek. Sans doute n'attaquerait-il que quand Ferde serait tout près de moi.

Le bruit des pas cessa, et la vue devant moi se transforma. On m'avait déplacée sans que je m'en rende compte. Prise de vertige, il me fallut quelques instants avant de distinguer clairement le ciel nocturne. Impossible de déplacer mon regard ; je pouvais seulement cligner des paupières. Je ne pouvais pas parler, mais je respirais encore. Je ne pouvais mouvoir ma bouche ni ma langue, mais j'arrivais à avaler. C'était extrêmement curieux.

Soudain, un visage pénétra dans mon champ de vision, et ma peur revint. Une femme aux cheveux longs se penchait sur moi. Elle portait une longue robe, et son cou était orné de motifs finement tatoués. Quand elle dégaina un poignard et l'approcha de mes yeux, l'air que je respirais se figea et refusa d'emplir mes poumons.

— Je te tue maintenant, ou plus tard ? demanda distraitement l'inconnue.

Sa manière de parler me rappelait quelqu'un. Elle inclina la tête, amusée.

— Tu ne réponds pas, hein ? Ne t'inquiète pas. Je ne vais pas le faire tout de suite. A quoi ça servirait ? Tu ne sentirais rien. Avant de mettre fin à tes souffrances, je veux que tu aies très, très mal.

La femme se redressa et disparut. Je fouillai dans mes souvenirs. L'avais-je déjà vue ? Pourquoi voulait-elle me tuer ? Elle devait être une complice de Ferde, ils avaient la même façon de parler.

Mais que faisait Valek ? Il aurait dû venir à mon secours depuis un bon moment !

J'entendis un bruit de frottement, puis un impact sourd, et je perdis de nouveau mes repères visuels. Au bout d'un moment, je compris que ma ravisseuse me traînait par les bras. Le monde s'inclina puis se redressa brusquement. La femme tenait une corde à la main. Aux bruits qui suivirent et aux objets qui passèrent brièvement dans mon champ de vision, je déduisis qu'elle m'avait hissée sur un chariot, auquel elle me ligotait. Bientôt elle sauta à terre ; quelques instants plus tard, je l'entendis parler à un cheval.

Les roues se mirent à grincer, le bruit mat des sabots reprit. De hautes herbes fouettaient le chariot : nous nous enfoncions plus avant dans les plaines. Nom d'une épée, où était Valek ?

Je me tourmentai, j'attendis, je dormis un peu. Chaque fois qu'un peu de Theobroma fondu coulait dans ma gorge, j'avalais. En avais-je absorbé suffisamment pour neutraliser l'effet du curare ? Quand la femme arrêta enfin le chariot, une fine lame de soleil éclairait l'horizon, et les sensations commençaient à revenir dans mes jambes. Je réussis à bouger un peu ma langue, et avalai un gros morceau de Theobroma.

Quelques instants plus tard, la douleur embrasa mes poignets et mes chevilles. Mes pieds et mes mains étaient glacés et engourdis. J'étais attachée bras et jambes écartés sur le plancher du chariot. Je commençais tout juste à entrer en contact avec la toile du pouvoir quand la femme grimpa dans le chariot. Elle tenait une longue seringue à la main. Mes pensées s'éparpillèrent ; d'instinct, je tirai du pouvoir à moi.

— Ah, non ! Pas question ! s'exclama-t-elle avant d'enfoncer l'aiguille dans mon bras. Je ne veux pas que tu recouvres les sensations avant d'arriver au Vide. Là, tu sentiras la morsure de l'acier dans ta chair, je te le garantis.

Ç'aurait été le moment idéal pour que Valek entre en scène. Voyant qu'il ne se manifestait pas, je demandai :

— Qui êtes…

Puis mes muscles s'engourdirent de nouveau, et je ne pus terminer ma phrase.

— Tu ne me connais pas, mais tu as très bien connu mon frère. Pas d'inquiétude : tu sauras bien assez tôt le motif de tes souffrances.

Elle sauta du chariot, et les grincements des roues reprirent.

Quand tu veux, Valek, pensai-je. Mais, à mesure que le soleil montait dans le ciel, mes espoirs d'être délivrée s'amenuisaient. Quelque chose avait dû lui arriver ; quelque chose l'avait empêché de me suivre. Peut-être que le message d'Irys, la veille au soir, avait été un avertissement.

Divers scénarios horribles au sujet de Valek défilaient dans ma tête. Pour me changer les idées, je pensai à Kiki. Etait-elle près de nous ? Avait-elle pu me suivre à l'odeur ? Sans possibilité de communiquer avec moi, puisque mes facultés magiques étaient neutralisées, saurait-elle que j'étais en danger ?

Le soleil flottait juste au-dessus de l'horizon quand le chariot s'arrêta de nouveau. Un picotement au bout des doigts m'indiqua que les effets du curare se dissipaient. Bientôt des crampes, des douleurs et une sensation de froid m'assaillirent. Frissonnante, j'avalai le reste de la dose de Theobroma et me préparai à une nouvelle injection.

Elle ne vint pas. La femme grimpa dans le chariot et, se tenant au-dessus de moi, étendit grand les bras.

— Bienvenue dans le Vide, dit-elle. Ou plutôt, en ce qui te concerne, bienvenue en enfer.

Dans la lumière déclinante, ses yeux gris brillaient

d'une lumière étrange. Les traits fortement marqués de son visage me rappelaient quelqu'un que je ne parvenais pas à identifier. Ma tête me faisait mal, mes idées étaient embrouillées. Je cherchai à attraper un fil de pouvoir, mais la toile magique avait disparu sans laisser de traces.

Un sourire complaisant étira la bouche de ma ravisseuse.

— Cet endroit est l'un des seuls en Sitia où l'on ne trouve aucun pouvoir. Il y a un trou dans la toile.

— Où sommes-nous ? demandai-je d'une voix éraillée.

— Sur le plateau Davian.

— Qui êtes-vous ?

Toute trace d'humour disparut de son visage. Je m'efforçai de la regarder plus attentivement : elle pouvait avoir trente ans. Ses cheveux noirs lui arrivaient à la taille. Elle remonta les manches de sa cape couleur de sable, révélant des bras couverts de tatouages mauves en forme d'animaux.

— Tu n'as pas encore deviné ? Combien as-tu tué d'hommes, dans ta vie ?

— Seulement quatre, mais cela ne me gênerait pas de tuer une femme, dis-je en posant sur elle un regard appuyé.

— Tu n'es vraiment pas en position de faire la maligne.

Elle passa la main sous sa cape et en sortit un poignard.

Je rassemblai rapidement mes idées. Sur les quatre hommes que j'avais tués, Reyad était le seul que j'avais bien connu. Les trois autres, je les avais tués pour me défendre. Je ne connaissais même pas leurs noms.

— Toujours pas trouvé ? demanda-t-elle en s'approchant.

— Non.

Ses yeux gris s'enflammèrent de rage et, à cet instant, je sus qui était son frère. Mogkan. Le magicien qui m'avait enlevée pour me voler mon âme. En Sitia, il était connu sous le nom de Kangom.

— Kangom méritait de mourir, dis-je.

C'était Valek qui lui avait porté le coup fatal, mais avant cela Irys et moi l'avions immobilisé dans une toile de pouvoir. Je ne l'avais pas compté au nombre des hommes que j'avais tués, mais j'admettais ma responsabilité dans sa mort.

Une fureur sauvage déforma les traits de la femme. Elle plongea son couteau dans mon avant-bras et l'en retira aussi rapidement. Une douleur atroce explosa dans mon bras. Je me mis à hurler.

— Qui suis-je ? demanda-t-elle.

Malgré la douleur, je levai mon regard vers le sien.

— La sœur de Kangom, articulai-je.

— Exact. Je m'appelle Alea Davian.

A ma connaissance, il n'existait pas de clan Davian en Sitia.

Voyant ma confusion, elle ajouta :

— J'étais une Sandseed, autrefois.

Elle prononça ce nom sur un ton méprisant.

— Ils sont bloqués dans le passé. Nous sommes plus puissants que tous les autres clans réunis, et ils perdent leur temps à errer dans les plaines, à rêvasser et à tisser des histoires. Mon frère, lui, avait une vision. Il voulait que nous régnions sur Sitia.

— Dans ce cas, pourquoi aidait-il Brazell à prendre le contrôle d'Ixia ?

Je peinais à suivre son raisonnement, d'autant que la blessure sur mon bras saignait copieusement et réclamait une partie de mon attention.

— Ce n'était que la première étape. Une fois qu'il aurait eu le contrôle des armées du Nord, il aurait envahi Sitia. Mais tu es venue tout gâcher, pas vrai ?

— Sur le moment, ça me semblait une bonne idée.

Du bout de son poignard, Alea ouvrit une longue entaille entre mon poignet gauche et mon épaule.

— Une décision que tu vas beaucoup, beaucoup regretter avant de mourir. Avant que je ne te tranche la gorge, comme tu as tranché celle de mon frère.

La douleur vibrait dans mes deux bras, mais, curieusement, j'étais surtout irritée que cette femme ait abîmé la tenue spéciale de Valek. Elle brandit de nouveau sa lame, visant mon visage. Je réfléchis à toute vitesse.

— Tu vis ici, sur le plateau ? demandai-je.

— Oui. Nous avons rompu avec les Sandseed pour créer notre propre clan. Les Davian vont régner sur Sitia. Nous n'aurons plus jamais à voler pour survivre.

— Comment ?

— Un membre de notre clan a entamé une quête de pouvoir. Une fois terminé, ce rituel le rendra plus puissant que tous les maîtres magiciens réunis.

— C'est toi qui as tué Tula ?

Elle plissa les yeux, perplexe.

— La sœur d'Ambre.

— Non. C'est mon cousin qui a eu ce plaisir.

Ainsi, Alea était la cousine de Ferde. C'était forcément lui qui menait cette quête de pouvoir. La question, à présent, était de savoir qui il avait choisi pour le rituel final, puisqu'il n'avait pas daigné se présenter à notre rendez-vous. Ce pouvait être n'importe quelle jeune magicienne, n'importe où en Ixia. Et nous n'avions plus que deux jours pour le retrouver.

Ne supportant plus d'être attachée, je tirai sur mes cordes.

Alea sourit.

— Ne t'en fais pas, dit-elle. Tu n'assisteras pas au grand nettoyage de Sitia. Néanmoins, tu vas vivre encore quelques heures.

Elle sortit sa seringue et la plongea dans l'entaille ouverte dans mon bras, m'arrachant un cri de douleur.

— Pas la peine que tu te vides de ton sang dans ce chariot. Nous avons prévu un dispositif pour le collecter et l'utiliser à bon escient.

Elle sauta du chariot.

Le curare apaisa la douleur dans mes bras, mais la paralysie attendue ne vint pas. L'antidote d'Esaü commençait à faire son effet. Puisque je me trouvais dans le Vide, je ne risquais pas de subir d'influences magiques inopportunes. Toutefois, étant ligotée, blessée et désarmée, je pouvais difficilement me battre contre Alea. L'essentiel, c'était de ne pas lui révéler que je bougeais de nouveau. Serrant les dents pour les empêcher de claquer, je m'intimai l'ordre de rester immobile.

Il y eut un grand bruit, puis le chariot s'inclina. Mes pieds descendirent vers le sol tandis que ma tête remontait. De ce nouveau point de vue, je distinguai, quelques mètres plus loin, une structure de bois. C'était un cadre fait de grosses poutres, d'où pendaient des chaînes, des menottes et des sortes de poulies. Au pied du cadre se trouvait une bassine, sûrement destinée à recueillir le sang des victimes.

Derrière cet affreux édifice, le plateau Davian s'étendait à perte de vue, camaïeu de jaunes, d'ocres et de bruns. Un paysage apaisant, qui contrastait vivement avec l'appareil de torture installé au premier plan.

Mon cœur battait de plus en plus rapidement. Quand Alea s'approcha, je fixai mon regard droit devant moi. Elle me dépassait de quelques centimètres ; mes yeux n'arrivaient qu'à la hauteur de son menton. Elle s'était débarrassée de sa cape, révélant un pantalon bleu et une chemise bleue à manches courtes, sur laquelle étaient cousus des disques blancs semblables à des écailles de poisson. Une ceinture d'armes en cuir entourait ses hanches.

— On se sent mieux ? demanda-t-elle. Vaudrait mieux vérifier.

Elle planta sa lame dans ma cuisse droite.

Entièrement concentrée sur le fait de ne pas réagir, je ne m'aperçus pas immédiatement que je n'avais rien senti. Le poignard s'était enfoncé dans le fourreau de mon cran d'arrêt. Il était resté sanglé à ma cuisse. Et le couteau, s'y trouvait-il encore ? Mon cœur s'affola pendant qu'Alea me dévisageait longuement. Si elle me soupçonnait de pouvoir bouger de nouveau, j'étais perdue.

— Tes vêtements sont bizarres, dit-elle enfin. Ils sont épais et résistants. Je vais te les enlever et les garder en souvenir.

Elle enjamba le cadre, attrapa les menottes et tira dessus. La roue de la poulie tourna, déroulant la chaîne et lui permettant d'amener les menottes jusqu'à moi.

— Tu es trop lourde, je n'arriverais jamais à te soulever.

Heureusement que mon frère a pensé à installer cette poulie.

Elle déverrouilla les menottes et les ouvrit en grand.

Le moment de passer à l'action approchait. Si Alea était prévoyante, elle me passerait les menottes aux poignets avant de libérer mes pieds. Une fois mes bras attachés au cadre de bois, je serais de nouveau impuissante. Je n'aurais donc qu'un très bref instant pour agir. En outre, j'avais tout misé sur une supposition — à savoir, que mon cran d'arrêt se trouvait encore dans son étui.

Alea trancha la corde qui attachait mon bras droit au côté du chariot. Je le laissai retomber sur le plancher comme un poids mort, espérant qu'elle détacherait l'autre bras avant de me passer les menottes. Mais non : elle remit le couteau dans sa ceinture et fit mine de me prendre la main.

Avant qu'elle n'ait pu le faire, je plongeai ma main dans ma poche. Mes doigts se refermèrent autour du manche lisse ; je faillis rire de soulagement. Abasourdie, Alea se figea un instant ; j'en profitai pour tirer l'arme de ma poche et déplier la lame.

Alea dégaina son poignard. Avant qu'elle n'ait pu reculer pour frapper, je plongeai ma lame dans le bas de son abdomen. Elle poussa un grognement de surprise et visa mon cœur. Au dernier moment, elle chancela, et sa lame froide s'enfonça au plus profond de mon ventre. Alea retomba lourdement sur ses fesses, et se retrouva assise sur le sol, recroquevillée sur mon cran d'arrêt.

Le souffle coupé, je m'intimai de rester consciente. La douleur embrasait mes reins et contractait mon ventre comme une vis que l'on resserre.

Alea arracha ma lame à ses tripes et la jeta sur le sol. Puis elle rampa vers sa cape et en sortit une petite fiole. Elle l'ouvrit, s'humecta le doigt et le frotta sur sa blessure.

Elle revint vers moi en titubant et m'examina en silence. Le curare qu'elle avait mis sur sa plaie devait être dilué, car il lui permettait de se mouvoir librement.

— Enlève le poignard pour trancher tes liens, et tu saigneras à mort, dit-elle avec une sorte de satisfaction macabre. Laisse-le dans ton ventre, et tu finiras par mourir ici, sans personne pour t'aider et sans magie pour te guérir.

Elle haussa les épaules.

— Ce n'est pas ce que j'avais prévu, mais ça fera l'affaire.

— Et toi ? haletai-je.

— J'ai mon cheval, et mes camarades sont tout près. Notre guérisseur me remettra d'aplomb. Je reviendrai à temps pour entendre ton dernier soupir.

Elle s'éloigna lentement. J'entendis des froissements de tissu, des grognements de douleur, puis un claquement de langue. Un bruit de sabots s'éloigna et disparut.

Peu à peu, tout devint flou autour de moi. Alea avait raison, j'étais forcée de le reconnaître. Ma position était sans espoir, mais au moins l'avais-je privée de la satisfaction de me torturer. La douleur rendait la concentration difficile. Devais-je sortir le couteau de mon ventre, me répétais-je inlassablement, ou bien le laisser ? Le sortir ou le laisser ?

Bientôt j'errais entre le sommeil et la veille, et ne repris vraiment conscience qu'en entendant un cheval approcher. Je n'avais pris aucune décision, et voilà qu'Alea revenait déjà.

Je fermai les yeux pour ne pas voir son insupportable sourire, lorsque j'entendis un hennissement familier. Un bruit qui me fit l'effet d'un baume ; l'effet d'une dose de curare. J'ouvris les yeux et vis le museau de Kiki.

Les choses se présentaient un peu mieux, tout à coup, mais je n'étais pas sûre de pouvoir communiquer avec la jument.

— Couteau, dis-je à voix haute.

Ma gorge desséchée me brûlait.

— Donne-moi le couteau.

Je regardai avec insistance mon cran d'arrêt, à quelques mètres de moi, puis tournai les yeux vers Kiki.

— S'il te plaît, Kiki.

Elle pivota sa tête dans la bonne direction, puis s'avança vers le couteau et prit le manche entre ses dents. Elle était décidément très maligne.

Je tendis ma main libre et elle y plaça le couteau.

— Kiki, si jamais je m'en sors, tu auras toutes les pommes et tous les bonbons que tu voudras pour le restant de ta vie.

De nouvelles vagues de douleur m'accablèrent tandis que je me contorsionnais pour trancher la corde qui enserrait mon poignet gauche. Une fois libérée, je m'étalai sur le sol, mais j'eus le réflexe d'atterrir sur mes coudes, évitant ainsi d'enfoncer le couteau dans mon ventre. Au bout d'une éternité, je réussis à trancher les liens autour de mes pieds.

A ce stade, j'étais prête à me rouler en boule et à m'abandonner à l'inconscience, mais Kiki souffla sur mon visage et me donna de petits coups de museau.

Entrouvrant un œil, je regardai son dos ; il me semblait aussi lointain que le sommet d'une montagne. *Il n'y a pas de tabourets, dans les plaines*, me répétai-je. J'émis un rire qui sonna comme un cri d'hystérie.

Kiki s'éloigna de quelques pas et revint en portant mon sac à dos entre ses dents. Elle le déposa près de moi ; cela me fit sourire. Lors de nos leçons, j'avais toujours mon sac sur moi ; elle devait croire que j'en avais besoin pour grimper sur son dos. D'un coup de sabot, elle rapprocha le sac de mon visage. J'avais parlé de pommes, me rappelai-je.

J'ouvris mon sac, et compris que Kiki était beaucoup plus intelligente que moi. J'avais complètement oublié ma provision de curare. Sur ma demande, Esaü m'en avait fourni une fiole ; j'avais prévu de l'utiliser pour paralyser Ferde, en cas de nécessité. Je frottai une goutte de curare sur ma blessure ; la douleur s'atténua aussitôt. Soupirant de soulagement, je tentai de me redresser en position assise. Les muscles de mes bras et de mes jambes étaient engourdis et maladroits, mais ils fonctionnaient encore. Le Theobroma présent dans mon sang empêchait le curare de les paralyser. Au prix d'un immense effort, je hissai mon sac sur mes épaules puis, aiguillonnée par la crainte du retour d'Alea, je réussis à me mettre debout.

Kiki se mit à genoux sur ses pattes arrière. Je lui lançai un regard dubitatif, mais elle hennit d'impatience, alors je m'accrochai à sa crinière et lançai une jambe par-dessus son dos. Elle tituba et partit à une allure rapide et souple.

Je sentis l'instant exact où nous quittâmes le Vide. La magie m'entoura de toutes parts, déferlant sur moi comme un raz-de-marée, puis me submergea. L'ingestion d'une forte quantité de Theobroma ouvrait mon esprit à un assaut de magie. A l'entrée des plaines d'Avibian, la toile magique des Sandseed fondit sur moi. Incapable de lui résister, je tombai à terre.

Images, sons et couleurs tourbillonnèrent autour de moi. La voix d'Irys sortit de la bouche de Kiki. Valek m'apparut, les bras ligotés dans le dos et un nœud coulant autour du cou. Ari et Janco se tenaient serrés près d'un feu de camp au milieu des plaines, tous deux alarmés et mal à l'aise. Pour la première fois de leur vie, ils s'étaient perdus. Ma mère s'agrippait aux branches d'un arbre violemment agité par l'orage.

L'odeur du curare m'emplit les narines, et le goût du Theobroma me collait à la langue. En tombant de cheval, j'avais enfoncé le couteau d'Alea dans mon ventre. Je visualisais parfaitement les muscles déchirés, le sang et l'acide qui s'écoulaient de l'entaille, et pourtant j'étais incapable de me concentrer pour réparer la blessure.

Les pensées de Valek m'arrivèrent. Il se battait contre les soldats qui l'entouraient, mais l'un d'eux tira sur la corde, qui se resserra autour de son cou.

Son cœur vibrait de regrets.

Désolé, mon cœur, mais je crois que, cette fois, on ne va pas s'en sortir.

31.

Non ! hurlai-je en pensée. *Reste en vie ! Trouve quelque chose !*

Je resterai en vie si tu le restes, toi, rétorqua-t-il.

Ce qu'il pouvait être exaspérant... Furieuse, je rassemblai d'un geste les images et la magie qui menaçaient de me submerger, et les tordis entre mes mains. Comme les flocons d'une tempête de neige, les images s'éparpillèrent et tourbillonnèrent autour de moi. Le Theobroma bouillonnait dans mes veines, intensifiant ma perception de la magie, laquelle devint tangible. Les fils de pouvoir me râpaient les doigts comme des cordes rêches.

Haletante, trempée de sueur, m'efforçant de ne pas relâcher la magie, j'arrachai le poignard d'Alea de mon ventre et dirigeai les fils de pouvoir vers ma plaie. Posant mes mains sur mon abdomen, je recouvris de magie le sang chaud qui s'écoulait à flots de mon ventre.

Entièrement concentrée sur ma blessure, je visualisai les dégâts internes. Attrapant un fil de magie qui flottait dans l'air, je retricotai mes muscles abdominaux et recousis grossièrement l'entaille. Un coup d'œil à mon ventre révéla une crête rouge et douloureuse, qui me causait une pointe de douleur à chaque inspiration. Mais je n'étais plus en danger de mort.

J'avais respecté le marché passé avec Valek ; j'espérais bien qu'il en avait fait autant. Une fatigue accablante s'était abattue sur moi ; j'étais sur le point de m'endormir quand Kiki me poussa doucement du museau.

Viens, dit-elle dans mon esprit.

J'ouvris un œil.

Fatiguée.

Mauvaise odeur. Partir.

Nous étions sorties du Vide, mais la bande d'Alea ne devait pas être loin.

Attraper queue, m'intima-t-elle.

En m'agrippant à sa longue queue, je réussis à me hisser debout. Kiki se mit à genoux pour me faire monter sur son dos.

L'instant d'après, elle partait à l'allure du vent. Je m'accrochai à elle et tentai de rester éveillée. Les plaines n'étaient plus qu'une masse confuse défilant de part et d'autre, et l'air froid me mordait la peau.

Au bout d'un moment, la jument ralentit. Je clignai des yeux, scrutant l'obscurité devant nous. Nous étions toujours dans les plaines. Un feu de camp brillait au loin.

Fais du bruit. Pas effrayer lapin.

Des lapins ? Où ça ?

A cette idée, mon estomac se mit à gargouiller. J'avais bien une pomme dans mon sac à dos, mais je l'avais promise à Kiki.

Celle-ci s'ébroua, amusée, et s'arrêta net. A une dizaine de mètres de nous, deux hommes se dressaient, leurs épées luisant au clair de lune. Ari et Janco. Je les appelai, et ils baissèrent leurs armes tandis que Kiki s'approchait.

C'est lui, Lapin ? Tu ne l'appelles plus Homme-Lapin ? Trop rapide pour un homme.

— Béni soit le ciel ! s'écria Ari.

Puis, me voyant affalée contre le cou de Kiki, il me souleva dans ses bras et me déposa avec une extrême délicatesse près du feu de camp. Je me pris à regretter qu'Ari ne fût pas vraiment mon frère. Même à l'âge de huit ans, il n'aurait jamais laissé Mogkan m'enlever, j'en étais sûre.

Janco prit un air faussement blasé.

— Encore une fois, tu t'obstines à partir toute seule et à récolter toute la gloire, dit-il. Je me demande bien pourquoi on s'est fatigués à te suivre. Surtout que tes traces n'ont fait que tourner en rond.

— Tu n'aimes pas trop être perdu, hein, Janco ?

Il toussota bruyamment et se croisa les bras sur la poitrine.

— Ne t'en fais pas, ton talent de pisteur ne t'a pas abandonné. Tu es dans les plaines d'Avibian, ici. Un système de magie défensive embrouille l'esprit des intrus.

— Ah, la magie ! pesta-t-il. Une raison supplémentaire de rester chez nous, en Ixia.

— Elena, tu as une mine atroce, dit Ari. Couvre-toi.

Il mit ma cape autour de mes épaules.

— Où..., commençai-je, stupéfaite.

— Nous l'avons retrouvé dans les plaines, expliqua Ari.

Il fronça les sourcils.

— Valek nous avait demandé de l'escorter à distance.

Nous l'avons suivi, mais il a été pris en embuscade devant la porte de la Citadelle.

— Par Cahil et ses hommes, je parie.

Ari hocha la tête, puis se mit à examiner les entailles sur mes bras.

— Comment savaient-ils qu'il se trouvait là ?

— Le capitaine Marrok est un pisteur de renom, apparemment, dit Ari. Il semble qu'il ait déjà eu maille à partir avec Valek. C'est la seule personne à s'être échappée de la geôle du Commandant. Il devait attendre depuis longtemps l'occasion de se venger.

Ari secoua la tête.

— La capture de Valek nous a mis devant un sacré dilemme.

— C'était lui ou toi, ajouta Janco.

— Je crois qu'il se doutait qu'il allait lui arriver quelque chose, et qu'il ne voulait pas te laisser sans protection. Nous avons donc respecté le plan d'origine, et nous t'avons suivie.

Ari me tendit une cruche d'eau, et j'en avalai une grande goulée.

— Note que ça n'a pas servi à grand-chose, maugréa Janco. Quand nous sommes arrivés au lieu de rendez-vous, nous avons vu les traces de la charrette, et nous avons décidé de vous pister. Il fallait bien que vous vous arrêtiez un jour. Mais ensuite…

— Vous vous êtes perdus, complétai-je.

Ari tâtait la profonde entaille sur mon bras droit.

— Aïe ! m'exclamai-je.

— Ne bouge surtout pas, dit Ari. Janco, va chercher la trousse de secours dans mon sac. Ces plaies ont besoin d'être nettoyées et refermées.

Si j'avais eu la moindre énergie, j'aurais pu guérir moi-même mes blessures. Dans les circonstances, je me laissai volontiers soigner et réprimander par Ari. Quand il sortit un pot de la colle-miracle de Rand, je l'interrogeai au sujet du nouveau cuisinier du Commandant.

— Comme Rand ne s'est jamais présenté au manoir de Brazell, l'échange n'a pas eu lieu. Le Commandant a promu un assistant de Rand.

Je fis une grimace qui n'était pas seulement due à la douleur. Rand était mort pour me protéger, mais je n'aurais pas été en danger s'il ne m'avait pas d'abord tendu un piège.

— Sa cuisine ne vaut pas celle de Rand, soupira Janco. On a tous perdu du poids.

Ari finit de panser mon bras et sortit une broche du feu.

— Janco a attrapé un lapin, dit-il.

Il en détacha un morceau et me le tendit.

— Tu as besoin de manger.

Cela me rappela quelque chose.

— Kiki a besoin...

— Je m'en occupe, dit Janco en se levant.

— Sais-tu...

— T'inquiète. J'ai grandi dans une ferme.

J'avais rongé jusqu'au dernier morceau de lapin quand Janco réapparut, couvert de poils, l'air amoureux.

— Elle est magnifique ! s'exclama-t-il. Je n'ai jamais vu un cheval aussi patient ! Elle n'a pas bougé pendant que je la frictionnais, et elle n'était même pas attachée !

Je lui expliquai l'honneur qu'elle lui avait fait de raccourcir son nom en « Lapin ».

— C'est sans précédent, terminai-je.

Il me lança un regard curieux, puis secoua la tête.

— Des chevaux qui parlent. De la magie partout. Ils sont fous, ces gens du Sud.

Peut-être ajouta-t-il autre chose, mais, à cet instant, le sommeil m'emporta.

Le lendemain matin, je parlai à mes amis d'Alea et du clan rebelle établi sur le plateau Davian. Ils voulurent retrouver ma ravisseuse et lui régler son compte sans plus tarder, mais je leur rappelai l'urgence qu'il y avait à secourir Valek et à retrouver Ferde. La pensée de Valek me serrait le cœur. Même après une bonne nuit de sommeil, je n'avais toujours pas suffisamment d'énergie pour le joindre.

— Il faut que nous retournions à la Citadelle, dis-je en me levant subitement.

— Sais-tu où nous sommes ? demanda Ari.

— Quelque part dans les plaines, dis-je en chargeant mon sac sur mes épaules.

— Intéressant, dit Janco. Sais-tu au moins dans quelle direction se trouve la Citadelle ?

— Non.

Kiki s'avança jusqu'à moi. J'attrapai sa crinière et me tournai vers Janco.

— Tu m'aides ?

Bougonnant à voix basse, il plaça ses mains en coupe sous mon talon. Une fois installée, je dis :

— Kiki connaît le chemin. Vous arriverez à me suivre ?

Janco se mit à sourire.

— Je cours comme un lapin, tu le sais bien.

Tous deux rangèrent leurs affaires, et nous partîmes au trot. Un régime quotidien de cinquante tours du Château d'Ixia avait maintenu mes amis en pleine forme physique.

Nous arrivâmes bientôt à la route — et Janco de grommeler, dépité, qu'ils s'étaient perdus à moins d'un kilomètre de la Citadelle. Alors que nous approchions de la grande porte d'entrée, un cortège s'avança vers moi. Montés à cheval, les quatre maîtres magiciens ouvraient la marche, suivis d'une compagnie de cavalerie armée jusqu'aux dents.

En me reconnaissant, Roze Featherstone prit un air stupéfait. Je ne pus m'empêcher de sourire mais quand je croisai le regard glacial d'Irys, mon sourire s'effaça.

— Que faites-vous ici ? demandai-je.

— Nous venions soit te délivrer, soit te tuer, dit Zitora.

Elle se tourna vers Roze et lui lança un regard furibond. De nouveau, j'interrogeai Irys du regard, mais elle se détourna et refusa de me laisser accéder à son esprit. Depuis le début, je savais qu'elle me bannirait pour me punir d'avoir agi seule, et pourtant c'était affreusement douloureux.

— En raison de votre mépris total pour la sécurité de Sitia, dit Roze sur un ton satisfait, vous avez été expulsée de l'école.

C'était bien le moindre de mes soucis.

— Ambre est en sécurité ? demandai-je.

Bain hocha la tête.

— Elle nous a dit avoir été détenue par une femme. Cette femme était-elle liée au tueur ?

— D'une certaine façon. Mais il faut retrouver Ferde de toute urgence. Il ne s'intéresse plus à moi, il a dû choisir une autre victime. Personne n'a été porté disparu dans le Fort ?

Mes paroles causèrent une agitation considérable. Chacun avait supposé que Ferde se trouvait avec moi dans les plaines. A présent, ils devaient changer de tactique.

— Cela fait deux semaines que nous le cherchons en vain, dit Roze. Nous ne pouvons rien faire de plus.

— La dernière victime ne peut être enlevée, dit Bain. Elle doit s'allier à Ferde de son plein gré. Rentrons discuter de tout cela à la maison. Elena, tu seras plus en sécurité à l'intérieur du Fort. Nous parlerons de ton avenir quand nous nous serons sortis de ce pétrin.

Les magiciens firent demi-tour et s'éloignèrent en direction du Fort. Ari, Janco et moi suivîmes derrière. La dernière remarque de Bain me trottait dans la tête. Sans Valek, je n'avais plus d'avenir du tout. Pressant le pas, je rattrapai le maître magicien et lui demandai des nouvelles de mon amant.

Bain me décocha un regard sévère, et je sentis une pression sur mon bouclier magique. J'abaissai ma garde, et entendis la voix du vieil homme dans mon esprit.

Mieux vaut ne pas en parler à voix haute, mon enfant. Il y a deux nuits de cela, Cahil et ses hommes ont capturé Valek et ont refusé de le remettre au Conseil ou aux maîtres magiciens.

Bain, je le sentis, désapprouvait vivement la conduite de Cahil. Quant à moi, je dus réprimer un désir impérieux de retrouver ce dernier pour lui passer mon épée au travers du corps.

Hier, au crépuscule, Cahil a tenté de pendre Valek, mais celui-ci s'est échappé.

Le maître magicien paraissait impressionné.

Nous n'avons aucune idée de l'endroit où il peut être.

Après avoir remercié Bain, je freinai Kiki, laissai les Maîtres partir devant et savourai mon soulagement. Valek était vivant ! Ari et Janco arrivèrent à ma hauteur, et je leur annonçai la bonne nouvelle.

Nous nous séparâmes devant le bâtiment du Conseil. Ari et Janco se dirigèrent vers l'aile des invités, tandis que Kiki accélérait pour rattraper le reste du cortège.

Où pouvait se cacher Valek ? Rentrer en Ixia aurait été la solution la moins dangereuse et la plus logique, mais je savais que Valek resterait près de moi jusqu'à ce que Ferde ait été arrêté. La question, c'était de savoir qui serait la prochaine victime du tueur. Au cours de la période où il avait travaillé au Fort, Ferde avait dû côtoyer de nombreuses jeunes filles qui maîtrisaient à peine leurs pouvoirs. Demain, c'était la pleine lune ; il lui avait forcément fallu quelques jours pour préparer le rituel. Par conséquent, sa victime se trouvait déjà avec lui. Et, si les maîtres magiciens ne pouvaient pas localiser Ferde, peut-être pourraient-ils, en revanche, repérer la fille. Mais comment l'identifier ?

Passé la porte du Fort, les Maîtres descendirent de cheval et se dirigèrent vers le bâtiment administratif. Je leur emboîtai le pas ; au pied des marches, Roze me barra le chemin.

— Vous êtes consignée à vos quartiers, dit-elle. Nous nous occuperons de votre cas en temps voulu.

Je n'avais aucune intention de lui obéir, mais je compris que je n'avais aucune chance d'entrer dans la salle de réunion. Avant de partir, je posai ma main sur le bras de Bain.

— Le tueur a probablement séduit une étudiante de première année, dis-je. Si vous vous répartissez les dortoirs, vous trouverez sans doute une fille manquante, avec laquelle vous pourrez essayer de communiquer.

— Très bien, dit Bain. Maintenant, mon enfant, il faut vous reposer. Ne vous inquiétez pas. Nous faisons tout notre possible pour retrouver le tueur.

Je hochai doucement la tête. Une immense fatigue pesait sur mes épaules. Bain avait raison ; j'avais besoin de repos. Avant de rentrer dans mes appartements, toutefois, je fis un crochet par l'aile des invités.

Mon père ouvrit la porte, et me serra aussitôt dans ses bras musclés.

— Elena ! Tout va bien ? Mon antidote a fonctionné ?

— A la perfection, dis-je en l'embrassant sur la joue. Tu m'as sauvé la vie.

Il baissa la tête, ravi.

— Je t'ai préparé quelques comprimés supplémentaires, au cas où tu en aurais besoin.

Avec un sourire de gratitude, je lançai un regard par-dessus son épaule.

— Où est maman ?

— Dans son chêne préféré, à côté de l'enclos des chevaux. Tout allait bien jusqu'à ce que…

— Je vois.

Au pied du grand chêne, je pris une longue et profonde inspiration. J'avais l'impression d'avoir été piétinée par une horde de chevaux.

— Maman ? lançai-je.

— Elena ! Tu es là ! Monte vite ! On est en sécurité, ici.

Je ne suis en sécurité nulle part, pensai-je, soudain accablée par les événements des deux derniers jours. Trop de dangers, trop de problèmes, trop de responsabilités. Ma rencontre avec Alea avait prouvé que je me surestimais gravement. En réalité, je n'étais qu'une débutante. Si Alea m'avait fouillée avant de me ligoter, à l'heure qu'il était, je serais encore dans une mare de sang au milieu des plaines.

— Descends, maman ! m'écriai-je. J'ai besoin de toi.

Je m'effondrai sur le sol et entourai mes genoux de mes bras en sanglotant.

Il y eut un bruissement de feuilles, un grincement de branches, puis ma mère apparut devant moi. Subitement redevenue une enfant de six ans, je me jetai dans ses bras en pleurant. Perle me réconforta, m'accompagna jusqu'à ma chambre, me donna un mouchoir et un verre d'eau. Après m'avoir bordée dans mon lit, elle déposa un baiser sur mon front.

Je lui attrapai la main.

— Reste avec moi, s'il te plaît.

Elle sourit, ôta sa cape et s'étendit près de moi. Je m'endormis dans ses bras.

Le lendemain matin, elle m'apporta le petit déjeuner au lit. Je fis mine de protester, mais elle m'arrêta d'un regard sévère.

— J'ai quatorze années de soins maternels à rattraper, dit-elle. Fais-moi plaisir.

Le plateau débordait de nourriture que je dévorai jusqu'à la dernière bouchée, tout en vidant la théière.

— Les galettes sucrées sont mon plat préféré, dis-je entre deux bouchées.

— Je le sais. J'ai demandé à un serveur du réfectoire.

Elle reprit le plateau vide et se dirigea vers l'autre pièce.

— Rendors-toi, maintenant.

J'aurais facilement pu lui obéir, mais j'avais besoin de savoir si quelqu'un avait été porté disparu. Incapable de rester au lit, je décidai de faire une toilette rapide avant de me mettre en quête de Bain.

— Après ton bain, passe chez nous, dit Perle. Ton père m'a enfin expliqué ce qui se passait avec ce tueur et le rôle du curare dans tout ça. J'ai pensé à quelque chose qui pourra t'aider. D'ailleurs, ajouta-t-elle avec humeur, cela t'aurait certainement aidée, hier. Je ne suis pas si frêle, Elena. Ton père et toi, vous n'avez pas besoin de me cacher la vérité. Y compris au sujet de Valek.

— Co... comment...

— Je ne suis pas sourde. Depuis deux jours, on ne parle que de vous deux, au réfectoire. Et de la manière dont Valek a échappé à Cahil !

Elle mit une main sur sa gorge, comme si elle allait s'étrangler, puis elle prit une profonde inspiration et se calma.

— Je sais que, parfois, j'ai tendance à m'affoler et à grimper aux arbres, mais ce n'est pas une raison pour ne rien me dire...

Elle eut un sourire penaud.

— Valek a une réputation atroce, mais je te fais

confiance. Quand tu auras un peu plus de temps, tu m'éclaireras à son sujet, d'accord ?

— Oui, maman.

Après avoir promis de m'arrêter chez mes parents après ma toilette, je me dirigeai vers les bains. C'était le milieu de la matinée, les bassins étaient presque déserts. Tout en me baignant, je réfléchis à Perle, à Valek, et à ce que je pouvais révéler de mon amant à ma mère.

Lavée, séchée et rhabillée, je sortis des bains et me heurtai de plein fouet à Dax Greenblade. Son visage habituellement jovial était déformé par l'inquiétude, et ses yeux étaient creusés par de gros cernes sombres.

— Tu n'as pas vu Gelsi ? demanda-t-il sans préambule.

— Pas depuis la fête des Nouveaux Commencements.

Tant de choses étaient arrivées depuis cette soirée ! Le semestre ne s'était pas écoulé comme prévu. A vrai dire, depuis mon arrivée en Sitia, rien ne s'était passé comme je l'avais imaginé.

— Tu ne m'as pas dit qu'elle travaillait sur un projet pour maître Bloodgood ?

— Si. Des expériences avec une plante bizarre. Mais cela fait des jours et des jours que je ne l'ai plus vue.

J'inspirai comme si j'avais reçu un nouveau coup de poignard. Les yeux verts de Dax s'écarquillèrent.

— Qu'y a-t-il, Elena ?

— Quelle plante ? Où ça ? Avec qui ?

Je n'étais même plus capable de formuler des questions compréhensibles.

— J'ai déjà vérifié cent fois dans la serre. Je sais qu'elle travaillait avec l'un des jardiniers. Peut-être devrions-nous lui poser la question ?

Lui. Mon corps se tordit dans ma poitrine. Je savais avec qui se trouvait Gelsi.

32.

— Moi ? Je n'ai jamais communiqué par la pensée avec Gelsi.

Les traits de Dax se teignirent d'effroi. Nous étions revenus ensemble jusqu'à mes appartements, et nous étions installés sur le divan.

— Ne t'inquiète pas. Tu n'as pas besoin de la joindre toi-même, tu vas simplement m'aider à la retrouver.

Du moins, je l'espérais.

— Détends-toi, poursuivis-je en prenant sa main. Pense à elle.

Trouvant un fil de magie, j'établis un contact avec l'esprit de Dax. Aussitôt, une terrible image m'assaillit : Gelsi, ensanglantée et apeurée.

— Dax, ne pense pas à ce qui a pu lui arriver. Cherche dans ta mémoire. Rappelle-toi comment elle était, le soir des Nouveaux Commencements.

La vision d'horreur laissa place à celle d'une jeune femme souriante, vêtue d'une robe vert foncé. Je sentis le plaisir de Dax quand il lui prit la main et l'entraîna dans la danse. J'essayai de m'imaginer à la place de Gelsi, de voir Dax par ses yeux.

Elle le contemplait, admirative. Ils dansaient toujours

ensemble, lors des fêtes, mais, cette fois, c'était différent. Des frissons la parcouraient quand il la touchait, et son cœur battait à toute vitesse.

Gelsi ! appelai-je, essayant d'attirer son attention.

Quelle belle soirée, pensa-t-elle. *Comme tout a changé, depuis… Après ce soir-là, Dax est devenu plus distant. Quelque chose le préoccupait.*

Gelsi, où es-tu ? demandai-je.

La honte enflamma son esprit.

J'ai été trop bête. Personne ne doit le savoir. Je t'en supplie, ne le répète à personne !

Tu as été piégée par un puissant magicien. Personne ne te le reprochera. Où es-tu ?

Il me punira, si je te le dis.

Elle tenta de détourner son esprit. Je lui montrai le visage angoissé de Dax, ses recherches à travers le Fort pour la retrouver.

Je t'en prie, Gelsi, ne laisse pas ton ravisseur gagner.

La jeune fille me montra une grande pièce vide. Elle était nue, attachée à des piquets métalliques plantés dans le parquet. D'étranges symboles avaient été tracés sur les murs et le sol. La douleur vibrait entre ses jambes et dans les multiples entailles faites le long de ses bras et de ses jambes. Ferde n'avait pas eu besoin de lui administrer du curare.

Je l'aimais, dit-elle. *Je me suis donnée à lui.*

Au lieu de l'extraordinaire expérience d'amour qu'elle attendait, Gelsi s'était retrouvée attachée, battue et violée. Puis Ferde l'avait saignée, et avait recueilli son sang dans un bol en grès.

Montre-moi l'endroit où tu es, Gelsi.

La chambre où était enfermée la jeune femme donnait

sur un grand salon. Par les fenêtres de celui-ci, l'on apercevait des sculptures de chevaux en jade blanc.

Tiens bon, dis-je. J'arrive.

Il ne te laissera pas entrer. Il a entouré le quartier d'un bouclier magique. Dès que quelqu'un y pénètre, il le sait, et, s'il se sent menacé, il achèvera le rituel. Il me tuera.

Il n'a pas besoin d'attendre la pleine lune ?

Non.

Le premier message laissé par Alea nous avait tous induits en erreur. Chacun avait supposé non seulement que Ferde en était l'auteur, mais également que la phase de la lune était déterminante.

Il a dû déménager de nombreuses fois, dit Gelsi. *Au début, c'était excitant. Je ne savais pas que c'était lui que les Maîtres cherchaient. Il m'a fait croire qu'il était chargé par les Maîtres d'une mission secrète.*

Ne t'en fais pas, la rassurai-je. *Nous trouverons quelque chose.*

Fais vite.

Je me retirai de son esprit et m'affalai sur le canapé. Dax, qui avait vu et entendu tout notre échange, était pâle d'horreur.

— Quand tout cela sera terminé, dis-je, elle aura besoin de toi.

— Il faut alerter les Maîtres.

— Non.

En moi, différents plans d'action se succédaient à toute vitesse.

— Mais il est extrêmement puissant ! Tu as entendu ce qu'a dit Gelsi : il a entouré le quartier d'un bouclier magique.

— Raison de plus pour m'y rendre seule. Les Maîtres

sont à sa recherche depuis un moment, il détectera immédiatement leur arrivée. Moi, je crois que je peux me débrouiller pour passer inaperçue.

— Comment ?

— Pas le temps de t'expliquer. Tu peux me retrouver au marché, dans une heure ?

— Bien sûr.

Je sautai sur mes pieds et commençai à rassembler quelques affaires. Sur le pas de la porte, Dax se retourna.

— Elena ? dit-il d'une voix hésitante.

Je levai les yeux vers lui.

— Que se passera-t-il, si nous n'arrivons pas à l'arrêter ?

— Eh bien, nous essaierons de retrouver Valek. Sans cela, Sitia tombera aux mains de Ferde.

Ravalant sa peur, Dax hocha la tête et disparut. Je rangeai mes affaires dans mon sac et me changeai. Une tunique marron et un pantalon assorti me permettraient de me fondre dans la foule. M'entourant de ma cape, je mis mon sac sur mes épaules et partis.

Avant de quitter le Fort, je passai chez mes parents, que je trouvai installés dans le séjour avec Leif. Refusant de prêter attention à ce dernier, je m'adressai à mon père.

— Papa, peux-tu me donner les comprimés que tu m'as préparés ?

Il hocha la tête, comprenant qu'il s'agissait du Theobroma, et quitta la pièce. Pendant que nous attendions, ma mère me montra l'invention dont elle m'avait parlé, un curieux dispositif fait de verre et de caoutchouc, dont elle m'expliqua le fonctionnement.

— Au cas où…, dit-elle.

— C'est extraordinaire, dis-je. Tu avais raison. Cela va m'être très utile.

Perle me lança un sourire radieux.

— C'est le genre de choses que toutes les mères aiment entendre, dit-elle.

Leif n'avait pas prononcé un mot, mais je sentais son regard peser sur moi.

Esaü revint avec les comprimés.

— Tu déjeunes avec nous, Elena ?

— Non. J'ai quelque chose à faire. A plus tard.

Je serrai mon père dans mes bras, et déposai un baiser sur la joue de ma mère. De minute en minute, mon appréhension grandissait. Devais-je finalement alerter les maîtres magiciens au sujet de Ferde et de Gelsi ? Après tout, je n'avais survécu à ma rencontre avec Alea que par pure chance. Je commençais tout juste à découvrir l'étendue de mes pouvoirs magiques. Et, à présent que l'on m'avait expulsée, j'allais devoir essayer d'exploiter mon potentiel seul, sans l'aide de personne.

Au moment où j'allais passer la porte, ma mère me rattrapa.

— Tiens, dit-elle en glissant mon amulette en forme de flamme dans ma main. Tu ferais mieux de la reprendre. Rappelle-toi tout ce que tu as enduré pour l'obtenir.

Je m'apprêtai à protester, mais elle secoua la tête.

— D'accord, dis-je.

Perle me serra dans ses bras. Quelques minutes plus tard, j'examinais mon amulette à la lumière du soleil, m'émerveillant de l'empathie extraordinaire des mères. Puis je rangeai l'amulette dans ma poche et partis d'un bon pas vers la Citadelle.

A peine avais-je franchi la porte du Fort que des pas

résonnèrent derrière moi. Je fis volte-face et brandis ma canne. Leif se figea à trois pas. Sa machette pendait à sa ceinture, mais il ne fit pas un geste pour la prendre.

— Pas maintenant, Leif, dis-je en lui tournant le dos.

Il posa la main sur mon épaule et me força à pivoter vers lui.

— Je sais ce que tu vas faire, dit-il.
— Bravo ! Quelle perspicacité !

D'un mouvement d'épaule, je repoussai sa main.

— Dans ce cas, tu dois aussi savoir que je n'ai pas une minute à perdre. Rentre au Fort.

Je lui tournai le dos et m'éloignai.

— Je vais le dire aux maîtres magiciens, me prévint Leif.

— Ah oui ? En général, tu n'es pas très doué pour rapporter les mauvaises nouvelles.

— Cette fois, je n'hésiterai pas.

Son ton obstiné m'arrêta.

— Que veux-tu, Leif ?
— T'accompagner.
— Pourquoi ?
— Tu vas avoir besoin de moi.
— Dans la jungle, il y a quatorze ans, tu ne m'as pas été d'un grand secours.

Leif se crispa perceptiblement, mais ne se départit pas de son air résolu.

— Soit tu me laisses t'accompagner, soit je sabote tes plans.

Je réprimai la colère qui montait en moi. Je n'avais pas le temps de jouer à ce jeu.

— Entendu, Leif. Tu m'accompagnes. Mais je te

préviens, pour passer le bouclier de Ferde, tu vas devoir m'ouvrir ton esprit.

Mon frère pâlit, mais il acquiesça et régla son pas sur le mien. Au marché, je repérai Dax, laissai Leif en sa compagnie et me mis en quête de Fisk. Celui-ci aidait une inconnue à marchander avec une vendeuse de tissus, mais, en me voyant, il abandonna sa cliente et se dirigea droit vers moi.

— Qu'est-ce qui t'amène, jolie Elena ?

Je lui expliquai rapidement.

— Ça a l'air amusant, mais...

— Ça va me coûter bonbon, terminai-je à sa place.

En courant, Fisk partit rassembler ses troupes. Quelques minutes plus tard, une vingtaine d'enfants se tenaient devant moi et m'écoutaient leur exposer mon plan.

— Surtout, ne vous approchez pas de la place avant d'avoir entendu le signal. Compris ?

Les enfants hochèrent la tête avant de s'éparpiller. Fisk nous conduisit, Leif et moi, vers la fontaine de jade blanc. Dans une ruelle adjacente, hors de portée du bouclier de Ferde, mais en bonne vue des fenêtres de son repaire, Dax attendait.

J'ouvris mon esprit, cherchant le bouclier de Ferde. A une vingtaine de mètres de la place, Leif m'arrêta d'une main posée sur mon bras.

— Le bouclier est juste devant nous, chuchota-t-il.

— Comment le sais-tu ?

— Je sens un mur de flammes. Pas toi ?

— Non.

— Tu vois ? J'ai bien fait de venir.

Je lui lançai un regard furieux, mais ne trouvai rien à répondre. Près de nous, Fisk attendait le signal.

Ce n'était pas le moment de nous chamailler.

— Leif, tu vas devoir m'ouvrir ton esprit, dis-je. Il faut que tu me fasses confiance.

— Je suis prêt. Vas-y.

Je puisai du pouvoir et le fis tourbillonner autour de moi comme une cape immense. Passant près de Fisk, je sentis son esprit.

— Pense à tes parents, Fisk, dis-je en croisant les doigts.

Le jeune garçon ferma les yeux et pensa à ses parents. Par son intermédiaire, je liai leurs esprits au mien, puis me tournai vers Leif.

Son esprit ressemblait à un labyrinthe obscur. La culpabilité, la honte et la colère s'y entortillaient et formaient de gros nœuds douloureux. Je compris pourquoi l'Homme-Lune avait voulu l'aider, mais ne pus m'empêcher de ressentir une méchante satisfaction en le voyant ainsi châtié.

Repoussant les sombres pensées de Leif, je les remplaçai par celles du père de Fisk, qui s'inquiétait de trouver du travail et de subvenir aux besoins de sa famille. De mon côté, j'absorbai les pensées de la mère de Fisk au sujet de sa sœur malade. Tenant leurs personnalités et leurs pensées dans mon esprit et dans celui de Leif, je fis un signe à Fisk.

L'enfant poussa un aboiement de chien. Bientôt d'autres aboiements ricochaient contre les murs de marbre. C'était le signal : les enfants entrèrent l'un après l'autre sur la place et commencèrent à jouer au loup, se poursuivant et franchissant le bouclier magique autant de fois que possible.

Je pris les mains de Fisk et de Leif, et nous continuâmes

tous trois en direction de la fontaine. Quand nous franchîmes le bouclier invisible, le regard d'un magicien puissant et irrité se braqua sur nous. Il examina nos pensées, nous identifia comme une famille de mendiants du quartier, et cessa de s'intéresser à nous.

Arrivée devant la statue, je relâchai l'esprit des parents de Fisk. Ils auraient une histoire intéressante à raconter à leurs amis ; ils avaient eu l'impression de se trouver au même moment à deux endroits différents.

— Le plus difficile est passé, dis-je à Leif.

Rouge de honte, il évita mon regard.

— Leif, ce n'est pas le moment, dis-je sèchement.

Il hocha la tête, mais garda les yeux baissés. Fisk partit rejoindre ses amis qui jouaient sur la place. Cette distraction devait nous laisser quelques minutes supplémentaires pour entrer dans la maison.

Nous approchâmes par le côté. La porte était fermée. Sortant ma pince et mes crochets de mon sac, j'entrepris de crocheter la serrure. Une fois les broches alignées, le cylindre pivota et la porte bascula vers l'intérieur. Leif poussa un petit soupir étonné, et entra derrière moi. Je refermai la porte et fourrai mes crochets dans ma poche.

Avançant à pas furtifs, nous pénétrâmes dans un vaste séjour. Les meubles et la décoration me choquèrent par leur banalité. Je m'étais sans doute attendue à quelque chose de plus sinistre, quelque chose qui reflète les méandres d'un cerveau malade.

Leif brandissait sa machette, moi, ma canne, mais je savais que ces armes ne nous seraient d'aucun secours. L'air autour de nous était oppressant, tant il était chargé de magie. Mon corps se couvrit de gouttes de sueur. Au loin, les cris d'enfants s'estompèrent, puis des pas légers résonnèrent à l'étage supérieur.

Je rétablis le lien avec Gelsi et, par ses yeux, vis Ferde approcher. Il portait un bol en grès et un long poignard à la main. A l'exception de son masque rouge, il était entièrement nu. Au début, Gelsi avait été fascinée par ses mystérieux tatouages et son corps sculpté, mais, à présent, ils lui inspiraient de l'horreur.

Je suis au rez-de-chaussée, lui dis-je. *Que va-t-il faire ?*

Il veut me saigner de nouveau. Attends un peu, il me tuera s'il t'entend venir.

Quand Gelsi se mit à gémir de douleur, je dus m'agripper à Leif pour ne pas chanceler. Tendant à mon frère un comprimé de Theobroma, je lui fis signe de le glisser dans sa bouche. Puis je posai mon sac sur le sol et, en silence, sortis le dispositif de Perle.

Ma canne dans une main, le dispositif dans l'autre, j'attendis au pied de l'escalier. Enfin, nous entendîmes de nouveaux bruits de pas.

Il est parti, dit Gelsi.

Mon ventre se contracta d'appréhension, et je puisai du pouvoir pour renforcer mes défenses mentales. Erreur : Ferde le sentit. L'alerte était donnée.

— En avant ! soufflai-je.

Leif et moi nous précipitâmes vers le haut de l'escalier, montant les marches deux à deux.

Ferde nous attendait sur le palier. Nous pilâmes sur la dernière marche. Un sourire amusé étira la bouche du magicien, puis il plissa les lèvres, l'air concentré. Un sentiment de dégoût et de terreur s'empara de moi : les images du calvaire de Tula défilaient devant mes yeux. Je crus vomir.

A cet instant, une vague de magie puissante déferla sur nous. Je m'agrippai à la rambarde pour ne pas tomber. Près de moi, Leif chancela, mais resta debout. Etait-ce le moment de passer à l'action ? Je lançai un coup d'œil à Ferde : il avait fermé les yeux. M'avançant vers lui, je brandis l'appareil de Perle.

— Arrête, Elena, dit Leif d'une voix bizarre.

Je lui lançai un regard oblique : il leva sa machette et s'apprêta à frapper. Je fis un bond en arrière, laissai l'appareil de Perle tomber sur le sol et parai le coup de machette avec ma canne.

— Au nom du ciel, Leif…

Je voulus le raisonner, mais je peinais à articuler à cause du comprimé serré entre mes dents.

Leif recracha sa dose de Theobroma et brandit de nouveau sa machette.

— Quand mon adorable petite sœur s'est fait enlever, dit-il, j'ai cru que j'allais retrouver toute l'attention de mes parents.

Il abattit son arme en direction de mon cou. Je me baissai rapidement pour l'éviter. Que lui arrivait-il ? Ses remords, sa culpabilité, les avait-il feints ? Collaborait-il avec Ferde depuis le début ? Réprimant les questions qui se pressaient en moi, je lui décochai un vigoureux coup de canne au ventre. Lâchant un grognement de douleur, il se plia en deux. Puis une onde de magie vibra dans l'air, et Leif se redressa avec une énergie renouvelée.

— Mais ça n'a pas marché, poursuivit-il tranquillement. A partir de ce jour, j'ai été mis en compétition avec un fantôme sans défauts.

Mon frère se rua sur moi. Chaque fois que je parais un coup, de gros morceaux de bois volaient dans l'air.

Ce n'était qu'une question de temps avant qu'il ne tranche ma canne en deux. En outre, j'étais coincée sur ce palier étroit. A ma gauche s'ouvrait un couloir, à ma droite une porte.

— Maman a refusé de quitter la maison, et papa n'était jamais là, haleta Leif. Tout ça par ta faute. Tu as fait exprès d'attendre aussi longtemps pour revenir, j'en suis sûr. Pour te venger. Tu m'as gâché la vie. Et maintenant l'heure est venue de me débarrasser de toi.

Ferde avait disparu. Je sentis Gelsi pousser un bref cri de terreur en voyant le tueur entrer dans sa chambre. Il comptait finir le rituel pendant que Leif m'occupait. Un plan qui, pour l'instant, fonctionnait à merveille.

Il y eut un grand craquement, puis ma canne se fendit en deux. Leif s'avança vers moi ; je dressai un bouclier entre nous, mais il le traversa comme s'il n'existait pas. En désespoir de cause, je lançai ma conscience vers lui.

Ses pensées étaient chargées de haine envers moi et envers lui-même. Mais, à présent, une force nouvelle faisait pression sur son esprit. Ferde possédait un don de Tisseur d'histoires, et il manipulait les souvenirs de Leif pour le retourner contre moi.

Leif s'apprêta à frapper de nouveau. J'esquivai et brisai le contact avec son esprit. J'étais incapable de me défendre tout en examinant la tête de quelqu'un d'autre ; je n'en avais pas la force. Leif leva sa machette. J'étais désarmée, et l'appareil de Perle se trouvait hors de ma portée.

Les appels à l'aide de Gelsi me brûlèrent l'esprit et m'aiguillonnèrent. Je me projetai dans l'esprit de Leif et pris contrôle de son corps, comme je l'avais fait pour Goel. Arrêtant la pointe de sa machette à quelques centimètres seulement de mon ventre, je forçai mon frère à reculer.

Me frayant un chemin à travers l'obscurité de son cerveau, je retrouvai l'instant où le jeune garçon avait vu sa sœur se faire enlever. Sur le coup, il n'avait éprouvé que de la curiosité et de l'incrédulité. Des émotions que Ferde ne pourrait utiliser contre moi. M'arrêtant sur cet instant, je plongeai Leif dans un profond sommeil. Il s'écroula à terre pendant que je réintégrais mon corps. Je devais d'abord arrêter Ferde ; je réglerais plus tard le problème de mon frère. Du moins l'espérais-je.

Ramassant l'appareil de Perle, je m'élançai vers le bout du couloir, cherchant Gelsi. Seule la dernière porte à gauche était fermée. Fermée à clé, bien sûr. Je sortis mon matériel et crochetai la serrure. Janco aurait été fier de moi ; je n'avais jamais été aussi rapide.

La porte bascula sur ses gonds, et j'entrai en trombe. Les mains de Ferde étaient serrées autour du cou de Gelsi. Horrifiée, je vis les traits de la jeune fille se figer et ses yeux se voiler.

Ferde poussa un grand cri, et leva les poings vers le ciel en signe de victoire.

33.

J'étais arrivée trop tard. Désespérée, je regardai Ferde savourer son triomphe sans faire un geste. Soudain, une ombre grise s'éleva du corps de Gelsi. Sans réfléchir, je plongeai en avant, écartant violemment le tueur, et aspirai l'ombre. L'âme de Gelsi s'engouffra en moi. Le temps sembla rester suspendu pendant que je la rangeais dans un coin de ma tête, bien à l'abri. L'instant d'après, je m'écrasai sur Ferde. L'appareil de Perle m'échappa et alla atterrir près du mur.

A l'issue d'une très brève lutte, Ferde m'immobilisa sur le dos et s'assit à califourchon sur mon ventre.

— Son âme est à moi, dit-il. Rends-la-moi.

— Hors de question. Elle ne t'appartient pas.

Elena ? murmura la voix confuse de Gelsi dans mon esprit.

Un instant, d'accord ?

Les mains de Ferde s'avancèrent vers mon cou. Je les attrapai et, utilisant son élan vers l'avant, le déséquilibrai en levant mon genou gauche. Plantant mon pied gauche dans le sol, je basculai mes hanches, fis rouler mon adversaire à terre et sautai sur mes pieds. Ferde se releva facilement.

— Tu es une adversaire à ma mesure, dit-il en souriant. Mais je crois que j'ai quand même un petit avantage.

Je me préparai à un assaut qui ne vint pas. Les tatouages rouges qui recouvraient la peau du tueur se mirent à chatoyer puis à briller d'une lumière aveuglante. Je croisai son regard, et restai piégée par ses yeux bruns.

Le visage de Ferde laissa subitement place à celui de Reyad. Le monde tourna autour de moi ; je me retrouvai de nouveau à l'orphelinat, attachée au lit pendant que Reyad fouillait dans sa malle remplie d'instruments de torture. Je craignis d'abord de revivre mon calvaire, mais les images se succédaient à toute allure, et déjà Reyad, l'air stupéfait, se vidait de son sang par l'entaille que j'avais tranchée dans sa gorge.

Toi aussi, tu es une tueuse, dit la voix de Ferde dans mon esprit.

Des images des autres hommes que j'avais tués défilèrent devant mes yeux.

Tu as le pouvoir de collectionner les âmes. Pourquoi crois-tu que Reyad continue à te hanter ? Tu lui as pris son âme, la première d'une longue série. J'ai vu ton avenir, et il n'est pas brillant.

Le flux d'images s'accéléra, me donnant la nausée. Le regard glacial d'Irys posé sur moi tandis que je regardais le corps de Valek pendre d'une potence. La haine de Cahil et son fervent désir de me faire exécuter. Le Commandant souriant en apprenant ma condamnation à mort pour espionnage : il avait déjà obtenu ce qu'il voulait de moi.

Regarde, dit Ferde, *ce qui est arrivé au précédent Chasseur d'âmes.*

Un homme enchaîné à un poteau m'apparut. On le

brûlait vivant. Ses hurlements de douleur résonnèrent dans ma tête. Ferde me força à regarder la scène jusqu'à ce que la peau de l'homme fût entièrement brûlée. Je luttai pour reprendre le contrôle de mon esprit, mais Ferde possédait la force d'un maître magicien, et je ne parvins pas à le repousser.

Le Chasseur d'âmes voulait seulement aider les gens, dit le tueur. *Il voulait leur faire plaisir en ramenant leur famille et leurs amis à la vie. Ce n'était pas sa faute s'ils étaient différents, une fois réveillés. C'est la peur de l'inconnu qui l'a condamné, tout comme la peur du Conseil te condamnera à ton tour. Ce que je viens de te montrer, c'est ton destin. Ton véritable Tisseur d'histoires, c'est moi, pas l'Homme-Lune.*

Cela paraissait logique, après tout. Ferde comprenait mon désir de me trouver une place dans ce monde. Nous faisions la paire. La Chasseuse d'âmes et le Voleur d'âmes.

Exactement. Laisse-moi changer ton histoire, et le Conseil ne te brûlera pas sur le bûcher. Pour cela, il suffit de me donner l'âme de Gelsi.

Une petite partie de mon esprit s'entêtait à douter.

Ce n'est pas bien de voler les âmes des autres, dis-je.

Pourquoi es-tu douée de ce pouvoir, si tu n'es pas censée l'utiliser ?

Je dois l'utiliser seulement pour aider les gens.

C'est ce que pensait le premier Chasseur d'âmes. Regarde ce qui lui est arrivé.

J'avais de plus en plus de mal à rassembler mes idées. L'influence de Ferde gagnait du terrain en moi. Bientôt il s'emparerait de l'âme de Gelsi.

Donne-moi la fille. Si je dois la reprendre moi-même, tu

mourras. Tu seras la première victime du nouveau régime. Les deux suivantes seront tes parents.

Des images de Perle mutilée, d'Esaü tailladé à coups de hache emplirent mon esprit.

Sauve-les et tu jouiras d'une liberté telle que tu n'en as jamais connue.

Paroles envoûtantes, auxquelles j'avais envie de me fier… La liberté ! Ferde envoya une vague de plaisir déferler à travers mon corps, un mélange de joie et de satisfaction qui me fit tourner la tête et m'arracha un gémissement. J'étais décidée à lui offrir Gelsi. Mais, quand mon âme s'emplit de bonheur, je revins subitement à la réalité. Ferde était allé trop loin. Je connaissais cette sensation : je l'éprouvais dès que Valek me tenait dans ses bras. Nul besoin de me liguer avec un magicien noir pour cela.

Chancelante, moite de sueur, je luttai pour empêcher Ferde de m'arracher l'âme de Gelsi. Le tueur comprit son erreur et lança un violent assaut contre mon esprit. Les bras serrés autour de ma poitrine, je m'effondrai à terre, dévorée par un feu intérieur. Des larmes et des gouttes de sueur me brûlaient les yeux, mais j'aperçus néanmoins l'appareil de Perle. Il était tout près de moi ; je n'avais besoin que d'une seconde pour l'attraper.

Un problème, mon amour ? demanda Valek.
Il me faudrait ton immunité à la magie, pensai-je.
Elle est à toi.

Une muraille telle que je n'aurais jamais pu en créer se dressa entre nous et repoussa Ferde.

— Tu as bien failli m'avoir, dis-je au magicien.

Je ramassai le petit appareil et me redressai.

— Ce n'est qu'un contretemps, dit Ferde. Tes efforts pour me résister t'ont épuisée.

En deux pas, il fut tout près de moi et serra ses mains autour de mon cou. Il avait raison : j'étais à bout de forces. Mais j'avais une arme secrète. Tandis que ses pouces se serraient sur ma trachée, je levai l'appareil de Perle.

Des points noirs et blancs apparurent devant mes yeux. Avant que Ferde n'ait pu réagir, je dirigeai l'embout en cuivre vers son visage, appuyai sur la poire en caoutchouc et l'aspergeai de curare. Inventé pour diffuser du parfum, le petit appareil de Perle fonctionnait à merveille.

Le visage de Ferde se teignit d'horreur. J'ôtai ses mains de ma gorge et le repoussai doucement : il s'écroula à terre.

D'autres viendront, pensa-t-il avant de succomber à la paralysie de son corps et de sa magie.

Une fois certaine qu'il ne bougeait plus, j'entrai dans son esprit. Dans ces ténèbres, je trouvai toutes les âmes qu'il avait piégées, et je les relâchai vers le ciel. Les sentant prendre leur envol, je me joignis un instant à elles, m'imprégnant de leur joie, puis je retournai dans mon corps.

Il n'y avait pas une minute à perdre. Me précipitant vers le corps inerte de Gelsi, je posai le bout de mes doigts sur son cou. Après avoir rétabli ses fonctions vitales, je refermai les entailles sur ses bras et ses jambes.

Retourne dans ton corps, Gelsi, lui dis-je.

Pendant mon combat contre Ferde, elle s'était tapie dans un coin de mon esprit, apeurée et confuse, mais, à présent, elle comprit. Son corps s'épanouit de nouveau, et elle prit une longue inspiration saccadée.

Je détachai ses liens et, après avoir recraché le comprimé

de Theobroma ramolli que j'avais entre les dents, me laissai tomber à côté de Gelsi, épuisée. Elle se blottit contre moi. Ma gorge brûlait de douleur chaque fois que j'emplissais mes poumons.

Nous restâmes longtemps ainsi avant que je ne trouve la force de me relever et de relever Gelsi. Nous trouvâmes les vêtements de la jeune fille, et je l'aidai à les enfiler. Avant de l'amener se reposer sur un divan du séjour, à l'étage en dessous, je passai la main par la fenêtre et l'agitai comme convenu.

— Je vais être expulsée de l'école, murmura Gelsi.

— Pas du tout, dis-je. Tu vas être entourée d'affection et de compréhension. Et, surtout, on va te laisser tout le temps qu'il faudra pour te remettre.

Quand Dax fut arrivé pour prendre la relève auprès de Gelsi, je remontai jusqu'au palier où gisait Leif. Une drôle de réticence me ralentit, comme si l'on avait aspergé mes jambes de curare.

Je n'eus pas la force de démêler les pensées tordues de mon frère. La promesse que j'avais faite à l'Homme-Lune devrait attendre un peu. Je me contentai donc d'entraîner Leif dans un sommeil plus léger, d'où il s'éveillerait après mon départ. Les dernières paroles de Ferde m'avaient rappelé qu'il me restait quelque chose à régler.

Dans le séjour, Dax avait passé son bras autour des épaules de Gelsi.

— J'ai envoyé un message à maître Bloodgood, dit-il. Les Maîtres sont en chemin, et un bataillon de gardes vient emmener Ferde à la prison du Fort.

— Dans ce cas, il vaut mieux que je file. Après tout, je suis censée être consignée dans ma chambre.

— Le Deuxième Magicien sait ce que tu as fait, dit Dax en secouant la tête.

— Raison de plus pour ne pas me trouver ici à leur arrivée.

— Mais…

Agitant la main en guise d'adieux, je hissai mon sac sur une épaule et me pressai vers la porte. J'avais été renvoyée de l'école, et je n'allais pas tarder à être expulsée de mon logement. J'avais décidé de plier bagage dès maintenant, plutôt que de laisser à Roze la satisfaction de me chasser.

Comme je traversais la place, Fisk arriva en courant.

— On a bien travaillé ? demanda-t-il. Ça a marché ?

— Comme sur des roulettes.

Je sortis toutes les pièces sitiennes qui me restaient et les donnai au garçon.

— Tu les distribueras à tes troupes.

Il me lança un grand sourire et disparut.

A mesure que j'avançais, une grande fatigue s'installait dans tous mes membres. Les rues de la Citadelle devinrent floues ; j'avançais comme dans un brouillard. Au niveau du bâtiment du Conseil, les mendiants qui se tenaient au pied des marches s'avancèrent vers moi.

— Désolée, lançai-je par-dessus mon épaule, je ne peux pas vous aider aujourd'hui.

Le groupe repartit en direction du Conseil, sauf l'un d'entre eux, qui persistait à me suivre. Je finis par me retourner.

— Je vous ai dit que…

— Belle dame, tu n'as pas une pièce pour moi ? demanda l'homme.

Ses cheveux gras pendaient autour de son visage, ses

vêtements étaient déchirés et crasseux, et il sentait le fumier. Mais j'aurais reconnu entre mille ses yeux bleu saphir.

— Même pas une petite pièce pour l'homme qui vient de te sauver la vie ? demanda Valek.

— Je suis fauchée. Ces gamins ne travaillent pas au rabais. Que...

— La fontaine de l'Unité, dans un quart d'heure.

Valek s'éloigna vers les marches du Conseil et se fondit dans le groupe des mendiants.

Je continuai en direction du Fort. Une fois hors de vue du Conseil, je bifurquai et pris une petite ruelle menant vers la place de l'Unité. La sphère de jade trouée luisait au soleil, et autour des jets de fines gouttelettes flottaient dans l'air frais et coupant. Mon soulagement de savoir Valek sain et sauf était si fort que j'en oubliais le danger qu'il courait dans la Citadelle.

A l'autre bout de la place, un petit mouvement dans l'ombre attira mon attention. J'avançai jusqu'à l'embrasure d'une porte, retrouvai Valek et l'enlaçai de toutes mes forces avant de le relâcher.

— Merci de m'avoir aidée à vaincre Ferde, dis-je. Maintenant, rentre à la maison avant de te faire attraper.

Valek sourit.

— Tu voudrais que je rate le plus amusant ? Pas question. Je vais t'aider à finir le travail.

Ebahie, je ne trouvai rien à répondre. A la différence d'Irys, Valek n'avait pas accès à mes pensées, pourtant il les devinait toujours, et il était toujours là quand j'avais besoin de lui.

— Je n'ai aucune chance de te convaincre de rentrer en Ixia, je suppose ?

Le regain d'énergie que m'avait procuré la vue de Valek s'épuisait à toute vitesse, et, avec lui, mes bonnes résolutions.

— Aucune.

— D'accord. Mais, si tu te fais capturer, je me réserve le droit de dire : « Je t'avais prévenue ! »

Je tentai de prendre un ton sévère, mais j'étais tellement fatiguée, et tellement soulagée que Valek m'accompagne, que mes paroles sonnèrent comme une plaisanterie.

— Entendu.

Une étincelle brilla dans les yeux de Valek : il adorait les défis.

34.

Nous élaborâmes notre plan d'action et convînmes de nous retrouver à l'entrée des plaines d'Avibian. Puis je quittai Valek et me dirigeai directement vers mes appartements pour faire mes bagages.

Pendant que je triais mes affaires, décidant lesquelles emporter, l'on frappa à la porte. D'instinct, je cherchai ma canne, me rappelai que Leif l'avait détruite, et sortis mon cran d'arrêt.

J'ouvris la porte… et me détendis un peu. Irys se tenait devant moi, l'air mal à l'aise. Je reculai d'un pas et l'invitai à entrer.

— J'ai des nouvelles à t'annoncer, dit-elle.

Je la regardai sans rien dire.

— On a bouclé Ferde dans une cellule du Fort, et le Conseil a annulé ton expulsion. Ils souhaitent que tu restes à l'école afin de découvrir l'étendue de tes pouvoirs.

— Qui serait mon mentor ?

Irys baissa les yeux.

— Ce serait à toi de décider.

— J'y réfléchirai.

Hochant la tête, Irys se retourna pour partir... puis s'arrêta.

— Je suis désolée, Elena, dit-elle. Je n'ai pas eu confiance en tes capacités, pourtant tu as réussi là où quatre maîtres magiciens avaient échoué.

Un faible lien mental subsistait entre nous ; je sentis qu'Irys était incertaine, qu'elle avait perdu une partie de sa confiance en elle. Elle doutait de sa capacité à gérer, dans l'avenir, d'autres situations délicates. Ses certitudes au sujet de la manière de résoudre les problèmes avaient été bouleversées.

— Dans cette situation, la magie n'était pas la solution, dis-je. C'est la résistance à la magie qui m'a permis de battre Ferde. Sans Valek, je n'aurais jamais pu le faire.

Irys réfléchit un instant et parut prendre une décision.

— Je te propose un partenariat, dit-elle.
— Pardon ?
— Je crois que tu as besoin non plus d'un mentor, mais d'un partenaire pour t'aider à découvrir tes dons de Chasseuse d'âmes.

Je ne pus m'empêcher de frémir.

— Tu crois vraiment que j'en suis une ?
— Jusqu'ici, je ne voulais pas vraiment y croire. Une réaction viscérale, comme celle que tu viens d'avoir. Mais à présent je me rends compte que la manière sitienne n'est pas toujours la meilleure. Tu pourrais m'apprendre des choses, toi aussi, si tu étais d'accord.

— Tu es sûre que tu veux apprendre à foncer dans le tas et à réfléchir ensuite ?

— A condition que tu sois d'accord pour en apprendre davantage sur les Chasseurs d'âmes. Sont-ils vraiment interdits par le Code éthique ? Peut-être que le Code a besoin d'être réformé. Je me demande aussi si on peut d'ores et déjà te considérer comme un Maître, ou si tu dois passer l'épreuve.

— L'épreuve des maîtres magiciens ? demandai-je.

Ma gorge se noua, et je déglutis avec difficulté.

— J'ai entendu des horreurs à ce sujet.

— Principalement des rumeurs sans fondement. Elles sont destinées à décourager les étudiants, afin que seuls les plus forts aient le courage de passer le test.

— Et s'ils échouent ?

— Ils n'en meurent pas, mais ils prennent conscience des limites de leur pouvoir. Cela leur évite d'avoir de mauvaises surprises par la suite.

Irys se tut. Bientôt je sentis son esprit se tendre vers le mien.

Marché conclu ? demanda-t-elle.

J'ai besoin de réfléchir. Il s'est passé beaucoup de choses, ces derniers temps.

Beaucoup de choses, en effet. Tiens-moi au courant de ta décision, d'accord ?

Sur ces mots, elle quitta mes appartements.

Je refermai la porte derrière elle, mettant en balance, d'un côté, la possibilité d'explorer mes pouvoirs à fond, de l'autre, celle d'être condamnée comme Chasseuse d'âmes par le Conseil. Même si je devais alors m'inquiéter constamment de la présence de poisons dans la nourriture du Commandant, la vie en Ixia me semblait, avec le recul, presque plus simple. Néanmoins, une fois « le travail terminé », pour reprendre les mots de Valek, j'aurais le choix entre plusieurs destinations et projets.

Je n'avais pas l'habitude d'avoir le choix, et c'était plutôt agréable.

Je passai une dernière fois dans les deux pièces de mon logement, vérifiant que je n'avais rien oublié. Je mis dans mon sac la statuette de valmur pour Valek, le reste de mon argent sitien, mon uniforme du Nord et une tenue de rechange. Mon armoire était encore pleine de robes d'apprentie et de jupes-pantalons cousues par Nutty, mon bureau recouvert de livres et de papiers. Des traces de Fleur de Pomme et d'Eau de Lavande flottaient dans l'air. Ma gorge se noua, et je regrettai subitement de quitter le Fort. En dépit de mon opposition féroce, ces deux pièces étaient devenues mon chez-moi.

J'avançai lentement, ralentie par le poids de mon sac, et m'arrêtai à l'aile des invités. Ce fut Perle qui m'accueillit ; j'entendis Esaü s'activer dans la cuisine. Une drôle d'expression passa sur le visage de ma mère, et elle porta plusieurs fois sa main à sa gorge : quelque chose la troublait. Elle exigea que je reste prendre le thé, me débarrassa de mon sac et m'installa dans un gros fauteuil rose rembourré.

— Esaü ! Apporte une troisième tasse, s'il te plaît.

Perle se percha sur mon accoudoir, comme si elle s'attendait à ce que je lui fausse compagnie d'un instant à l'autre, et qu'elle se préparait à bondir sur moi pour m'en empêcher. Esaü entra, portant le plateau du thé. Perle se leva d'un bond et me tendit une tasse fumante.

Apparemment rassurée par le fait que je ne pouvais me sauver avant d'avoir fini mon thé, Perle se pencha vers moi.

— Tu nous quittes, n'est-ce pas ?

Avant que je n'aie pu répondre, elle secoua la tête, exaspérée.

— De toute façon, tu ne me le dirais pas. Tu me traites comme une fleur que tu aurais peur d'abîmer. Sais-tu que les plus fragiles d'entre elles, lorsqu'on les écrase, produisent le parfum le plus intense ?

Elle me dévisagea, furieuse.

— J'ai quelque chose à terminer, dis-je. Je reviendrai.

Cette réponse médiocre ne l'apaisa nullement.

— Ne me mens pas, Elena !

— Je ne mens pas.

— Dans ce cas, c'est à toi-même que tu mens.

Elle jeta un œil en direction de mon gros sac.

— Fais-nous savoir quand tu seras installée en Ixia, et nous viendrons te rendre visite, dit-elle d'une voix neutre. Ce ne sera sans doute pas avant la saison chaude, bien sûr. J'ai horreur du froid.

— Maman !

Je me levai brusquement, manquant renverser mon thé.

Esaü hocha tranquillement la tête.

— J'aimerais voir ce laurier des montagnes qui pousse près de la banquise, dit-il. Ses feuilles, paraît-il, viennent à bout des toux les plus chroniques.

— Vous n'êtes pas inquiets de savoir que je retourne en Ixia ? demandai-je, éberluée.

— Etant donné la semaine que nous venons de passer, dit mon père, nous sommes heureux de te voir en vie. Et puis, nous faisons confiance à ton jugement.

— Si je rentre vraiment en Ixia, promettez-vous de venir souvent ?

Ils le promirent. J'abrégeai les adieux, jetai mon sac sur mon épaule et m'enfuis.

Pomme ? demanda Kiki avec optimisme.

Non, mais je vais te donner des bonbons.

Je m'éloignai vers la sellerie, trouvai le sac de bonbons et en ramenai deux à la jument.

Quand elle eut fini de les sucer, je lui demandai :

Prête, Kiki ?

Oui. La selle ?

Pas aujourd'hui.

Le Fort fournissait du matériel d'équitation à tous ses étudiants, mais, une fois que l'on quittait l'école, on devait se procurer ses propres affaires.

Je traînai le tabouret vers Kiki, laquelle s'ébroua bruyamment.

Je sais, je sais, dis-je. *Pas de tabourets dans la nature. Mais je suis fatiguée, Kiki.*

De fait, le peu d'énergie que j'avais s'épuisait à toute vitesse. Nous passâmes les portes du Fort et de la Citadelle sans encombre, et prîmes le chemin de la vallée. Je refusai de me retourner pour regarder la Citadelle. De toute façon, j'allais revenir, non ? Ce n'était pas la dernière fois que je voyais les couleurs du couchant se refléter sur les murs de marbre blanc. Pas vrai, Elena ?

Au moment où le ciel commençait à s'obscurcir, j'entendis un roulement de sabots derrière moi. Kiki s'arrêta et se retourna.

Topaze ! dit-elle avec plaisir.

A l'expression meurtrière de Cahil, je compris toutefois que cette rencontre serait loin d'être agréable.

— Où crois-tu aller ? cracha-t-il.

— Cela ne te regarde pas.

Le visage du jeune homme vira au cramoisi.

— Cela ne me regarde pas ? répéta-t-il, incrédule. *Cela ne me regarde pas ?*

Il luttait visiblement pour contenir sa colère. D'une voix dangereusement basse, il dit :

— Tu es l'âme sœur du plus dangereux criminel d'Ixia. Tes agissements m'intéressent au plus haut point. Pour tout te dire, je mets un point d'honneur à savoir où tu te trouves à tout moment.

Il émit un sifflement. J'entendis un bruissement derrière moi et me retournai : les hommes de Cahil avaient pris position derrière moi. Pour économiser mes forces, j'avais négligé de sonder la route devant moi à l'aide de ma magie. Pas très malin de ma part.

Tu les avais sentis, Kiki ?
Non. Mauvais sens du vent. On dépasse ?
Pas encore.

Je ramenai mon attention vers Cahil.

— Que veux-tu ? demandai-je.

— Tu fais l'imbécile pour gagner du temps, Elena ? Une tactique qui t'a bien servi, par le passé.

Il parlait maintenant d'un ton calme, qui m'effrayait bien plus que la rage.

— Tu t'es bien moquée de moi, hein ? Et de la Première Magicienne aussi... Tu nous as fait croire que tu n'étais pas une espionne. Tu as utilisé ta magie pour me convaincre de te faire confiance. Je me suis fait rouler comme un bleu.

— Cahil, je...

— Ce que je veux, c'est tuer Valek. Faire d'une pierre deux coups : venger le meurtre de ma famille, et prouver mes capacités au Conseil, pour qu'il me soutienne enfin.

— Tu détenais Valek, et il t'a échappé. Comment comptes-tu le tuer, cette fois ?

— Il n'hésitera pas à donner sa vie en échange de la tienne.

— Il va te falloir des renforts, si tu veux me prendre en otage.

— Tu crois ? Regarde bien.

Je lançai un coup d'œil par-dessus mon épaule. Les hommes de Cahil se tenaient à bonne distance de Kiki, mais, malgré la lumière tombante, je distinguai les pipettes qu'ils tenaient à la bouche.

— Les fléchettes sont imprégnées de curare, dit Cahil. Une arme sitienne très efficace. Tu n'iras pas loin.

Les battements de mon cœur s'accélérèrent : mon irritation cédait à la peur. J'avais du Theobroma dans mon sac, mais je savais qu'il me suffirait d'esquisser le geste de l'enlever pour être criblée de fléchettes.

— Veux-tu coopérer, Elena, ou dois-je t'immobiliser ? demanda Cahil comme s'il me proposait de choisir entre lait et citron.

Fantôme, dit Kiki.

Avant que je n'aie pu lui demander ce qu'elle voulait dire, Valek sortit des hautes herbes qui longeaient la route et s'avança vers nous d'un pas nonchalant. L'espace d'un instant, tous restèrent pétrifiés de stupeur.

— Un choix intéressant, mon amour, dit Valek. Tu vas avoir besoin de réfléchir un peu. Pendant ce temps…

Les bras à l'horizontale, Valek se dirigea vers Cahil. Il avait troqué son déguisement de mendiant contre le costume local : tunique marron, pantalon assorti. Il paraissait désarmé, mais je ne m'y trompai pas. Cahil non plus, semblait-il ; le jeune homme fit passer les rênes de Topaze dans sa main gauche et dégaina son épée.

— Voyons si j'ai bien compris, poursuivit Valek, sans se soucier de la lame qui se trouvait tout près de son visage. Vous voulez venger votre famille. Cela se comprend. Mais il y a une chose que vous devez savoir : la famille royale d'Ixia n'est pas votre famille. Si j'ai appris une chose en toutes ces années, c'est qu'il faut connaître son ennemi. La lignée des Ixia s'est arrêtée le jour où le Commandant a pris le contrôle. Je m'en suis assuré.

— Vous mentez !

Cahil poussa Topaze de l'avant et abattit son épée vers Valek. Celui-ci esquiva d'un mouvement gracieux, évitant de se faire piétiner et transpercer à la fois.

Cahil fit tourner sa monture pour revenir à la charge.

— Ça tombe sous le sens, dis-je. Valek ne laisse jamais un travail inachevé.

Incrédule, Cahil tira sur la bride et s'arrêta.

— Tu es aveuglée par ton amour pour lui.

— Et toi, par ta soif de pouvoir ! Tes hommes te manipulent, et tu refuses de voir la vérité qui est devant tes yeux.

Cahil secoua la tête.

— J'en ai assez d'écouter vos mensonges. Mes hommes me sont fidèles. Ils n'ont pas le choix : s'ils n'obéissent pas, ils sont punis. La mort de Goel a servi de leçon à ce sujet.

Une expression plate et terne passa dans ses yeux bleu pâle. Une expression que je connaissais.

— C'est toi qui as tué Goel, dis-je.

— Je n'ai commis aucun crime, dit-il en souriant. Mes hommes me jurent fidélité sur leur vie.

Il brandit son épée.

— En garde, lança-t-il à ses hommes. Visez…

— Avant de te vanter de la loyauté de tes troupes, Cahil, tu ferais mieux de réfléchir un peu. Tes hommes attendent confirmation du capitaine Marrok avant de suivre tes ordres. Ils t'ont donné une épée trop lourde, et ils ne t'ont pas appris à t'en servir. Tu es censé être le neveu du roi d'Ixia, un puissant magicien, et tu ne possèdes aucun talent magique.

— Je…

Les hommes de Cahil échangèrent des regards stupéfaits ou peut-être consternés, c'était difficile à dire ; en tout cas, leur concentration fut brisée. A cet instant précis, Valek sauta sur le dos de Kiki, et atterrit derrière moi. Sans attendre d'ordres, la jument prit ses jambes à son cou. Je m'accrochai à sa crinière tandis que Valek m'encerclait de ses bras, puis Kiki enclencha son allure de souffle d'air.

J'entendis Cahil donner l'ordre de tirer, je crus même entendre une flèche siffler près de mon oreille, mais rapidement nous fûmes hors d'atteinte. Kiki voyageait à une allure deux fois plus rapide qu'un galop normal, sans effort perceptible de sa part. Quand la lune fut haute dans le ciel, la jument ralentit puis s'arrêta.

Odeur partie, dit-elle.

Valek et moi nous laissâmes glisser à terre. J'inspectai Kiki, cherchant d'éventuelles blessures, mais elle s'ébroua avec impatience et s'éloigna pour brouter.

Frissonnante, je m'inspectai pour être sûre de n'avoir

pas été touchée, puis resserrai ma cape autour de mes épaules.

— On l'a échappé belle, dis-je.

— Pas vraiment, rétorqua Valek en m'attirant dans ses bras. Les hommes du soi-disant roi étaient tellement déconcertés qu'ils n'avaient aucune chance de viser correctement.

Bien que Valek ne portât pas de cape, sa peau était chaude.

— Je partagerai la tienne, dit-il, comme s'il avait lu dans mes pensées.

Il m'adressa un sourire malicieux.

— Mais d'abord, tu as besoin d'un feu de camp, de nourriture et de repos.

Je secouai la tête.

— C'est de toi dont j'ai besoin, dis-je.

En définitive, il ne me fallut pas très longtemps pour le convaincre. Une fois que je lui eus confisqué tous ses vêtements, il accepta volontiers de me rejoindre sous ma cape.

Je fus réveillée par un succulent parfum de viande rôtie. Accroupi devant le feu, les yeux plissés à cause du soleil, Valek faisait tourner du gibier sur une branche.

— C'est l'heure du petit déjeuner ? demandai-je.

Mon ventre émit un gargouillis.

— Plutôt celle du dîner. Tu as dormi toute la journée.

Je me redressai en position assise.

— Tu aurais dû me réveiller ! Et si Cahil nous avait retrouvés ?

— Avec toute la magie qui flotte dans l'air, ça m'étonnerait.

Valek leva les yeux vers le ciel, puis flaira le vent.

— Elle te dérange, cette magie ?

J'ouvris mon esprit au champ magique qui nous entourait. La magie défensive des Sandseed tentait d'envahir et d'embrouiller les pensées de Valek, mais celui-ci lui opposait une résistance à toute épreuve. En revanche, la magie ne semblait nullement intéressée par mon cas.

— Non, elle ne me dérange pas.

J'expliquai à Valek mon lointain lien de parenté avec les Sandseed.

— Si je m'approchais de leur campement avec l'intention préméditée de leur nuire, la magie m'attaquerait sans doute.

Une vision de l'Homme-Lune et de son cimeterre me vint à l'esprit.

— A moins qu'un Tisseur d'histoires ne se charge de me régler mon compte.

Valek réfléchit.

— Combien de temps faut-il pour arriver au plateau Davian ?

— Tout dépend de Kiki. Si elle maintient son allure de souffle d'air, nous pourrions y être en quelques heures.

— Souffle d'air ? C'est ainsi que tu l'appelles ? Je n'ai jamais vu un cheval courir aussi vite.

Je méditai un instant cette remarque.

— Tu sais, elle le fait uniquement ici, sur les plaines. C'est peut-être lié à la magie des Sandseed.

— Quoi qu'il en soit, dit Valek, plus vite nous aurons réglé le problème d'Alea, mieux ça vaudra.

En réalité, ce problème n'allait pas être si facile à régler. A supposer qu'Alea ait survécu à ses blessures, elle représentait un danger pour moi, pourtant je n'avais pas envie de la tuer. La remettre entre les mains des Sandseed suffirait peut-être à la neutraliser.

Valek retira la viande du feu et m'en tendit un bout.

— Mange. Tu vas avoir besoin de forces.

Je reniflai la bête impossible à identifier.

— C'est quoi ?

— Il vaut mieux que tu ne le saches pas, dit Valek en souriant.

— C'est comestible, au moins ?

— A toi de me le dire.

Je pris une petite bouchée d'essai. Une viande juteuse, au goût terreux un peu inhabituel. Un membre de la famille des rongeurs, pensai-je, qui n'avait rien de nocif. Quand j'eus fini de dîner, nous rangeâmes les quelques affaires que nous avions déballées.

— Valek, une fois que nous aurons réglé le problème d'Alea, je veux que tu rentres en Ixia.

— Pourquoi ? Je commence juste à m'habituer au climat du Sud. En fait, je me demande si je ne vais pas me faire construire une résidence d'été ici.

— C'est cette habitude de faire le malin qui t'a attiré des ennuis dès le départ.

— Non, mon amour, c'est toi. Si tu ne t'étais pas fait capturer par Goel, je n'aurais pas joué cartes sur table avec Cahil.

— En réalité, ce n'est pas toi qui lui as montré tes cartes. C'est moi, un jour où je me suis disputé avec lui.

— Tu voulais encore défendre mon honneur, je parie.

— Oui.

Il secoua la tête, incrédule.

— Elena, je sais que tu m'aimes. Tu n'as pas besoin de me le prouver. Je me moque de ce que ce roitelet pense de moi.

Je réfléchis à Cahil.

— Valek, pardonne-moi d'avoir cru que tu avais tué Goel.

Il balaya l'air de sa main.

— Tu n'étais pas loin d'avoir raison. Je suis retourné m'occuper de lui, mais Cahil était passé avant moi.

Le visage angulaire de Valek se fit soudain plus grave.

— Ce roitelet demeure tout de même un problème, dit-il.

— Un problème que je me charge de régler, d'accord ?

— Et c'est moi qui fais le malin ?

J'allais protester, mais Valek m'arrêta par un baiser. Quand il se dégagea de notre étreinte, je m'aperçus que Kiki avait relevé la tête et dressé ses oreilles vers l'avant.

Tu sens quelque chose ? demandai-je.

L'instant d'après, des bruits de sabots résonnaient tout près de nous.

Rusalka, dit Kiki. *Homme Triste.*

D'abord exaspérée d'avoir été suivie par mon frère, je me mis presque aussitôt à m'inquiéter. Si Leif avait pu nous retrouver, Cahil le pouvait aussi.

D'autres arrivent ? demandai-je à Kiki.

Non.

Valek disparut entre les hautes herbes à l'instant où la monture de Leif se matérialisait dans un nuage de poussière.

Les yeux verts de mon frère étaient grand écarquillés.

— Elle n'est jamais allée aussi vite, dit-il.

J'en oubliai mon agacement. Le poil noir de Rusalka luisait de sueur, mais la jument ne paraissait nullement fatiguée.

— Kiki fait la même chose, dis-je à Leif. C'est ce que j'appelle son allure souffle d'air. Rusalka a-t-elle été élevée par les Sandseed ?

Il hocha la tête. Il y eut un mouvement flou à sa gauche : Valek surgit des herbes, se rua sur Leif et le fit voler à terre. Il atterrit à califourchon sur le torse de mon frère et plaqua la lame de sa machette contre sa gorge. Mon frère émit un bruit d'étranglement.

— Que fais-tu ici ? demanda Valek.

— Venu... chercher... Elena, articula Leif en haletant.

— Pourquoi ?

Remise de ma stupeur, j'intervins.

— Tout va bien, Valek. C'est mon frère.

Valek recula la lame de la gorge de Leif, mais continua à le bloquer au sol. Le visage de mon frère exprimait un mélange de terreur et de stupéfaction.

— Valek, dit-il, tu n'as pas d'odeur. Pas d'aura.

— Est-il simple d'esprit ? me demanda Valek.

Je faillis éclater de rire.

— Non, dis-je en forçant Valek à se relever. Il a le don de sentir l'âme des gens. Ton immunité à la magie a dû bloquer son pouvoir.

Me penchant sur Leif, je l'examinai, cherchant des fractures, mais ne trouvai rien de grave.

— Tout va bien, Leif ? demandai-je.

Il se redressa et lança un regard méfiant en direction de Valek.

— Ça dépend, dit-il.

— Ne t'inquiète pas. Il a un instinct de protection surdéveloppé, voilà tout.

Valek toussota.

— Si tu pouvais éviter de t'attirer des ennuis, ne serait-ce qu'une journée entière, mon côté protecteur serait moins instinctif.

Il se frotta les genoux.

— Moins douloureux, aussi.

Remis de ses émotions, Leif se leva. Toute mon irritation me revint d'un coup.

— Que fais-tu ici, Leif ?

Mon frère regarda Valek, puis baissa les yeux.

— Mère m'a dit quelque chose.

J'attendis.

— Elle m'a dit que tu étais perdue de nouveau. Que seul le frère qui t'avait cherchée pendant quatorze ans pouvait te retrouver.

— Justement… comment m'as-tu trouvée ?

Leif fit un geste un peu ahuri en direction de sa jument.

— Je me rappelais que Kiki avait retrouvé Topaze dans les plaines, et j'ai pensé que Rusalka pourrait peut-être en faire autant. Je lui ai demandé de chercher Kiki, et d'un seul coup…

— Elle s'est mise à galoper comme le vent, dis-je distraitement.

La question avait cessé de m'intéresser ; je réfléchissais aux propos de Leif.

— Pourquoi Perle me croit-elle perdue ? me demandai-je à haute voix. Et pourquoi t'envoyer, toi ? Tu ne m'as pas été très utile, la dernière fois.

Je réprimai une subite envie de lui coller mon poing dans la figure. Il avait bien failli me tuer, dans la maison de Ferde.

Leif baissa les yeux, honteux.

— Je ne sais pas pourquoi moi, dit-il.

J'étais sur le point de le renvoyer au Fort quand l'Homme-Lune sortit d'entre les herbes et s'avança vers nous.

— C'est un ami, dis-je rapidement à Valek.

— Cet endroit est vraiment très couru, marmonna mon amant.

Quand l'Homme-Lune fut tout près de nous, je lui demandai :

— Pas d'apparition subite dans un rayon de soleil ? Ni de peinture bleue ?

Sur sa peau naturellement sombre, les cicatrices de ses bras et de ses jambes ressortaient nettement. Il avait même enfilé un pantalon court.

— Au bout d'un moment, ce n'est plus drôle, dit l'Homme-Lune. En outre, Fantôme m'aurait tué si j'étais apparu sans crier gare.

— Fantôme ? répétai-je.

L'Homme-Lune tendit le doigt vers Valek.

— C'est ainsi que Kiki l'appelle. Cela tombe sous le sens, ajouta-t-il devant mon air perplexe. Nous, les Sandseed, nous percevons le monde à travers la magie plutôt qu'avec la vue. Valek est visible à l'œil, mais notre magie ne le détecte pas. Pour nous, c'est un fantôme.

Valek écoutait l'Homme-Lune en silence. Son visage

était neutre, mais je savais, à son attitude, qu'il était prêt à attaquer.

— Encore un membre de ta famille ? demanda-t-il.

Un grand sourire étira les lèvres de l'Homme-Lune.

— Je suis un cousin éloigné du grand-oncle de sa mère.

— C'est un Tisseur d'histoires du clan des Sandseed, expliquai-je. Que nous vaut l'honneur de votre visite, Homme-Lune ?

Toute trace d'amusement disparut du visage du vieil homme.

— C'est toi qui es sur mes terres, jeune fille. Je pourrais te poser la même question, mais je sais déjà ce que tu fais ici. Quant à moi, je suis venu m'assurer que tu tiendrais ta promesse.

— Quelle promesse ? demandèrent Leif et Valek d'une seule voix.

Eludant leur question d'un geste, je m'adressai au Tisseur d'histoires.

— Je vais la tenir, mais pas maintenant. Je dois d'abord…

— Je sais ce que tu as l'intention de faire. Tu n'y réussiras pas avant de t'être libérée.

— Me libérer, moi ? Mais je croyais que…

Je m'interrompis subitement. Il m'avait fait promettre de libérer Leif, mais il avait également dit que nos vies étaient inextricablement liées. Ce que je ne comprenais toujours pas, c'était le lien entre Leif et Alea.

— Pourquoi ne réussirai-je pas ? demandai-je.

L'Homme-Lune refusa de répondre.

— As-tu d'autres conseils à me donner ? demandai-je.

En guise de réponse, il tendit ses deux mains, l'une vers moi, l'autre vers Leif.

Valek émit un petit toussotement irrité, ou peut-être amusé, et dit :

— Une affaire de famille, semble-t-il. Si tu as besoin de moi, Elena, je serai tout près.

Je regardai Leif. A notre dernière rencontre avec le Tisseur d'histoires, il avait réagi par la colère et la peur. A présent, il s'avança vers le vieil homme, lui prit la main et me lança un regard de défi.

— Finissons-en, veux-tu ? dit-il.

35.

Je glissai ma main dans celle de l'Homme-Lune. Le monde s'évanouit tandis que la douce magie du Tisseur d'histoires prenait contrôle de mes sens.

Nous voyageâmes jusqu'à la jungle des Illiais, à l'endroit où Leif, caché dans les buissons, m'avait vue me faire enlever par Mogkan, quatorze années auparavant. Tous trois, nous revîmes les événements à travers les yeux de Leif, et ressentîmes ses émotions d'alors.

Il éprouva d'abord une méchante satisfaction de voir Elena punie pour n'être pas restée près de lui. Mais, quand l'inconnu endormit sa sœur et sortit un sac et une épée de sous un buisson, Leif n'osa pas bouger de sa cachette, de peur d'être enlevé à son tour. Longtemps après le départ de l'homme, Leif resta immobile, pétrifié.

L'Homme-Lune intervint pour manipuler le fil de l'histoire et nous montrer ce qui serait arrivé si Leif avait tenté de me secourir. Un grincement d'acier déchira l'air : Mogkan tira son épée de son fourreau et frappa Leif d'un coup mortel au cœur. Mon frère avait bien fait de rester caché.

Changement de décor : Leif annonçait ma disparition à mes parents. Il n'osa pas avouer que sa sœur avait été enlevée sous ses yeux et qu'il n'avait pas tenté de lui venir en aide. De toute façon, il était persuadé que les équipes de recherche la retrouveraient rapidement, elle et son ravisseur. Il commençait déjà à être jaloux de toute l'attention que lui vaudrait cette aventure.

Quand les équipes de recherche revinrent bredouilles, puis renoncèrent à chercher, Leif prit la relève. Sa sœur vivait avec cet homme bizarre quelque part dans la jungle, il en était sûr. Sans doute se dissimulaient-ils à sa vue par pure méchanceté. Il fallait qu'il les retrouve, s'il voulait avoir une chance d'être de nouveau aimé par ses parents.

Les années passant, la culpabilité l'avait poussé à tenter de se suicider. Plus tard, cette culpabilité s'était transformée en haine. Quand sa sœur était enfin revenue, empestant le Nord et le sang, il avait eu envie de la tuer. Encore plus quand le visage de sa mère avait rayonné de joie pure pour la première fois depuis quatorze ans.

L'embuscade inattendue de Cahil avait fourni à Leif des auditeurs réceptifs à ses accusations, et désireux comme lui de se débarrasser d'un agent secret du Nord. Mais, quand ces hommes avaient fait mal à Elena, une petite faille s'était ouverte dans le rempart de haine qu'il avait dressé contre elle.

L'évasion de sa sœur était venue confirmer les soupçons de Leif... jusqu'à ce qu'elle revienne, affirmant qu'elle refusait de se comporter comme une espionne, puisqu'elle n'en était pas une. Enfin Roze l'avait innocentée, laissant Leif plus perplexe que jamais.

Sa confusion s'était accentuée quand Elena s'était mis en tête d'aider Tula. Pourquoi se préoccupait-elle de cette fille ? Elle ne s'était jamais souciée de lui, ni des souffrances qu'il avait endurées pendant sa longue absence. Il voulait continuer à la détester… mais, quand elle avait mis sa vie en danger pour éveiller l'âme de Tula, il n'avait pu s'empêcher de l'aider.

Lors de la rencontre avec le Tisseur d'histoires, Leif avait compris que sa sœur allait apprendre la vérité à son sujet. Incapable d'affronter ses accusations, il avait pris la fuite. Plus tard, une fois calmé, il pensa qu'Elena serait peut-être capable d'accepter cette vérité. Elle avait enduré tant de choses en Ixia…

Mais, quand Elena était revenue des plaines, Leif avait compris qu'il n'en serait pas ainsi. Sa colère et sa rancune enflammaient sa peau. Elle n'avait pas besoin de lui, pas envie de sa présence. Seules les supplications de sa mère avaient convaincu Leif de la rejoindre dans les plaines.

L'Homme-Lune laissa s'estomper puis s'éteindre les fils incandescents de notre histoire. Nous nous trouvions sur cette même plaine obscure où m'avait déjà amenée le Tisseur d'histoires. Celui-ci était à peine visible ; sa peau avait pris la teinte d'un rayon de lune. Leif regarda autour de lui, émerveillé.

— Est-ce maman qui t'a demandé de m'aider à délivrer Gelsi ? demandai-je.

— Elle croyait que je te serais utile. Elle ne se doutait pas que j'essaierais de…

— De me tuer ? Bienvenue au club. Vous êtes au moins six membres. Valek en est le président, puisqu'il a voulu me tuer deux fois.

Je souris, mais Leif continua à fixer sur moi un regard torturé.

— Ce n'était pas toi, Leif. Ferde a puisé dans tes souvenirs pour te manipuler.

— Avant que tu n'aides Gelsi, j'ai vraiment eu envie de te tuer, dit Leif en baissant la tête.

— N'aie pas honte de ces sentiments et de ces souvenirs. Le passé ne peut pas être changé, mais il peut servir de guide pour l'avenir.

L'Homme-Lune rayonnait de satisfaction.

— Tu ferais une bonne Tisseuse d'histoires, Elena, si tu n'étais pas une Chasseuse d'âmes.

— Vous croyez ?

Ce qualificatif me mettait encore mal à l'aise. Combien de fois devrais-je l'entendre prononcer avant de croire qu'il s'appliquait à moi et de l'accepter ?

L'Homme-Lune leva un sourcil.

— Quand tu seras prêt, viens me rendre visite. Je t'attendrai.

Le monde tourbillonna de nouveau, et je fermai les yeux pour ne pas succomber au vertige. Quand le mouvement cessa, je me retrouvai au beau milieu des plaines d'Avibian. Mon frère était près de moi, et l'Homme-Lune parlait à Valek.

Je m'efforçai d'assimiler tout ce que je venais de voir. Leif avait entrepris depuis déjà un moment de se libérer du passé. Quand il avait décidé de m'aider à sauver Tula, il s'était engagé sur la bonne voie. Mais alors pourquoi l'Homme-Lune m'avait-il demandé de l'aider ? Je me tournai vers Valek ; son interlocuteur avait disparu.

La réponse me vint et, avec elle, un sentiment de culpabilité. J'avais mal agi à l'égard de Leif : sans chercher à le comprendre, je l'avais durement jugé. Je lui en avais voulu pour des actes commis par un enfant de huit ans, et n'avais pas su reconnaître les efforts de l'homme adulte pour se racheter.

Leif me regardait avec attention.

— Pourquoi n'organisent-ils jamais une fête des Nouveaux Commencements quand on en a vraiment besoin ? dis-je.

Mon frère me fit un grand sourire — le premier vrai sourire qu'il m'accordait depuis mon retour d'Ixia. Cela me réchauffa jusqu'au fond du cœur.

— Ça ne fait rien, dit-il. De toute façon, je ne danse pas.

— Tu danseras, je te le promets.

Valek s'éclaircit la gorge.

— C'est très touchant, mais nous devons y aller. Votre Tisseur d'histoires va nous fournir des guerriers pour l'assaut contre la tribu d'Alea. Nous avons rendez-vous à l'aube. Je suppose que ton frère…

— Leif, dis-je.

— … nous accompagne ?

— Bien sûr, dit Leif.

— Hors de question, dis-je au même instant. Je ne veux pas qu'il t'arrive quelque chose. Maman serait furieuse.

— Je préfère encore vous accompagner qu'affronter sa rage, dit Leif en croisant ses bras sur sa poitrine.

Sa mâchoire crispée exprimait un entêtement à toute épreuve. Un petit silence s'installa.

— Votre mère a l'air assez intimidante, dit Valek.

— Tu ne crois pas si bien dire, soupira Leif.

— Eh bien ! Si elle ressemble un tant soit peu à Elena, je peux compatir, dit Valek sur un ton malicieux.

— Eh ! protestai-je.

Leif se mit à rire, et la tension entre nous se dissipa. Valek lui rendit sa machette.

— Sais-tu t'en servir ? demanda-t-il.

— Bien sûr. J'ai découpé la canne d'Elena en rondelles, plaisanta Leif.

— Tu m'as prise au dépourvu, rétorquai-je, piquée au vif. Je ne voulais pas te faire mal.

Leif prit l'air dubitatif.

— Il faudrait remettre ça, dit-il.

— Quand tu veux.

Valek s'interposa entre nous.

— Mon amour, je commence à regretter que tu ne sois pas vraiment orpheline. Etes-vous capable de vous concentrer sur notre mission sans essayer de rattraper quatorze années de rivalité fraternelle ?

— Oui, oui, murmurâmes-nous à l'unisson, un peu honteux.

— Bien. En route, alors.

— Où allons-nous ? demandai-je.

— Fidèle à sa réputation d'homme énigmatique, ton Tisseur d'histoires s'est contenté de dire que « les chevaux connaissaient le chemin ».

Valek haussa les épaules.

— Ce n'est certainement pas le genre de stratégie militaire que j'utiliserais, mais j'ai appris que le Sud possède sa propre stratégie. Aussi étonnant que cela paraisse, elle fonctionne également.

Les chevaux connaissaient effectivement le chemin. Au moment où le soleil se levait sur les plaines, nous arrivâmes à un grand rocher plat enfoui dans les herbes. Une troupe de guerriers sandseed nous y attendait, composée d'une douzaine d'hommes et de six femmes vêtus d'armures en cuir, portant des lances ou des cimeterres. Les traits rouges peints sur leurs bras et sur leur visage leur donnaient un air de férocité extrême.

Les guerriers n'avaient pas de chevaux. Valek et moi sautâmes à terre, Leif descendit de Rusalka, et les deux chevaux s'éloignèrent pour paître. Frissonnant dans l'air frais du matin, je regrettais ma canne : sans elle, je me sentais nue. Je n'avais pour toute arme que mon cran d'arrêt.

L'Homme-Lune s'avança pour nous saluer. Il était vêtu comme les autres membres de la troupe, et portait deux armes : son cimeterre et une longue canne noire. Cette dernière n'était pas un simple bâton d'ébène : elle était ornée de symboles et d'animaux en relief, et laissait apparaître, sous sa surface noire, un bois couleur d'or. Il me semblait que, si je les fixais assez longtemps, ces gravures me révéleraient leur histoire. Mais je devais me concentrer sur les propos de l'Homme-Lune.

— Hier soir, j'ai envoyé un éclaireur dans le Vide, disait-il. Il y a trouvé le dispositif de torture qu'Elena nous a décrit. Puis il a suivi les traces des Vermine jusqu'à un campement situé environ deux kilomètres plus loin, à l'est. Nous sommes ici à deux kilomètres au nord de ce campement, tout près de la limite du plateau.

— Attendons le soir pour lancer un assaut surprise, dit Valek.

— Cela ne fonctionnera pas, dit l'Homme-Lune. Les Vermines disposent d'un bouclier qui détecte toute intrusion. Mon éclaireur n'a pas pu s'approcher du camp, de peur d'être repéré.

L'Homme-Lune semblait fixer un point à l'horizon.

— Ils ont de puissants Déformeurs, capables de résister à notre magie défensive.

— Des Déformeurs ? dit Leif.

L'Homme-Lune fronça les sourcils.

— Des magiciens. Je refuse de les appeler Tisseurs d'histoires, car ils manipulent les fils de l'histoire pour satisfaire leurs désirs personnels.

Je regardai mieux le groupe des Sandseed : ils étaient armés jusqu'aux dents.

— Vous ne comptez pas utiliser votre magie ? demandai-je.

— Non.

— Ni prendre de prisonniers ?

— Ce n'est pas la coutume des Sandseed. Les Vermines doivent être exterminés.

Je voulais empêcher Alea de me nuire, mais je n'avais pas envie de la tuer. Il me restait encore une fiole de curare dans mon sac à dos. Peut-être pourrais-je la paralyser, pensai-je, et la ramener jusqu'à la prison du Fort.

— Comment allez-vous empêcher les Davian d'utiliser leur magie contre nous ? demanda Valek.

Une lueur dangereuse brilla dans les yeux de l'Homme-Lune.

— Nous allons déplacer le Vide.

— C'est possible ? demandai-je.

— La toile de pouvoir ne peut être déplacée qu'avec d'infimes précautions. Nous positionnerons le trou directement au-dessus du campement des Vermines, puis nous attaquerons.

— Quand ? demanda Valek.

— Maintenant.

L'Homme-Lune s'éloigna vers ses guerriers. Valek se pencha pour me parler à l'oreille.

— Ce plan me semble tenir la route, dit-il. J'avais seulement espéré utiliser les Sandseed pour faire distraction. Mais, dès que nous aurons tué Alea, nous partirons. Ce n'est pas notre bataille.

— Je crois qu'en ce qui la concerne, la capture et l'incarcération seraient des châtiments plus cruels que la mort.

Valek me fixa quelques instants.

— Comme tu voudras, Elena.

Un cri de guerre s'éleva du groupe des Sandseed, lesquels disparurent aussitôt dans les hautes herbes. Seul l'Homme-Lune revint vers nous.

— Ils vont prendre position autour du campement. Dès que le Vide sera en place, ils passeront à l'attaque. Nous les retrouverons là-bas.

Il nous balaya du regard.

— Vous avez besoin d'armes. Tiens, Elena.

Il me lança sa canne ; elle atterrit dans ma main droite.

— Elle est à toi. Un cadeau de la part de Seriya.
— De qui ?
— Une femme de notre clan, qui élève des chevaux. Tu as dû lui faire une forte impression : ses cadeaux sont aussi rares que la neige. Ton histoire est gravée dessus.

Maman, dit Kiki avec satisfaction.

Je revis la femme aux cheveux courts qui avait emmené Kiki en promenade, le jour de ma visite aux Anciens.

La canne était tout simplement merveilleuse. Son poids et son épaisseur étaient parfaits ; en dépit des dessins gravés dans le bois sombre, la surface était parfaitement lisse au toucher. Quand je réussis enfin à détacher mes yeux de ce maginifique présent, je vis que Valek portait un cimeterre, et que Leif brandissait sa machette.

— Allons-y.

Après avoir enlevé ma cape et procédé à quelques préparatifs de dernière minute, je suivis l'Homme-Lune à travers les herbes.

De notre position près du campement, je voyais les Davian s'activer autour des tentes et du feu. Autour d'eux, l'air ondulait de magie, déformant les silhouettes comme si elles s'étaient trouvées à l'intérieur d'une immense bulle de gaz chaud.

Les herbes du plateau poussaient en touffes éparses et brunies par la sécheresse. J'étais tapie derrière un buisson, à côté de Valek ; cent mètres plus loin, cachés dans un petit creux, Leif et l'Homme-Lune attendaient. Les autres Sandseed avaient-ils réussi à se cacher ? Les Davian avaient installé leur camp dans un endroit très dégagé, et les alentours n'offraient que peu de protection.

Soudain, une vague de pouvoir m'opprima, et les poils de mes bras se hérissèrent. Sondant autour de moi, je sentis l'Homme-Lune et trois autres magiciens déplacer la toile de pouvoir. Ils appliquaient une pression égale et constante, pour éviter de créer des plis. Cette manœuvre m'impressionna au plus haut point. Si je décidais de rester en Sitia, pensai-je, les Sandseed feraient d'excellents professeurs.

Le Vide arriva au-dessus de nous d'un coup, aspirant tout l'air contenu dans mes poumons. Brusquement, la conscience de ce qui m'entourait se réduisit aux informations transmises par mes cinq sens. Avant que je n'aie pu m'habituer à la perte de mes pouvoirs, un nouveau cri de guerre résonna. C'était le signal.

Bondissant sur mes pieds, je suivis Valek jusqu'au camp… et m'arrêtai net, abasourdie par la scène qui se présenta à mes yeux.

Le bouclier des Davian était détruit et, avec lui, l'illusion qu'il projetait. Au lieu des quelques personnes qui tournaient autour du feu, il y en avait maintenant une trentaine. Au lieu d'une poignée de tentes, c'était des rangées sans fin. Certes, la plupart des Vermines se contentaient de nous dévisager, atterrés par la perte de leur magie, mais ils étaient tout de même quatre fois plus nombreux que nous.

Il était trop tard pour battre en retraite. Nous avions l'avantage de la surprise, et dix-neuf guerriers sandseed assoiffés de vengeance, qui faisaient tournoyer leurs cimeterres autour d'eux, se taillant un chemin sanglant à travers le campement. Au loin, je vis la tête chauve de l'Homme-Lune ; près de lui, les puissants coups de machette de mon frère tenaient à distance deux ou trois Davian. Valek me lança un regard grave.

— Trouve Alea, murmura-t-il avant de se joindre à la mêlée.

Plus facile à dire qu'à faire, pensai-je. Comment retrouver qui que ce soit dans cette pagaille ? Me baissant brusquement pour éviter la faux d'un Davian, je me redressai, fauchai ses jambes et sautai sur sa poitrine avant qu'il n'ait pu relever son arme. Puis je levai ma canne et la plantai dans sa trachée.

L'espace d'une seconde, je restai clouée sur place. C'était la première personne que j'avais tuée depuis mon arrivée en Sitia. J'avais espéré ne plus jamais avoir à tuer, mais, si je voulais survivre à cette bataille, je devais me montrer impitoyable.

Un autre guerrier se rua sur moi. Mes scrupules disparurent : le plus urgent était d'assurer ma défense et de trouver Alea. Les adversaires défilaient les uns après les autres, et bientôt je perdis toute notion du temps. A la fin, ce fut Alea qui me trouva.

Ses longs cheveux noirs étaient tirés en chignon, et elle portait une tunique et un pantalon blancs éclaboussés de sang. Elle tenait une courte épée sanguinolente dans chaque main. En me voyant, elle sourit.

— J'avais prévu de te retrouver, dit-elle, mais tu m'as devancée.

— Ça, c'est tout moi. Toujours prête à rendre service.

Alea croisa ses épées en une parodie de salutation, puis se jeta sur moi. Je reculai d'un pas et abattis ma canne sur ses lames, les abaissant vers le sol. Elle fit un pas en avant pour reprendre l'équilibre, juste au moment où je m'avançais vers elle. Nos épaules se touchèrent. Nos deux armes étaient dirigées vers le bas.

Mais la mienne se trouvait toujours sur le dessus. Je la ramenai brusquement vers le haut, frappant Alea au visage. Elle poussa un cri ; le sang gicla de son nez. Refusant de se décourager, elle tenta de me décocher un coup d'épée au ventre. Mais je m'approchai encore ; à cette distance, impossible d'utiliser de grandes armes. Nous les laissâmes tomber à terre.

Je déclenchai mon cran d'arrêt à l'instant où elle tirait un couteau de sa ceinture. Elle se retourna et frappa. Je parai son coup avec mon bras ; la lame mordit ma chair, et la douleur enflamma mon bras, mais ce geste me permit d'attraper sa main. Je tirai Alea vers moi, fis une rapide entaille sur son avant-bras, et la relâchai.

Alea recula en chancelant, confuse. J'avais pourtant eu la possibilité de lui porter un coup fatal au ventre. Mais, quelques secondes plus tard, son visage se teignait d'horreur.

La lame de mon cran d'arrêt avait été trempée dans du curare. Je n'avais eu qu'à la piquer de la pointe de mon couteau. Quand elle tomba à la renverse, je m'avançai au-dessus d'elle.

— Pas marrant d'être impuissant, hein ?

Je regardai autour de moi. Valek s'était débrouillé pour se placer entre moi et les Davian, de manière à empêcher les autres d'intervenir dans la bagarre qui m'opposait à Alea. Un peu plus loin, Leif se battait à la machette. Je ne voyais pas les autres Sandseed, mais j'aperçus l'Homme-Lune à l'instant où il décapitait un homme d'un grand coup de cimeterre. Ce n'était pas beau à voir.

L'Homme-Lune se retourna vers nous.

— C'est l'heure de la retraite, lança-t-il.

— La prochaine fois, dis-je à Alea, nous finirons le travail.

Le Vide se déplaça au-dessus de nous, recouvrant la moitié du campement et créant une diversion. Baignant dans un rayon de pouvoir, nous commençâmes à reculer, protégés par la magie de l'Homme-Lune. Seul Valek s'attarda devant le corps inerte d'Alea. Il s'agenouilla près d'elle, ramassa son couteau et lui dit quelque chose.

Avant que je n'aie pu intervenir, il lui trancha la gorge d'un geste rapide. C'était le même coup meurtrier qu'il avait porté à Mogkan.

— Nous ne pouvons pas nous permettre de faire du sentiment, dit Valek en arrivant à ma hauteur.

Nous prîmes la fuite vers les plaines. Les Vermines nous poursuivirent jusqu'à la limite du plateau, mais nous continuâmes à courir jusqu'au grand rocher lisse près duquel attendaient les chevaux.

— Ils vont sûrement se réfugier plus au centre du plateau, dit l'Homme-Lune.

Bien que couvert de sueur, il n'était même pas essoufflé.

— Il faudra que je revienne avec davantage de guerriers. Pour duper mon éclaireur et moi-même, ils doivent posséder des Déformeurs plus puissants que nous ne le soupçonnions. Je dois consulter les Anciens.

Il inclina la tête en guise d'adieu, et disparut entre les herbes.

— Et maintenant ? demanda Leif.

Bonne question. Je sentis le regard de Valek se poser sur moi.

— Tu rentres à la maison, et moi aussi, dis-je à mon frère.

— Tu reviens au Fort avec moi ? demanda Leif.

— Je…

Que faire ? Rentrer au Fort et retrouver mon sentiment d'isolement ? Retrouver la crainte et les soupçons que mes pouvoirs inspiraient aux autres ? Ou bien rentrer au Fort pour espionner le Conseil, afin de rapporter ses activités au Commandant ? Ou simplement partir seule, explorer Sitia et passer du temps avec ma famille ?

— Tu as peur de rentrer au Fort, dit Leif.

— Quoi ?

— Ce serait beaucoup plus facile de ne pas revenir.

Tu n'aurais pas à faire face à tes responsabilités de fille, de sœur et de Chasseuse d'âmes.

— Je n'ai pas peur.

J'avais essayé de me trouver une place dans ce pays, mais on n'arrêtait pas de me repousser, et je commençais à comprendre le message. Après tout, je n'étais pas masochiste. Et si le Conseil décidait que les Chasseurs d'âmes étaient maléfiques, et qu'il me brûlait vive pour avoir enfreint le Code éthique ?

— Oh que si, tu as peur, rétorqua Leif.

— Pas du tout.

— Tu as très, très peur.

— Rien n'est plus faux.

— Alors prouve-le.

J'ouvris ma bouche, mais aucun son n'en sortit.

— Je te déteste, dis-je enfin.

Leif me fit un gentil sourire.

— C'est réciproque, dit-il.

Il attendit un instant.

— Viens-tu ?

— Pas maintenant. J'ai besoin de réfléchir.

Je cherchais à gagner du temps, et Leif le savait.

— Si tu ne reviens pas, tu me donneras raison. Chaque fois que nous nous verrons, je te le rappellerai par mon attitude suffisante.

— Tu as déjà une attitude suffisante. Ça ne changera pas grand-chose.

Leif se mit à rire et, l'espace d'un instant, j'aperçus en lui le jeune garçon insouciant que j'avais connu.

— Je peux me rendre beaucoup plus insupportable encore. En tant que frère aîné, c'est mon privilège.

Leif monta sur Rusalka et partit au galop.

Valek, Kiki et moi prîmes lentement le chemin du Nord. Le chemin d'Ixia. Valek me tenait la main ; je me sentais heureuse, délivrée. Libre. Je passai en revue les événements des dernières heures.

— Valek, qu'as-tu dit à Alea ?
— Je lui ai dit comment son frère était mort.

Je revis la scène. Irys et moi avions utilisé notre magie pour paralyser Mogkan, afin que Valek puisse lui trancher la gorge. Alea était morte exactement de la même manière.

— Nous n'avions pas le temps de l'emmener avec nous, Elena. Je ne voulais pas qu'elle ait une deuxième chance de te faire mal.
— Tu sais toujours quand j'ai besoin de ton aide.

Les yeux de Valek s'embrasèrent avec une intensité rare.

— Je sais. C'est un sentiment aussi naturel que la faim ou la soif. Un besoin que je dois satisfaire pour rester en vie.
— Comment est-ce possible ? Je n'arrive pas à établir de lien avec ton esprit. Et tu n'as aucun pouvoir magique.

Valek resta silencieux pendant un moment.

— Peut-être que, quand tu es en détresse, je relâche ma garde et te permets de communiquer avec moi ?
— Peut-être. L'as-tu déjà fait avec quelqu'un d'autre ?
— Jamais. Il n'y a que toi, mon amour, qui me fasse faire toutes ces choses insensées.
— Des choses insensées, hein ? répétai-je en riant.
— Il ne manquerait plus que tu puisses lire dans mes pensées.

Une flamme couleur saphir brûla dans son regard, et je vis ses muscles se crisper légèrement.

— Oh, je sais très bien à quoi tu penses.

Je fis un pas, me retrouvai dans ses bras et, pour illustrer mon propos, glissai une main sous sa ceinture, où s'étaient concentrées les pensées de Valek.

— Je ne peux… rien… te cacher, souffla-t-il.

J'entendis Kiki s'ébrouer et s'éloigner, puis le parfum de Valek et le goût de sa peau réclamèrent toute mon attention.

Valek et moi passâmes les jours suivants à errer dans les plaines, profitant l'un de l'autre sans qu'aucun souci ni danger ne vienne nous distraire. Tout au long du chemin, nous découvrîmes de petites caches de nourriture et d'eau. Je n'avais nullement l'impression qu'on nous surveillait, simplement que les Sandseed savaient où nous nous trouvions, et nous offraient ces provisions en signe d'hospitalité envers une lointaine cousine.

Finalement, nous arrivâmes à la limite des plaines. Laissant la Citadelle à l'ouest, nous mîmes le cap sur le nord et traversâmes les terres des Featherstone. Voyageant de nuit, nous cachant la journée, nous rejoignîmes trois jours plus tard le cortège de l'ambassadrice.

J'avais perdu toute notion du temps, et fus étonnée de voir apparaître le campement, mais Valek avait calculé que le cortège se trouverait à une demi-journée de marche environ de la frontière ixienne. Après avoir repéré l'emplacement des « espions » sitiens qui filaient le cortège, Valek se déguisa de nouveau en conseiller Ilom et se glissa dans le camp au milieu de la nuit. Quant à moi, j'attendis le lendemain pour y entrer à la vue de tous. Je n'avais aucune raison de me cacher ; si je décidais de rentrer en Ixia, les espions sitiens pourraient rapporter la nouvelle au Conseil.

Les Ixiens avaient déjà commencé à lever le camp quand Kiki et moi fîmes notre apparition. Une seule tente était encore montée. Je me dirigeai vers elle, mais fus interceptée par Ari et Janco.

— Qu'est-ce que je t'avais dit, Ari ? Elle est venue nous dire au revoir. Dire que tu as boudé, que tu as été malheureux comme les pierres, tout ça pour rien…

Ari se contenta de lever les yeux au ciel, et je compris que le plus malheureux, ç'avait été Janco.

— Tu ne peux plus te passer de nous, je parie, poursuivit Janco sur un ton d'espoir. Tu vas te déguiser en soldat et rentrer en Ixia avec le reste du cortège, pas vrai ?

— L'idée de pouvoir te battre tous les jours est très séduisante, Janco.

Il fronça les sourcils.

— Je connais toutes tes astuces, maintenant. Tu ne me battras plus aussi facilement.

— Es-tu sûr de vouloir que je revienne ? J'ai une fâcheuse tendance à causer des problèmes.

— Justement ! Notre vie est si ennuyeuse, sans toi !

Ari secoua sa grande tête.

— Nous n'avons pas besoin d'ennuis supplémentaires, dit-il. Vers la fin du séjour, la courtoisie diplomatique a été mise à rude épreuve. Avant notre départ, un Conseiller a accusé l'ambassadrice d'avoir amené Valek en Sitia pour assassiner le gouvernement.

— Mauvaise nouvelle, en effet, dis-je. Les Sitiens vivent dans l'angoisse constante que le Commandant veuille s'emparer de leurs terres. A leur place, je m'inquiéterais aussi. Valek a les capacités nécessaires pour assassiner les membres du Conseil et même les maîtres magiciens. Cela jetterait le pays dans le chaos, et ouvrirait la voie à une invasion ixienne.

Je secouai la tête en soupirant. Les Ixiens et les Sitiens avaient des points de vue tellement différents sur le monde... Ils avaient besoin de quelqu'un pour les aider à s'entendre. Une drôle de sensation contracta mon ventre. De la peur ? De l'excitation ? De la nausée ? Peut-être un mélange des trois, c'était difficile à dire.

— En parlant de Valek, dit Janco, je suppose qu'il va bien ?

— Tu connais Valek.

Janco hocha la tête en souriant.

— Je ferais mieux d'aller parler à l'ambassadrice, dis-je.

Je me laissai glisser à terre. Avant que je n'aie pu faire un pas, la grosse main d'Ari se posa sur mon épaule.

— Ne pars pas sans avoir fait tes adieux à Janco, dit-il. Tu sais à quel point il peut être irritant ? Eh bien, quand il est de mauvaise humeur, c'est cent fois pire.

J'acquiesçai, mais, tandis que je m'éloignais vers la tente de l'ambassadrice, mon ventre se contracta de nouveau, presque douloureusement cette fois. *Faire mes adieux...* cela semblait tellement définitif !

Deux gardes surveillaient l'entrée de la tente. L'un d'eux se glissa à l'intérieur pour m'annoncer, puis ressortit et leva un pan de toile pour me laisser entrer. Assise à une table pliante, l'ambassadrice prenait le thé en compagnie de Valek, toujours déguisé en Ilom. Signe le renvoya aussitôt : au passage, Valek me décocha un regard appuyé, et murmura « à ce soir ».

Coupant court aux civilités, Signe me demanda :

— Avez-vous pris votre décision ?

Je sortis l'ordre d'exécution de mon sac. Mes mains tremblaient légèrement, et je pris une profonde inspiration.

— Dans les conditions actuelles, particulièrement après ce regrettable conflit d'opinions, il me semble que les deux pays vont avoir besoin d'un agent de liaison. Un intermédiaire neutre, qui connaît bien les deux terres, qui peut faciliter les négociations et favoriser une meilleure entente.

Bref, je refusais d'espionner pour le compte d'Ixia, mais je proposais mes services dans une perspective différente. Je tendis l'ordre d'exécution à l'ambassadrice ; au Commandant de décider ce qu'il voulait en faire.

Et voilà qu'il se tenait devant moi, vêtu de l'uniforme de Signe, me fixant de son regard doré ! Je clignai plusieurs fois des yeux. La métamorphose de Signe en Ambroise avait été si rapide et si totale que je distinguais à peine sa ressemblance avec l'ambassadrice.

Le Commandant roula l'ordre d'exécution et le tapota au creux de sa main. Son regard se perdit dans le vide. Il pesait le pour et le contre, songeai-je. Ambroise ne prenait jamais de décision à la légère.

— Une proposition intéressante, dit-il enfin.

Il se leva et fit quelques pas dans l'espace exigu. Derrière la table, j'aperçus un matelas roulé et une lanterne. La tente et la table pliante semblaient être les seuls luxes qu'il s'était accordés.

D'un coup, il s'arrêta, déchira mon ordre d'exécution en petits morceaux et les jeta sur le sol. Puis il se tourna vers moi et me tendit la main.

— Entendu, agent Elena, dit-il.

— Agent Elena Zaltana, le repris-je en lui serrant la main.

Nous discutâmes des plans du Commandant pour l'avenir d'Ixia et de son désir de développer des échanges commerciaux avec Sitia. Il insista également pour que je termine ma formation de magicienne avant d'être officiellement nommée agent de liaison. Avant mon départ, j'assistai à sa retransformation en femme. Ce fut alors que je ressentis, pendant un bref instant, la présence de deux âmes réunies en un seul corps. Ce qui expliquait, peut-être, comment il avait pu garder si longtemps son secret.

Je méditai cette idée passionnante pour éviter de penser à mon retour imminent et inattendu au Fort. Le cortège de l'ambassadrice finit de plier le camp. Je promis à Ari et à Janco que nous nous reverrions bientôt.

— La prochaine fois, la victoire est à moi, chantonna Janco.

— Continue à t'entraîner, m'intima sévèrement Ari. Ne laisse pas tes réflexes s'émousser.

— C'était déjà assez difficile d'avoir deux mères, lui dis-je en souriant, et voilà que j'ai deux pères.

— Si jamais tu as besoin de nous, dit Ari, fais-nous signe.

— Entendu, chef.

Quand les Ixiens prirent le chemin du Nord, je partis en direction inverse. Tirant un fil de magie, je sondai la route devant moi. Un espion sitien me suivait, espérant que j'aie donné rendez-vous à Valek. Je bombardai son esprit d'une foule d'images confuses, jusqu'à ce qu'il ait complètement perdu de vue l'objectif de sa mission.

Me rappelant la promesse de Valek, je ne m'éloignai

pas trop loin, ni trop vite. Trouvant un coin de bois tranquille, à bonne distance des fermes environnantes, je m'y installai pour la nuit. Quand la lumière du soleil s'estompa, je balayai les alentours de ma conscience magique. Des chauves-souris s'éveillaient, quelques lapins se glissaient à travers le sous-bois. Le silence ne fut rompu que par l'approche de Cahil et de sa troupe.

Il n'essayait même pas de se dissimuler. Avec une certaine bravoure, il posta ses hommes à la lisière du bois et continua seul en direction de mon campement. Plus agacée qu'effrayée, j'empoignai ma canne en soupirant.

Je regardai autour de moi. Impossible de me cacher au sol ; seule la cime des arbres pouvait m'offrir une certaine protection. Cela aurait pu marcher, sauf que le commandant Marrok attendait avec les autres à l'orée du bois. Or, j'étais certaine que les dons de pisteur du capitaine avaient permis à Cahil de me retrouver. J'allais devoir utiliser de la magie pour me défendre. Je projetai mon esprit vers celui de Cahil.

Sa haine bouillante était tempérée par une froide logique calculatrice. Il s'arrêta à la limite de mon campement et inclina la tête.

— Puis-je me joindre à toi ? demanda-t-il.

— Tout dépend de tes intentions.

— Je te croyais capable de les deviner.

Il s'arrêta un instant.

— Je vois que tu as décidé de rester en Sitia. Un choix audacieux, étant donné que le Conseil est au courant de tes relations avec Valek.

— Je ne suis pas une espionne, Cahil. Et le Conseil va avoir besoin d'un agent de liaison avec Ixia.

— Ah, ah ! s'esclaffa Cahil. Toi, agent de liaison ? Très drôle. Crois-tu vraiment que le Conseil te fera confiance ?

— Crois-tu vraiment qu'il partira en guerre pour un simple roturier ?

Cahil encaissa le coup. Il jeta un coup d'œil derrière son épaule, en direction de ses hommes.

— Je vais découvrir la vérité à ce sujet. Mais, en réalité, cela n'a plus vraiment d'importance. J'ai décidé de prendre les choses en main quoi qu'il arrive.

Bien qu'il n'ait pas bougé, je sentais une menace de plus en plus précise émaner de lui.

— Pourquoi me dire cela, Cahil ? Tu sais très bien que tu ne peux pas te servir de moi pour atteindre Valek. D'ailleurs, à l'heure qu'il est, Valek est en Ixia.

Il secoua la tête.

— Tu voudrais que je te croie ? Par ce temps magnifique, tu décides de t'arrêter avant la fin de l'après-midi pour camper ici ?

Il engloba d'un geste le bois alentour, puis fit deux pas vers moi.

— Je suis venu te donner un avertissement, Elena.

Il fit un pas de plus. Je brandis ma canne.

— Arrête-toi là, Cahil.

— Un jour, tu as dit que Goel avait eu la décence de te prévenir de ses intentions. Eh bien, je vais faire de même. Je sais que je ne pourrais jamais te battre, ni battre Valek. Mes hommes non plus n'ont pas l'ombre d'une chance. Mais quelque part il doit exister quelqu'un qui en est capable. Je me suis juré de trouver cette personne et, avec son aide, de vous voir morts et enterrés, toi et Valek.

Cahil pivota sur ses talons et disparut entre les arbres.

Je ne baissai ma canne qu'une fois que Cahil se fut éloigné sur Topaze. Ses hommes le suivaient en courant. Au moment de briser mon lien avec Cahil, je fis un rapide détour par les pensées de Marrok. Il était inquiet, presque effrayé par le comportement bizarre de Cahil. Eh bien, nous étions deux.

Mon campement me parut lugubre et solitaire jusqu'à l'arrivée de Valek. Celui-ci sortit subitement de la nuit et vint se réchauffer les mains devant le feu. Pour ne pas gâcher notre dernière nuit ensemble, je décidai de ne pas lui parler de Cahil.

— Tu as encore oublié ta cape ? dis-je.

— Je préfère la tienne, dit-il en souriant.

Le feu était mort depuis longtemps lorsque je m'endormis enfin dans les bras de Valek. Quand le soleil levant nous dérangea, je m'enfouis sous ma cape.

— Viens avec moi, dit Valek.

Ce n'était ni une supplication ni un ordre, mais une proposition.

Un immense regret serra mon cœur.

— J'ai encore beaucoup à apprendre. Et, quand j'aurai terminé ma formation, je vais devenir agent de liaison entre les deux pays.

— De sérieux ennuis se profilent à l'horizon, me taquina Valek.

—Tu t'ennuierais si ce n'était pas le cas.

— Tu as raison, dit-il en riant. Et mon serpent aussi.

— Ton serpent ?

Il sortit mon bras pour me montrer le bracelet qu'il m'avait donné.

— Quand j'ai fabriqué ce bracelet, tu étais dans mes pensées. Ta vie est comme les anneaux du serpent. Tu auras beau prendre des virages et des détours, tu finiras par trouver ta vraie place. Et je serai à tes côtés.

Ses yeux bleus me lancèrent une promesse muette.

— Je suis impatient que tu viennes en visite officielle en Ixia. Mais, s'il te plaît, ne me fais pas attendre trop longtemps.

— C'est promis.

Après un dernier baiser, Valek se leva. Pendant qu'il s'habillait, je lui parlai de Cahil.

— Nombreux sont ceux qui ont essayé de nous tuer, dit-il. Aucun n'a réussi.

Il haussa les épaules.

— La balle est dans son camp. Soit il se contentera de bouder parce qu'il n'a pas de sang noble, et il disparaîtra, soit il se convaincra que nous lui avons menti, et sa détermination à attaquer Ixia s'en trouvera renforcée. Cela rendra la vie très intéressante au futur agent de liaison.

— « Intéressant » n'est pas le mot que je choisirais.

— Garde-le à l'œil, en tout cas, dit Valek en souriant. Je dois partir, mon amour. J'ai promis à l'ambassadrice de la retrouver près de la frontière. Si jamais les Sitiens ont décidé de nous créer des ennuis, ils choisiront ce moment-là.

L'instant qui suivit son départ, je regrettai ma décision. Une solitude accablante s'empara de moi. Puis le museau froid de Kiki frôla ma joue, brisant le cours de mes pensées.

Kiki rester avec Dame-Lavande, dit-elle. *Kiki aider.*
— C'est vrai, Kiki, tu m'es d'un grand secours.
— *Kiki très maligne.*
— *Bien plus que moi*, concédai-je.
— *Pomme ?*
— Tu as passé toute la nuit à brouter. Comment peux-tu encore avoir faim ?
— *Toujours place pour pomme.*

Je me mis à rire, et lui donnai une pomme à croquer avant d'entamer les deux jours de voyage qui nous ramèneraient à la Citadelle.

Quand nous arrivâmes devant l'entrée du Fort, un garde m'informa que j'étais attendue de toute urgence à la salle de réunion des Maîtres. Pendant que je ramenais Kiki à l'écurie et la bouchonnais rapidement, je me demandai ce qui avait bien pu se passer en mon absence.

Un vent glacial soufflait : les étudiants qui se pressaient d'un bâtiment à l'autre ne m'accordèrent qu'un coup d'œil étonné avant de continuer leur chemin. De la neige fondue tombait du ciel noir. Une sinistre entrée dans la saison froide, me dis-je en remontant ma capuche.

J'étais arrivée en Sitia au début de la saison chaude. Les deux saisons que j'avais passées ici me semblaient plutôt deux ans.

Dans la salle de conférences, je fus accueillie par trois visages neutres et un visage enragé. Roze lança une boule d'énergie furieuse dans ma direction. La boule me heurta en pleine poitrine ; je chancelai, me repris et détournai l'attaque. Puisant du pouvoir, je projetai ma conscience vers Roze. Ses défenses mentales étaient impénétrables, mais je visai plus bas. Je traversai son cœur et trouvai son âme. Une zone bien plus vulnérable.

Allons, allons, Roze, lui dis-je. *Rentre tes griffes.*
Elle sursauta.
Quoi ? Comment ?
J'ai trouvé ton âme, Roze, et elle n'est pas belle à voir. C'est sombre et sale, là-dedans. Ces criminels dont tu t'occupes commencent à déteindre sur toi. Il va falloir que tu changes, ou ton âme ne s'envolera jamais au ciel.

Ses yeux couleur d'ambre me transpercèrent avec toute la haine et toute la violence dont elle était capable. Sous sa colère, toutefois, je distinguai de la terreur. Ni la haine ni la violence ne me dérangeaient particulièrement ; la peur, en revanche, c'était une autre affaire. C'est la peur qui fait mordre le chien, et Roze avait les dents acérées.

Je relâchai son âme. Roze bégaya des paroles incompréhensibles, me fusilla du regard, puis finit par quitter la pièce en trombe.

— C'est donc vrai, dit Bain, brisant le silence qui s'était installé. Tu es bien une Chasseuse d'âmes.

Il ne paraissait pas tellement effrayé, plutôt songeur.

— Pourquoi est-elle si remontée contre moi ? demandai-je.

— Elle croit que Valek et toi complotez pour assassiner le Conseil, dit Irys.

Avant que je n'aie pu réagir, elle poursuivit :

— Elle n'a pas de preuves contre vous. Mais il y a plus grave. Ferde s'est échappé de la prison du Fort.

Je bondis sur mes pieds.

— Ferde ? Echappé ? Quand ?

Irys et Bain échangèrent un regard entendu.

— Je t'avais bien dit qu'elle n'y était pour rien, dit Irys au vieux magicien.

Puis, s'adressant à moi :

— Nous ne savons pas exactement à quel moment il s'est évadé. On a découvert sa disparition ce matin.

Elle me lança un sourire désabusé.

— Nous soupçonnons Cahil de l'avoir délivré.

— Cahil ?

Décidément, je ne comprenais rien.

— Cahil aussi a disparu. Et le capitaine Marrok a été sévèrement battu. Quand il a repris conscience, il nous a dit que Cahil l'avait torturé jusqu'à lui arracher la vérité.

— A savoir que Cahil n'a pas de sang royal, dis-je.

— Tu le savais ? demanda Zitora. Pourquoi ne nous l'as-tu pas dit ?

— Je m'en doutais, dis-je, mais Valek a confirmé mes soupçons il y a quelques jours.

— Marrok nous a avoué que la mère de Cahil était morte en couches, et que son père, un soldat, avait été tué pendant le coup d'Etat. Quand la garde royale a fui vers Sitia, ils l'ont emmené.

— Où peut-il être allé ?

— Nous n'en avons pas la moindre idée, dit Irys. Pas plus que nous ne savons quels sont ses plans, à présent qu'il connaît la vérité, ni pourquoi il a emmené Ferde avec lui.

La théorie de Valek, selon laquelle Cahil se contenterait de bouder dans un coin, tombait à l'eau.

— On va être obligés de le retrouver pour lui poser la question, dis-je.

— Oui, soupira Irys, mais pas tout de suite. Comme tu as relâché les âmes de ses victimes, les pouvoirs de

Ferde vont être neutralisés pour un bon moment. Et le Conseil est sens dessus dessous.

Elle hésita, et j'eus le sentiment désagréable que ce qui suivrait n'allait pas me plaire.

— Le Conseil aimerait que tu explores tes capacités de Chasseuse d'âmes, dit-elle. Et peut-être que tu acceptes un poste de Conseillère.

J'avais moi aussi le désir d'en apprendre plus sur mes capacités, mais, si je voulais demeurer neutre, je ne pouvais me permettre de me lier au Conseil.

— Ils n'ont pas besoin d'une Conseillère, dis-je. Ils ont besoin d'un agent de liaison avec Ixia.

— Je sais, dit Irys.

— Nous ferions mieux de partir tout de suite à la recherche de Cahil et de Ferde.

— Je le sais aussi, dit Irys. Maintenant, il te reste à convaincre les membres du Conseil.

Je fixai Irys. Quelque part dans les plaines d'Avibian, pensais-je, un Tisseur d'histoires à la peau bleue devait avoir le fou rire. Devant moi s'étendait un chemin long et tortueux, semé d'embûches, de pièges et de dangers en tout genre.

Tout ce que j'aimais.

DANS LA MÊME COLLECTION
Par ordre alphabétique d'auteur

CATHERINE ASARO	*La magicienne*•
P.C. CAST	*La prophétie maudite*
P.C. CAST	*La chasseresse*
GAIL DAYTON	*La rose des vents*
GAIL DAYTON	*La Rose et la Ronce*
LAURA ANNE GILMAN	*La magie de l'orage*
CHRISTIE GOLDEN	*La légende du dragon*
CHRISTIE GOLDEN	*La légende des glaces*
DEBORAH HALE	*La légende du royaume oublié*
DEBORAH HALE	*L'oracle de Margyle*
MICHELE HAUF	*La malédiction de l'ange noir*
MICHELE HAUF	*Gossamyr*
MICHELE HAUF	*Rhiana*
ANNE KELLEHER	*La dague d'argent*
ANNE KELLEHER	*L'amulette d'argent*
SUSAN KRINARD	*La malédiction du dieu de pierre*
MERCEDES LACKEY	*La magie de la Lune*★
MERCEDES LACKEY	*La chambre ensorcelée*•
RACHEL LEE	*Le secret de la rose blanche*
RACHEL LEE	*La prophétie de la Dame Blanche*
RACHEL LEE	*La clé de Morgania*•
TANITH LEE	*La nuit des Sept Lunes*★
C.E. MURPHY	*Chamane*
C.E. MURPHY	*La lune rouge*★
C.E. MURPHY	*La magie de Siobhàn*

★ réunis dans le volume intitulé *Cœurs de lune* (Luna n° 16)
• réunis dans le volume intitulé *La légende des royaumes* (Luna n° 19)

…/…

DANS LA MÊME COLLECTION
Par ordre alphabétique d'auteur

MICHELLE SAGARA — *Le secret d'Elantra*

MARIA V. SNYDER — *Le poison écarlate*
MARIA V. SNYDER — *L'apprentie magicienne*

2 NOUVEAUTÉS À PARAÎTRE EN MAI 2007

Composé et édité par les
éditions **Harlequin**
Achevé d'imprimer en février 2007

par

LIBERDÚPLEX

Dépôt légal : mars 2007
N° d'éditeur : 12652

Imprimé en Espagne